कार्यक्षेत्र में आपके अवचेतन मन की शक्ति

कार्यक्षेत्र में आपके अवचेतन मन की शक्ति

जोसेफ़ मर्फ़ी, पीएच.डी., डी.डी.

अनुवाद : **डॉ. सुधीर दीक्षित**

MANJUL
मंजुल पब्लिशिंग हाउस

MANJUL
मंजुल पब्लिशिंग हाउस
कॉरपोरेट एवं संपादकीय कार्यालय
द्वितीय तल, उषा प्रीत कॉम्प्लेक्स, 42 मालवीय नगर, भोपाल-462003
विक्रय एवं विपणन कार्यालय
7/32, अंसारी रोड, दरियागंज, नई दिल्ली-110002
वेबसाइट : www.manjulindia.com
वितरण केन्द्र
अहमदाबाद, बेंगलुरू, भोपाल, कोलकाता, चेन्नई,
हैदराबाद, मुम्बई, नई दिल्ली, पुणे

डॉ. जोसेफ़ मर्फ़ी द्वारा लिखित मूल अंग्रेजी पुस्तक
पुटिंग द पॉवर ऑफ़ यॉर सबकॉन्शस माइंड टु वर्क
का हिन्दी अनुवाद

यह हिन्दी संस्करण 2013 में पहली बार प्रकाशित
तृतीय आवृत्ति 2019

ISBN 978-81-8322-319-5

हिन्दी अनुवाद : डॉ. सुधीर दीक्षित

मुद्रण व जिल्दसाज़ी : थॉमसन प्रेस (इंडिया) लिमिटेड

विषय–सूची

खंड दो

अपने अवचेतन मन की शक्ति को समझें

आपका चेतन मन जिस भी बात को स्वीकार करता है और उसके सच होने पर भरोसा करता है, आपका अवचेतन मन उसे स्वीकार कर लेगा तथा हक़ीक़त में बदल देगा। इसलिए ख़ुशक़िस्मती, दैवी मार्गदर्शन, सही कर्म और जीवन की सभी नियामतों में विश्वास करें। आप अपनी आत्मा (अवचेतन मन) के कप्तान और अपने भाग्य के स्वामी हैं। याद रखें, आपमें चयन करने की क्षमता है। जीवन को चुनें! प्रेम को चुनें! स्वास्थ्य को चुनें! ख़ुशी को चुनें!

क्या आप अपने करियर में ख़ुश नहीं हैं? क्या ऐसा लगता है कि अवसर की कमी के कारण आपकी तरक़्क़ी रुकी हुई है? क्या आप लक्ष्य हासिल करने में सफल होना चाहते हैं? आपको किसी ज़िद्दी बॉस या लालफीताशाही के अड़ंगों की वजह से अपने लक्ष्य सीमित करने की कोई ज़रूरत नहीं है। आपको भाग्य के भरोसे रहने की कोई ज़रूरत नहीं है। दरअसल, अपने करियर को बनाने-बिगाड़ने वाली शक्ति तो आपके भीतर ही छिपी हुई है।

हम जो हासिल करते हैं और जो हासिल करने में असफल रहते हैं, वह सब हमारे ख़ुद के विचारों का प्रत्यक्ष परिणाम होता है। हमारी कमज़ोरियाँ और शक्तियाँ, शुद्धता और अशुद्धता हम पर ही निर्भर करती हैं। उन्हें कोई दूसरा नहीं, बल्कि *हम ही* बदल सकते हैं। हमारी सारी ख़ुशी और कष्ट का स्त्रोत हमारे भीतर है। जैसा हम सोचते हैं, वैसे ही हम होते हैं; *जैसा हम भविष्य में सोचेंगे, भविष्य में हम वैसे ही बनेंगे।*

ज़ाहिर है, कुछ चीज़ें ऐसी होती हैं, जिन्हें आप नहीं बदल सकते,

जैसे ग्रहों की गति, मौसम का परिवर्तन, समुद्र का ज्वार-भाटा या सूर्य का उदय व अस्त होना। *लेकिन* आप ख़ुद को *निश्चित रूप से* बदल सकते हैं। आप अपने मस्तिष्क का नवीनीकरण करके अपना कायाकल्प कर सकते हैं। यही आपके करियर को बेहतर बनाने की कुंजी है। दरअसल, आपका मस्तिष्क एक रिकॉर्डिंग मशीन है। आपका चेतन मन जिन विश्वासों, मान्यताओं, रायों और विचारों को स्वीकार करता है, वे सभी आपके अधिक गहरे, अवचेतन मन पर अपनी छाप छोड़ते हैं। अपने अवचेतन मन को सही रास्ते पर कैसे ले जाएँ, यह सीखना अनिवार्य है, क्योंकि इसी की बदौलत आप अपने करियर की बागडोर अपने हाथों में थाम सकते हैं।

जी हाँ, आपमें अपने अवचेतन मन में मौजूद चीज़ों को बदलने की शक्ति होती है। इसके लिए आपको बस विचार करने की श्रेष्ठ आदतें सीखने का क़दम उठाना होता है। सौंदर्य, प्रेम, शांति, बुद्धिमानी और सृजनात्मक विचारों वाली सोच रखें। आपका अवचेतन मन उसी अनुरूप प्रतिक्रिया करेगा और आपकी मानसिकता, शरीर तथा जीवन की परिस्थितियों को बदल देगा।

करियर की प्रगति के मामले में यह ख़ास तौर पर सच है। दरअसल, डर बहुत से लोगों की तरक़्क़ी में बाधक होता है- बॉस के नाख़ुश होने का डर, करियर की सीढ़ी चढ़ने में प्रतिस्पर्धियों का डर, अफ़सरशाही के गतिरोध का डर। हाँ, इनमें से कोई भी या सभी डर आपके करियर पर असर डाल सकते हैं, लेकिन तभी जब आप उन्हें ऐसा करने की अनुमति दें।

यदि आपको अपनी योग्यताओं पर भरोसा है और आप कंपनी के लक्ष्य हासिल करने के लिए अच्छी तरह काम करते हैं, तो आप अपने अवचेतन मन की शक्ति का इस्तेमाल करके सारी बाधाओं से उबर सकते हैं।

जब एक प्रतिभाशाली युवा वकील जूल्स एच. को एक बड़ी लॉ फ़र्म में नौकरी मिली, तो उसने ग़ौर किया कि तरक़्क़ी के लिए बारह युवा वकील उसके साथ प्रतिस्पर्धा कर रहे थे। वे सभी बहुत योग्य और महत्वाकांक्षी थे। जूल्स ने ग़ौर किया कि उनमें से अधिकतर लगातार

इस बात की शिकायत करते रहते थे कि उनका बहुत सारा वक़्त सामान्य विस्तृत विवरणों के काम में बर्बाद होता है, जो कि बोरिंग होता है, जबकि उन्हें अधिक रोचक क़ानूनी कामकाज कम मिलता है, जो वे सभी मन से करना चाहते थे। हालाँकि इस बात से जूल्स भी उतना ही निराश था, लेकिन उसने अपने अवचेतन मन की शक्ति का आह्वान करते हुए ख़ुद से कहा, "निश्चित रूप से यह काम नीरस है, दिमाग़ कुंद करने वाला है, लेकिन यदि मैं आगे बढ़ना चाहता हूँ, तो मुझे उसकी क़ीमत चुकानी होगी। मैं यह काम सिर्फ़ अपने दिमाग़ से ही नहीं, बल्कि दिल से भी करूँगा। मैं इसे उसी तरह पूरा करूँगा, जिस तरह मैंने लॉ कॉलेज में सबसे चुनौतीपूर्ण असाइनमेंट्स निबटाए थे।" अधिकारियों को उसकी श्रेष्ठता पहचानने में ज़्यादा वक़्त नहीं लगा। वे उसे अधिक महत्वपूर्ण मुक़दमे सौंपने लगे और उसे उसके प्रतिद्वंद्वियों से पहले तरक़्क़ी मिली।

मनोवैज्ञानिक और मनोविश्लेषक बताते हैं कि जब विचार आपके अवचेतन मन तक पहुँचते हैं, तो वे मस्तिष्क की कोशिकाओं पर अपनी छाप छोड़ देते हैं। जैसे ही आपका अवचेतन मन किसी विचार को स्वीकार करता है, यह तुरंत उस पर अमल करने में जुट जाता है। यह विचारों के साहचर्य में कार्य को अंजाम देता है और अपना उद्देश्य पूरा करने के लिए जीवन में अब तक हासिल सारी जानकारी का इस्तेमाल करता है। यह आपके भीतर की असीमित शक्ति, ऊर्जा और बुद्धिमानी का इस्तेमाल करता है। अपना काम कराने के लिए यह सभी प्राकृतिक नियमों का सहारा लेता है। कई बार यह आपकी मुश्किलों का समाधान तत्काल कर देता है, लेकिन बाक़ी मौक़ों पर इसमें कई दिन, सप्ताह या इससे भी ज़्यादा वक़्त लग सकता है।

आपका अवचेतन मन गीली मिट्टी की तरह होता है। यह किसी भी प्रकार के - अच्छे या बुरे - विचार को स्वीकार कर उसी आकार में ढल जाता है। आपके विचार सक्रिय होते हैं। उन्हें वे बीज मान लें, जो आप अपने अवचेतन मन की मिट्टी में बोते हैं। नकारात्मक, विनाशकारी विचार आपके अवचेतन मन में नकारात्मक ढंग से काम करते हैं। निश्चित रूप से, समय आने पर आपको उनके अनुरूप ही फ़सल मिलेगी। याद रखें, आपके अवचेतन मन को इस बात से कोई

सरोकार नहीं होता कि आपके विचार अच्छे हैं या बुरे, सच्चे हैं या झूठे। यह तो बस आपके विचारों या सुझावों की प्रकृति के अनुरूप प्रतिक्रिया करता है।

मिसाल के तौर पर, यदि आपका चेतन मन किसी झूठी बात को सच मान लेता है, तो आपका अवचेतन मन भी उसे सच मान लेगा और वैसे ही परिणाम देने लगेगा, जो उस बात के वास्तव में सच होने पर मिलते। देखिए, आपका अवचेतन मन बहस नहीं कर सकता। इसलिए यदि आप इसे ग़लत सुझाव देते हैं, तो यह उन्हें भी सच मान लेता है और उन्हें परिस्थितियों, अनुभवों तथा घटनाओं के रूप में साकार करने की ओर तत्पर हो जाता है। अवचेतन मन को प्रायः व्यक्तिपरक मन कहा जाता है। आपका व्यक्तिपरक मन उन साधनों से परिवेश की पड़ताल करता है, जो पाँचों इंद्रियों से परे होते हैं।

आपका व्यक्तिपरक मन सहज बोध से अनुभूति करता है। यह भावनाओं का स्थान और स्मृति का भंडार है। आपका व्यक्तिपरक मन सबसे अच्छी तरह तब काम करता है, जब वस्तुपरक मन शिथिल हो या निद्रा या उनींदी अवस्था में हो। आपका व्यक्तिपरक मन आँखों के बिना देख सकता है। इसमें अतीन्द्रिय क्षमता, अतीन्द्रिय दृष्टि व अतीन्द्रिय श्रवण की क्षमता होती है।

जब आपके चेतन और अवचेतन मन सामंजस्य व सौहार्द्र के साथ काम करते हैं, तो आपको सौहार्द्र, स्वास्थ्य, शांति, ख़ुशी और सुख मिलते हैं। संसार की सारी बुराई, दुख, दर्द, कष्ट, युद्ध, अपराध और बीमारी चेतन व अवचेतन मन के असामंजस्यपूर्ण संबंधों के कारण ही हैं। याद रखें, आपका अवचेतन मन अव्यक्तिगत होता है और यह कोई पक्षपात या चुनाव नहीं करता।

आपके चेतन मन के आदतन विचार आपके अवचेतन मन में गहरे खाँचे बना देते हैं। यदि आपके आदतन विचार सामंजस्यपूर्ण, शांतिपूर्ण और सृजनात्मक हैं, तो यह आपके तथा आपके करियर दोनों के लिए बहुत फ़ायदेमंद होता है।

दूसरी ओर, यदि आप डर, चिंता और सोच के दूसरे विनाशकारी रूपों में उलझे हुए हैं, तो भी चिंता की बात नहीं है। इसका इलाज यह

है कि आप अपने अवचेतन मन की प्रबल शक्ति को पहचान लें और स्वतंत्रता, ख़ुशी, आदर्श स्वास्थ्य तथा समृद्धि के विचारों से इसे आदेश दें। ऐसा होने पर अवचेतन मन उस स्वतंत्रता तथा ख़ुशी का सृजन करने लगेगा, क्योंकि यह सृजनात्मक है और आपके दैवी स्रोत के साथ एकाकार है।

आपका करियर जिस भी राह पर जाता है, उसके लिए कोई संयोग या दुर्घटना ज़िम्मेदार नहीं है : न ही पहले से तय भाग्य आपकी ख़ुशक़िस्मती या बदक़िस्मती की इबारत लिखता है। आपके अवचेतन मन का इस बात से कोई सरोकार नहीं है कि आप चेतन रूप से जिसे सच महसूस करते या मानते हैं, वह सच है या झूठ। इसलिए सत्य, प्रिय, उदात्त और दैवी विचार चुनें; आपका अवचेतन उसी अनुरूप प्रतिक्रिया करेगा।

हालाँकि दार्शनिक, धर्मशास्त्री और चिंतक युगों-युगों से यह बात जानते आ रहे हैं, लेकिन इसके बावजूद हर पीढ़ी को इसकी याद दिलानी पड़ती है और इसके कारगर होने के तरीक़े बताने पड़ते हैं।

डॉ. जोसेफ़ मर्फ़ी ने अपनी बेस्टसेलिंग पुस्तक *द पॉवर ऑफ़ युअर सबकॉन्शस माइंड* और अन्य पुस्तकों में इस अवधारणा का विस्तृत वर्णन किया है। दर्जनों देशों के हज़ारों स्त्री-पुरुष उनके प्रवचन तथा भाषण सुनने आए और लाखों लोगों ने उनके रेडियो प्रसारण भी सुने।

डॉ. मर्फ़ी इन अवधारणाओं को जीवन की व्यावहारिक नीतियों में बदल देते हैं। वे स्पष्ट योजना बताते हैं कि आप ख़ुद को दोष देना कैसे छोड़ें। उनके अनुसार आप इसी समय वह बन सकते हैं, जो आप बनना चाहते हैं। आप अब वह सब हासिल कर सकते हैं, जो आप हासिल करना चाहते हैं। आप इसी समय वह कर सकते हैं, जो आप करना चाहते हैं। आप इसी समय अपने मनचाहे मानसिक परिवेश में जी सकते हैं। यह धीरे-धीरे रिसकर परासरण की प्रक्रिया के ज़रिए आपके चेतन मन से अवचेतन मन में पहुँच जाएगा। जब आप इसे पोषण देते हैं और देते रहते हैं, तो यह धीरे-धीरे विश्वास में बदल जाएगा। फिर आपकी सीमाएँ टूट जाएँगी और आप पुरानी राख से उठने वाले फ़ीनिक्स की तरह उठेंगे तथा एकदम नए इंसान बन जाएँगे।

आप एक नई भविष्य-दृष्टि, ख़ुद की एक नई छवि, एक नई जागरूकता हासिल करेंगे। आपके गहरे विश्वास और प्रबल भावनाएँ आपको शासित और नियंत्रित करती हैं। जो भी विचार या विश्वास आपके अवचेतन मन में सबसे प्रबल होता है, वह आपके विचारों, कार्यों और प्रतिक्रियाओं को नियंत्रित करता है। यदि आप असफलता में यक़ीन करते हैं, तो किसी सूरत में सफल नहीं हो पाएँगे। आप चाहे दिन में अठारह घंटे काम कर लें, आप चाहे जीतोड़ कोशिश कर लें, लेकिन इसके बावजूद असफल ही रहेंगे, क्योंकि यही आपके मन का सबसे प्रबल विचार है। आपके विश्वास के अनुरूप ही आपको मिलेगा। यह मस्तिष्क का विज्ञान है।

इस पुस्तक में आप सीखेंगे कि सर्वश्रेष्ठ की अपेक्षा कैसे की जाए, सुनहरे भविष्य की उम्मीद के साथ कैसे आगे बढ़ा जाए, इसके संभव होने पर कैसे यक़ीन किया जाए। अपनी नज़रों में आपकी एक नई छवि बन जाएगी। आप अपने सपने साकार होने की ख़ुशी व रोमांच का अनुभव करेंगे। आप सीखेंगे कि अपनी नौकरी और करियर को विकसित करने तथा उसमें आगे बढ़ने के लिए इन सिद्धांतों पर कैसे अमल किया जाए।

इस पुस्तक की मूल सामग्री डॉ. मर्फ़ी की पुस्तकों से ली गई है। बहरहाल, इसमें कुछ अतिरिक्त जानकारी तथा उदाहरण भी जोड़े गए हैं, ताकि यह स्पष्ट हो सके कि इसका संदेश इक्कीसवीं सदी के पाठकों के लिए कितना महत्वपूर्ण है।

चूँकि डॉ. मर्फ़ी पादरी थे, इसलिए उनके कई सुझाव उनके प्रबल धार्मिक विश्वास पर आधारित हैं। बहरहाल, चाहे आप धार्मिक हों या संदेहवादी या फिर नास्तिक, आप इस असीम प्रज्ञा के लाभों का अनुभव कर सकते हैं। इसके लिए आपको किसी विशेष धर्म का अनुयायी होने की ज़रूरत नहीं है। यदि आप असीम प्रज्ञा को आवाज़ देंगे, तो वह आपको जवाब देगी। यह अव्यक्तिगत है। यह इंसानों में किसी तरह का कोई भेदभाव या पक्षपात नहीं करती। धार्मिक लोग इस असीम प्रज्ञा को ईश्वर का नाम देते हैं। दूसरे इसे किसी गहन आंतरिक वस्तु की संज्ञा दे सकते हैं। आप चाहें, तो इसे अतिमानवीय प्रज्ञा कह सकते हैं,

या फिर अवचेतन मन भी कह सकते हैं।

यदि आपके सामने कोई समस्या - मानसिक, शारीरिक या भावनात्मक - है, जिसने आपको करियर में पीछे रोककर रखा है, तो ख़ुद से सवाल करें : मैं किससे दूर मुड़ रहा हूँ? वह कौन सी चीज़ है, जिसका मैं सामना नहीं करना चाहता? क्या मेरे अंदर किसी के प्रति द्वेष और शत्रुता भरी हुई है? समस्या का सामना करें। अपने अधिक गहरे मन के ज्ञान से इसे सुलझाएँ। यह जान लें कि जीवन-सिद्धांत हमेशा आपका उपचार करना चाहता है। यह आपको दोबारा सही करना चाहता है। जीवन-सिद्धांत ही वह अत्यावश्यक शक्ति है, जिसकी बदौलत हम चलते हैं। यह कभी निंदा नहीं करता। यह कभी दंड नहीं देता। यह कभी नकारात्मक मूल्यांकन नहीं करता। यह कर ही नहीं सकता। मन ही मन आप ख़ुद ही अपने विचारों, निष्कर्ष या निर्णयों से अपना नकारात्मक मूल्यांकन करते हैं। याद रखें, जीवन-सिद्धांत आपको दंड नहीं दे सकता। यह आपका नकारात्मक मूल्यांकन नहीं कर सकता। आप स्वयं ही अपना नकारात्मक मूल्यांकन करते हैं। और आप स्वयं ही अपनी तक़दीर को आकार देते व ढालते हैं, क्योंकि जैसा आप अपने दिल या अवचेतन में सोचते हैं, वैसे ही आप होते हैं।

इसलिए यह बात जान लें कि विचार ही वस्तु हैं। आप मन में जो महसूस करते हैं, उसे ही अपनी ओर आकर्षित करते हैं। आप जिसकी कल्पना करते हैं, वही बन जाते हैं। यदि आप ऐसा कर लेते हैं, तो इसके बाद आपके जीवन में चमत्कार होने लगेंगे। आप जहाज़ के कप्तान हैं; आप आदेश दे रहे हैं। और आपका अवचेतन आपके आदेश की छाप को ग्रहण करके इसे साकार कर देगा, चाहे यह सत्य हो या नहीं, जैसा हमने बताया है। इसलिए सिर्फ़ उन्हीं चीज़ों को स्वीकार करें, जिन्हें आप वास्तव में साकार देखना चाहते हों।

हमारे मन में झूठे विश्वासों, विचारों और रायों का कबाड़ जमा रहता है। इस वजह से शाश्वत सत्य धुँधले हो जाते हैं। मान लें, कोई व्यक्ति आत्मविश्वास और आस्था से भरा हुआ हो। यदि उसे डर के सुझाव दिए जाएँ, तो उनका कोई असर नहीं होगा। उलटे, उनकी वजह से तो सफलता के सिद्धांत में आस्था और विश्वास ही बढ़ेगा। उनसे यह

अवधारणा बलवती होगी कि असीम प्रज्ञा असफल नहीं हो सकती। कुल मिलाकर, असफलता के सुझाव देने का परिणाम यह होगा कि अपनी आंतरिक शक्तियों में उस व्यक्ति का विश्वास और बढ़ जाएगा।

मनोवैज्ञानिकों तथा मनोविश्लेषकों सहित कई लोगों ने लोगों को सम्मोहित करके उन पर असंख्य प्रयोग किए, जिनसे पता चला कि अवचेतन मन चुनाव या तुलना नहीं कर सकता, जो तार्किक प्रक्रिया के लिए आवश्यक है।

आपको यह एहसास करना होगा कि आपका चेतन मन दरवाज़े पर खड़े पहरेदार की तरह होता है। इसका मुख्य कार्य है आपके अवचेतन मन को झूठी छवियों से बचाना। अब आप मस्तिष्क का एक बुनियादी नियम जान चुके हैं : आपका अवचेतन मन सुझावों को ग्रहण करता है। जैसा आप जान चुके हैं, आपका अवचेतन मन तुलना नहीं करता है; न ही यह तर्क करता है या ख़ुद विचार सोचता है। ये सारे कार्य तो आपका चेतन मन करता है। आपका अवचेतन मन तो सिर्फ़ उन्हीं छवियों पर प्रतिक्रिया करता है, जो आपका चेतन मन इसे देता है। यह ख़ुद काम की किसी ख़ास दिशा या योजना को तवज्जो नहीं देता है।

याद रखें, चेतन मन की इच्छा के विरुद्ध कोई सुझाव अवचेतन मन पर हावी नहीं हो सकता। आपके चेतन मन में किसी भी झूठे या नकारात्मक सुझाव को ठुकराने की शक्ति होती है।

आपको यह सुनिश्चित कर लेना चाहिए कि आप अपने अवचेतन मन तक सिर्फ़ वही सुझाव पहुँचने दें, जो हर मायने में आपका उपचार करते हों, वरदान देते हों, आपको उच्च स्तर पर ले जाते हों और प्रेरित करते हों। यह कभी न भूलें कि आपका अवचेतन मन आपकी हर बात पर विश्वास करता है। यह शत-प्रतिशत आपकी बात मानता है। यदि आप यह कहते रहेंगे, "मुझे वह प्रमोशन नहीं मिल सकता, मैं अपनी आजीविका नहीं चला सकता," तो आपका अवचेतन मन ऐसी परिस्थितियाँ बना देगा कि आप सचमुच ऐसा नहीं कर पाएँगे।

आपके अवचेतन पर दूसरों के सुझावों का भी असर पड़ता है। दरअसल, सुझाव की शक्ति ने हर युग में, संसार के हर देश में, मानव

जीवन और विचार में महत्वपूर्ण भूमिका निभाई है। संसार के कई हिस्सों में धर्म की नियंत्रणकारी शक्ति ने बार-बार ऐसी टिप्पणियाँ कीं, "तुम पापी हो," "शैतान तुम्हें ले जाएगा," "मरने के बाद तुम नरक में जाओगे," और इसी तरह की बातें। इससे लोग बुरी तरह डर जाते हैं।

बचपन से ही हममें से अधिकतर को बहुत से नकारात्मक सुझाव दिए जाते हैं। ज़ाहिर है, सृजनात्मक सुझाव अद्‌भुत और बेहतरीन होते हैं। बहरहाल, नकारात्मक सुझावों की वजह से मानसिक प्रतिक्रिया की बहुत ही बुरी आदत बन सकती है, जिसका परिणाम युद्ध, दुख, कष्ट, धार्मिक व जातीय पूर्वाग्रह और तबाही होता है। संसार के तानाशाह, स्वेच्छाचारी शासक और निरंकुश नेता सुझाव की शक्ति को जानते हैं। स्तालिन ने इसका अभ्यास किया था; हिटलर ने इसका सहारा लिया था; यहाँ तक कि ओसामा बिन लादेन भी इसे अमल में लाता था। इन सभी ने लोगों के धार्मिक या जातीय पूर्वाग्रहों को जाग्रत किया। फिर जब लोग उत्तेजित होकर भावावेश में आ गए, तो अन्य नकारात्मक सुझाव बो दिए गए और इन लाखों लोगों के सामने कुछ बातें बार-बार दोहराई गईं।

जीवन के सभी क्षेत्रों में आप पर नकारात्मक सुझावों की बमबारी की जाती है। यहाँ नौकरी और करियर से संबंधित कुछ नकारात्मक सुझाव दिए जा रहे हैं : "आप यह काम नहीं कर सकते," "आप कभी कुछ नहीं बन पाएँगे," "आपको नहीं करना चाहिए," "आप असफल हो जाएँगे," "आपके पास कोई मौक़ा ही नहीं है," "आप पूरी तरह ग़लत हैं," "इससे कोई फ़ायदा नहीं होगा," "महत्वपूर्ण यह नहीं है कि आप क्या जानते हैं, बल्कि यह है कि आप किसे जानते हैं," "इसका क्या फ़ायदा?" "किसी को परवाह नहीं है," "इतनी मेहनत करने से कोई लाभ नहीं होगा," "अब तुम्हारी उम्र बहुत ज़्यादा हो चुकी है," "परिस्थितियाँ लगातार बिगड़ रही हैं," "जीवन एक अंतहीन कष्ट है," "आप जीत ही नहीं सकते," "बहुत जल्द आपको नौकरी से निकाल दिया जाएगा," "आप किसी पर भरोसा नहीं कर सकते।"

आप यह नहीं जानते हैं कि ये आपके अवचेतन मन को दिए गए ऐसे आदेश हैं, जिनकी वजह से आपका जीवन जीता-जागता नरक बन

जाएगा। आप कुंठित, मनोरोगी और संकोची हो जाएँगे। ख़ुद को ऐसे विध्वंसात्मक सुझाव देने की वजह से आपको मनोविश्लेषक के क्लीनिक भी जाना पड़ सकता है।

आप इन सभी नकारात्मक सुझावों को ख़ारिज कर सकते हैं, बशर्ते आप अपने अवचेतन मन को प्रार्थना की ख़ुराक दें या सोने जाने से पहले कोई न कोई प्रेरक सामग्री पढ़ें। इससे ये सभी विनाशकारी विचार नष्ट होते जाएँगे।

आपको इन विनाशकारी नकारात्मक सुझावों के झाँसे में आने की ज़रूरत नहीं है। यदि आप पीछे पलटकर देखें, तो आसानी से याद कर सकते हैं कि किस तरह माता-पिता, मित्रों, रिश्तेदारों, शिक्षकों, अधिकारियों और धर्मगुरुओं ने इन विनाशकारी सुझावों के अभियान में अपना-अपना योगदान दिया। इसमें से अधिकतर का उद्देश्य आपको नियंत्रित करना और आपमें डर भरना था। आप पाएँगे कि इनमें से कई सुझावों का उद्देश्य आपको दूसरों के मनचाहे तरीक़े से सोचने, महसूस करने और कार्य करने के लिए प्रेरित करना था। उनका उद्देश्य आपको एक ऐसी राह चुनने के लिए प्रोत्साहित करना था, जिससे उन्हें लाभ हो।

आप किसी दूसरे के हाथों की कठपुतली नहीं हैं। आपको अपनी राह ख़ुद चुननी चाहिए, ऐसी राह जो पूर्णता की ओर ले जाए, स्वतंत्रता की ओर ले जाए। वह राह आपके भीतर से ही शुरू होती है। आप अपने चेतन मन में जिसे भी सच मानने का निर्णय लेते हैं, अवचेतन मन में भी आपको वैसा ही अनुभव होगा। इसलिए यह यक़ीन करें कि ईश्वर या असीमित प्रज्ञा आपका मार्गदर्शन कर रही है और सही कार्य सर्वोपरि है। आप दैवी नियम और व्यवस्था के अधीन जीते हैं। आपकी आत्मा में दैवी शांति लबालब भरी है। इन सभी बातों पर विश्वास करना शुरू करें। आप इन चीज़ों का सृजन तो नहीं कर सकते, लेकिन उन्हें सक्रिय ज़रूर कर सकते हैं; उन्हें अपने जीवन में सशक्त बना लें।

ख़ुद सोचने की आदत डालें। आपमें अपनी भावनाओं को नियंत्रित करने की शक्ति है। अपनी नौकरी और करियर में आपकी तक़दीर कैसी होगी, इस पर आपके अधिकारी या सहकर्मी का नहीं,

बल्कि आपका नियंत्रण होना चाहिए।

ऊपर से प्रेरित हों। जब आप अपने चेतन मन में ये सत्य स्वीकार कर लेते हैं, तो आपका अवचेतन मन इन सभी को साकार कर देगा। आप पाएँगे कि अब आपके लक्ष्यों की राह से सारे अवरोध हट गए हैं और आप एक ऐसी दिशा में बढ़ रहे हैं, जिसे आपने अपने करियर और जीवन में ख़ुद चुना है।

हमें यह विश्वास होना चाहिए कि हम अपने जीवन को बेहतर बना सकते हैं। यह विश्वास - चाहे यह सच्चा हो, झूठा हो या तटस्थ हो - लंबे समय तक क़ायम रखा जाना चाहिए। इसे हमारी मानसिकता में घुल-मिल जाना चाहिए। जब तक कि विपरीत प्रकृति के विश्वास के ज़रिए इसे ख़ारिज न कर दिया जाए, यह देर-सबेर साकार हो जाता है और तथ्य, स्वरूप, स्थिति, परिस्थिति व जीवन की घटनाओं के रूप में व्यक्त या अनुभव होता है। हम सभी के भीतर यह शक्ति है कि हम अपने भीतर के नकारात्मक विश्वासों को बदलकर उनकी जगह पर सकारात्मक विश्वास रख सकते हैं और इस तरह अपने जीवन को बेहतर बना सकते हैं।

–आर्थर आर. पेल, पीएच.डी.
संपादक

खंड एक

करियर को सफल बनाने वाले व्यक्तिगत गुणों को अधिकतम करना

कुछ लोग जन्म से महान होते हैं, कुछ महानता हासिल करते हैं और कुछ पर महानता थोप दी जाती है।

-शेक्सपियर, *ट्वेल्थ नाइट*

भले ही कुछ लोगों पर महानता थोपी जा सकती हो, लेकिन सफलता हासिल करने के लिए अक्सर हमें ही स्पष्ट क़दम उठाने पड़ते हैं। दुर्भाग्य से, बहुत से लोगों को यह पता नहीं होता कि किसी भी दुखद स्थिति से बाहर निकलने और सफलता की सीढ़ियाँ चढ़ने की शक्ति उन्हीं के अंदर है।

हममें से प्रत्येक के भीतर छिपी हुई निष्क्रिय शक्तियाँ होती हैं। हम उनका इस्तेमाल नहीं करते हैं, लेकिन वे सक्रिय होने की राह देख रही होती हैं। हो सकता है कि हममें आत्मविश्वास या आत्म-स्वाभिमान की कमी हो। हो सकता है कि हम चिंता या डर की सतत अवस्था में जी रहे हों। हो सकता है कि हम अपने करियर या जीवन के दूसरे क्षेत्रों में अप्रत्याशित और अजेय दिखने वाली बाधाओं का सामना कर रहे हों। हममें से कई की नौकरी 'आगे रास्ता बंद है' जैसी होती है, जहाँ आगे जाने की कोई जगह नहीं दिखती। हम हर सुबह उठकर एक पुरस्काररहित और अप्रिय कार्य-परिवेश में जाने से नफ़रत करते हैं। हम बदलना तो चाहते हैं, लेकिन अक्षम महसूस करते हैं।

देखिए, एक बात अच्छी तरह जान लें। आप अपना जीवन बदल सकते हैं। इसके लिए जितने भी साधनों या संसाधनों की ज़रूरत है, वे सभी आपके भीतर मौजूद हैं। आपको तो बस उनकी धार तेज़ करनी

है, उनका इस्तेमाल करना है और फिर परिणामों को देखना है।

आने वाले अध्यायों में हम उन व्यक्तिगत गुणों का वर्णन करेंगे, जो सफलता की ओर ले जाते हैं। हम यह भी विचार करेंगे कि अपने अवचेतन मन की शक्तियों को सही दिशा में कैसे ले जाएँ, ताकि सफल करियर की आपकी यात्रा अधिक तीव्र हो सके।

अध्याय एक

लक्ष्य बनाना और हासिल करना

पाने के लिए आपको देना होगा। यदि आप लक्ष्यों, आदर्शों और उद्यमों पर मानसिक रूप से ध्यान देंगे, तो आपका अधिक गहरा मन आपका समर्थन करेगा।

सभी सफल लोग लक्ष्य तय करने से शुरुआत करते हैं। लक्ष्य बनाना और उनकी उपलब्धि की दिशा में काम करना आवश्यक है। यह पहला क़दम है, जो आपको सफलता की लंबी राह पर उठाना होता है। आप कहाँ जा रहे हैं और वहाँ कैसे पहुँचने की योजना बना रहे हैं, यह जानना बेहद ज़रूरी है। क्योंकि इसके बाद ही आप अपने समय, ऊर्जा और भावना को एकाग्र कर पाएँगे- और उन लक्ष्यों तक पहुँचने के लिए सही राह पर चल पाएँगे।

जिस जहाज़ का रडर टूट गया हो, वह आगे नहीं जा सकता। वह हमेशा वहीं बना रहता है। चाहे वह पूरे समय पूरी ताक़त से चले, लेकिन ज़रा भी प्रगति नहीं कर पाएगा। संयोग के बिना वह कभी किसी बंदरगाह तक नहीं पहुँच पाएगा। और यदि वह किसी तरह से किसी बंदरगाह तक पहुँच भी जाए, तो हो सकता है कि उस पर लदा सामान वहाँ के लोगों, जलवायु या परिस्थितियों के लिहाज़ से उपयुक्त न हो। जहाज़ को किसी निश्चित बंदरगाह की ओर दिशा देने की ज़रूरत होती है, जिसके हिसाब से उस पर लदा सामान उपयुक्त हो और जहाँ उसकी माँग हो। जहाज़ को स्थायी रूप से उसी निश्चित बंदरगाह तक पहुँचने का लक्ष्य बनाना चाहिए, चाहे धूप हो या बारिश, चाहे आँधी आए या तूफ़ान।

जो व्यक्ति सफल होना चाहता है, उसे जीवन के महासागर में बिना रडर के डूबते-उतराते नहीं रहना चाहिए, बल्कि तय किए हुए बंदरगाह की दिशा में सीधे जाना चाहिए। न सिर्फ़ तब जब हवाएँ व बहाव अनुकूल हो और समुद्र शांत हो, बल्कि तब भी जब वह आँधी-तूफ़ान का सामना कर रहा हो- जब वह निराशा के कोहरों और विरोध की धुँध से घिरा हो।

यह एक सपने से शुरू होता है

क्या आपका कोई सपना - भविष्य की कोई दृष्टि - है? अपने सपने में क्या आप ख़ुद को अमीर देखते हैं? मशहूर? ख़ुश? अधिकतर लोग ऐसे भविष्य का सपना देखते हैं- लेकिन ज़्यादातर मामलों में यह हमेशा सपना ही बना रहता है।

सफल लोग भी ऐसे ही सपने देखते हैं, लेकिन वे अलग अंदाज़ में काम करते हैं। वे अपने सपनों को पहले लक्ष्यों में बदलते हैं और उसके बाद वास्तविकता में। उनके सपने सफलता की धुँधली आशाएँ भर नहीं होते हैं। उनके सपने स्पष्ट होते हैं और वे उन्हें हासिल करने का लक्ष्य बनाते हैं। एडिसन ने एक ऐसे संसार का सपना देखा था, जिसमें बिजली की ऊर्जा रात को रोशन कर दे। स्टीफ़ेन्सन ने एक ऐसे इंजन का सपना देखा, जो ट्रेन खींचे और इंसानों तथा पशुओं को कमरतोड़ मेहनत से छुटकारा दिला दे। बीथोवन ने ऐसे संगीत का सपना देखा, जो आत्मा को परवान चढ़ा दे। महान अभिनेताओं, कलाकारों, संगीतकारों, लेखकों ने सपने देखे- केवल शोहरत के ही नहीं, बल्कि इसके भी कि सफलता पाने के लिए वे अपनी योग्यताओं का इस्तेमाल कैसे करें।

सपने देखना केवल प्रतिभाशाली लोगों तक ही सीमित नहीं है। सभी सफल लोग बताते हैं कि उनकी सफलता की शुरुआत एक आशा, एक सपने से हुई थी। सैकड़ों स्त्री-पुरुषों ने बताया है कि उनकी उपलब्धि एक सपने से शुरू हुई, जो एक लक्ष्य की ओर ले गया, जो एक कार्ययोजना की ओर ले गया, जिससे अंततः लक्ष्य हासिल हो गया।

सपने देखना युवाओं तक ही सीमित नहीं है। ऐसा नया सपना देखने के लिए कोई उम्र बुरी नहीं है, जो नए लक्ष्यों की ओर ले जाए और नई सफलता दिलाए। आश्चर्यजनक बात यह है कि जीवन में देर से सपने देखने वाले लोगों ने भी बहुत कुछ हासिल किया है! बेंजामिन फ्रैंकलिन ने पचास वर्ष से अधिक की उम्र में विज्ञान और दर्शन का अध्ययन शुरू किया। मिल्टन की उम्र पचास साल से अधिक थी, जब वे अपने महाकाव्य *पैरेडाइज़ लॉस्ट* को पूरा करने बैठे और उस वक़्त वे अंधे भी हो चुके थे।

सपने देखने पर युगों के पक्षपातों और पूर्वाग्रहों का फ़र्क़ नहीं पड़ता है। मिसाल के तौर पर, महिलाओं को ही ले लें। महिलाएँ क्या कर सकती हैं, इसे लेकर असंख्य वर्षों से उन पर बंधन लगाए गए। कभी उनका करियर उन नौकरियों तक ही सीमित था, जिन्हें "महिलाओं के काम" माना जाता था। उस वक़्त दूसरे करियरों के बारे में सोचने के लिए भी संकल्पशक्ति और साहस की ज़रूरत होती थी। इसकी मिसाल हैं एलेन पेजल्स, जो प्रिंस्टन में प्रोफ़ेसर हैं तथा प्रज्ञानवाद (Gnosticism) व शुरुआती ईसाई धर्म पर बेस्टसेलिंग पुस्तकें लिख चुकी हैं। उनका कहना है कि जब वे शिक्षा ग्रहण कर रही थीं, तब लड़कियों को सिखाया जाता था कि वे करियर के बारे में गंभीरता से विचार तक न करें। लेकिन उन्होंने इस बात को अनसुना करते हुए अपने जोश का अनुसरण किया। उन्हें जिससे लगाव था, उन्होंने मुक्त भाव से उसका अनुसरण किया। बाद में जाकर उन्हें पता चला कि इससे वे आजीविका कमा सकती हैं। उनका सपना अब उनका लक्ष्य बन गया था।

आज करियर के अधिकांश क्षेत्रों में सीमाएँ व अवरोध ख़त्म हो चुके हैं। मिसाल के तौर पर, अमेरिका के अधिकतर लॉ, मेडिकल और अन्य पेशेवर कॉलेजों में आधे से ज़्यादा विद्यार्थी महिलाएँ हैं।

1990 के दशक और 2000 के दशक की शुरुआत में कई अमेरिकी कंपनियाँ उन देशों में नौकरियाँ आउटसोर्स करने लगीं, जहाँ श्रम की लागत बहुत कम थी। इससे हज़ारों कर्मचारी बेरोज़गार हो गए। कुछ ने सेवानिवृत्ति ले ली; कुछ ने मन मसोसकर हार मान ली और

सरकारी सहायता पर जीने लगे तथा अपनी बदक़िस्मती पर बरसों तक आँसू बहाते रहे। बहरहाल, अधिकतर ने अपनी आंतरिक शक्तियों का सहारा लिया और वे दूसरे क्षेत्रों में नौकरियों का प्रशिक्षण लेने लगे। अधिकतर को तो अपनी पुरानी नौकरी से कहीं कम वेतन पर दोबारा शुरुआत करनी पड़ी, लेकिन नई ऊर्जा और उत्साह के साथ वे दोबारा सफलता की सीढ़ी चढ़ने लगे।

महत्व की दृष्टि से देखें, तो दिमाग़ भी संकल्प के मुक़ाबले दूसरे स्थान पर आता है। जिन लोगों में यह दृढ़ संकल्प होता है कि कोई भी रुकावट उन्हें रोक नहीं पाएगी, केवल उन्हें ही यह विश्वास होता है कि लगन और हौसले की बदौलत वे सफल हो जाएँगे। सपने लक्ष्य बन जाते हैं और जो लोग लंबे समय तक तथा पर्याप्त मेहनत से कोशिश करते रहते हैं, उनके लक्ष्य अंततः साकार हो जाते हैं।

जो चीज़ें जीवन को जीने लायक़ बनाती हैं, जिन चीज़ों ने हमारे कामकाज को आसान, सुविधाजनक और सुरुचिपूर्ण बनाया है, उनमें से अधिकतर – जीवन की सुख-सुविधाओं – के लिए हम अपने स्वप्नदर्शियों के प्रति कृतज्ञ हैं।

सपनों को लक्ष्यों में बदलना

दुर्भाग्य से, बहुत से स्वप्नदर्शी बस स्वप्नदर्शी ही बने रहते हैं। उनके सपने बस सपने ही बने रहते हैं। अगर आप अपने सपनों को हकीक़त में बदलना चाहते हैं, तो आपको उन्हें लक्ष्यों में बदलना होता है। इसके बाद वे फंतासियाँ नहीं रह जाते हैं, बल्कि लक्ष्य बन जाते हैं, जिन्हें आप अपने सामने सफलता के नक़्शे की तरह रख सकते हैं। आपको अपने सपने में एक उद्देश्य, एक संकल्प भरना होगा कि उस सपने को हक़ीक़त में बदलने के लिए आप वह सब करेंगे, जो आप कर सकते हैं।

एक महिला ने सपना देखा और उसे सफल लक्ष्य में बदला। वे हैं कपड़ों की डिज़ाइनर रेचल रॉय। फ़ैशन के प्रति रेचल का प्रेम बचपन में देखी फ़िल्मों से प्रेरित हुआ था। हीरोइन्स पर्दे पर जो कपड़े पहनती थीं, उनसे आत्मविश्वास और सफलता का आभामंडल सा नज़र आता

था। रेचल ने सपना देखा कि वे भी अपने तथा दूसरी महिलाओं के लिए वैसा ही आभामंडल निर्मित कर सकती हैं- एक शानदार हुलिया, जिससे सकारात्मक आत्मसम्मान उत्पन्न हो।

वे और उनका परिवार साल में एक बार ख़रीदारी करने जाता था। वे इस बात से विचलित थीं कि स्थानीय स्टोर में ज़्यादा प्रकार के कपड़े नहीं मिलते थे। उन्हें विश्वास था कि अवसर मिलने पर वे बेहतर स्टाइल और डिज़ाइन वाली पोशाक बना सकती हैं। माँ ने उन्हें बताया कि फ़ैशन डिज़ाइनिंग के क्षेत्र में यह काम करने वाले को "ख़रीदार" कहते हैं। अब उनके सपने को एक नाम मिल गया था : "ख़रीदार।" उन्होंने कहा कि उसी पल उनका सपना एक लक्ष्य में बदल गया- फ़ैशन के क्षेत्र में ख़रीदार बनना।

उन्होंने स्टॉक क्लर्क के पद पर नौकरी शुरू की। इसके बाद वे तेज़ी से असिस्टेंट मैनेजर, फिर व्यक्तिगत ख़रीदार, फिर विभिन्न स्टोर्स में स्टाइलिस्ट बनीं। वे जल्द ही फ़ैशन डिज़ाइनिंग कर रही थीं और अपनी कंपनी में वरिष्ठ पद पर पहुँचने की राह पर चल रही थीं।

जब उनके पति डैमन डैश एक स्वतंत्र परिधान व्यवसाय शुरू करना चाहते थे, तो रेचल को एक निर्णय लेना था- वे अपने ख़ुद के सफल करियर को जारी रखें या उसे छोड़कर डैमन के साथ नए सिरे से शुरुआत करें। रेचल ने दोबारा शुरुआत करने का निर्णय लिया, काम में ख़ुद को झोंक दिया, हर पद का कार्य किया, अपने हर कार्य से योगदान दिया और व्यवसाय के अधिकाधिक आयामों से जुड़ीं। वे चाहती थीं कि उनकी जगह कोई न भर सके। लगभग छह साल बाद वे कंपनी की ओर से एक नए डिज़ाइन के कुछ परिधान पेश करना चाहती थीं, लेकिन उसी वक़्त डैमन ने कंपनी बेच दी। तब तक रेचल में यह आत्मविश्वास आ चुका था कि वे ख़ुद कारोबार कर सकती हैं, इसलिए उन्होंने अपनी ख़ुद की कंपनी बना ली। उनके डिज़ाइन्स को उद्योग में सराहना मिली और आज उन्हें फ़ैशन उद्योग की अग्रणी डिज़ाइनर्स में से एक माना जाता है।

इच्छा करने वालों और काम करने वालों में ज़मीन-आसमान का फ़र्क़ होता है। रेचल रॉय स्वप्नदर्शी और इच्छुक ही नहीं थीं; वे इससे

अधिक थीं। उन्होंने अपने सपने को लक्ष्य में बदल लिया और उस लक्ष्य को हासिल करने के लिए कड़ी मेहनत की।

आपका गोपनीय हथियार– आपका अवचेतन मन

हमारे अवचेतन मन में अपेक्षा की आदत उत्पन्न करने की ज़बर्दस्त शक्ति होती है- यह यक़ीन करने की कि हम अपनी महत्वाकांक्षा हासिल कर लेंगे और हमारे सपने सच हो जाएँगे।

यह अपेक्षा रखें कि भविष्य में आप पर अच्छी चीज़ों की बारिश होगी... कि आप दौलतमंद और सुखी बनेंगे... कि आपके पास एक अच्छा परिवार, सुंदर मकान, सफल करियर होगा... कि आप सिद्धांतों और नैतिक मूल्यों की बुनियाद पर खड़े होंगे। यह आदत वह सर्वश्रेष्ठ पूँजी है, जिससे आप अपना करियर शुरू कर सकते हैं।

आपको हमेशा आदर्श की अभिव्यक्ति का प्रयास करना चाहिए। आपका अवचेतन मन प्रतिक्रिया करेगा और आप अपने जीवन में जिन चीज़ों के साकार होने की इच्छा रखते हैं, वे साकार हो जाएँगी, फिर चाहे यह आदर्श स्वास्थ्य हो, उदात्त चरित्र हो या बेहतरीन करियर हो। यदि आप इन परिणामों की कल्पना पूरी स्पष्टता से कर सकते हैं और पूरी शक्ति से उन्हें हासिल करने की कोशिश कर सकते हैं, तो उनके साकार होने की संभावना ज़्यादा होती है, बजाय उस स्थिति के, जब आप अपनी ओर से कुछ न करें तथा हाथ पर हाथ धरे बैठे रहें।

जब इच्छा संकल्प में रूपांतरित होती है, तभी यह प्रभावी बनती है। इच्छा जब इसे हासिल करने के प्रबल संकल्प से जुड़ती है, तभी सृजनात्मक शक्ति उत्पन्न होती है। ललक, आकांक्षा और सम्मिलित प्रयास से ही परिणाम मिलते हैं।

यदि आप किसी ख़ास क्षेत्र में ख़ुद को बेहतर बनाना चाहते हैं, तो पूरी स्पष्टता व दृढ़ता से गुणवत्ता की कल्पना करें और अपनी महत्वाकांक्षा का श्रेष्ठ आदर्श रखें। इसे सतत रूप से अपने दिमाग़ में रखें, जब तक कि आप अपने जीवन में इसका उत्थान और आभास न महसूस करने लगें। आप जीतने, विजय पाने और विजयी जीवन जीने

के लिए पैदा हुए हैं। आपको अपने चुने हुए कार्य, लोगों के साथ संबंधों और जीवन के सभी अन्य पहलुओं में अद्भुत रूप से सफल होना चाहिए।

अपने अवचेतन मन को आप जितने ज़्यादा स्पष्ट निर्देश देते हैं, यह आपकी उतनी ही ज़्यादा मदद कर सकता है। यह आंतरिक मन आपके आदेशों पर वैसी ही प्रतिक्रिया करता है, जिस तरह किसी समुद्री जहाज़ के इंजन और नियंत्रण कक्ष के जहाज़ी डेक पर मौजूद अपने कप्तान के आदेशों पर प्रतिक्रिया करते हैं। यदि शब्द सटीक और स्पष्ट हों, तो जहाज़ी जहाज़ को आदेश की दिशा में मोड़ना शुरू कर देते हैं या कही बात के अनुरूप इसकी गति बढ़ा देते हैं।

लेकिन यदि कप्तान के रूप में आपको स्वयं ही यह विश्वास न हो कि आप क्या चाहते हैं, तो आपके अवचेतन मन को एक अस्पष्ट संदेश मिलेगा और आपका जहाज़ निरुद्देश्य, भगवान भरोसे या गोल-गोल ही घूमता रहेगा।

आपको अपने अवचेतन मन को सटीकता से यह बताना होता है कि आप क्या चाहते हैं। अपने लक्ष्य हासिल करने के लिए आपको इसे सही दिशा दिखाने की ज़रूरत होती है। जब आप जान जाते हैं कि आपकी सच्ची इच्छा दरअसल क्या है, तो आपका अवचेतन मन आपको बिना किसी चूक के इसकी ओर आगे धकाएगा। लेकिन इसे यह जानने की ज़रूरत होती है कि आप वाक़ई, जोश से और अटलता से उस लक्ष्य को चाहते हैं। इसे यह सुनिश्चित करना होता है कि कहीं आप अपने दिमाग़ में घुमड़ने वाली विरोधाभासी इच्छाओं, धारणाओं और क्षणिक सनक की ख़ातिर तो उस लक्ष्य को नहीं छोड़ देंगे। इस तरह आप सकारात्मक चिंतक बन जाते हैं और अपना लक्ष्य पूरा करने की कगार पर पहुँच जाते हैं।

अपने लक्ष्यों में विश्वास करेंगे, तो आप उन्हें हासिल कर लेंगे

समृद्धि मन में शुरू होती है। जब आपका मानसिक नज़रिया समृद्धि के प्रति शत्रुतापूर्ण होता है, तो इसे हासिल करना असंभव होता है। यह

घातक होता है कि आप किसी एक चीज़ के लिए काम करें और किसी दूसरी चीज़ की अपेक्षा करें। ऐसा इसलिए, क्योंकि हर चीज़ भौतिक रूप में आकार लेने से पहले मानसिक रूप से बनती है, इसके बाद यह शर्तिया अपने मानसिक साँचे का अनुसरण करती है। जैसा मानसिक साँचा होगा, वैसी ही भौतिक मूर्ति बनकर तैयार होगी।

यदि आप ग़रीब रहने की सचमुच आशा करते हैं या आधी आशा करते हैं, तो आप दौलतमंद नहीं बन सकते। दरअसल, हम जिसकी अपेक्षा करते हैं, वही हमें मिलता है और उतनी ही मात्रा में मिलता है। कुछ नहीं की अपेक्षा करने का अर्थ है कि कुछ भी नहीं मिलेगा।

अगर आपका उठाया हर क़दम असफलता की राह पर हो, तो आप सफलता की मंज़िल पर पहुँचने की उम्मीद कैसे कर सकते हैं? भले ही हम सही दिशा में काम कर रहे हों, लेकिन ग़लत दिशा में मुँह करने या स्याह, निराशाजनक, आशाहीन दृष्टिकोण रखने से हमारे प्रयास के परिणाम दम तोड़ देते हैं।

विचार चुंबक की तरह हैं, जो अपने जैसी चीज़ों को ही आकर्षित करते हैं। यदि आपका मस्तिष्क ग़रीबी और रोग पर केंद्रित रहता है, तो यह आपकी ओर ग़रीबी और रोग को ही आकर्षित करेगा। आप अपने मन में जो थामे हैं, उसके विपरीत कुछ उत्पन्न होने की कोई संभावना नहीं है, क्योंकि आपका मानसिक नज़रिया ही वह साँचा है, जो आपके जीवन को आकार देता है। आपको सफलता पहले मानसिक रूप से, बाद में भौतिक रूप से हासिल होती है।

अभाव, संभावित अपमान के डर और असफलता की दहशत की वजह से *बहुत सारे लोग अपनी मनचाही चीज़ें हासिल नहीं कर पाते हैं। ये तीनों ही चीज़ें उनका उत्साह चूस लेती हैं और चिंता व तनाव दे-देकर उन्हें कमज़ोर बना देती हैं। फलस्वरूप लोग उस प्रभावी, रचनात्मक कार्य को नहीं कर पाते, जो सफलता पाने के लिए ज़रूरी होता है।*

आशावादी बनें। हर चीज़ को रचनात्मक तरीक़े से देखने की आदत डालें। उजले, सकारात्मक पक्ष को देखें। आस्था और विश्वास के पहलू से देखें। शंका और अनिश्चितता से जीवन को न देखें। यह

विश्वास करने की आदत डालें कि सर्वश्रेष्ठ होने वाला है, कि सत्य की जीत होगी। आस्था रखें कि समय आख़िरकार ग़लती को परास्त कर देगा, कि सामंजस्य तथा स्वास्थ्य ही वास्तविकता हैं और अनबन व रोग इसके अस्थायी अभाव हैं। यह आशावादी नज़रिया अंततः विश्व को बदल देगा।

स्वयं का विश्लेषण करें

पूरे संसार में केवल एक ही व्यक्ति है, जो आपको सफलता की राह पर पहुँचा सकता है- आप ख़ुद।

कौन से लक्ष्य आपको सफलता की यात्रा पर ले जा सकते हैं, यह तय करने से पहले आपको ख़ुद को आँकना चाहिए। अपने मन की गहराई में तलाश करें। आप जीवन से सचमुच जो चाहते हों, उसे अपने अवचेतन से बाहर निकालें। आपके पास ऐसे कौन से गुण हैं, जो आपको उस लक्ष्य को हासिल करने की ओर ले जाएँगे?

आपको यथार्थवादी होना चाहिए। हो सकता है कि आप कोई ऐसा लक्ष्य तय करना चाहते हों जो वांछित तो है, लेकिन आपमें उसे हासिल करने की योग्यता न हो। हो सकता है कि आप फ़िल्म अभिनेता या ओपेरा सिंगर बनना चाहते हों, लेकिन आपमें उसकी आवश्यक प्रतिभा न हो। हो सकता है कि आपके सपनों का करियर ऐसे क्षेत्रों में हो, जहाँ प्रयास करना आपके लिए संभव न हो। दूसरी ओर, हो सकता है कि आपमें ऐसी योग्यताएँ और रुझान हों, जिनके बारे में आपको एहसास ही न हो कि वे आपमें हैं और वे आपको एक संतुष्टिदायक व लाभदायक करियर की ओर ले जा सकते हों।

आप यह कैसे पता लगा सकते हैं? अपने भीतर गहराई में झाँकें। सावधानी से आत्मविश्लेषण करेंगे, तो आपको पता चल जाएगा। अधिकतर वयस्क पहले से ही जानते हैं कि वे क्या कर सकते हैं और क्या नहीं, वे क्या करना पसंद करते हैं और क्या नहीं। हो सकता है कि यह स्पष्ट न हो, लेकिन आत्म-विश्लेषण आपको स्पष्टता से बहुत आगे तक जाने और अपने बारे में गहराई से सोचने में समर्थ बनाता है।

शोंडा राइम्ज़ इसकी एक अच्छी मिसाल हैं, जो *ग्रेज़ एनाटोमी* और *प्राइवेट प्रैक्टिस* जैसे टेलीविज़न शोज़ की रचयिता तथा एक्ज़ीक्यूटिव प्रोड्यूसर हैं। बचपन में ही उन्होंने ठान लिया था कि वे रचनात्मक लेखिका बनेंगी। यहाँ तक कि लिखना सीखने से पहले ही वे कहानियाँ बनाने लगी थीं, जिन्हें वे टेपरिकॉर्डर में टेप कर देती थीं। उनकी माँ ने उन कहानियों को लिखकर और इस तरह वास्तविक बनाकर उनका उत्साह बढ़ाया।

आपको तो बस सुनियोजित रूप से अपनी शिक्षा, पुराने अनुभव, शौकों और रुचियों का अवलोकन करना है। अपने जीवन के उन पहलुओं की तलाश करें, जिनमें आप सफल रहे हों और जिनमें आपको संतुष्टि तथा ख़ुशी हासिल होती थी। इससे आपको संकेत मिल जाएगा कि आप भविष्य में किन क्षेत्रों में सफल हो सकते हैं। लेकिन यह सिर्फ़ शुरुआत है।

सफल लोग अपने करियर की शुरुआत से ही सीखते हैं कि वे किन ख़ज़ानों से लाभ उठा सकते हैं। अपनी सभी संभावित संपत्तियों और संसाधनों की सूची बनाएँ। सिर्फ़ इसी ओर न देखें कि जीवन में आपने अब तक क्या हासिल किया है। साथ ही यह भी सोचें कि आपके अनुमान से आप क्या-क्या हासिल कर सकते हैं। अधिकतर युवाओं को करियर की शुरुआत में अपनी मानसिक क्षमताओं का बहुत कम ज्ञान होता है और आम तौर पर समय के साथ उन्हें धीरे-धीरे इनका पता चलता है।

अधिकतर लोग कभी भी अपनी योग्यता के छोटे से प्रतिशत से अधिक का इस्तेमाल नहीं कर पाते हैं। नतीजा यह होता है कि वे हमेशा कम तनख़्वाह वाले, कम स्तर के पदों पर ही काम करते रहते हैं। वे कभी ऊपर नहीं उठ पाते हैं। वे औसत जीवन में ही घिसटते रहते हैं, हालाँकि उनके पास बेहतर शक्तियाँ होती हैं। अगर इन लोगों को अपने भीतर छिपी शक्तियों का पता चल जाए, तो वे श्रेष्ठ पदों पर पहुँच सकते हैं। दरअसल वे कभी भी महत्वाकांक्षा जगाने वाले सही क़िस्म के माहौल या आवश्यक सामग्री के संपर्क में नहीं आते हैं, जो उनके *भीतर छिपी* महानता की संभावित शक्ति को सुलगा दे।

अपनी छिपी हुई क्षमता को पहचानने का एक तरीक़ा स्कूल, नौकरियों और अन्य कार्यों की उन सारी गतिविधियों की सूची बनाना है, जिनमें आप बढ़-चढ़कर हिस्सा लेते रहे हैं। फिर यह सोचें कि इनमें से कौन से काम करने में आपको सबसे ज़्यादा आनंद मिला था, किनसे आपको सबसे अधिक संतुष्टि मिली थी, और किन्हें करना आपको बहुत अप्रिय लगा था।

जॉश डी. पच्चीस साल का कॉलेज स्नातक था। वह एक बीमा कंपनी में क्लेम एडजस्टर के पद पर बहुत नाख़ुश था। उसने बिज़नेस मैनेजमेंट का अध्ययन किया था और यह नौकरी इस उम्मीद से की थी कि इसके बाद उसे प्रबंधन का पद मिल जाएगा। अपने किए सारे कार्यों की सूची बनाने पर उसे एहसास हुआ कि विस्तृत विवरणों के कार्य करना उसे सबसे कम पसंद था। उसने ग़ौर किया कि उसके बॉस और उसके बॉस के बॉस इसी प्रकार की गतिविधियों में अपना अधिकतर समय बिताते थे। उसने यह भी देखा कि काम के जिस पहलू में उसे सबसे अधिक आनंद आता था, वह था पॉलिसी होल्डर्स से बातचीत करना और उनके दावों पर उनके साथ कार्य करना। स्कूल की गतिविधियों और एक सामुदायिक प्रोजेक्ट में अपने कामकाज की समीक्षा से उसे पता चला कि लोगों के साथ काम करने में उसे अच्छा प्रतिफल मिलता था। जॉश ने यह बात अपनी कंपनी के मानव संसाधन विभाग को बताई। विभाग ने सुझाव दिया कि शायद वह सेल्स लाइन में ज़्यादा सफल हो सकता है। जॉश ने यह परिवर्तन कर लिया और अब उसे अपने कार्य में न सिर्फ़ आनंद आ रहा है, बल्कि वह एक सफल करियर की राह पर भी है।

एक ही लक्ष्य

सफल लोग दृढ़ता से विश्वास करते हैं कि इंसान को अपने लक्ष्य के प्रति पूरी तरह समर्पित रहना चाहिए। जिस संकल्प में कोई शर्त न हो, उसमें ज़बर्दस्त शक्ति होती है- एक प्रबल, लगनशील, सतत उद्देश्य जो अपने पीछे के सारे पुल जला देता है, अपनी राह से सारी बाधाओं को हटा देता है और अपने लक्ष्य पर पहुँच जाता है, चाहे उसमें कितना भी

समय लगे, चाहे कितना ही त्याग करना पड़े या क़ीमत चुकानी पड़े।

सफल होने के लिए आपको अपने दिमाग़ की सारी शक्तियाँ एक अटल लक्ष्य पर केंद्रित करनी चाहिए और अपने उद्देश्य में लगन रखनी चाहिए। आपको करो या मरो, मृत्यु या विजय के सिद्धांत पर चलना चाहिए। कोई भी दूसरी इच्छा आपको कितना भी लुभाए, आपको उसका दमन करना चाहिए।

मान लें, किसी इंसान के पास निश्चित उद्देश्य है, लेकिन योग्यता सिर्फ़ एक ही है। ऐसा इंसान दस योग्यताओं वाले व्यक्ति से अधिक हासिल कर लेता है, क्योंकि दस योग्यताओं वाला व्यक्ति अपनी ऊर्जा को बिखरा देता है और कभी सटीकता से यह तय नहीं कर पाता कि क्या करना है। अपनी शक्तियों को एक ही चीज़ पर केंद्रित करके कमज़ोर से कमज़ोर इंसान भी कुछ न कुछ हासिल कर सकता है; कई चीज़ों पर शक्तियों को बिखराकर शक्तिशाली से शक्तिशाली इंसान भी कुछ हासिल करने में असफल हो सकता है।

अगर राइफ़ल की गोली के पीछे चुटकी भर बारूद हो, तो ट्रक भर खुले बारूद के मुक़ाबले ज़्यादा परिणाम मिलेंगे। राइफ़ल की नाल वह उद्देश्य है, जो बारूद को लक्ष्य प्रदान करती है, वरना चाहे लक्ष्य कितना ही अच्छा क्यों न हो, इसमें शक्ति नहीं रहेगी।

इकलौते लक्ष्य की हमेशा विजय होती है। जो लोग सफल होते हैं, उनके पास एक योजना होती है। वे एक ही दिशा में चलने की योजना बनाते हैं और उस पर अमल करते हैं। वे विस्तार से योजनाएँ बनाते हैं और उनका पालन करते हैं। वे सीधे अपने लक्ष्य की ओर आगे बढ़ते हैं। जब भी उनकी राह में कोई मुश्किल आती है, तो वे दाएँ-बाएँ नहीं होते हैं; यदि वे मुश्किल के ऊपर से नहीं गुज़र सकते, तो उसे पार करते हुए निकल जाते हैं। किसी एकाग्र लक्ष्य पर अपनी शक्तियों के निरंतर इस्तेमाल से वे बढ़ती हैं, जबकि बिना लक्ष्य या उद्देश्य के शक्तियों के इस्तेमाल से वे कमज़ोर होती हैं। इसलिए मस्तिष्क को किसी निश्चित लक्ष्य पर केंद्रित कर लेना चाहिए, वरना बैलेंस व्हील के बिना मशीन की तरह यह ख़ुद को नष्ट कर लेगा।

सार

तार्किक और संभव लक्ष्य तय करना सफलता का पहला पायदान है- चाहे यह आपके करियर में हो या जीवन के किसी अन्य पहलू में। आपको अपने अवचेतन मन में सही बीज बोने चाहिए, जो उन लक्ष्यों को स्वीकार करने और उन पर अमल करने की शक्ति दें। यहाँ सात क़दम दिए जा रहे हैं, जिनसे यह प्रक्रिया आसान हो जाएगी :

1. *लक्ष्य स्पष्ट होने चाहिए।* स्पष्टता से बताएँ कि आप क्या हासिल करना चाहते हैं। लक्ष्य विशिष्टता और दृढ़ता से व्यक्त होना चाहिए। मिसाल के तौर पर, "मेरा लक्ष्य अपनी कंपनी का सर्वश्रेष्ठ सेल्सपर्सन बनना है," यह कहना अच्छा लगता है, लेकिन ज़्यादा स्पष्टता बेहतर है : "मेरा लक्ष्य अगले आर्थिक वर्ष में इतने डॉलर्स के सेल्स वॉल्यूम तक पहुँचना है और उसके अगले तीन वर्षों तक हर साल उससे 10 प्रतिशत अधिक।" अब आप अपना लक्ष्य जान चुके हैं और आपका अवचेतन मन उन आँकड़ों तक पहुँचने के आपके प्रयासों को एकाग्र बना देगा।

2. *लक्ष्य प्रेरक होने चाहिए।* यदि आप कोई ऐसा लक्ष्य तय करते हैं, जो बहुत आसानी से हासिल हो जाता है, तो इससे आपको न्यूनतम से अधिक कार्य करने की प्रेरणा नहीं मिलेगी। इसलिए ऐसे लक्ष्य तय करें, जो आगे बढ़ते रहने के लिए प्रेरित करें। ऐसे लक्ष्य तय करें, जिन्हें हासिल करने के लिए आपको अधिक श्रम करना पड़े। सफल लोग अच्छी तरह जानते हैं कि एक लक्ष्य हासिल होने के बाद तुरंत ही दूसरा लक्ष्य तय कर लेना चाहिए, ताकि प्रगति और सुधार की सतत प्रक्रिया चलती रहे।

3. *लक्ष्य नापने योग्य होने चाहिए।* संख्यात्मक लक्ष्य तय करना हमेशा संभव नहीं होता, लेकिन कुछ लक्ष्य आर्थिक या अन्य संख्याओं के संदर्भ में नापे जा सकते हैं। आप प्रॉडक्ट्स की संख्या या मूल्य के संदर्भ में बिक्री के आँकड़े तय कर सकते हैं कि आप उस महीने, तिमाही या वर्ष के अंत तक क्या

हासिल करना चाहते हैं। आप मात्रा के आधार पर उत्पादन के लक्ष्य तय कर सकते हैं। न नापे जा सकने वाले अमूर्त लक्ष्य भी नापने योग्य शब्दावली में ढाले जा सकते हैं। प्रमुख लक्ष्य को खंडों में विभाजित किया जा सकता है और हर खंड को पूरा करने के लिए समय निर्धारित किया जा सकता है। इस तरह आप तुरंत जान सकते हैं कि आप हर खंड तक पहुँचने के कितने क़रीब हैं। इससे आप अपनी गतिविधियों की निगरानी भी कर सकते हैं कि वे निश्चित रूप से समय पर हासिल हो जाएँ।

4. लक्ष्यों को कर्म पर आधारित होना चाहिए। लक्ष्य तक पहुँचने के लिए कौन से कार्य करने हैं, जब तक उन्हें न लिखा जाए, तब तक लक्ष्य सपनों से अधिक कुछ नहीं हैं। कर्म के लिए मानसिक, शारीरिक और भावनात्मक गतिविधि की ज़रूरत होती है। आपको फ़ुरसत के हर पल में अपने लक्ष्यों के बारे में मानसिक रूप से सोचते रहना चाहिए और यह भी कि उन्हें हासिल करने के लिए आप कौन से कार्य करेंगे। आपका अवचेतन मन आपके विचारों को कार्यों में रूपांतरित कर देगा।

5. *लक्ष्यों को लिख लेना चाहिए।* लिखने पर आप लक्ष्य भूलते नहीं हैं या रोज़मर्रा की आपाधापी में वे ओझल नहीं होते हैं। अपने दीर्घकालीन लक्ष्यों की सूची बनाएँ, उन्हें मध्यावधि और अल्पावधि के लक्ष्यों में तोड़ लें। उन्हें बड़े-बड़े अक्षरों में लिखकर किसी ऐसी जगह चस्पा करें, जहाँ वे आपको हर दिन दिखते रहें- अपनी डेस्क पर, फ्रिज पर, आईने पर। उन्हें पढ़ें, याद करें, बार-बार पढ़ें और हर दिन पूछें, "इन लक्ष्यों को हासिल करने के लिए मैं क्या कर रहा हूँ?"

6. *लक्ष्य किसी दूसरे व्यक्ति को बता देने चाहिए।* आपके लक्ष्यों का हश्र भी आपके नए साल के संकल्पों जैसा न हो, यह सुनिश्चित करने का एक तरीक़ा यह है कि आप किसी दूसरे व्यक्ति को उनके बारे में बता दें- ऐसा व्यक्ति, जिसका आप सम्मान करते हों या ऐसा कोई जिसकी बात आप सुनते हों।

अल्कोहलिक्स अनॉनिमस के एक संस्थापक बिल विल्सन ने बताया था कि उनके सदस्यों को मद्यपान से दूर रखने वाला एक बड़ा कारण यह था कि वे अपने लक्ष्य दूसरों को बताते थे। वेट वॉचर्स के संस्थापक जीन निडेच का भी यही अनुभव था।

7. *लक्ष्य लचीले होने चाहिए।* ऐसे समय होते हैं, जब परिस्थितियाँ बदल जाती हैं और आपको तय लक्ष्य प्रासंगिक नहीं रह जाते। हो सकता है कि आर्थिक परिस्थितियाँ उस नए उद्यम को शुरू करने के लिए उपयुक्त न हों, प्रौद्योगिकी के नवाचारों ने आपके लक्ष्य को पुरातनपंथी बना दिया हो; आपने शोध में ग़लतियाँ कर दी हों और लक्ष्य संभव न रहा हो। इसका आवश्यक रूप से यह मतलब नहीं है कि लक्ष्य को छोड़ देना चाहिए। हो सकता है कि इसमें बस नई सोच या अधिक अध्ययन की ज़रूरत हो। यदि आपका सामना किसी ऐसी स्थिति से हो, तो अब तक हुई प्रगति की समीक्षा करें और आवश्यक सुधार करें।

अध्याय 2

आत्मविश्वास और आत्मसम्मान बढ़ाना

यदि आप ख़ुद को असफल मानते हैं और असफल व्यक्ति के रूप में ही अपनी तस्वीर देखते हैं, तो आप निश्चित रूप से असफल होंगे। नुस्ख़ा यह है कि हमेशा सफलता के बारे में ही सोचें। आपके मन में यह एहसास होना चाहिए कि आप सफल होने और जीतने के लिए पैदा हुए हैं। सफल, ख़ुश और उन्मुक्त व्यक्ति के रूप में अपनी तस्वीर देखेंगे, तो आप ऐसे ही बन जाएँगे। आप अपने चेतन मन में जिसे भी सच मानते और महसूस करते हैं, वह आपके अवचेतन मन पर अंकित हो जाता है और इसके बाद आपके अनुभव में साकार हो जाता है। मस्तिष्क का यह नियम अचल है, अटल है, अजर है, अमर है और अपरिवर्तनीय है। आस्था रखेंगे, तो आप सारी बाधाएँ पार कर लेंगे।

इस बात के बहुत से कारण हो सकते हैं कि एक व्यक्ति अपने करियर या व्यवसाय में सफल क्यों हो जाता है, जबकि दूसरा नहीं हो पाता। कई बरसों से मैं कई तरह के लोगों के संपर्क में रहा हूँ– मसलन अमीर और ग़रीब, मशहूर और सामान्य, लीडर्स और अनुयायी। उनका अवलोकन करने पर मैंने एक तथ्य पर ग़ौर किया है। वह तथ्य यह है : किसी व्यक्ति को सफलता मिलेगी या नहीं, यह तय करने वाला महत्वपूर्ण घटक यह होता है कि वह अपने बारे में कैसा महसूस करता है। जो लोग ख़ुद से वाक़ई प्रेम करते हैं, जो ख़ुद को मूल्यवान तथा महत्वपूर्ण समझते हैं, जीवन में उनके सफल होने की संभावना उन लोगों से कहीं अधिक होती है, जिन्हें इस तरह का विश्वास नहीं होता।

वह क्या है, जो सफल लोगों में होता है और बाक़ी लोगों में नहीं होता? यह आत्मसम्मान है, यह आत्मविश्वास है। उन्हें ख़ुद पर और

अपने भीतर की शक्तियों पर भरोसा होता है।

आत्मसम्मान– आत्मविश्वास का बुनियादी घटक

आत्मसम्मान की एक बहुत अच्छी परिभाषा दी जा सकती है : अपने बारे में अच्छा महसूस करना। उच्च आत्मसम्मान वाले लोगों को यह यक़ीन होता है कि वे अपने अधिकतर कार्यों में सफल होंगे। वे अपना सम्मान करते हैं और जानते हैं कि दूसरे लोग भी उनका सम्मान करते हैं। इसका यह अर्थ नहीं है कि वे हर चीज़ को लेकर हमेशा आशावादी होते हैं और सदा ख़ुशमिज़ाज या हँसमुख रहते हैं। हम सभी के जीवन में बुरे दिन होते हैं और कई दौर ऐसे भी आते हैं, जब हर चीज़ ग़लत होती दिखती है। उच्च आत्मसम्मान वाले लोग इस बात को स्वीकार करते हैं और इसे ख़ुद पर हावी नहीं होने देते।

आत्मसम्मान आत्मविश्वास का अखंड हिस्सा है। आप जो निर्णय लेते हैं, उनके बारे में अच्छा महसूस करने से पहले आपको ख़ुद पर भरोसा होना चाहिए। आपको वाक़ई महसूस करना चाहिए कि आप मूल्यवान हैं। यदि आपमें आत्मसम्मान नहीं है, तो आप इस बात पर *विश्वास* कैसे कर सकते हैं कि आपके निर्णय सही हैं?

लोगों में आत्मविश्वास का अभाव क्यों होता है? एक आम कारण तो यह है कि संभवतः वे पहले कभी किसी काम में असफल हो गए हों और इस बात से घबराने लगे हों कि कहीं वे दोबारा असफल न हो जाएँ। दूसरा कारण यह है कि दूसरे लोग - अक्सर शिक्षक और उनके माता–पिता - स्कूल या दूसरे क्षेत्रों में उनके प्रदर्शन से कभी संतुष्ट न रहे हों और उन्होंने उनमें हीनता का भाव भर दिया हो।

बाक़ी दूसरे लोग सफलता का स्वाद तो चख चुके होते हैं, लेकिन इसके बाद उन्हें किसी तरह की असफलता हाथ लगी और उन्होंने उसे अपने दिमाग़ पर हावी हो जाने दिया, जिसका परिणाम यह हुआ कि उनके हर कार्य में आत्मविश्वास की कमी नज़र आने लगी।

ख़ुद के बारे में अपनी भावनाओं को बदलने की कुंजी आपके अवचेतन मन में छिपी है। आप अपने अवचेतन मन तक सिर्फ़ एक ही

तरीक़े से पहुँच सकते हैं- अपने चेतन मन के ज़रिए। आपका अवचेतन मन हमेशा सबसे प्रबल या प्रधान विचार के अनुरूप कार्य करता है। यदि आपके अवचेतन से दो विरोधी आग्रह किए जाएँ, तो यह उनमें से अधिक शक्तिशाली को स्वीकार करेगा। यदि आप कहते हैं, "मैं आत्मविश्वास चाहता हूँ, लेकिन इसे नहीं पा सकता; मैं बहुत कड़ी कोशिश करता हूँ; मैं ख़ुद को प्रार्थना करने के लिए विवश करता हूँ; मैं अपने पास की पूरी इच्छाशक्ति का इस्तेमाल करता हूँ," तो आपको एहसास होना चाहिए कि आपकी ग़लती आपके प्रयास में निहित है।

कुछ लोग अपने तरीक़े बदलने के लिए "इच्छाशक्ति" का इस्तेमाल करने की कोशिश करते हैं। इच्छाशक्ति यह करने का एक प्रत्यक्ष लेकिन निरर्थक प्रयास है। सुखद परिणाम हासिल करने के लिए आपको अपने अवचेतन मन से नकारात्मक विचारों को हटाना होगा, लेकिन दरअसल इच्छाशक्ति उन विचारों को बलवान बनाती है। आप इच्छाशक्ति का इस्तेमाल करके अवचेतन मन को विवश नहीं कर सकते कि यह आपके विचार को स्वीकार कर ले। ऐसे प्रयासों का असफल होना तय है और आपने जिसके लिए प्रार्थना की थी, जीवन में आपको उसका विपरीत ही मिलेगा। जब आप इच्छाशक्ति पर ध्यान केंद्रित करते हैं, तो आप अपने अवचेतन मन में उस आदत को बलवान कर रहे हैं, जिससे आप उबरने की कोशिश कर रहे हैं। मिसाल के तौर पर, जब कोई धूम्रपान करने वाला अपनी बुरी आदत को छोड़ने के लिए इच्छाशक्ति का इस्तेमाल करता है, तो वह बार-बार दोहराता है, "मैं सिगरेट नहीं पिऊँगा।" ऐसे में अवचेतन मन सिगरेट पीने के कार्य पर ध्यान केंद्रित कर लेता है। अगर इसके बजाय सिगरेट पीने वाला धूम्रपान से छुटकारे की ख़ुशियों - साफ़-सुथरी साँस, ताज़ी, गंधरहित हवा और अन्य लाभों - पर ध्यान केंद्रित करे, तो अवचेतन मन उसी अनुरूप प्रतिक्रिया करेगा।

यदि आप नकारात्मक विचारों की जगह अपने चेतन मन में सकारात्मक विचार रख लेते हैं, तो वे रिसकर आपके अवचेतन में पहुँच जाएँगे।

ख़ुद को कभी असफल न मानें

अपने बारे में आपके आकलन, आपके ब्लूप्रिंट और आपके विश्वास ही आपको संचालित करते हैं। किसी दूसरे के आपके बारे में क्या विश्वास हैं, इससे कोई फ़र्क़ नहीं पड़ता। यदि कोई आपसे कहता है, "आप असफल हैं; आप कभी कुछ नहीं कर पाएँगे," तो आपको क्या करना चाहिए? ख़ुद से कहें, "कोई दूसरा मेरे बारे में चाहे कुछ भी कहे, वह मायने नहीं रखता। मैं जीतने और सफल होने के लिए पैदा हुआ हूँ। चाहे जो हो जाए, मेरी सफलता तय है। मैं उल्लेखनीय और अनूठे तरीक़े से सफल होने वाला हूँ।"

जब भी कोई कहता है कि आप असफल होंगे, तो हर बार प्रेरित हो जाएँ और अपने कभी असफल न होने वाले अवचेतन मन की शक्ति में प्रबलता से विश्वास करें। दूसरे शब्दों में, अपनी असफलताओं के लिए दूसरों को दोष न दें। विपरीत परिस्थितियों का बहाना न बनाएँ। सफल लोग ख़राब परिस्थितियों से उबरने के लिए डटकर मेहनत करते हैं। रास्ते में असफलताएँ मिलना तय है, लेकिन इसका यह अर्थ नहीं है कि *आप* असफल हो गए। असफलता को उलटने और सफलता की ओर बढ़ने की सृजनात्मक शक्ति आपके भीतर है। सामने वाला व्यक्ति आपको नियंत्रित नहीं करता है। आपका शोषण करने की शक्ति किसी दूसरे व्यक्ति में नहीं है, जब तक कि आप उसे ऐसा करने की अनुमति न दें।

जब आपको सफलता मिलती है, तो हर सफलता के साथ आपका आत्मसम्मान बढ़ता जाता है। यह कभी-कभार असफल होने पर भी बढ़ सकता है, बशर्ते आप यह याद रखें कि शक्ति अब भी आपके भीतर है, आपको इस पर भरोसा है और आपके कार्यों से यह साबित होता है।

आप वही हैं, जो आप सोचते हैं कि आप हैं। आप स्वयं के बारे में अपनी मानसिक छवि के अनुरूप ख़ुद को ढालते हैं। आत्मसम्मान और आत्मविश्वास अपने बारे में आपकी छवि के प्रक्षेपण से अधिक कुछ नहीं हैं। यदि आप एक शक्तिशाली सकारात्मक आत्म-छवि क़ायम रखते हैं, तो आप अधिक ख़ुश और सफल इंसान होंगे। आप बाधाओं

को लाँघकर निकल जाएँगे - चाहे वे कितनी ही मुश्किल क्यों न हों - और अपने तय किए हुए लक्ष्यों तक पहुँच जाएँगे।

सबसे बड़ी ज़रूरत इस बात की है कि आप ख़ुद में विश्वास करें। आप जो कर रहे हैं, उस पर विश्वास करें। अपनी अंतिम नियति पर विश्वास करें। दरअसल, आत्मविश्वास की सबसे बड़ी अभिव्यक्ति तब होती है, जब इसके साथ यह विश्वास जुड़ जाता है कि आपका वास्तविक स्वरूप ईश्वर-प्रदत्त है और ईश्वर साथ हो, तो हर चीज़ संभव है।

अभी, इसी वक़्त अपना मन बना लें। आप वह सब पा सकते हैं, जो आप पाना चाहते हैं, क्योंकि जैसा आपका विश्वास होगा, उसी के अनुरूप आपको दिया जाएगा। प्राचीन सूक्ति का अनुसरण करें : यह सुनिश्चित करें कि आप सही हैं, फिर आगे बढ़ जाएँ। किसी भी चीज़ की वजह से ख़ुद को या अपने विश्वास को डगमगाने न दें। इसे अपनी मानसिकता का हिस्सा बना लें। और जब आपमें इस प्रकार का विश्वास होगा, तो आप अवश्य सफल होंगे तथा जीवन में आगे बढ़ेंगे।

अपने जीवन की सकारात्मक पटकथा लिखें

मनोवैज्ञानिक बताते हैं कि हर इंसान अपने जीवन की एक "पटकथा" लिखता है। यह पटकथा आशा से भरी भी हो सकती है और निराशा से भरी भी हो सकती है। यह हमें ख़ुश भी बना सकती है और दुखी भी। यह सकारात्मक नज़रियों तथा आत्मसम्मान को प्रदर्शित कर सकती है या फिर नकारात्मकता, शायद आत्म-घृणा, से भरी भी हो सकती है। जो स्त्री-पुरुष अपने करियर की शुरुआत में असफलता का कड़वा स्वाद चख लेते हैं, उनमें आत्मसम्मान और आत्मविश्वास की कमी हो सकती है। उनकी शुरुआती असफलताएँ उनके मन पर असर डालती हैं। हो सकता है कि अपने अवचेतन मन में वे अपने लिए असफलताओं की पटकथा लिख लें- और वे असफल *हो जाएँगे*, जब तक कि वे ख़ुद पर दोबारा विश्वास करना न सीख लें।

यदि आपने असफलता की पटकथा लिखी है, तो यह आपके

विचारों और कार्यों पर हावी हो जाएगी। आप हमेशा ख़ुद को असफल मानेंगे और असफल *होंगे* भी। जब तक आप उस पटकथा को दोबारा नहीं लिखेंगे, तब तक जीवन भर असफलता और दुख ही झेलते रहेंगे।

अधिकतर सफल लोग सफलता के गुणसूत्रों के साथ पैदा नहीं हुए थे। इन महान लोगों की जीवनी अक्सर बताती है कि किस प्रकार उन्हें ग़रीबी तथा निराशा से उबरना पड़ा और अपने लक्ष्य तक पहुँचने से पहले अजेय नज़र आ रही परिस्थितियों से जूझना पड़ा।

उन्होंने ऐसा कैसे किया? उन्होंने अपनी मानसिक पटकथा को दोबारा लिखकर और अपनी आत्म-छवि को नकारात्मक से सकारात्मक बनाकर इसे साकार किया। फिर संकल्प, समर्पण और कड़ी मेहनत के ज़रिए वे वैसा ही सफल जीवन जीने लगे, जैसी पटकथा उन्होंने लिखी थी।

कोई भी व्यक्ति जीवन में फ़्रेडरिक डगलस से गिरी हालत में शुरुआत नहीं कर सकता था। वे एक कॉटन प्लांटेशन पर दास के रूप में पैदा हुए थे। जहाँ तक आत्म-सुधार या आत्म-बेहतरी के अवसरों का प्रश्न था, वे बेहद निराशाजनक और मित्रहीन स्थिति में थे। उन्हें अपने बंधनों और निराशाजनक परिस्थिति का एहसास था। ऐसे में वे ख़ुद से कह सकते थे, "मैं एक दास हूँ। चाहे मुझमें कितनी ही महत्वाकांक्षा हो, चाहे मैं यहाँ से निकलने के लिए कितने भी हाथ-पैर मार लूँ, मैं ऐसा नहीं कर सकता, क्योंकि मैं दासता में पैदा हुआ हूँ। मेरे माता-पिता दास थे और मेरे दादा-दादी भी दास थे। इस बात की कोई संभावना नहीं है कि मैं शिक्षा पाऊँगा या इस प्लांटेशन के बाहर के संसार में जीवन शुरू कर पाऊँगा।"

यदि उन्होंने अपने अवचेतन मन तक यह विचार बार-बार पहुँचाया होता, तो फ़्रेडरिक डगलस के बारे में किसने सुना होता? ज़ाहिर है, किसी ने नहीं। वे लाखों दासों की तरह घुट-घुटकर जीते और ग़ुमनामी में ही मर जाते। लेकिन उनमें जीतने का जज़्बा था। उन्होंने यह नहीं कहा, "मैं नहीं कर सकता और मैं नहीं करूँगा।" इसके बजाय उन्होंने कहा, "मैं दासता की इस भयंकर परिस्थिति से निकलने के लिए मेहनत कर सकता हूँ और करूँगा।"

उन्होंने ख़ुद के लिए एक पटकथा लिखी। उन्होंने हर इंसान में छिपी रहस्यमयी शक्ति का आह्वान किया, जो हमेशा हमारे आह्वान पर प्रकट हो जाती है। इस शक्ति के सहारे उन्होंने अपने सामने मौजूद उन तमाम अजेय बाधाओं को जीत लिया, जो उनके तथा स्वतंत्रता व शिक्षा के बीच खड़ी थीं। उन्होंने फ़ेंस पर लगे पोस्टर्स, छपे काग़ज़ के टुकड़ों और प्लांटेशन में मिले पुराने पंचांग से वर्णमाला सीखी। जब तक उन्होंने पढ़ना नहीं सीख लिया, तब तक उन्होंने कभी असली पुस्तक की शक्ल भी नहीं देखी थी।

इतनी छोटी शुरुआत के बावजूद, ऐसे कठोर परिवेश में रहने के बावजूद यह दास लड़का स्वतंत्रता हासिल करने और शिक्षा पाने में सफल रहा। उन्होंने दास जाति के मुखर समर्थक के रूप में अपनी अंतरराष्ट्रीय प्रतिष्ठा बना ली। आगे चलकर इस उद्‌देश्य की ख़ातिर उन्होंने अपना जीवन समर्पित कर दिया। उनके काम पर अमेरिका के राष्ट्रपति का ध्यान गया और उन्होंने फ्रेडरिक डगलस को हैती का राजदूत नियुक्त कर दिया।

आप भी उस पटकथा को दोबारा लिख सकते हैं, जिसने आपके जीवन को रसातल में रोक रखा है। इसमें समर्पण और कभी न ख़त्म होने वाली कोशिश की ज़रूरत होती है, लेकिन यदि आप उस रसातल से चढ़कर बाहर निकलना चाहते हैं, तो यक़ीन मानें, आप ऐसा कर सकते हैं और दरअसल आपको ऐसा करना भी चाहिए।

आप ये कुछ क़दम उठा सकते हैं :

- *ख़ुद से प्रेम करें।* जब तक आप वाक़ई अपना सम्मान न करते हों, तब तक आप दूसरों से यह उम्मीद नहीं कर सकते कि वे आपसे प्रेम करेंगे या आपका सम्मान करेंगे।
- *ख़ुद पर भरोसा करें।* अपने जीवन संबंधी निर्णय लेने में न हिचकें। यदि आप अपने लक्ष्य तय करते हैं और आपको विश्वास होता है कि आप सफल होंगे, तो आपको ऐसे निर्णय लेने में घबराने की ज़रूरत नहीं है, जिनसे उन लक्ष्यों तक पहुँचने में मदद मिलेगी।
- *सकारात्मक पर ज़ोर दें।* निश्चित रूप से राह में आपको कुछ

असफलताएँ मिल सकती हैं, लेकिन उन पर ध्यान न दें। दिन-ब-दिन हासिल होने वाली उपलब्धियों पर ध्यान केंद्रित करें, क्योंकि इसी से आपकी सफलता की पटकथा मज़बूत होगी। आत्मसम्मान नश्वर होता है। इसे निरंतर पोषण देने और सशक्त बनाने की ज़रूरत होती है। इसे शब्दों, कार्यों, दृष्टिकोण और अनुभव से पोषण मिलता है। और समर्पण द्वारा आप इसे क़ायम रखते हैं।

- *ख़ुद से बहुत सी अपेक्षाएँ रखें।* हर छोटी सफलता पर ख़ुद को बधाई दें, लेकिन यह घमंड करने का वक़्त नहीं है। छोटी सफलताओं से प्रोत्साहित होकर अधिक ऊँची उपलब्धियों की ओर आगे बढ़ें।
- *फ़्रांसीसी दार्शनिक एमील कूए द्वारा मशहूर की गई उक्ति को दोहराएँ,* "हर दिन, हर प्रकार से मैं बेहतर और बेहतर बन रहा हूँ।"

ख़ुद को एक प्रेरक भाषण दें

ऐसे समय होते हैं, जब हमें अपना आत्मसम्मान बढ़ाने की ज़रूरत होती है। किसी धावक टीम के कोच का अनुसरण करें। जब टीम पिछड़ रही होती है, तो कोच टीम को प्रेरित करने के लिए आगे आता है- वह उन्हें एक प्रेरक भाषण देता है। अच्छी तरह चुने गए शब्दों के साथ वह उत्साह, आत्मविश्वास और जीतने की इच्छा ही नहीं भरता है, बल्कि लक्ष्य तक पहुँचने में जीतोड़ कोशिश करने का समर्पण भी भरता है।

हममें से हर एक को भी ऐसे ही प्रेरक भाषणों की ज़रूरत होती है। जब जीवन के प्रति हमारा उत्साह कम हो जाता है, जब हम निराश होते हैं, जब हम असफल हो जाते हैं, जब हमारा आत्मविश्वास खो जाता है और ख़ुद में हमारी आस्था डगमगा जाती है, तब हमें प्रेरक भाषणों की ज़रूरत होती है। लेकिन कोच कहाँ है?

हमें अपना कोच ख़ुद बनना चाहिए। अपने दिमाग़ की पटकथा बदलने के लिए ख़ुद को एक प्रेरक भाषण दें। ख़ुद को बताएँ कि आप

अच्छे हैं, आप एक विजेता हैं, आप अतीत में सफल हो चुके हैं और आगे भी सफल होंगे। इस तरह ख़ुद को प्रेरक भाषण देकर दरअसल आप अपने चेतन मन में आत्मसम्मान के बीज बो रहे हैं, जिन्हें बार-बार दोहराने पर वे आपके अवचेतन मन में पहुँच जाएँगे और आपके व्यवहार की जड़ बन जाएँगे।

यह आत्मसम्मान जीवन भर हमारे साथ चलता है। युवावस्था में यह हमें आगे धकाता है, अधेड़ावस्था में संबल देता है और बाद के वर्षों में हमारा नवीनीकरण करता है।

अपनी व्यक्तिगत पटकथा में नकारात्मक शब्दों की जगह पर सकारात्मक शब्द रखने का अभ्यास करें। निराशा के शब्दों के बजाय आशा के शब्द बोएँ। असफलता के शब्दों के बजाय सफलता के शब्दों का सृजन करें। पराजय के शब्दों के बजाय विजय के शब्द सोचें। चिंता के शब्दों के बजाय प्रोत्साहन के शब्द जोड़ें। उदासीनता के शब्दों के बजाय उत्साह के शब्द बोएँ। घृणा के शब्दों के बजाय प्रेम के शब्दों का इस्तेमाल करें। इस तरह सभी नकारात्मक शब्दों के स्थान पर आत्मसम्मान के शब्द रख दें। फिर आप देखेंगे कि जिस तरह रात के बाद दिन निश्चित रूप से आता है, उसी तरह आपके जीवन में आत्मसम्मान और आत्मविश्वास निश्चित रूप से भर जाएगा।

बाधाओं से मुक़ाबला करके उन्हें परास्त करें

विपत्तियाँ सामने आने पर आत्मविश्वास डगमगा सकता है। योजनाएँ गड़बड़ा जाती हैं, अप्रत्याशित बाधाएँ सामने आ खड़ी होती हैं और हर चीज़ धराशायी होती नज़र आती है। यही अपने आत्मविश्वास के नवीनीकरण का समय है। यही ईश्वर-प्रदत्त सभी भंडारों का आह्वान करने का समय है। यही समस्या से मुक़ाबला करने और उसे पराजित करने का समय है। आप सफल होंगे और उस सफलता से आपका आत्मसम्मान बढ़ जाएगा।

सर्वश्रेष्ठ एक्ज़ीक्यूटिव्ज़ आम तौर पर मानते हैं कि बाधा जितनी बड़ी होती है, उतने ही ज़्यादा आत्मविश्वास की ज़रूरत होती है और

अनुभव भी उतना ही अधिक मूल्यवान होता है। अपने करियर की शुरुआत में ए.जी. लैफ़्ले, जो बाद में प्रॉक्टर एंड गैंबल के सीईओ बने, कंपनी के एशियाई प्रभाग के प्रभारी थे। उनके कार्यकाल में जापान में एक बड़ा भूकंप आया और एशियाई अर्थव्यवस्था चरमरा गई। उन्होंने कहा कि वे अपनी कंपनी को इन भयंकर बाधाओं से सिर्फ़ इसलिए उबार पाए, क्योंकि उन्होंने ख़ुद में विश्वास नहीं खोया। यह बात उनके दिमाग़ में थी कि इंसान सामान्य समय के मुक़ाबले संकट में दस गुना अधिक सीखता है।

इसी तरह, जनरल इलेक्ट्रिक (जीई) के सीईओ जेफ़ इमेल्ट को एक संकट के स्थान पर रखा गया। 1988 में जब लाखों रेफ़्रिजरेटर कम्प्रेसर्स में गड़बड़ निकली, तो सीईओ जैक वेल्च ने स्थिति को सुधारने का ज़िम्मा उन्हें सौंप दिया, हालाँकि इमेल्ट को रेफ़्रिजरेटर्स या रिकॉल्स का कोई अनुभव नहीं था। उन्होंने कहा कि वे किसी भी तरह सीईओ नहीं बन सकते थे, यदि उन्हें यह विश्वास नहीं होता कि उनमें उस "असंभव" कार्य से निबटने की योग्यता है, जिसे जीई के बहुत से कर्मचारी अजेय बाधा मान रहे थे।

गंभीर बाधा से उबरने की एक और मिसाल सिस्को के सीईओ जॉन चैंबर्स की है। वे कारोबारी जगत के सबसे ज़बर्दस्त और प्रेरक वक्ताओं में गिने जाते हैं। वे अपनी प्रस्तुति बस इतनी याद करते हैं कि यह बग़ैर याद की हुई लगे। वे मंच से उतरकर लोगों से व्यक्तिगत बातचीत करने लगते हैं और श्रोताओं से नज़रों का संपर्क कभी नहीं तोड़ते हैं। वे मंच पर एक जादूगर नज़र आते हैं, जिनके भाषणों को कठोर व्यावसायिक पत्रकार भी "आश्चर्यजनक" की संज्ञा देते हैं।

यह विश्वास करना मुश्किल है कि इस मुखर व्यक्ति को कितनी बड़ी बाधाओं से उबरना पड़ा, तब कहीं जाकर उनमें श्रोताओं के सामने खड़े होने का आत्मविश्वास आया।

और उन्हें यह आत्मविश्वास किस चीज़ से मिला? *उस शक्ति से, जो उन्होंने डिसलेक्सिया से उबरकर पाई।* श्रोताओं के सामने बोलने के लिए चैंबर्स को एक बेहद कठोर कार्य-संस्कृति विकसित करनी पड़ी। इस बारे में शिकायत करने के बजाय उन्होंने ख़ुद को बदलने की चुनौती दी।

उन्होंने कहा है कि उनके डिसलेक्सिया ने उन्हें विस्तृत विवरणों में उलझने से बचाया और बड़ी तस्वीर देखने के लिए विवश किया। इससे उनकी भाषण कला में भी निखार आया, क्योंकि श्रोता अक्सर विस्तृत विवरणों से ऊब जाते हैं। डिसलेक्सिया की वजह से उन्हें अपनी प्रस्तुतियों के बड़े खंड याद करने पड़ते हैं। उन्हें अधिकतर वक्ताओं से ज़्यादा मेहनत से तैयारी करनी पड़ती है। इस वजह से उनके भाषण तात्कालिकता तथा ताज़गी की अनूठी मिसाल बन जाते हैं। जब याद की गई सामग्री जीवंतता से पेश की जाए, तो यह रटना नहीं होता। वास्तव में, यह पन्ने पर लिखे शब्द पढ़ने के विपरीत है। जॉन चैंबर्स बाल्यावस्था की इस विनाशकारी बाधा से उबर गए। उन्होंने इस बाधा को कभी अपने जीवन पर हावी नहीं होने दिया। आत्मविश्वास बढ़ाने के लिए उन्होंने कड़ी मेहनत की और आज़ वे कारोबार जगत के एक लीडर हैं। वे प्रखर वक्ता भी हैं, जो लोगों के सपनों, अपने प्रॉडक्ट्स के महत्व और बड़ी तस्वीर (जिसे हम सभी देखना चाहते हैं) के बारे में विश्वास तथा स्पष्टता से बोलते हैं।

ख़ुद को सज़ा देना छोड़ दें

परिस्थितियाँ, स्थितियाँ या शक्तियाँ चाहे जैसी हों, आप जिसे भी अपने मन में पूरी तरह स्वीकार करते हैं, उसे ही जीवन में साकार करेंगे। इन सत्यों को दृढ़ता से कहें : तरक़्क़ी आपकी है, सफलता आपकी है, सही कर्म आपका है, दौलत आपकी है। जब आप यह कहते रहते हैं, तो ये सत्य आपके अवचेतन मन में जमा हो जाएँगे। यह महत्वपूर्ण है, क्योंकि अवचेतन मन ही सृजनात्मक माध्यम है। इसके बाद आपके जीवन में चमत्कार होने लगेंगे।

एक विधि सचिव ने अपने पादरी से शिकायत की : "मुझे कभी अवसर नहीं मिलते। ऑफ़िस में बॉस और दूसरे कर्मचारी मेरे साथ ओछा व क्रूर बर्ताव करते हैं। रिश्तेदारों ने जीवन भर मेरे साथ दुर्व्यवहार किया है। ऐसा लगता है, जैसे बदक़िस्मती लगातार मेरा पीछा कर रही हो। मेरी ज़िंदगी बेकार है। मुझे तो झील में कूद जाना चाहिए।"

पादरी ने उसे समझाया कि वह मानसिक रूप से अपने प्रति क्रूर

थी, इसलिए बाहरी जीवन में भी उसकी आत्म-प्रताड़ना और आत्म-करुणा की पुष्टि लाज़िमी थी। यदि आप ख़ुद के प्रति ओछे हैं, तो दूसरे लोग भी आपके प्रति ओछे ही रहेंगे, चाहे आप संसार में कहीं भी चले जाएँ। यदि आप सोचते हैं कि आप कीड़े-मकोड़े जैसे हैं, तो समझ लीजिए कि हर कोई आपको कुचलने वाला है। दूसरे शब्दों में, उसके आस-पास के लोगों के नज़रियों और कार्यों ने उसके मस्तिष्क की आंतरिक अवस्था को प्रमाणित किया तथा उसकी पुष्टि की।

इसके बाद उसने तुरंत ख़ुद को सज़ा देना छोड़ दिया। उसने मन में तस्वीर देखी कि उसका नियोक्ता बहुत अच्छे काम के लिए उसे बधाई दे रहा है। उसने यह भी देखा कि नियोक्ता उसकी तनख़्वाह बढ़ाने की घोषणा कर रहा है। उसने अपने नियोक्ता और सभी सहकर्मियों के प्रति प्रेम तथा सद्‌भाव लगातार प्रेषित किया। उसने पूरी आस्था के साथ मानसिक तस्वीर देखी। उसने यह कार्य कई सप्ताह तक दिन में कई बार किया। अंततः वह अवाक् रह गई, जब उसके नियोक्ता ने न सिर्फ़ उसके अच्छे कार्य के लिए उसे बधाई दी, बल्कि कुछ महीने बाद प्रबंधक के पद पर प्रमोशन भी दे दिया। कुछ ही घंटों के समय में उसने अधिक गहरे मन के चमत्कारों को हासिल कर लिया। उसे वह कुंजी मिल गई थी, जिससे ख़ज़ाने का ताला खुलता था।

यह न कहें "मैं नहीं कर सकता"; कहें "मैं करूँगा"

द अटलांटिक मंथली के संपादक और *एनाटॉमी ऑफ़ एन इलनेस* और *ह्यूमन ऑप्शन्स* के लेखक नॉर्मन कज़िन्स इस बात की जीती-जागती मिसाल हैं कि अवचेतन मन में हमारे भीतर के अनछुए संसाधनों को मुक्त करने की कितनी अधिक शक्ति होती है।

कज़िन्स एक ऐसी बीमारी के शिकार हो गए, जिससे उनकी गर्दन, हाथों, अँगुलियों और पैरों को लगभग लक़वा मार गया। अस्पताल में भर्ती होने के बाद उन्हें बताया गया कि वे संयोजक ऊतकों की एक गंभीर बीमारी के शिकार हैं। डॉक्टर ने उनसे कहा, "पूरी तरह ठीक होने की आपकी संभावना पाँच सौ में से एक है।"

पहले तो कज़िन्स ने डॉक्टर और अस्पताल को ख़ुद पर "चीज़ें करने" की अनुमति दे दी। दवाएँ दी गईं; परीक्षण किए गए- सभी में बीमारी और नकारात्मक भविष्यवाणी की पुष्टि हुई।

लेकिन कज़िन्स ने अपने भाग्य को स्वीकार करने से इंकार कर दिया। उन्हें दृढ़ विश्वास था कि हँसी, आत्मविश्वास और जीने की इच्छा से उपचार में मदद मिलती है।

जल्द ही कज़िन्स ने सकारात्मक और सुखद भावनाओं की तलाश के लिए एक योजना बनाई। इसमें चिकित्सकीय संसाधन, मानवीय समर्थन तंत्र, हँसी और परिवार का प्रेम शामिल था। फिर वे अस्पताल से बाहर निकले, एक होटल में एक कमरा लिया, अपनी ख़ुद की नर्स रखी और मज़ेदार फ़िल्में व टीवी कार्यक्रम देखने लगे। उन्होंने पाया कि पेट की गहराई से निकलने वाली दस मिनट की हँसी से उन्हें दो-तीन घंटे तक दर्दरहित नींद आ जाती थी- जो महीनों बाद पहली बार हुआ था।

सप्ताह दर सप्ताह नॉर्मन कज़िन्स की शक्ति बढ़ती चली गई। बरस दर बरस उनकी गतिशीलता बेहतर होती गई। उनका दृढ़ विश्वास था कि उनका अनुभव जिजीविषा की शक्ति का सबूत है। यह हमारे भीतर की विराट शक्तियों को मुक्त करने के आत्मविश्वास की शक्ति भी थी। कज़िन्स इसके बाद सोलह से अधिक साल तक सक्रिय और समृद्ध जीवन जिए।

अपनी शक्तियों का लाभ लें

आत्मविश्वास ही समूची सफलता का मूल आधार है। इस विश्वास में ज़बर्दस्त शक्ति होती है कि हम कोई भी चीज़ कर सकते हैं। जिन लोगों की ख़ुद में प्रबल आस्था होती है, वे बहुत सारी अनिश्चितताओं से राहत पा जाते हैं, जैसे क्या वे सही जगह पर हैं, क्या उनमें योग्यता है, भविष्य में जाने क्या होगा आदि।

हो सकता है कि इस वक़्त आप अधिकतर लोगों की तरह जीवन में ज़बर्दस्त सफल न हों, लेकिन आप शायद अपने कुछ कार्यों में सचमुच माहिर होंगे। हो सकता है कि आप अपने विभाग के सर्वश्रेष्ठ कर्मचारी

न हों, लेकिन आपमें कुछ विशेष क्षमताएँ हो सकती हैं, जिनकी बदौलत आपको सम्मान मिलेगा। हो सकता है कि आप अपने सहपाठियों जितने अच्छे खिलाड़ी न हों, लेकिन संभवतः आर्ट क्लास में आपने कुछ उल्लेखनीय सृजन किया होगा। हो सकता है कि आप पड़ोसियों जितना न कमाते हों, लेकिन आप कोई ऐसी चीज़ ठीक कर सकते हैं, जो आपके - और उनके - घरों में ख़राब हो गई हो।

अपनी कमज़ोरियों के बारे में चिंता करना मानव स्वभाव है। इससे कुछ लोग बेहतर बनने के लिए प्रोत्साहित होते हैं, जबकि कई लोग हीन महसूस करने लगते हैं। यह चिंता पूरी तरह छोड़ दें कि आप क्या अच्छी तरह नहीं कर सकते। इसके बजाय अपने दिमाग़ में उन चीज़ों को महिमामंडित करें, जिनमें आप वाक़ई अच्छे हों। परिणाम : आपका आत्मसम्मान और आपका आत्मविश्वास बढ़ेगा, जिससे आप सभी कोशिशों में सफलता की ओर बढ़ने लगेंगे।

सार

यदि आप ख़ुद को असफल मानते हैं और असफल व्यक्ति के रूप में अपनी तस्वीर देखते हैं, तो आप असफल हो जाएँगे। सफलता के बारे में सोचें। ख़ुद के सफल होने की तस्वीर देखें।

- इसी पल विश्वास कर लें कि आप वह सब कुछ कर सकते हैं, जो आप करना चाहते हैं। आप वह सब कुछ बन सकते हैं, जो आप सचमुच बनना चाहते हैं। आप वह सब कुछ पा सकते हैं, जो आप पाने की इच्छा रखते हैं। और आपके विश्वास के अनुरूप ही आपको दिया जाएगा।
- जब तक आप ख़ुद से प्रेम नहीं करते हैं और अपना सम्मान नहीं करते हैं, तब तक आपकी सफल आत्म-छवि बन ही नहीं सकती। नकारात्मक आत्म-छवि को क़ायम रखने का कोई कारण ही नहीं है। यदि आप सफल होना चाहते हैं, तो आपको एक सकारात्मक आत्म-छवि बनानी ही चाहिए।
- कभी भी अपने बारे में ओछा, संकीर्ण या ख़राब न सोचें। ख़ुद

को कभी कमज़ोर, अकार्यकुशल या रोगी न मानें। ख़ुद को पूर्ण, आदर्श और सर्वश्रेष्ठ मानें।

- जब आप अपने करियर में आगे बढ़ेंगे, तो निश्चित रूप से राह में अवरोध आएँगे। लेकिन चाहे जो हो जाए, कभी भी अपना आत्मविश्वास न खोएँ। सफलता की राह कभी आसान नहीं होती। अपने अवचेतन मन की प्रोग्रामिंग करें कि यह आपके लक्ष्यों तक पहुँचने के लिए बाधाओं का सामना करने और उन्हें पराजित करने के लिए तैयार रहे।

अध्याय 3

अधिक सकारात्मक चिंतक बनना

विश्वास का नियम जीवन का नियम है। विश्वास आपके मस्तिष्क का एक विचार है। नुक़सान या चोट पहुँचाने वाली चीज़ों पर विश्वास न करें। उपचार करने, प्रेरित करने, शक्तिशाली बनाने और समृद्ध करने वाली अवचेतन मन की शक्ति में विश्वास करें। आपके विश्वास के अनुरूप ही आपको दिया जाएगा।

नकारात्मक चीज़ों से कभी कुछ हासिल नहीं होता। नकारात्मकता में कोई जीवन नहीं होता; सिर्फ़ क्षय, विनाश और मृत्यु होती है। नकारात्मकता सफलता की कट्टर शत्रु है। जो लोग हर चीज़ को नकारात्मक नज़रिए से देखते हैं, वे हमेशा मुश्किल दौर, गड़बड़ कारोबार, ख़राब सेहत और ग़रीबी की शिकायत करते रहते हैं। वे विनाशकारी तथा नकारात्मक प्रभावों को आकर्षित करते रहते हैं और बेहतरी की अपनी सारी कोशिशों पर ख़ुद ही पानी फेर देते हैं।

सृजनात्मक विचार उन सभी का साथ छोड़ देता है, जो हमेशा विध्वंसात्मक नज़रिए से सोचते हैं और विनाशकारी भाषा का इस्तेमाल करते हैं। वे कोई भी सकारात्मक चीज़ नहीं सोच रहे हैं, इसलिए सृजनात्मक विचार को आकर्षित करने के लिए उनके पास कुछ भी नहीं होता। सृजनात्मक सिद्धांत किसी नकारात्मक, विनाशकारी माहौल में जीवित नहीं रह सकते। वहाँ किसी तरह की कोई उपलब्धि भी नहीं हो सकती। इसीलिए नकारात्मक लोग हमेशा निचले दर्जे पर रहते हैं और हमेशा असफल होते रहते हैं। वे संकल्प की शक्ति खो देते हैं और भटकते रहते हैं, क्योंकि वे आगे बढ़ने में असमर्थ रहते हैं।

नकारात्मकता आपकी शक्ति चूस लेती है

यदि आप नकारात्मकता में रम जाते हैं, तो इससे आपकी महत्वाकांक्षा पंगु हो जाएगी। इससे आपके जीवन में ज़हर भर जाएगा। इससे आपका आत्मविश्वास मर जाएगा और अंततः आप परिस्थितियों के स्वामी के बजाय उनके शिकार बन जाएँगे। कार्य करने की शक्ति काफ़ी हद तक आत्मविश्वास का मामला है। चाहे आप जो भी करें, आप वह कार्य तब तक कभी नहीं कर पाएँगे, जब तक कि आप यह न सोच लें कि आप उसे कर सकते हैं। आप उसमें कभी माहिर नहीं बन पाएँगे, जब तक कि आप ख़ुद को वह कार्य करने में सक्षम न समझें और उसमें माहिर बनने की भावना महसूस न कर लें। पहले विचार होना चाहिए, वरना यह कभी साकार नहीं हो सकता। मानसिक उपलब्धि पहले आती है। उसके बाद ही भौतिक उपलब्धि आ सकती है।

बहुत सारे लोग डर और असफलता के विचारों को अपने जीवन पर हावी होने देते हैं। इससे वे बहुत साधारण और अंधी गली वाली नौकरियों से ही संतुष्ट हो जाते हैं, जहाँ आमदनी सामान्य होती है, जीवनशैली साधारण रहती है और करियर में न्यूनतम संतुष्टि मिलती है। जब उनके मन में भूले-भटके सृजनात्मक व नवाचारी विचार आते हैं, तब भी वे उनका सुझाव देने से घबराते हैं। वे सोचते हैं, "इसमें क्या तुक है?" उन्हें विश्वास होता है कि उनके विचारों को ठुकरा दिया जाएगा।

सकारात्मक नज़रिए वाले स्त्री-पुरुष कभी भी "आम आदमी" बनने से संतुष्ट नहीं होते। डर की जगह उनमें आत्मविश्वास होता है और उनके करियर समृद्ध होते हैं।

दूसरों के साथ संबंधों में सकारात्मक बनें

सुनिश्चित करें कि जब किसी के प्रति आपके मन में कोई बुरा विचार हो, कोई अस्वस्थ विचार हो, कोई असामंजस्यपूर्ण विचार हो, कोई रुग्ण विचार हो, कोई घातक विचार हो, तो ख़ुद से कहें, "रुक जाओ! मुड़ जाओ!" धूप की ओर देखें। यह निर्णय लें कि यदि आप संसार में कोई भलाई नहीं कर सकते, तो आप ज़हरीले बीज नहीं बोएँगे, द्वेष और

नफ़रत का विष नहीं उगलेंगे।

नौकरी और जीवन के विभिन्न क्षेत्रों में सभी के प्रति हमेशा दयालुतापूर्ण, परोपकारी, ऊँचे, प्रेमपूर्ण विचार रखें। परिणाम यह होगा कि आप किसी को निराश नहीं करेंगे और किसी की राह में बाधक नहीं बनेंगे। आप दुख और छाया के बजाय धूप और ख़ुशी बिखेरेंगे। निरुत्साहित करने के बजाय सबको मदद और प्रोत्साहन प्रदान करेंगे।

जब मैरिसा एल. ने अपना नया कार्य शुरू किया, तो उसने ग़ौर किया कि वह विभाग में एकमात्र अफ़्रीकी-अमेरिकी थी। उसने अपने सहकर्मियों से दोस्ती करने की भरपूर कोशिश की, लेकिन उन्होंने उसे झिड़क दिया। उन्होंने न सिर्फ़ उसे नज़रअंदाज़ किया, बल्कि उसे यह एहसास भी हुआ कि वे उसके जीवन को अप्रिय बनाने की भरसक कोशिश कर रहे थे।

मैरिसा के मन में पहला विचार यह आया कि वह मानव संसाधन विभाग में इसकी शिकायत करे कि यह उनकी समान अवसर की रोज़गार नीति का उल्लंघन है, लेकिन काफ़ी सोच-विचार के बाद उसने इस समस्या से ख़ुद ही निबटने का निर्णय लिया। रक्षात्मक स्थिति में आने और साथी महिलाओं से संघर्ष करने के बजाय उसने एक सकारात्मक नीति पर चलने का विकल्प चुना। उसने द्वेष की जगह उनके नज़रिए को समझने के विचार मन में रखे और यह चिंतन-मनन किया कि इसे कैसे बदला जा सकता है। उसने उनके कामकाज की आदतों का अध्ययन किया और आगे बढ़कर वह विशेषज्ञतापूर्ण ज्ञान दिया, जिसके लिए उसे नियुक्त किया गया था।

बहुत कम समय में ही उसने अपने सहकर्मियों का सम्मान हासिल कर लिया और कुछ ही समय बाद उसे अपने सहकर्मियों की मित्रता भी हासिल हो गई। उसे "गैंग के सदस्य" के रूप में स्वीकार कर लिया गया।

आशावादी नज़रिया विकसित करें

आशावादी नज़रिए की आदत जितनी ऊँचाई तक ले जाती है, उतनी ऊँचाई तक कोई दूसरी आदत नहीं ले जाती। यानी यह विश्वास करना

कि अंत में सब कुछ बुरा नहीं, बल्कि अच्छा होगा; कि हम असफल नहीं, सफल होने जा रहे हैं; कि चाहे कुछ हो या न हो, हम ख़ुश रहने वाले हैं।

आशावादी और उम्मीद भरे नज़रिए से आपकी नौकरी का आनंद बढ़ता है। इससे आपको ऐसे संबंध बनाने में मदद मिलती है, जिनसे सफल होने तथा प्रगति करने में मदद मिले। आशावादी नज़रिए जितनी मददगार कोई दूसरी चीज़ नहीं है- ऐसा नज़रिया, जो हमेशा सर्वश्रेष्ठ, सर्वोच्च, सर्वाधिक प्रसन्नता की तलाश और आशा करता है। कभी भी ख़ुद को निराशा या हताशा की मनोदशा की ढलान पर न फिसलने दें।

पूरे दिल से विश्वास करें कि आप वही करेंगे, जो करने के लिए आपको बनाया गया है। पल भर के लिए भी अपनी सफलता को लेकर ज़रा भी संदेह न रखें। यदि संदेह आपके मन में घुसपैठ करना चाहे, तो उसे वहाँ से खदेड़ दें। केवल "विचार-मित्रों" को ही स्वीकार करें, उस चीज़ के आदर्शों को, जिसे हासिल करने के लिए आप संकल्पवान हैं। सभी "विचार-शत्रुओं", सभी हताशा की मनोदशाओं, हर उस चीज़ को ठुकरा दें, जो असफलता या दुख का सुझाव भी देती हो।

मशहूर टेलीविज़न हस्ती और प्रभावी ऑनलाइन समाचारपत्र *हफ़िंगटन पोस्ट* की सह-संस्थापक एरियाना हफ़िंगटन ग्रीस में बड़ी हुई थीं। जब वे स्कूल में पढ़ती थीं, तो उन्होंने एक पत्रिका में कैम्ब्रिज यूनिवर्सिटी का चित्र देखा। उन्होंने तुरंत अपने परिवार के लोगों तथा सहेलियों से कहा कि वे वहाँ पढ़ने जाना चाहती हैं। हर एक ने, सबसे बढ़कर उनके पिता ने, कहा कि यह स्पष्ट रूप से मूर्खतापूर्ण विचार है, जिसे दिल से निकाल देना चाहिए। लेकिन उनकी माँ ने सस्ते एयरलाइन टिकट ख़रीदे, ताकि वे और उनकी संकल्पवान बेटी कैम्ब्रिज की यात्रा कर सकें तथा एरियाना वहाँ रहने की बेहतर कल्पना कर सके। जब वे दोनों वहाँ गईं, तो यूनिवर्सिटी के किसी अधिकारी से नहीं मिलीं। वे तो बस बरसते पानी में घूमीं और एरियाना के वहाँ रहने की कल्पना करती रहीं।

तीन साल बाद एरियाना को कैम्ब्रिज यूनिवर्सिटी ने स्कॉलरशिप प्रदान कर दी। वे कहती हैं कि उनकी माँ ने हमेशा उन्हें नई चीज़ें

आज़माने का आत्मविश्वास दिया और उन्हें जल्दी ही यह संदेश मिल गया कि सकारात्मक नज़रिया तमाम बाधाओं को जीत सकता है। आगामी वर्षों में एरियाना के सकारात्मक नज़रिए ने उन्हें राजनीति व टेलीविज़न के क्षेत्र में सफलता दिलाई। वर्तमान में वे अपना स्वयं का ऑनलाइन समाचारपत्र प्रकाशित करती हैं।

इससे कोई फ़र्क़ नहीं पड़ता कि आप क्या करने या बनने की कोशिश कर रहे हैं। आप चाहे जो कर रहे हों, हमेशा उसके बारे में एक आशावादी, उम्मीद भरा नज़रिया रखें। आप यह देखकर हैरान रह जाएँगे कि इसके बाद किस प्रकार आपकी शक्तियाँ बढ़ जाएँगी और आप आम तौर पर बेहतर हो जाएँगे।

दो भाई मिलकर व्यवसाय करते थे और कई वर्षों तक उनका कारोबार काफ़ी अच्छा चला। फिर उन्होंने फ़्यूचर मार्केट और कमॉडिटी मार्केट में हाथ डाला। नतीजा यह हुआ कि उन्होंने सब कुछ गँवा दिया, जिसमें उनका पूरा कारोबार और बचत शामिल थी। उन पर 50,000 डॉलर का क़र्ज़ चढ़ गया, जिसे उतारने का कोई उपाय नहीं था। अंततः वे दिवालिया हो गए।

उनमें से एक भाई का नज़रिया बहुत अच्छा था। उसने कहा, "मैंने पैसा गँवा दिया है। कोई बात नहीं! मैं इसे दोबारा कमा लूँगा और नए सिरे से फिर कारोबार शुरू करूँगा। मैंने एक अच्छा सबक़ सीख लिया है, जिससे मुझे अंततः काफ़ी लाभ होगा। मैंने अपनी आस्था, विश्वास, उच्च स्तर पर पहुँचने और विकास करने का हुनर नहीं गँवाया है। मेरे पास देने के लिए बहुत कुछ है और मैं दोबारा ज़बर्दस्त तरीक़े से सफलता हासिल करूँगा।" वह एक ब्रोकरेज फ़र्म में नौकरी करने लगा और चूँकि उसके मित्रों की संख्या बहुत अधिक थी, इसलिए उसे अपने नियोक्ता के लिए नए ग्राहक बनाने में कोई मुश्किल नहीं हुई।

बहरहाल, उसके भाई को अपमान और शर्म का एहसास हुआ, क्योंकि उसने सब कुछ गँवा दिया था। वह हर मिलने वाले के सामने अपने नुक़सान का दुखड़ा रोने लगता था। वह एक ही सुर में वही पुराना राग अलाप रहा था कि यह सब उसके ब्रोकर की ग़लती थी। अपने ख़ुद के ग़लत निर्णयों और भूलों को वह न्यायसंगत साबित करने

की कोशिश कर रहा था। धीरे-धीरे उसके मित्र उसका साथ छोड़ने लगे और उससे कतराने लगे। निराशा और उदासी की वजह से उसकी सेहत पर भी बुरा असर पड़ा। उसने डॉक्टरों या मनोवैज्ञानिकों से परामर्श लेने से इंकार कर दिया और सरकारी सहायता के आसरे जीवन-यापन करने लगा।

देखिए, इन दोनों भाइयों को समान नुक़सान हुआ था। एक ने सृजनात्मक तरीक़े से प्रतिक्रिया की और दूसरे ने नकारात्मक तरीक़े से और निरर्थकता के पूरे एहसास के साथ। इससे हम एक बात सीख सकते हैं। हमारे साथ व्यक्तिगत रूप से क्या होता है, यह उतना महत्वपूर्ण नहीं होता; उसके बारे में हमारे विचार, हमारी प्रतिक्रिया सृजनात्मक भी हो सकती है और नकारात्मक भी। एक भाई ने अपनी कल्पना का समझदारी से इस्तेमाल किया, अपने मन में एक नया साँचा बनाया, भविष्य की संभावनाएँ देखीं, बेहतर जीवन के दोबारा निर्माण के लिए आस्था और कल्पना के पंखों का उपयोग किया। उसने पाया कि सफलता और दौलत उसके ख़ुद के दिमाग़ में ही थीं।

नकारात्मक विचारों की जगह सकारात्मक विचार रखें

जब आपके मन में नकारात्मक विचार भरे होते हैं, तो आपकी जीवन शक्ति अवचेतन मन में उसी तरह अवरुद्ध हो जाती है, जिस तरह पानी के पाइप पर पैर रखने से उसका बहाव हो जाता है। जो नकारात्मक भावनाएँ आपके अवचेतन मन में बाँध बना लेती हैं, वे बाद में सभी प्रकार के मानसिक और शारीरिक रोगों के रूप में साकार होती हैं।

नकारात्मकता, दुर्भावना, आलोचना और आत्म-निंदा को बाहर निकाल दें। इसके बजाय अपने मन को सद्भाव, स्वास्थ्य, शांति, ख़ुशी और सद्भावना के सृजनात्मक विचारों से भर लें। इससे आपका जीवन बदल जाएगा।

शाश्वत सिद्धांतों के आधार पर सृजनात्मक तरीक़े से सोचेंगे, तो आप अपने दिमाग़ के सभी नकारात्मक साँचे बदल सकते हैं और उल्लास भरा जीवन जी सकते हैं।

सभी प्रकार की समृद्धि - आध्यात्मिक, मानसिक, भौतिक और आर्थिक - के राजमार्ग पर चलने के लिए कभी भी दूसरों की राह में बाधाएँ और अवरोध न रखें; न ही दूसरों के प्रति ईर्ष्या, दुश्मनी या द्वेष रखें। याद रखें, आपके विचार परिस्थितियों का सृजन करते हैं। यानी आप किसी दूसरे के बारे में जो भी सोचते हैं, आप अपने ही जीवन तथा अनुभव में उसका सृजन कर रहे हैं।

कई कंपनियों में कर्मचारी तरक़्क़ी तथा अधिक शक्ति के लिए एक-दूसरे से होड़ करते हैं। कुछ की मानसिकता तो इतनी अधिक प्रतिस्पर्धात्मक होती है कि वे अपने मनचाहे प्रमोशन की ख़ातिर प्रतिद्वंद्वियों को परास्त करने के लिए किसी भी हद तक जा सकते हैं।

बरसों से बैरी जी. का प्रदर्शन श्रेष्ठ रहा था। नवाचारों और कार्य की गुणवत्ता के लिए उसकी प्रशंसा की गई थी। उसका बॉस साल के अंत में रिटायर होने वाला था और बैरी को उम्मीद थी कि उसे वह पद मिल जाएगा। बहरहाल, इसके छह महीने पहले ही कार्ल आर. का तबादला उस विभाग में हो गया। उसके पुराने विभाग में उसे प्रमोशन नहीं मिल पाया था, इसलिए अब उसने इस विभाग में प्रमोशन पाने के लिए अभियान छेड़ दिया।

उसने पहचान लिया कि उसके प्रमोशन की राह में बैरी ही प्रमुख प्रतिद्वंद्वी है। वह उसे घटिया साबित करने तथा अपने अवसरों को बढ़ाने के तरीक़े तलाशने लगा। मीटिंग्स में वह बैरी के सुझावों को सिरे से ठुकरा देता था। वह अपनी गतिविधियों की ओर बॉस का ध्यान दिलाने की भरसक कोशिश करता था और जब भी संभव होता, बैरी के कार्य को अधिक मुश्किल बना देता था।

बैरी द्वेष से सुलगने लगा। उसने इस प्रमोशन को हासिल करने के लिए बरसों मेहनत की थी और अब कार्ल उसे इससे वंचित रखने की कोशिश कर रहा था। काफ़ी विचारमंथन और अपने क़रीबी मित्रों तथा पादरी के साथ विचार-विमर्श के बाद बैरी को एहसास हुआ कि वह कार्ल जैसे षड्यंत्रकारी व्यक्ति को उसके खेल में नहीं हरा सकता। उसने एक भिन्न मार्ग चुना।

उसने कार्ल की चालबाज़ियों के बजाय अपनी शक्तियों पर ध्यान

केंद्रित किया। उसने इस तरह मनन किया : "कार्ल एक योग्य कर्मचारी है। उसकी महत्वाकांक्षा तार्किक है और उसके पास कई ऐसी शक्तियाँ हैं, जो हमारे विभाग के लिए मूल्यवान हैं। मैं उससे किसी तरह कमतर नहीं हूँ और मैं अपनी योग्यता को बार-बार साबित कर चुका हूँ। मैं अपने कार्य और लक्ष्य हासिल करने पर ध्यान केंद्रित करता रहूँगा। कार्ल चाहे जो कर ले या कह ले, उससे मेरे कार्य करने या अपने बारे में सोचने के तरीक़े पर कोई असर नहीं होगा।"

फलस्वरूप बैरी का कार्य श्रेष्ठ बना रहा और जब बॉस रिटायर हुए, तो प्रमोशन बैरी को ही मिला।

किसी दूसरे व्यक्ति के नकारात्मक विचार या सुझाव में कोई शक्ति नहीं होती, जब तक कि आप उसे शक्ति न दे दें। नकारात्मक सुझावों में कुछ शक्ति तो होती है, लेकिन उनमें वैसी बुनियादी शक्ति नहीं होती, जैसी सद्भाव, सौंदर्य, प्रेम और शांति में होती है। जब आपके आस-पास के लोग नकारात्मकता व्यक्त कर रहे हों या आपको नकारात्मक सुझाव दे रहे हों, तो हमेशा याद रखें कि आपमें अपने भीतर की असीमित बुद्धि के साथ मानसिक सामंजस्य करने की क्षमता है, जिसके सिद्धांत नकारात्मकता नहीं, बल्कि प्रेम, उदारता और सामंजस्य हैं।

कभी भी किसी नकारात्मक कथन को पूरा न करें। इसे तत्काल उलट लें और फिर अपने जीवन में चमत्कार होते देखें। यदि आप डर, चिंता और सोच के अन्य विनाशकारी रूपों में संलग्न होते हैं, तो आपका अवचेतन मन नकारात्मक विचारों को आग्रह मान लेगा और उन्हें साकार करने के लिए सक्रिय हो जाएगा। इलाज अपने विचारों को दयालुता, शांति और क्षमा की ओर मोड़ना है। आपका अवचेतन मन सृजन करता है, इसलिए यह आपके जीवन में उन्हीं गुणों का निर्माण करने लगेगा, जिनका आपने गंभीरता से आदेश दिया है।

जब भी आप नकारात्मक विचार सोचते या कहते हैं, तो हर बार आप उस स्थिति को लंबे समय तक क़ायम रखने में मदद करते हैं, जो आपकी मानसिक शांति छीन रही है। इस तरह आप ख़ुद ही अपने प्रयास को असफल बना लेते हैं। वास्तव में, आप अपने ही ख़िलाफ़

प्रार्थना कर रहे हैं। इसलिए अपने आंतरिक विचार को अपने मनचाहे लक्ष्य के अनुरूप बनाएँ। असफलता नकारात्मक सोच है। इसके कई कारण होते हैं। उनमें से एक, शायद सबसे महत्वपूर्ण, यह विश्वास है कि असफलता अवश्यंभावी है।

इसके बाद ये विचार आपके जीवन के हर हिस्से में व्यक्त होते हैं। आप चेतन रूप से अपने अवचेतन मन पर जो भी छाप छोड़ रहे हैं, वह आपके बाहरी जीवन में साफ़ दिखाई देने लगेगी। इसलिए कभी भी आंतरिक रूप से किसी ऐसी चीज़ की पुष्टि न करें, जिसे आप बाहरी जीवन में साकार न करना चाहते हों।

महत्वाकांक्षा अनिवार्य है

कई लोग जीवन में काफ़ी अच्छा प्रदर्शन करेंगे, यदि उनके इर्द-गिर्द कोई ऐसा व्यक्ति हो, जो हर समय उन्हें प्रेरित करे, शक्ति दे, उत्साह बढ़ाए और प्रोत्साहित करता रहे; लेकिन वे ख़ुद अपने साथ ऐसा नहीं कर पाते हैं, इसलिए औसत ही बने रहते हैं। वे अपनी मोटर चलाने की शक्ति के लिए दूसरों पर निर्भर होते हैं। जब आप उनसे अच्छी बात करते हैं, उनकी आशाओं को बढ़ाते हैं और सुनहरी संभावनाएँ बताकर उनकी महत्वाकांक्षा को प्रज्वलित करते हैं, तो आप उन्हें उसी तरह रिचार्ज कर देते हैं, जैसे कार की बैटरी को किया जाता है। वे कुछ दिनों तक अच्छी तरह चलते हैं और आप सोचते हैं कि अब उनके जीवन का नया अध्याय शुरू हो चुका है तथा वे अपने उत्साह को क़ायम रखेंगे, लेकिन अचानक ही वे धराशायी हो जाते हैं। उनकी बैटरी ख़ाली हो जाती है और उन्हें एक बार फिर रिचार्जिंग की ज़रूरत होती है।

वे ख़ुद गतिशील होने में पूरी तरह अक्षम नज़र आते हैं। उनमें पहल करने और ख़ुद को दिशा देने की योग्यता का अभाव होता है। उन्हें शतरंज के मोहरों की तरह चलाना पड़ता है। जब उन्हें पता चलता है कि वे अकेले खड़े हैं, उन्हें सहारा देने या रिचार्ज करने वाला कोई नहीं है, तो वे हक्के-बक्के रह जाते हैं; उन्हें सूझ ही नहीं पड़ता कि क्या करें।

बहुत सारे स्त्री-पुरुषों में आगे बढ़ने की महत्वाकांक्षा तो बहुत होती है, लेकिन उनमें ख़ुद को आगे धकेलने वाली शक्ति नहीं होती। वे किसी चीज़ के होने का इंतज़ार करते हैं। वे किसी ऐसे व्यक्ति का इंतज़ार करते हैं, जो उन्हें किसी पद पर पहुँचाने के लिए दबाव डाले। किसी प्रभावी मित्र का, जो उन्हें तरक़्क़ी करने के लिए प्रेरित करे।

ऐसे लोग न्यूनतम प्रतिरोध की लकीर पर घिसटते रहते हैं। वे सफलता की कामना तो बहुत करते हैं, लेकिन क़ीमत चुकाने से घबराते हैं। सफल जीवन उन्हें बहुत अधिक तनावपूर्ण लगता है। इसमें बहुत सारी मुश्किलें होती हैं, बहुत लगन की ज़रूरत होती है और अजेय दिखने वाली बाधाओं के सामने डटे रहने की ज़रूरत होती है। ये लोग इस अनिश्चित विचार के साथ चलते हैं कि उनके लिए संसार में कहीं पर कोई चीज़ है और संयोग से वह अपने आप उनके पास आ जाएगी, बशर्ते वे पर्याप्त लंबे समय तक इंतज़ार करें। इस दौरान, वे दूसरों के समर्थन और प्रोत्साहन से संतुष्ट रहते हैं। आत्मनिर्भरता का यह अभाव और बाहरी शक्ति पर निर्भरता सारी तरक़्क़ी तथा उपलब्धि के लिए घातक होती है।

सैम एल. कुंठित था। उसने अपने करियर परामर्शदाता को बता दिया कि उसे कभी उम्मीद नहीं थी कि उसे नौकरी की तलाश करनी पड़ेगी। "मैंने हमेशा यही सोचा था कि मेरे पिता या चाचा मुझे अपने व्यवसाय में शामिल कर लेंगे। जब उन दोनों का कारोबार चौपट हो गया, तो मैंने सोचा कि मेरे परिवार के संपर्क बहुत व्यापक हैं, इसलिए उनमें से कोई भी मुझे नौकरी दे देगा।"

दरअसल, सैम ने कभी ख़ुद के लिए कुछ करने के बारे में नहीं सोचा था। जीवन भर दूसरों ने उसकी ख़ातिर चीज़ें की थीं। लेकिन अच्छी शिक्षा के बावजूद पहली बार वह ख़ुद के सिवा किसी दूसरे पर निर्भर नहीं हो सकता था।

सैम को वास्तविक संसार का सामना करना ही था। कई सप्ताह तक परामर्शदाता से परामर्श लेने के बाद वह अपनी शक्तियों तथा कमज़ोरियों का मूल्यांकन कर पाया। उसे पता चल गया कि किन क्षेत्रों में वह ख़ुश रहता था और किन्हें नापसंद करता था। उसने विभिन्न

क्षेत्रों में नौकरी के अवसर टटोले। उसे पता चल गया कि अपनी मनपसंद नौकरी हासिल करने के लिए उसे किस अतिरिक्त प्रशिक्षण की आवश्यकता है। और सबसे बढ़कर उसने अपने मन को प्रशिक्षित किया कि उसे आत्मनिर्भर बनना चाहिए। उसने सोचा कि यदि उसे सचमुच संतुलित इंसान बनना है, तो वह स्वयं के सिवा किसी दूसरे पर विश्वास नहीं कर सकता।

आम तौर पर आप झुग्गियों और ग़ुमनामी से दौलत, सम्मान तथा शोहरत तक संयोग से नहीं पहुँचते हैं। आपको यह सब इसलिए नहीं मिल जाता है, क्योंकि आपने समुद्र किनारे किसी को डूबने से बचाया या संयोगवश आपकी किसी करोड़पति से मुलाक़ात हो गई, जो आपको पसंद करने लगा। एक सरल सच्चाई याद रखें : आप हमेशा अपने चरित्र, अपनी मानसिक अवस्था को प्रदर्शित करेंगे। चरित्र ही भाग्य है। चरित्र वह है, जो आप सोचते हैं, महसूस करते हैं और विश्वास करते हैं। चरित्र वे आध्यात्मिक मूल्य हैं, जिन्हें आपने अपने मन के सिंहासन पर बैठाया है; चरित्र वह ईमानदारी है, जो आपने वहाँ स्थापित की है। इन गुणों से फ़ायदा होता है।

नकारात्मक सोच से उबरने की तकनीकें

अवांछित भावनाओं से ख़ुद को मुक्त करने का आदर्श तरीक़ा यह है कि आप स्थानापन्नता के नियम का अभ्यास करें। *नकारात्मक विचार के स्थान पर किसी सकारात्मक, सृजनात्मक विचार को स्थापित कर दें।* जब नकारात्मक विचार आपके मन में दाख़िल हों, तो उनसे भिड़ने की कोई ज़रूरत नहीं है। इसके बजाय ख़ुद से बस यह कहें, "मेरी आस्था सभी अच्छी चीज़ों में है।" आप पाएँगे कि आपके नकारात्मक विचार उसी तरह ग़ायब हो गए हैं, जिस तरह प्रकाश के आते ही अंधकार ग़ायब हो जाता है।

कई बार आप पाएँगे कि आपका मन चिंता करने, परेशान होने और दूसरों का फ़ैसला दोहराने की अपनी पुरानी आदतों पर लौट गया है। जब इस तरह के विचार मन में आएँ, तो आदेश जारी कर दें, "रुक जाओ! मेरे विचार ही मेरे अवचेतन मन को पोषण देते हैं।" चाहे यह

नौकरी से संबंधित मामला हो या व्यक्तिगत मसला, इसे एक दिन में सौ बार दोहराएँ और ज़रूरत पड़ने पर हज़ार बार।

जब कोई विभीषिका आती है, तो कई लोग आशा खो देते हैं और हर चीज़ के बारे में नकारात्मक हो जाते हैं। लेकिन सबसे भयंकर दिखने वाली परिस्थितियों में भी कुछ लोग शक्ति और वीरोचित प्रेरणा का परिचय देते हैं। दिसंबर, 2001 में सूज़न और शरमैन गोल्डस्टीन की मार्थाज़ विनयार्ड नामक सराय (मैसेच्यूसेट्स) आग में तबाह हो गई थी। चुनौती इतनी भयंकर थी कि एक महीने तक उन्हें खाने के लाले पड़ गए। उनके मित्रों को उन्हें भोजन कराना पड़ा और एक अन्य व्यवसायी ने उन्हें रहने की जगह दी।

उन्होंने इस आपदा को अपने जीवन पर हावी नहीं होने दिया। उन्होंने सबसे पहले अपनी सराय के रेस्तराँ को दोबारा खोलने का निश्चय किया, ताकि शहर में उपस्थिति बनी रहे। नवीनीकरण के दौरान उन्होंने अपनी तबाह सराय को एक बड़े बैनर से ढँक दिया, जिस पर लिखा था, "जब जीवन आपको नीबू दे, तो नींबू-पानी बना लें।" गोल्डस्टीन दंपति ने आग की आपदा का इसी तरह इस्तेमाल किया। पहले उनकी सराय बहुत छोटी थी। कमरे पुराने और छोटे थे। लेकिन अग्निकांड के बाद उन्होंने इसकी जगह पर एक भव्य इमारत खड़ी की, जिसमें वे अधिक ग्राहकों की सेवा कर सकते थे। उन्होंने इसका नया नाम मैन्शन हाउस रखा। सूज़न गोल्डस्टीन कहती हैं कि हालाँकि आग से तबाही हुई थी, लेकिन उसी की बदौलत वे एक नए स्तर पर पहुँच पाए। उनकी सकारात्मक सोच ने उन्हें दोबारा निर्माण करने और नए सिरे से शुरुआत करने की शक्ति दी।

मानसिक चित्र देखना

कल्पना करें कि आप हर दिन आने वाली चुनौतियों से कैसे निबटेंगे। यदि आप कोई सेल्स प्रज़ेंटेशन देने वाले हैं या किसी मैनेजमेंट मीटिंग के लिए कोई रिपोर्ट तैयार करने वाले हैं या कोई उत्पादक गतिविधि करने वाले हैं, तो पहले दिमाग़ में योजना बना लें कि आप क्या कहेंगे, कैसे कहेंगे और कौन से क़दम उठाएँगे। मन ही मन इसका बार-बार

अभ्यास करें। यह आपके अवचेतन में गहराई तक धँस जाएगा; यह आपके मस्तिष्क की हर कोशिका में रच-बस जाएगा। आप सफलता के प्रति समर्पित बन जाएँगे और जब आप वास्तव में उस ग्राहक को सामान बेच रहे होंगे, उस प्रबंधन समूह के सामने खड़े होंगे या गतिविधि में संलग्न होंगे, तो आपका अवचेतन बागडोर थाम लेगा और आप मनचाहे परिणाम हासिल कर लेंगे।

शुक्र है, आज सोमवार है

टीजीआईएफ़ यानी "शुक्र है, आज शुक्रवार है" एक ऐसा कथन है, जिसे अधिकतर अमेरिकी कर्मचारियों का आम नज़रिया माना जाता है। हम उत्सुकता से वीकएंड का इंतज़ार करते हैं, ताकि अपनी नौकरी और करियर से राहत मिल सके। इसमें कुछ भी ग़लत नहीं है, क्योंकि हम सभी को विश्राम के दिनों में आनंदित होना चाहिए। बहरहाल, महत्वाकांक्षी और सफल लोग सोमवार का भी उतने ही उत्साह से इंतज़ार करते हैं, ताकि वे अपने कार्य को दोबारा शुरू कर सकें।

कई लोग "निराशाजनक सोमवार" के बारे में बातें करते हैं। ये लोग ख़ुद को "क़िस्मत" के हवाले कर रहे हैं और अपने जीवन के पट बंद करना शुरू कर रहे हैं। सोमवार को वे मन मारकर ऑफ़िस पहुँचते हैं : रविवार को उन्होंने चेतन रूप से अपने भविष्य के लिए आदेश दिया था और उनका अवचेतन वैसी ही प्रतिक्रिया करता है। पूरी संभावना यह है कि उन्हें पता ही नहीं था कि उन्होंने आगे की योजना बनाई थी और इस तरह अपने "भाग्य" को तय कर लिया था। यदि आप अपने कार्य के बारे में अनिच्छा के स्थान पर सकारात्मक विचार रख लें और इसकी चुनौतियों तथा अवसरों का स्वागत करें, तो आप सोमवार की सुबह होने वाली निराशा को ख़त्म कर सकते हैं।

सार

- सकारात्मक सोच की शुरुआत अवचेतन की शक्ति को समझने से होती है।

- अपने करियर की बागडोर अपने हाथों में थामें। अपने बॉस, सहकर्मियों या किसी दूसरे को यह अनुमति न दें कि वह आपके "करियर के जहाज़" को दिशा दे। कभी न भूलें कि जो नकारात्मक प्रभाव आपके करियर के विकास को अवरुद्ध कर सकते हैं, आपमें उनसे उबरने की आंतरिक शक्ति है।
- आशावादी नज़रिए जितनी मददगार कोई दूसरी चीज़ नहीं है- ऐसा नज़रिया, जो हमेशा सर्वश्रेष्ठ, सर्वोच्च, सर्वाधिक ख़ुशी की तलाश और आशा करता है। कभी भी ख़ुद को निराशा या हताशा की मनोदशा की ढलान पर न फिसलने दें।
- कभी भी किसी नकारात्मक कथन को पूरा न करें। इसे तत्काल बदलकर सकारात्मक रूप दे दें और फिर अपने जीवन में चमत्कार होते देखें। आपका अवचेतन मन सृजन करता है, इसलिए यह आपके जीवन में उन्हीं गुणों का निर्माण करने लगेगा, जिनका आपने गंभीरता से आदेश दिया है।
- कल्पना करें कि आप हर दिन आने वाली चुनौतियों से कैसे निबटेंगे। यदि आप कोई सेल्स प्रज़ेंटेशन देने वाले हैं या किसी मैनेजमेंट मीटिंग के लिए कोई रिपोर्ट तैयार करने वाले हैं या कोई उत्पादक गतिविधि करने वाले हैं, तो पहले अपने दिमाग़ में योजना बना लें कि आप क्या कहेंगे, कैसे कहेंगे और कौन से क़दम उठाएँगे।

अध्याय चार

आकर्षण के नियम में माहिर बनना

इंसान भी चुंबक जैसे होते हैं। चुंबक वस्तुओं के ढेर में से केवल उन्हीं को खींचता है, जिनका उससे साम्य होता है। इसी तरह हम भी लगातार अपनी ओर उन्हीं वस्तुओं और व्यक्तियों को खींचते हैं तथा उनसे संबंध जोड़ते हैं, जिनके विचार व आदर्श हमारे अनुरूप होते हैं।

कुछ लोग दूसरों का ध्यान आसानी से क्यों जीत लेते हैं, तुरंत मित्र कैसे बना लेते हैं, दूसरों की प्रशंसा कैसे हासिल कर लेते हैं, जबकि बाक़ी बस जैसे-तैसे गुज़ारा करते हैं?

कुछ लोगों से मिलने पर हम उनके सुखद "व्यक्तित्व" से प्रभावित होते हैं। वे ख़ुद को जिस तरह पेश करते हैं, उससे हम उन पर भरोसा कर लेते हैं, उनकी प्रशंसा करते हैं और उनके साथ आरामदेह होते हैं। दरअसल, इन लोगों ने आकर्षण के नियम में महारत हासिल कर ली है। वे अपने बॉस, ग्राहकों और बाक़ी लोगों का ध्यान आकर्षित करते हैं। ग़ौर करने वाली बात यह है कि ऐसे ही लोगों को हम अपने मार्गदर्शक के रूप में चुनते हैं। ऐसे ही लोगों को कंपनियों का लीडर चुना जाता है। और यही वे लोग हैं, जो सफलता की सीढ़ी पर फटाफट चढ़ते हैं।

अमेरिकी मनोवैज्ञानिक विलियम जेम्स ने व्यक्तित्व की परिभाषा देते हुए कहा था कि व्यक्तित्व व्यवहार के व्यक्तिगत रूप से विकसित लक्षणों का ऐसा समूह होता है, जो चेतन और अवचेतन दोनों स्तरों पर दिन-प्रतिदिन की कार्यविधि को तय करता है। व्यक्तित्व आंतरिक

प्रेरणा और चेतन व बाहरी नियंत्रणों के मिश्रण के बीच के तालमेल का प्रतिनिधित्व करता है।

यह अहम बात हमेशा याद रखें कि आकर्षक लक्षण *विकसित* किए जा सकते हैं। हमारे कुछ पहलू जन्मजात होते हैं - मसलन, हमारा शारीरिक स्वरूप, बुनियादी बुद्धि, और कुछ योग्यताएँ - लेकिन हममें से प्रत्येक में अपने अंतर्निहित गुणों का अधिकतम लाभ उठाने और उन्हें विकसित करके उस तरह का व्यक्तित्व बनाने की क्षमता होती है, जिसकी दूसरे प्रशंसा कर सकें। हम यह सीख सकते हैं कि आकर्षण के नियम का इस्तेमाल कैसे किया जाए।

आप जैसे इंसान बनना चाहते हैं, वैसा बनना आसान नहीं है, लेकिन इसकी शुरुआत आंतरिक गुणों को विकसित करने की प्रबल इच्छा और समर्पण से होती है। आप एक बहिर्मुखी, ख़ुशमिज़ाज, आशावादी और सकारात्मक व्यक्तित्व विकसित कर सकते हैं- एक ऐसा व्यक्तित्व, जो आपके आस-पास के लोगों का दिल जीत ले।

व्यक्तित्व के गुण सीखे जा सकते हैं

विलियम जेम्स ने कहा था कि आपका व्यक्तित्व आपके सभी गुणों का महायोग है। इसमें आपकी शारीरिक और मानसिक शक्तियाँ तो शामिल होती ही हैं, साथ ही आपकी वेशभूषा, आपका मकान, आपका जीवनसाथी और बच्चे, आपके पुरखे व मित्र, आपकी प्रतिष्ठा तथा कार्य, आपकी संपत्तियाँ एवं बैंक अकाउंट भी शामिल होता है। ये सभी चीज़ें आपके भीतर उसी प्रकार की भावनाएँ उत्पन्न करती हैं। यदि वे बढ़ती और समृद्ध महसूस होती हैं, तो आप विजयी महसूस करते हैं। यदि वे कम या ख़त्म होती हैं, तो आप निराश महसूस करने लगते हैं- ज़रूरी नहीं है कि हर चीज़ के लिए उसी हद तक, लेकिन सभी मामलों में लगभग उसी तरीक़े से।

अपने व्यक्तित्व के माध्यम से ही हम बाहरी संसार के सामने ख़ुद को अभिव्यक्त करते हैं। हम सिर्फ़ सामाजिक प्राणी ही नहीं हैं, जो अपने साथियों के साथ रहना पसंद करते हैं, बल्कि हममें इस बात की

आंतरिक प्रवृत्ति होती है कि दूसरे लोग हम पर ग़ौर करें और हमारा सकारात्मक आकलन करें।

कुछ व्यक्तित्व महज़ शारीरिक सौंदर्य से अधिक बड़े होते हैं; वे अपने ज्ञान के मुक़ाबले अधिक शक्तिशाली होते हैं। व्यक्तित्व का सम्मोहन एक दैवी उपहार है, जो सबसे प्रबल चरित्रों को आकर्षित करता है, करियर में ऊँचे पदों की ओर ले जाता है और कई बार तो राष्ट्रों के भाग्य को भी नियंत्रित करता है।

जिन लोगों के पास यह चुंबकीय शक्ति होती है, वे अचेतन रूप से हम पर प्रभाव डालते हैं। जिस पल हम उनकी उपस्थिति में पहुँचते हैं, हमें लगता है कि हम ज़्यादा बड़े हो गए हैं। वे अपने अधीनस्थों, ग्राहकों और दूसरे लोगों को प्रेरित करते हैं कि वे उन्हें अपने करियर तथा जीवन का मॉडल बना लें। वे हमारे भीतर की ऐसी संभावनाओं को उजागर कर देते हैं, जिनके बारे में हमें पहले कोई अंदाज़ा ही नहीं था। हमारे क्षितिजों का विस्तार होता है; हम अपने समूचे अस्तित्व में नई शक्ति का संचार महसूस करते हैं; हम राहत के एहसास का अनुभव करते हैं, मानो लंबे समय से हमें दबाने वाला कोई भारी वज़न हट गया हो।

किसी चुंबकीय व्यक्तित्व के सम्मोहन का अधिकतर हिस्सा अच्छी और प्रशिक्षित शैली से उत्पन्न होता है। चतुराई भरा सूक्ष्म विचार भी एक बहुत अहम तत्व होता है- शायद सबसे अहम। इंसान को सटीकता से पता होना चाहिए कि क्या करना है। इसके अलावा, उसे सही समय पर सही काम करने में भी समर्थ होना चाहिए। अच्छा विवेक और सहज बोध उन लोगों के लिए अनिवार्य हैं, जो इस जादुई शक्ति को हासिल करने की कोशिश कर रहे हैं। वैसे अच्छी अभिरुचि भी व्यक्तिगत सम्मोहन का एक घटक है। यदि आप किसी की अभिरुचि को आहत करते हैं, तो उसकी संवेदनशीलता भी आहत हो जाती है।

कोई इंसान सबसे अच्छा निवेश यह कर सकता है कि वह एक सुंदर शैली हासिल करे, दिली सौहार्द्र और उदारता की भावना- ख़ुश करने की आनंददायक कला। यह धन-दौलत की पूँजी से कहीं अधिक बेहतर है, क्योंकि ख़ुशमिज़ाज और आनंददायक व्यक्तित्व वाले इंसान के लिए सभी द्वार खुल जाते हैं। उनका स्वागत ही नहीं होता; उन्हें तो

हर जगह खोजा जाता है।

राहत की बात यह है कि व्यक्तित्व के गुण सीखे जा सकते हैं। वैसे तो सभी लोगों के पास समान अधिकार और अवसर होते हैं, लेकिन यह पहचानना ज़रूरी है कि सभी के पास समान बुद्धि, समान शारीरिक शक्ति या ऊर्जा के समान स्तर नहीं होते। बहरहाल, उनका ओहदा या स्थिति चाहे जो हो, स्व-शिक्षा और स्व-विकास के ज़रिए वे उठ सकते हैं। जिन लोगों में ज्ञान और उत्कृष्टता की महत्वाकांक्षा होगी, वे स्वाभाविक रूप से आगे निकल जाएँगे। आप व्यक्तित्व के जो गुण स्वयं में देखना चाहते हों, उन्हें आप सीख सकते हैं और विकसित कर सकते हैं। और फिर आप उन पर मेहनत कर सकते हैं। मेहनत बेहतरीन चीज़ है।

आदर्श इंसान बनाने वाले मुख्य गुण हैं धैर्य, दयालुता, उदारता, विनम्रता, शिष्टता, निःस्वार्थता, अच्छा स्वभाव और ईमानदारी। ये गुण जन्मजात नहीं होते; उन्हें विकसित किया जाता है। अपने जटिल स्वभाव के गुणों पर विचार करें और उनके आधार पर नए गुण सीखकर अपने आदर्श व्यक्तित्व का मनचाहा साँचा तैयार करें।

दुर्भाग्य से, इन सारे अच्छे गुणों वाले कई लोगों के व्यक्तित्व को अच्छा नहीं माना जाता है। कारण : उनका हुलिया अच्छा नहीं होता। इसका अर्थ शारीरिक सौंदर्य नहीं है। अच्छे हुलिए के लिए सुंदर चेहरे या शरीर के साथ पैदा होने की ज़रूरत नहीं होती, लेकिन जब तक कि आप स्वच्छ और उचित पोशाक न पहनें, चेहरे पर भ्रकुटी के बजाय मुस्कान न रखें और साफ़-सुथरे न दिखें, तब तक आपके ऊँचे गुणों पर ग़ौर ही नहीं किया जाएगा।

हुलिया महत्वपूर्ण है, क्योंकि दूसरों के मन में आपकी पहली छवि इसी से बनती है। और अक्सर पहली छवि से ही यह तय होता है कि क्या वे आपको अपने श्रेष्ठ गुणों का प्रदर्शन करने की अनुमति देंगे।

न सिर्फ़ आपका मूल्यांकन इस बात से होता है कि आप कैसे दिखते हैं, बल्कि आप स्वयं भी हुलिए के आधार पर ही दूसरों का आकलन करते हैं। सहज बोध से लोग अपने प्रशंसनीय व्यक्तियों के हुलिए के सकारात्मक गुण सीखने की कोशिश करते हैं। वे उसी प्रकार

के कपड़े पहनते हैं, बाल उसी तरह सँवारते हैं और अपने रोल मॉडल्स की तरह ही कार्य करते हैं। आप दूसरे गुणों के संदर्भ में भी ऐसा ही कर सकते हैं। आप जिन लोगों का सम्मान करते हैं, उनके व्यक्तित्व के गुणों पर ध्यान केंद्रित करें। जैसे आप बनना चाहते हैं, वैसे व्यक्ति के स्वरूप की कल्पना करें। केवल उन्हीं स्त्री-पुरुषों को ही न देखें, जिन्हें आप जानते हों, बल्कि अतीत व वर्तमान के दूसरे लोगों पर भी ग़ौर करें, जो आपके मनचाहे आदर्श व्यक्तित्व के अनुरूप हों।

अच्छाई की तलाश करें

जीवन में अच्छाई और सौंदर्य की तलाश करना भी उतना ही आसान है, जितना कि कुरूपता की। महानता की तलाश भी उतनी ही आसान है, जितनी कि हीनता की। स्याह और निराशाजनक के बजाय उज्ज्वल और ख़ुशमिज़ाज की। निराशावाद के बजाय आशावाद की। स्याह पक्ष के बजाय उजले पक्ष की। अपना चेहरा धूप की ओर हमेशा रखना भी उतना ही आसान है, जितना कि हमेशा छायाएँ देखना। इससे आपके चरित्र पर फ़र्क़ पड़ता है। यह फ़र्क़ संतुष्टि तथा असंतुष्टि, ख़ुशी और दुख, समृद्धि तथा विपत्ति, सफलता और असफलता का होता है। इन अच्छे विचारों को अपने अवचेतन मन में भर लें। आकर्षण के नियम का पालन करने का यही तरीक़ा है।

अंधकार से प्रकाश की ओर जाएँ। सकारात्मकता बढ़ाएँ। छायाओं और कलंकों, नकारात्मक छवियों, असामंजस्यपूर्ण चीज़ों को मन में न रखें। केवल उन्हीं चीज़ों को मन में रखें, जो ख़ुशी देती हों, जो मददगार और प्रेरक हों। इस तरह चीज़ों को देखने का आपका पूरा तरीक़ा ही बदल जाएगा। परिणाम यह होगा कि आपका व्यक्तित्व बहुत कम समय में ही बदल जाएगा।

अपने भीतर सर्वश्रेष्ठ गुणों को विकसित करने का एक तरीक़ा दूसरों में सर्वश्रेष्ठ गुणों की तलाश करना है। आप जिस भी व्यक्ति से मिलें, सबके प्रति बड़े दिल वाला नज़रिया रखें, उसके बाहरी आवरण को भेदने की कोशिश करें, उसके दिल की गहराई में पहुँचें और सबके प्रति दयालुता की भावना रखें। इस तरह आप यह अतुलनीय योग्यता

पा सकते हैं।

दूसरों को आरामदेह, ख़ुश और आत्म-संतुष्टि का एहसास कराने से आपको जितना लाभ होता है, उतना किसी दूसरी बात से नहीं होता। आशावादी लोग जिनके भी संपर्क में आते हैं, उनके दुख, निराशा, चिंता और तनाव को वे कुछ उसी तरह छितरा देते हैं, जिस तरह सूर्य अंधकार को तितर-बितर कर देता है। जहाँ बातचीत ठंडी पड़ चुकी होती है और हर व्यक्ति ऊब रहा होता है, वहाँ वे तुरंत माहौल बदल देते हैं। ठीक उसी तरह, जिस तरह सूरज तूफ़ान के बाद काले, घने बादलों के बीच से फूट पड़ता है। हर व्यक्ति अभी-अभी दाख़िल हुए प्रसन्नचित्त इंसान से आनंद का भाव ग्रहण कर लेता है; ज़बान खुल जाती हैं, बोझिल बातचीत में उत्साह भर जाता है और पूरा माहौल ख़ुशगवार तथा आनंदमय हो जाता है।

परानुभूति रखें। परानुभूति का अर्थ है सामने वाले व्यक्ति के स्थान पर ख़ुद को रखना। ऐसे लोग सिर्फ़ सामने वाले की कही बातों पर ही ग़ौर नहीं करते, बल्कि यह भी महसूस करते हैं कि उस पल वह कैसा महसूस कर रहा है। ऐसे लोगों के प्रति सकारात्मक राय भला कौन नहीं रखेगा?

ख़ुशमिज़ाज प्रवृत्ति रखें

जब तक आपके पास कटुता और चालाकी से रहित मानसिक नज़रिया न हो और आप हर दिन को आनंददायक तथा ख़ुशगवार न मानते हों, तब तक आपका जीवन दुखद तथा अनुत्पादक ही रहेगा।

जब हमारा मन दूसरों के प्रति प्रतिशोध या शत्रुता के विचारों से भरा हो, तो हम अपना सर्वश्रेष्ठ कार्य नहीं कर सकते। हमारी शक्तियाँ सिर्फ़ तभी अपना सर्वश्रेष्ठ प्रदर्शन करती हैं, जब वे आदर्श समन्वय में कार्य करें। दरअसल, हृदय में सद्भावना होनी चाहिए, वरना हम हाथ या दिमाग़ से अच्छा कार्य नहीं कर सकते। नफ़रत, प्रतिशोध और ईर्ष्या ज़हर के समान हैं, जो हमारे सबसे महान पहलुओं के लिए उतने ही घातक होते हैं, जितना कि आर्सेनिक नामक विष हमारे शरीर के लिए

होता है।

दयालु नज़रिया और लोगों के प्रति सद्भाव किसी भी प्रकार की कटु घृणा या हानिकारक विचारों के ख़िलाफ़ हमारी सबसे अच्छी सुरक्षा होती है।

मनोहारी व्यक्तित्व में कुछ ऐसा सम्मोहन होता है, जिससे प्रभावित न होना बहुत मुश्किल होता है। ऐसे व्यक्तित्व वाले इंसान को झिड़कना मुश्किल होता है। उसमें कुछ ऐसा होता है, जो आपको अपनी ओर खींचता है। चाहे आप कितने ही व्यस्त या चिंतित हों या आपको व्यवधान से कितनी ही चिढ़ क्यों न हो, न जाने क्यों किसी सुखद व्यक्तित्व वाले शख़्स को निराश करने का मन नहीं होता।

सुखद बनने का रहस्य

इमर्सन कहते हैं, "आप जो हैं, वह इतनी ज़ोर से बोलता है कि मैं आपकी कही बात नहीं सुन पाता।" हम उसे नहीं छिपा सकते, जो हम हैं और जो हम महसूस करते हैं, क्योंकि हम अपने माहौल, अपने व्यक्तित्व को जगमगा देते हैं। हमारे प्रमुख गुणों और विशेषताओं के अनुरूप यह ठंडा भी हो सकता है और जोशीला भी, आकर्षक भी हो सकता है और विकर्षक भी।

जो इंसान स्वार्थी होता है और हमेशा अपने ही बारे में सोचता है तथा अपने ही लाभ की ताक में रहता है, जो उत्साहहीन, सहानुभूतिरहित और लोभी होता है, वह एक उत्साही, सुखद माहौल को उत्पन्न नहीं कर सकता। यदि स्वार्थ, उदासीनता, लोभ और धनलोलुपता आपके स्वभाव के प्रमुख गुण हैं, तो आप उन्हें ही प्रकट करेंगे और इससे दूसरे विकर्षित होंगे, क्योंकि लोग सहज बोध से इन गुणों से नफ़रत करते हैं।

जो गुण आकर्षित करते हैं, वे बाहर की ओर प्रवाहित होते हैं; जो गुण विकर्षित करते हैं, वे अंदर की ओर प्रवाहित होते हैं। यानी, जिन लोगों में कोई चुंबकीयता नहीं होती, वे आत्मकेंद्रित होते हैं; वे अपने बारे में ज़रूरत से ज़्यादा सोचते हैं। वे पर्याप्त नहीं देते हैं; वे हमेशा किसी ऐसी चीज़ का पीछा करते हैं, जिसका उद्देश्य किसी न

किसी तरह का व्यक्तिगत लाभ पाना होता है। उनमें सहानुभूति, सहृदयता और अच्छे साहचर्य का अभाव होता है। वे घुलने-मिलने में माहिर नहीं होते।

चुंबक बना स्टील का टुकड़ा केवल लोहे की वस्तुओं को ही अपनी ओर आकर्षित करेगा। लकड़ी, ताँबे, रबर या लोहे से रहित किसी अन्य पदार्थ से उसका कोई साम्य नहीं है। बचपन में आपने ख़ुद देखा होगा कि आपका छोटा चुंबक सुई को तो पकड़ लेता था, लेकिन माचिस या टूथपिक को नहीं पकड़ पाता था। यह केवल अपने जैसी चीज़ों को अपनी ओर आकर्षित करता है।

इंसान भी चुंबक जैसे ही होते हैं। जिस तरह चुंबक वस्तुओं के ढेर में से केवल उन्हीं चीज़ों को अपनी ओर खींचता है, जिनके प्रति यह साम्य रखता है, उसी तरह हम भी लगातार अपनी ओर उन्हीं चीज़ों व व्यक्तियों को खींचते हैं या उनसे संबंध जोड़ते हैं, जिनके विचार तथा आदर्श हमारे अनुरूप होते हैं।

हमारा परिवेश, सहकर्मी और परिस्थितियाँ हमारे मानसिक आकर्षण का ही परिणाम है। ये चीज़ें भौतिक रूप में हमारे सामने इसलिए प्रकट हुई हैं, क्योंकि हमने उन पर ध्यान केंद्रित किया है, मानसिक रूप से उनके साथ अपना संबंध जोड़ा है; वे हमारी आकर्षित की गई समानताएँ हैं, और हमारे साथ तब तक रहेंगी, जब तक कि हमारे मन में उनके प्रति साम्य मौजूद रहेगा।

आकर्षण के नियम पर अमल करना

कुछ लोग स्वाभाविक रूप से चुंबकीय होते हैं, लेकिन उनके चरित्र का विश्लेषण करने पर आप पाएँगे कि उनमें कुछ ऐसे गुण होते हैं, जिनकी हम सहज बोध से सराहना करते हैं और जो हर इंसान को आकर्षित करते हैं, जैसे उदारता, बड़प्पन, सहृदयता, सहानुभूति, जीवन के प्रति व्यापक दृष्टिकोण, मददगार स्वभाव, आशावाद। वे आकर्षण के नियम का अनुसरण करते हैं।

इनमें से एक भी गुण ऐसा नहीं है, जिसे आप विकसित नहीं कर

सकते या अधिक सशक्त नहीं बना सकते। यदि आप इन सभी गुणों को सशक्त बना लेते हैं, तो आपकी बात वहाँ भी सुनी जाएगी, जहाँ दूसरों की नहीं सुनी जाएगी।

आपका व्यवसाय चाहे जो हो, आपकी प्रतिष्ठा और आपकी सफलता काफ़ी हद तक इस बात पर निर्भर करेगी कि आप दूसरों पर कैसी छाप छोड़ते हैं। इसलिए युवक-युवतियों के लिए यह बेहद महत्वपूर्ण है कि वे चुंबकीय, शक्तिशाली, आकर्षक व्यक्तित्व विकसित करने के लिए आकर्षण के नियम का इस्तेमाल करें। हृदय के गुण विकसित करें। बुद्धि और दिमाग़ी शक्ति का व्यक्तिगत चुंबकीयता से बहुत कम लेना-देना होता है। बौद्धिक नहीं, बल्कि प्रेम करने योग्य गुण लोगों को खींचते हैं और जोड़े रखते हैं।

यह करना बहुत मुश्किल नहीं है। हर व्यक्ति दूसरों को ख़ुश करने की योग्यता सीख सकता है। हर व्यक्ति ऐसी चारित्रिक शक्ति विकसित कर सकता है, जो उसे संसार की वास्तविक शक्ति के रूप में महसूस कराए। जब हम आकर्षण के नियम - चुंबकीय तथा ग़ैर-चुंबकीय में फ़र्क़ पैदा करने वाले गुणों और लक्षणों - को जान जाते हैं, तो एक को विकसित करना और दूसरे को ख़त्म करना तुलनात्मक रूप से आसान हो जाता है। हम उदार, सहानुभूतिपूर्ण, ख़ुशमिज़ाज तथा सहायक मानसिक गुण विकसित कर सकते हैं और इनके विपरीत गुणों का दमन कर सकते हैं। जिस अनुपात में हम यह करते हैं, उसी अनुपात में हम पाएँगे कि हम दूसरों में अधिक रुचि ले रहे हैं और बदले में वे भी हममें अधिक रुचि ले रहे हैं। जब हम दयालुतापूर्ण विचारों, शब्दों और कार्यों का आभामंडल तैयार कर ख़ुद को व्यक्तिगत चुंबक में बदल लेते हैं, जिनसे दिनबदिन समृद्ध होने वाला चुंबकीय व्यक्तित्व बनता है, तो हम एक अनोखी चीज़ देखेंगे। हम जहाँ भी जाएँगे, वहाँ हमारा अधिक स्वागत होगा; हमारी पूछ-परख बढ़ जाएगी; हम अधिकाधिक लोगों को अपनी ओर आकर्षित करने लगेंगे।

आप दूसरों में जिन गुणों की प्रशंसा करते हैं, जो गुण आपको आकर्षित करते हैं, उनसे अगर आप अपने अवचेतन मन को सराबोर कर लें, तो आप भी दूसरों को आकर्षित करने लगेंगे। जब ये गुण

गहराई में बैठ जाएँगे, तो वे आपकी पहचान बन जाएँगे और आपका व्यक्तित्व चुंबकीय तथा आकर्षक बन जाएगा।

स्वस्थ जीवन जिएँ

अच्छा स्वास्थ्य ख़ुद को चुंबकीय बनाने की दिशा में पहला क़दम है। ज़ाहिर है, इसके साथ सही मानसिक नज़रिया, आशावादी, उम्मीद से भरपूर, ख़ुशमिज़ाज, प्रसन्नचित्त मन भी होना आवश्यक है। इससे आपकी चुंबकीयता अद्‌भुत रूप से बढ़ जाएगी।

पूरी तरह स्वस्थ व्यक्ति अपने आस-पास के माहौल में शक्ति, जोश और साहस प्रकट करता है। दूसरी ओर, जिस व्यक्ति में जीवंतता का अभाव होता है, वह दूसरों को देने के बजाय उल्टा उन्हें ही चूसता है। स्वास्थ्य से मिलने वाली शारीरिक शक्ति और ख़ुशी एक चुंबकीय, शक्तिशाली व्यक्तित्व उत्पन्न करने में सहायक होती है। मनुष्य को प्रफुल्लित और तीक्ष्ण मस्तिष्क वाला होना चाहिए। उसकी आँखों में चमक और चाल में लचक होनी चाहिए। उसकी शारीरिक ऊर्जा छलकनी चाहिए। क्योंकि ऐसे लोग उन व्यक्तियों के मुक़ाबले बहुत लाभप्रद स्थिति में होते हैं, जिनमें स्फूर्ति की कमी होती है और जो शारीरिक रूप से कमज़ोर होते हैं।

अपनी ग़लतियाँ मानें

लोगों को बिचकाने का एक आसान तरीक़ा है। अहंकारी बनें, ख़ुद को महत्वपूर्ण समझें, घमंड करें और कभी अपनी ग़लती न मानें।

निवेश गुरु वॉरेन बफ़े संसार के सबसे अमीर लोगों में से एक हैं। वे न सिर्फ़ जानते हैं कि "असफलता" और "ग़लतियों" का इस्तेमाल कैसे करना है, बल्कि वे तो इससे भी आगे तक जाते हैं; वे उनका प्रचार तक करते हैं। 1989 में उन्होंने अपने "निवेशकों के लिए पत्र" में अपनी ग़लतियों की एक सूची प्रकाशित करने की औपचारिक परंपरा शुरू की। इस पत्र में बफ़े ने न सिर्फ़ की गई ग़लतियों को स्वीकार किया, बल्कि खोए हुए उन अवसरों का भी ज़िक्र किया, जहाँ वे सही निर्णय नहीं ले

पाए थे। बफ़े का मानना है कि स्पष्टवादिता से मैनेजर को भी कम से कम शेयरहोल्डर जितना ही लाभ होता है। वे इसे इस तरह से कहते हैं : "जो सीईओ सार्वजनिक रूप से दूसरों को भ्रमित करता है, वह अंततः निजी तौर पर ख़ुद को भी भ्रमित कर सकता है।" बफ़े केवल सफलता पर ही ध्यान केंद्रित नहीं करते हैं। वे अपनी ग़लतियों का अध्ययन करने को भी महत्वपूर्ण मानते हैं।

शायद इस स्पष्टवादिता की बदौलत ही वॉरेन बफ़े कामकाज में इतने ख़ुश रह पाते हैं। उनके बारे में कहा जाता है कि वे हमेशा उत्साही और मददगार रहते हैं। वे हर दिन काम पर आने के बारे में सचमुच रोमांचित रहते हैं। लोग उनके प्रति आकर्षित होते हैं। क्या इसलिए, क्योंकि वे अमीर हैं? या फिर मामला इसके विपरीत है?

आप जिनसे मिलते हैं, उनसे घुलें–मिलें

आपको लोगों को यह एहसास कराना चाहिए कि वे किसी संजीदा व्यक्ति से मिल रहे हैं। भावशून्य और औपचारिक अंदाज़ में सिर्फ़ "आप कैसे हैं?" या "आपसे मिलकर ख़ुशी हुई," कहकर लोगों का अभिवादन न करें। अच्छी तरह घुलें-मिलें। जिससे भी मिलें, नज़रें मिलाएँ और उसे अपना व्यक्तित्व महसूस करने दें। उसकी ओर ख़ुशी से हाथ बढ़ाएँ, मुस्कुराएँ और अच्छी बातें करें, ताकि उन्हें याद रहे कि वे एक शक्तिपुंज के संपर्क में आए हैं और उन्हें आपसे दोबारा मिलने में ख़ुशी महसूस हो।

यदि आप लोकप्रिय बनना चाहते हैं, तो आपको सहृदय बनना होगा। आपको अपने दिल का दरवाज़ा चौड़ा खोलना होगा। कई लोग इस दरवाज़े को सिर्फ़ थोड़ा सा ही खुला रखते हैं, जो मिलने वालों से कहता है, "आप थोड़ा सा तो झाँक सकते हैं, लेकिन आप तब तक अंदर नहीं आ सकते, जब तक कि मैं यह न जान लूँ कि क्या आप वांछनीय परिचित हैं?" बहुत सारे लोग अपनी सौजन्यता में कंजूसी बरतते हैं। वे इसे ख़ास मौक़ों या अंतरंग मित्रों के लिए ही सुरक्षित रखते हैं। वे सोचते हैं कि यह इतनी क़ीमती चीज़ है कि हर एक को नहीं दी जानी चाहिए।

आपको यह देखकर हैरानी होगी कि गर्मजोशी व ख़ुशी से हाथ मिलाने और हार्दिक अभिवादन से कितना बड़ा फ़र्क़ पड़ेगा। इससे आपके और हर मिलने वाले के बीच सद्भाव का बंधन बँध जाएगा। आपसे मिलने वाले लोग सोचने लगेंगे, "वाह, यह सचमुच दिलचस्प व्यक्ति है। मैं इस महिला या पुरुष के बारे में अधिक जानना चाहता हूँ। यह एक असाधारण अभिवादन है। यह व्यक्ति मुझमें स्पष्ट रूप से ऐसा कुछ देख सकता है, जो अधिकतर लोग नहीं देख पाते।"

सहृदय बनने की आदत डालें। लोगों से मिलते वक़्त गर्मजोशी और प्रसन्नता से भरा अभिवादन करें। दिल खोलकर मिलें। इससे आपके जीवन में चमत्कार हो जाएगा। आप पाएँगे कि आपमें कठोरता, संकोच और उदासीनता ख़त्म हो गई है। हर एक में रुचि का अभाव, जो इस वक़्त आपको परेशान करता है, ग़ायब हो जाएगा। लोग देखेंगे कि आप उनमें सच्ची रुचि लेते हैं, कि आप वाक़ई उन्हें जानना चाहते हैं, ख़ुश करना चाहते हैं और उनकी रुचि जाग्रत करना चाहते हैं। सहृदयता का अभ्यास आपकी सामाजिक शक्ति में क्रांतिकारी परिवर्तन ला देगा। आप ऐसे आकर्षक गुण विकसित कर लेंगे, जिनका आपको सपने में भी ग़ुमान नहीं होगा कि वे आपमें हैं। दूसरे लोग भीड़ लगाकर आपकी ओर आएँगे, आपसे मार्गदर्शन माँगेंगे और आपके सपने साकार करने में मदद करेंगे।

मार्गदर्शक चुनें– मार्गदर्शक बनें

अपने करियर में आगे बढ़ने का एक उत्कृष्ट तरीक़ा यह है कि आप एक मार्गदर्शक खोज लें और फिर उसका अनुसरण करें। इस व्यक्ति में ऊपर बताए गए सभी गुण होते हैं और वह उन्हें दूसरों को सिखाने में न केवल सक्षम होता है, बल्कि इसका इच्छुक भी होता है।

मार्गदर्शक उन लोगों के अच्छे आदर्श होते हैं, जिन्होंने आकर्षण के नियम में महारत हासिल कर ली है। वे न सिर्फ़ आपको ज्ञान प्रदान कर सकते हैं, बल्कि कंपनी की संस्कृति की बारीकियाँ बताकर भी आपको सही राह दिखा सकते हैं।

और जब आप सफलता हासिल कर लें तथा नेतृत्व के पद पर पहुँच जाएँ, तो अपने मार्गदर्शक का एहसान उतारने के लिए आप संगठन में आने वाले नए कर्मचारी के मार्गदर्शक बन सकते हैं।

सार

- जब तक आपके पास ऐसा मानसिक नज़रिया न हो, जो कटुता और चालबाज़ी से रहित हो, जब तक आप हर दिन को आनंदित होने के वरदान के रूप में न देखते हों, तब तक आप अप्रसन्न रहेंगे और अनुत्पादक जीवन जिएँगे। अपने विचारों से नकारात्मकता को निकाल बाहर करें।
- आकर्षण के नियम को जानें। उन गुणों और विशेषताओं को जानें, जिनकी बदौलत व्यक्तित्व चुंबकीय या ग़ैर-चुंबकीय बनता है। हम उदार, सहृदयतापूर्ण, ख़ुशमिज़ाज, मददगार मानसिक गुणों का विकास कर सकते हैं तथा उनके विपरीत गुणों को कुचल सकते हैं। ऐसा करने पर हम पाएँगे कि हम दूसरों में अधिक रुचि ले रहे हैं और यही नहीं, वे भी हममें अधिक रुचि ले रहे हैं।
- लोगों का अध्ययन करें - जिन्हें आप व्यक्तिगत रूप से जानते हों और अतीत तथा वर्तमान के उन लोगों का भी, जिनके बारे में आपने पढ़ा हो - जिनके व्यक्तित्वों की आप प्रशंसा करते हों। उन्हें अपने व्यवहार का मॉडल बनाएँ।
- ख़ुशी और उदारता का संचार करना सीखें। बेझिझक अपनी ख़ुशी बाहर प्रकट करें।
- परानुभूति रखें। परानुभूति रखने वाले लोग वे होते हैं, जो ख़ुद को सामने वाले के स्थान पर रखते हैं। वे न सिर्फ़ दूसरों की बात सुनते हैं, बल्कि उस दौरान सामने वाले की भावनाएँ भी महसूस करते हैं। लोग ऐसे लोगों से प्रभावित हुए बिना कैसे रह सकते हैं?
- उत्साही बनें। जो लोग अपने बारे में उत्साही होते हैं और जो

सफलता की आशा के साथ कार्य शुरू करते हैं, उनके लक्ष्य का साकार होना तय है। उत्साह आपकी शक्ति को कई गुना बढ़ा देता है। इससे आपकी योग्यता उसके सर्वोच्च स्तर तक उठ जाती है।

- ऑफ़िस में आकर्षण के नियम पर अमल करने का एक तरीक़ा अपने सहकर्मियों को उनके विचार करने के लिए प्रोत्साहित करना है, ख़ास तौर पर तब जब वे आपके विचारों से भिन्न हों। इससे न सिर्फ़ आपको नए विचार मिलते हैं, बल्कि उन्हें भी यह एहसास होता है कि आप उनकी योग्यताओं की क़द्र करते हैं और उन्हें अधीनस्थ नहीं, बल्कि साझेदार मानते हैं।
- कोई अच्छा मार्गदर्शक खोजें और फिर उसका अनुसरण करें, कोई ऐसा व्यक्ति जिसकी आप प्रशंसा करते हों और जिससे आप सीख सकते हों। जब आप अपनी मनचाही सफलता पा लें, तो फिर मार्गदर्शक बनकर दूसरों की सेवा करें।

अध्याय पाँच

अधिक उत्साही व्यक्ति बनना

उत्साह सबसे सफल लोगों की सफलता का गोपनीय तत्व होता है, साथ ही यह उनके जीवन में ख़ुशियाँ भी लाता है।

"उत्साह" शब्द यूनानी भाषा से उत्पन्न हुआ है और इसका शाब्दिक अर्थ है ईश्वर द्वारा प्रेरित। इसका अर्थ है किसी रुचि या कार्य का दिलोदिमाग़ पर हावी हो जाना। आपको विश्वास होना चाहिए कि असीमित शक्ति की ऊर्जा आपको जीवंत करती है और आपके भीतर प्रकट होने वाले सृजनात्मक विचार हर उस चीज़ को उजागर कर देंगे, जिसे जानने की आपको ज़रूरत है। आपको विश्वास होना चाहिए कि असीमित शक्ति आपके लक्ष्य को हासिल करने में मदद करेगी। इससे उत्साह उत्पन्न होता है, जो आपकी सकारात्मक आस्था द्वारा जाग्रत होता है। धीरे-धीरे उपलब्धि का एक नया संसार आपके लिए खुल जाता है।

सुखद व्यक्तित्व वाले लोग अपने जीवन, अपने कामकाज, अपने संबंधों और अपने लक्ष्यों को लेकर उत्साही होते हैं। उत्साह दिल की गहराई से उत्पन्न होता है। उत्साह का नाटक नहीं किया जा सकता। अगर कृत्रिम मुद्राओं, नक़ली मुस्कानों और अतिशयोक्तिपूर्ण टिप्पणियों द्वारा उत्साह का नाटक किया जाए, तो यह आसानी से पकड़ में आ जाता है। यदि आपको यक़ीन है कि आप जो कर रहे हैं, वह महत्वपूर्ण, सार्थक, रोमांचक और हासिल करने योग्य है, तो यह आपके हावभाव तथा कार्यों में झलकेगा।

अपने कामकाज को लेकर उत्साही बनें

ऐसा क्यों होता है कि एक कर्मचारी दूसरे कर्मचारी से तीन-चार गुना अधिक हासिल कर लेता है? यह फ़र्क़ हमेशा योग्यता का नहीं होता। प्रायः यह प्रयास की मनोदशा का अंतर होता है। सफल लोग थोड़ी ज़्यादा कड़ी कोशिश करते हैं। वे अपने काम में उत्साह और ज़बर्दस्त जोश भर देते हैं, जिससे परिणाम की गुणवत्ता तथा मात्रा दोनों ही बढ़ जाती हैं।

मैंने अक्सर कर्मचारियों को सुबह-सुबह बोलते सुना है कि वे दिन के काम से थरथराते हैं और ऑफ़िस के घंटे लंबे लगते हैं। उन्हें तब जाकर ख़ुशी मिलती है, जब उनका यह संघर्ष पूरा हो जाता है। अपनी नौकरी को लेकर उन्हें कोई उत्साह महसूस नहीं होता। क्या जीवन में किसी ऐसे व्यक्ति को सफल होने की उम्मीद करनी चाहिए, जो दिन भर के कार्य को संघर्ष मानता हो और ख़ुद को नौकरी से बँधा कोल्हू का बैल मानता हो?

जो कर्मचारी अपना कार्य प्रेम से, गर्व से करते हैं, वही विजेता बनकर उभरते हैं। किसी नियोक्ता को सबसे ज़्यादा परेशानी इस बात से होती है कि उसके कर्मचारी महत्वाकांक्षारहित, उदासीन अंदाज़ में कार्य करें, मानो वे नौकरी को एक आवश्यक बुराई मानते हों, जो उन्हें भूखों मरने से बचने के लिए करनी पड़ती है।

जो कर्मचारी भरपूर ऊर्जा, संकल्प और उत्साह से कार्य करते हैं, उनके बारे में नियोक्ता को भरोसा होता है कि वे जो कार्य करेंगे, वह न सिर्फ़ पूरा होगा, बल्कि अच्छी तरह पूरा होगा।

जब कर्मचारी ख़ुद को इस तरह घसीटते हैं, मानो जीवन कोई बोझ हो, जब वे कार्य को नफ़रत या दहशत के साथ शुरू करते हैं, तो नियोक्ता जान जाता है कि वे कभी कुछ नहीं बन पाएँगे।

उत्साह संक्रामक होता है

संसार ने हमेशा उत्साह के लिए राह छोड़ी है। इससे आपकी शक्ति कई गुना हो जाती है। यह आपकी योग्यता को उसके सर्वोच्च स्तर तक पहुँचा देता है।

उत्साह से कारोबार फलता-फूलता है। यह इतना संक्रामक होता है कि अचानक ही हम पर हावी हो जाता है, भले ही हम ख़ुद को इसके ख़िलाफ़ तैयार करने की कोशिश करें। यदि आपका दिल अपने कार्य में रमा हुआ है, तो आपका उत्साह देखकर प्रायः संभावित ग्राहक यह भूल ही जाता है कि आप सामान बेचने की कोशिश कर रहे हैं।

ऐसे लोग होते हैं, जो अधिक उत्साह होने पर ही उत्कृष्ट कार्य करते हैं। जब वे उत्साहित होते हैं, तो वे उत्पादक होते हैं, उनमें विचारों की प्रचुरता होती है, वे मौलिक, रचनात्मक, शक्तिशाली और प्रभावी होते हैं; लेकिन जहाँ उनका उत्साह थोड़ा ठंडा हुआ, वे घुटनों के बल आ जाते हैं। उनके सभी पैमाने धड़ाम हो जाते हैं और इस भाटे की अवधि में वे किसी कार्य में अच्छे नहीं रहते। उनका उत्साह ज्वार की लहरों की तरह होता है। आप उनसे एक दिन मिलते हैं और उन्हें देखकर सोचने लगते हैं कि वे चमत्कारी हैं, लेकिन शायद अगले ही दिन वे निरुत्साहित व निराशावादी हो जाते हैं; उनका कार्य पिछड़ता है और वे अपनी शक्ति से वंचित हो जाते हैं, जब तक कि उन्हें ऊर्जा की नवीन आपूर्ति नहीं मिल जाती।

क्रिस्टा हॉकिन ने अपना उत्साह कभी नहीं खोया। वे हर सप्ताह सैकड़ों संभावित ग्राहकों को प्रेरित करती हैं और इसके लिए मशहूर हैं। वे सामान्य मायने में मैनेजर, सेल्स एक्ज़ीक्यूटिव या लीडर नहीं हैं। वे मॉन्टगोमेरी, अलाबामा में हुंडई मोटर्स मैन्युफ़ेक्चरिंग फ़ेसिलिटी का टूर कराती हैं, जो प्रौद्योगिकी की दृष्टि से संसार के सबसे अधुनातन प्लांट्स में से एक है और यहाँ हर दिन एक हज़ार से अधिक कारों का उत्पादन होता है।

क्रिस्टा इस बात के लिए मशहूर हैं कि वे अपने जोश और उत्साह से पर्यटकों को ग्राहकों में तब्दील कर लेती हैं। वे टूर करने आए स्त्री-पुरुषों में व्यक्तिगत रुचि लेती हैं, उन्हें सवाल पूछने के लिए प्रोत्साहित करती हैं और उनका उत्साह से तथा सरल शब्दावली में पूरा जवाब देती हैं।

विशेषज्ञ जानते हैं कि किसी ब्रांड के लिए कार्य करने वाला हर व्यक्ति बाहरी जगत के सामने उसका प्रतिनिधित्व करता है। हर

पारस्परिक व्यवहार ब्रांड की ख़ातिर एक ऊर्जावान व उत्साही चेहरा सामने रखने का अवसर होता है। क्रिस्टा वाक़ई ऐसी ही हैं, इसीलिए वे इतनी कारगर हैं। उनके अनुसार, इस प्लांट ने समुदाय और अलाबामा राज्य के लिए जो किया है, उसे देखकर उन्हें सच्ची ख़ुशी मिलती है। वे कभी भी "कर्मचारी" शब्द का इस्तेमाल नहीं करतीं। उनके लिए हर व्यक्ति टीम का सदस्य है और वाहनों की गुणवत्ता उन्हें बनाने वालों की ऊर्जा से सीधी जुड़ी होती है। वे कार बेचने के उद्देश्य से कोई टूर शुरू नहीं करती हैं; उनका लक्ष्य तो आगंतुकों को जानकारी देना और उनका मनोरंजन करना होता है। बहरहाल, इससे यह अतिरिक्त लाभ होता है कि बिक्री बढ़ जाती है।

अपने उत्साह को क़ायम रखें

उत्साह नाज़ुक होता है और यह आसानी से दम तोड़ सकता है। दरअसल, निरुत्साहित करने वाली परिस्थितियों में भी उत्साह को क़ायम कैसे रखा जाए, यह एक बहुत बड़ी कला है, लेकिन इसे आसानी से सीखा जा सकता है। यह तो विचारों को नियंत्रित करने का मामला है। नकारात्मक विचारों को अपने दिमाग़ से बाहर रखें। दिमाग़ में विध्वंसात्मक और असामंजस्यपूर्ण विचारों की बाढ़ से अधिक विनाशकारी कोई चीज़ नहीं है, जो उत्साह ठंडा करे और किसी प्रयास को देखते ही देखते भोंथरा कर दे। हमें अपने मन को नियंत्रित करना चाहिए। अंधकार को बाहर रखने का सबसे अच्छा तरीक़ा मन में प्रकाश की बाढ़ लाना है।

उत्साह उत्पन्न करने का एक तरीक़ा उस भूमिका का अभिनय करना है, जिसमें आप माहिर बनना चाहते हैं। इस भूमिका को पूरे उत्साह से निभाएँ। यदि आप आगे चलकर बड़े काम करने की इच्छा रखते हैं, तो आपको अपने बारे में हमेशा उत्साहित रहना चाहिए।

टॉम जे. जानते थे कि उनके मैनेजर को कंप्यूटर सिस्टम अपग्रेडेशन के लिए तैयार करना मुश्किल है। अतिरिक्त ख़र्च को लेकर बॉस की चिंता दूर करने के लिए उन्होंने एक रोमांचक प्रस्तुति तैयार की कि किस प्रकार प्रस्तावित सिस्टम से कार्य की गति बढ़ेगी और ग़लतियाँ कम

होंगी। वे जानते थे कि बॉस आम तौर पर नए विचार स्वीकार करने के अनिच्छुक रहते थे, इसलिए उनके मन में पहला ख़्याल यह आया, “झंझट में क्यों पड़ें? बॉस वैसे भी कुछ नहीं करने वाले।” लेकिन टॉम प्रोजेक्ट को लेकर इतने उत्साहित थे कि वे अपनी अनिच्छा से उबरे और उन्होंने रोमांचक तथा उत्साही प्रस्तुति तैयार की। उनकी कोशिश का नतीजा यह हुआ कि बॉस ने नए सिस्टम को मंज़ूरी दे दी।

जो उत्साही लोग यक़ीन करते हैं कि जीत उन्हीं की होगी, वे एक सुखद माहौल बना देते हैं। उनके व्यक्तित्व में कोई न कोई ऐसी चीज़ होती है, जो शुरू करने से पहले ही आधा युद्ध जीत लेती है।

अपना दिमाग़ उस चीज़ पर केंद्रित करें, जिसे आप हासिल करना चाहते हैं। इसे पूरी दृढ़ता, पूरी निश्चितता और उत्साही संकल्प से केंद्रित करें। अपने संकल्प में इतना ज़्यादा जीवट डाल दें कि संसार की कोई चीज़ आपको अपने उद्देश्य से न डिगा पाए, जब तक कि आप उसे हासिल न कर लें।

लूसी ए. चिकित्सा के क्षेत्र में प्रशासकीय सहायक की पहली नौकरी खोज रही थी। उसके पास एक सामुदायिक कॉलेज से मेडिकल एडमिनिस्ट्रेशन में एसोसिएट की उपाधि तो थी, लेकिन कार्य का अनुभव कम होने की वजह से उसे कई जगहों पर नौकरी नहीं मिल पाई। निराशा के गर्त में डूबती लूसी ने ख़ुद को एक प्रेरक भाषण दिया : “मैं यह नौकरी चाहती हूँ। मेरे पास तकनीकी ज्ञान है। मैं मेहनती और मूल्यवान कर्मचारी साबित हो सकती हूँ। मैं डॉक्टर के लिए बहुत उपयोगी हो सकती हूँ।” जब वह अगला इंटरव्यू देने गई, तो उसके मन में वह नौकरी पाने का दृढ़ संकल्प था। डॉक्टर के ऑफ़िस की ओर जाते वक़्त उसने अपना प्रेरक भाषण बार-बार दोहराया। वह विश्वास के साथ ऑफ़िस में दाख़िल हुई और डॉक्टर के प्रश्नों के जवाब इतने उत्साह से दिए कि नौकरी उसे ही मिली। कुछ महीनों बाद डॉक्टर ने उसे सच्चाई बताई। डॉक्टर के मुताबिक़, जब उसके आवेदन में यह देखा था कि उसके पास कोई अनुभव नहीं है, तो उसने निर्णय लिया था कि वह शिष्टाचारवश उसका इंटरव्यू लेगा और अस्वीकृत कर देगा, लेकिन लूसी का उत्साह देखकर उसने उस पद पर उसे ही आज़माने का निर्णय लिया। लूसी ने कार्य में भी अपने उत्साह को बरक़रार रखा और

प्रशासकीय स्टाफ़ की एक बेशक़ीमती सदस्य बन गई।

आप ऊँचा उठाने वाले हैं या टिकने वाले हैं?

दो प्रकार के लोग होते हैं - सिर्फ़ दो प्रकार के लोग होते हैं - इससे अधिक नहीं। अच्छे और बुरे नहीं, क्योंकि यह अच्छी तरह समझा जा चुका है कि अच्छे लोग आधे बुरे होते हैं और बुरे लोग आधे अच्छे। ख़ुश और दुखी नहीं, अमीर और ग़रीब नहीं, विनम्र और घमंडी नहीं। नहीं। *इस संसार में पहले प्रकार के लोग वे होते हैं, जो दूसरों को ऊपर उठाते हैं और दूसरे प्रकार के वे होते हैं, जो दूसरों पर टिकते हैं।* आप चाहे जहाँ चले जाएँ, यही पाएँगे कि संसार के लोग हमेशा इन दो श्रेणियों में विभाजित होते हैं। और अजीब बात यह है कि जहाँ बीस लोग टिकते हैं, वहाँ ऊपर उठाने वाला केवल एक ही व्यक्ति होता है। क्या आप ऊपर उठाने वाले हैं? क्या आप टिकने वाले या शिकायत करने वाले हैं? क्या आप दूसरों पर टिकते हैं? आप विकास करने और आगे बढ़ने के लिए यहाँ आए हैं। आप समस्याओं, मुश्किलों, चुनौतियों का सामना करने और उनसे उबरने के लिए यहाँ आए हैं। आप उनसे दूर भागने के लिए यहाँ नहीं आए हैं। ख़ुशी उबरने में है। यदि क्रॉसवर्ड पज़ल पहले से ही भरी हो, तो यह बहुत नीरस हो जाएगी। ख़ुशी उस पज़ल को सुलझाने में मिलती है।

इंजीनियर को पुल बनाते समय आने वाली सभी बाधाओं, असफलताओं और मुश्किलों से उबरने में आनंद आता है। इसी तरह आप भी अपने मानसिक और आध्यात्मिक औज़ारों को तराशने के लिए यहाँ आए हैं, जहाँ आपकी बुद्धिमत्ता, शक्ति और समझ में वृद्धि होती है। आप अपने और अपने संपर्क में आने वाले लोगों के जीवन में उत्साह बढ़ाने के लिए यहाँ आए हैं।

उत्साह उपलब्धि की ओर ले जाता है

जब हम अपने कार्य को लेकर उत्साहित होते हैं, तो हमारे हर कार्य में रोमांच, ख़ुशी और संतुष्टि की आंतरिक भावना भर जाती है। रोज़मर्रा

के जीवन में हमें कई ऐसे कार्य भी करने पड़ते हैं, जिनके बारे में रोमांचित होना हमेशा आसान नहीं होता, लेकिन यह संभव है, बशर्ते हम इसकी कोशिश करें।

आपके मन में क्या होता है, इसी से परिणाम तय होता है। जब आप वाक़ई उत्साहित हो जाते हैं, तो यह आपकी आँखों की चमक और चुस्त तथा जोशपूर्ण व्यक्तित्व में नज़र आता है। आप इसे अपने क़दमों की लचक में देख सकते हैं। आप इसे अपने पूरे अस्तित्व के जोश में देख सकते हैं। उत्साह दूसरे लोगों, कामकाज, संसार के प्रति आपके नज़रिए में फ़र्क़ डालता है। इससे मानव जीवन के सुख और आनंद में बहुत बड़ा फ़र्क़ पैदा करता है।

ज़ाहिर है, आपको स्वयं और अपनी योग्यताओं के बारे में उत्साहित होना चाहिए, लेकिन आप जो कार्य कर रहे हैं - जो प्रॉडक्ट आप बना या बेच रहे हैं, जिस संगीत का आप सृजन कर रहे हैं या जो निबंध आप लिख रहे हैं - उसके बारे में उत्साहित होना भी आवश्यक है।

आप किसी चीज़ के बारे में उत्साहित कैसे बन सकते हैं? सबसे पहले तो आपको उस चीज़ में विश्वास होना चाहिए, जो आप कर रहे हैं। आप जिस भी प्रॉडक्ट, विचार या अवधारणा से जुड़े हों, उसके बारे में अधिक से अधिक सीखें। यथासंभव अधिकतम जानकारी हासिल करें। अपने विषय में गोता लगाएँ। उसे जिएँ। आप जितना ज़्यादा सीखते हैं, आप उस विषय को अपने जीवन का उतना ही अधिक हिस्सा बनाते हैं और उसके प्रति आपका उत्साह उतना ही बढ़ता है।

जब हम महान स्त्री-पुरुषों के जीवन का अध्ययन करते हैं, चाहे वे सरकार, व्यवसाय, विज्ञान या कला के क्षेत्र में हों, तो हम पाते हैं कि उन सभी में एक साझा तत्व होता है- अपने कामकाज और जीवन को लेकर उत्साह। उत्साह ने ही बहरेपन के बावजूद बीथोवन को उनकी महानतम सिम्फ़नीज़ रचने की योग्यता प्रदान की। उत्साह ने ही कोलंबस को समर्थ बनाया कि वे महारानी इज़ाबेला को समुद्री यात्रा का ख़र्च उठाने के लिए राज़ी कर पाएँ। उत्साह ने ही उन्हें तब भी आगे बढ़ने के लिए प्रेरित किया, जब सफल होना असंभव लग रहा था।

यह शक्ति आपमें भी है। अपनी प्रतिभाओं तथा योग्यताओं को मुक्त कर दें और अपनी आंतरिक शक्तियों के बारे में अधिक सीखने का उत्साह विकसित करें। ऐसा करने पर आप ख़ुद को आश्चर्यजनक ऊँचाइयों तक उठा सकते हैं। अपने भीतर की परम बुद्धिमत्ता से कहें कि वह आपको हर ज़रूरी चीज़ प्रदान करे; यह आपके आग्रह पर प्रतिक्रिया देगी। एहसास करें कि असीम प्रज्ञा आपको मार्गदर्शन दे रही है, छिपी हुई प्रतिभाओं को आपके सामने उजागर कर रही है, आपके लिए नए द्वार खोल रही है, आपको रास्ता दिखा रही है कि आपको किधर जाना चाहिए; और आपके भीतर का निर्देशक सिद्धांत सभी तरीक़ों से आपका नेतृत्व व मार्गदर्शन कर रहा है।

सार

- अपना दिमाग़ उस चीज़ पर केंद्रित करें, जिसे आप हासिल करना चाहते हैं। इसे पूरी दृढ़ता, पूरी निश्चितता और उत्साही संकल्प से केंद्रित करें। अपने संकल्प में इतना ज़्यादा जीवट डाल दें कि संसार की कोई भी चीज़ आपको अपने उद्देश्य से न डिगा पाए, जब तक कि आप उसे हासिल न कर लें।
- सफल लोग थोड़ी ज़्यादा कड़ी कोशिश करते हैं। वे अपने कार्य में उत्साह और ज़बर्दस्त जोश भर देते हैं, जिससे परिणाम की गुणवत्ता तथा मात्रा दोनों ही बढ़ जाती हैं।
- जब हम अपने कार्य को लेकर उत्साहित होते हैं, तो हमारे हर कार्य में रोमांच, ख़ुशी, संतुष्टि की आंतरिक भावना भर जाती है। रोज़मर्रा के जीवन में हमें कई ऐसे कार्य भी करने पड़ते हैं, जिनके बारे में रोमांचित होना हमेशा आसान नहीं होता, लेकिन यह संभव है, बशर्ते हम कोशिश करें।
- उत्साह संक्रामक होता है। उत्साहित होने पर आपकी आँखें चमकने लगती हैं, आपकी आवाज़ थरथराने लगती है, आपके क़दमों की लचक बढ़ जाती है। यह आपके हावभाव और व्यक्तित्व के हर पहलू को सराबोर कर देता है। आपका बॉस

इसे देखता है; आपके अधीनस्थ और सहकर्मी इसे महसूस करते हैं; आपके ग्राहक इससे प्रभावित होते हैं।

- उत्साह नाज़ुक होता है और यह आसानी से दम तोड़ सकता है। निरुत्साहित करने वाली परिस्थितियों में भी उत्साह को कैसे क़ायम रखा जाए, यह एक बहुत बड़ी कला है, लेकिन इसे आसानी से सीखा जा सकता है। यह तो विचारों को नियंत्रित करने का प्रश्न है। नकारात्मक विचारों को अपने दिमाग़ से बाहर रखें। दिमाग़ में विध्वंसात्मक और असामंजस्यपूर्ण विचारों की बाढ़ से अधिक विनाशकारी कोई चीज़ नहीं है, जो उत्साह को ठंडा करे और किसी प्रयास को जल्द ही भोंथरा कर दे। हमें अपने मन को नियंत्रित करना चाहिए। अंधकार को बाहर रखने का सबसे अच्छा तरीक़ा मन में प्रकाश की बाढ़ लाना है।

अध्याय 6

लचीलापन और अनुकूलनशीलता विकसित करना

हमारे अवचेतन विश्वास और कंडीशनिंग हमारे सभी चेतन कार्यों को आदेशित व नियंत्रित करती है। शाश्वत सत्यों के साथ ख़ुद को जोड़कर आप अपने दिमाग़ की कंडीशनिंग को बदल सकते हैं। शांति, ख़ुशी, प्रेम, हास्य, आनंद और सद्भाव की अवधारणाओं से अपने दिमाग़ को भरकर आप एक बेहतरीन तथा अद्भुत व्यक्तित्व विकसित कर सकते हैं। अपने दिमाग़ को इन विचारों में ही व्यस्त रखें। जब आप ऐसा करेंगे, तो वे रिसकर आपके अवचेतन मन तक पहुँच जाएँगे।

आपने यह पुरानी कहावत सुनी होगी, "अगर कोई चीज़ ख़राब नहीं है, तो उसे ठीक मत करो।" इसमें थोड़ी सच्चाई है। चीज़ों को बदलने की ख़ातिर बदलना फ़ायदेमंद नहीं होता। बहरहाल, आगे बढ़ने और नई चुनौतियों से मुक़ाबला करने के लिए प्रायः परिवर्तन ज़रूरी होता है। बार-बार वही कार्य करते रहना आसान होता है। परिवर्तन का प्रतिरोध करना तब और भी ज़्यादा लुभावना होता है, जब आपने ही उस कार्य को विकसित किया होता है, जो आप कर रहे हैं। अक्सर हम अपने ख़ुद के विचारों से प्रेम करने लगते हैं और परिवर्तनों के बारे में सोचना भी नहीं चाहते हैं- भले ही वे बेहतरी की ओर ले जा रहे हों।

कई लोग असफलता के डर के कारण भी परिवर्तन पर विचार करने से इंकार कर देते हैं। कोई भी इंसान हार का दर्द नहीं झेलना चाहता, लेकिन कोई भी कार्य तब तक सफल नहीं हो सकता, जब तक कि उसकी कोशिश न की जाए। वैसे यह भी सच है कि हर प्रयास के

साथ असफलता का जोखिम हमेशा जुड़ा रहता है।

आवश्यक परिवर्तन करने के लिए आपमें अपने हर कार्य की समीक्षा और पुनर्मूल्यांकन करने की इच्छा रहनी चाहिए। यह सुनिश्चित करने के लिए आपको अपने अवचेतन मन को अनुकूलनशील बनाना होगा। यदि आप लगातार खुली मानसिकता और लचीलेपन को मज़बूत करते हैं, तो आपका अवचेतन मन यथास्थिति को बदलने का प्रतिरोध नहीं करेगा, बल्कि नई अवधारणाओं को ढालने का ज़रिया बन जाएगा। सफल लोग जोखिम लेते हैं। वे ख़ुद को उन पुराने तौर-तरीक़ों तक ही सीमित नहीं रखते हैं, जिनका वे हमेशा से इस्तेमाल करते आ रहे हैं।

निश्चित रूप से आप असफल हो सकते हैं, लेकिन आपको लचीलापन विकसित करना होगा, ताकि आप असफलताओं को स्वीकार कर सकें और दोबारा उठकर प्रगति कर सकें। हमें अपनी ग़लतियों से सबक़ सीखना चाहिए और उनका इस्तेमाल करके असफलताओं से उबरना चाहिए। आर. एच. मेसी को अपने पहले सात मेसी स्टोर्स बंद करने पड़े, लेकिन "असफल" के रूप में हार मानने के बजाय वे कोशिश करते रहे और अंततः अमेरिका के अग्रणी रिटेलर बन गए। बेब रूथ अपने करियर में 1,300 बार स्ट्राइक आउट हुए, लेकिन उनके 714 रन्स के कारण उनकी असफलताओं को भुला दिया गया है। थॉमस एडिसन ने कभी हार नहीं मानी, लेकिन वे जानते थे कि सिर्फ़ लगन ही काफ़ी नहीं है। जब उनका कोई प्रयोग असफल होता था, तो वे हर बार अध्ययन करते थे कि वे किस वजह से असफल हुए। वे समाधान खोजते रहते थे। उनकी असफलताओं ने उनके लचीलेपन और अनुकूलनशीलता को पैना किया। असफलताओं ने उन्हें परास्त नहीं किया, बल्कि कोशिश करते रहने के लिए प्रेरित किया।

सिर्फ़ आप ही ख़ुद को बदल सकते हैं

यदि आपकी सोच कठोर और अनुकूलनशील नहीं है, तो आपको उस कठोरता से उबरना होगा। यह काम आपकी ख़ातिर कोई दूसरा नहीं कर सकता। पहली चीज़ जो आपको स्वीकार करनी चाहिए, वह यह है कि आप ही एकमात्र ऐसे व्यक्ति हैं, जो ख़ुद को बदल सकते हैं। यह

आपके पूरे व्यक्तित्व में वास्तविक परिवर्तन की शुरुआत है।

मानसिक रूप से ख़ुद को दो लोगों में बाँट दें : एक आपका वर्तमान स्वरूप और दूसरा आपका मनचाहा स्वरूप। डर, चिंता, तनाव, ईर्ष्या या नफ़रत के विचारों को देखें, जिन्होंने शायद आपको ग़ुलाम बना रखा हो और आपको क़ैद कर रखा हो। ख़ुद को अनुशासित करने के उद्देश्य से आपने स्वयं को दो हिस्सों में विभाजित किया है। आपका एक हिस्सा आपके अंदर कार्य करने वाला मानव मस्तिष्क है; दूसरा हिस्सा आपके माध्यम से अभिव्यक्ति खोजने वाला असीमित है। यह आप पर निर्भर करता है कि आप ख़ुद को किस तरह देखते हैं।

एक एशियाई किसान के बारे में एक किंवदंती है। वह किसान अपने गाँव के एक बुद्धिमान आदमी के पास गया। उसने बुद्धिमान व्यक्ति को अपने जीवन के बारे में बताया और शिकायत की कि परिस्थितियाँ बहुत कठोर थीं। वह नहीं जानता था कि क्या करे। भविष्य का डर उसके दिमाग़ पर बुरी तरह हावी हो चुका था। वह हार मानना चाहता था; वह जूझते-जूझते थक चुका था। उसे ऐसा लगता था कि जैसे ही एक समस्या सुलझती थी, दूसरी नई समस्या सामने आकर खड़ी हो जाती थी।

बुद्धिमान व्यक्ति ने किसान से कहा कि वह नदी से एक बाल्टी पानी ले आए। फिर उसने उस पानी को तीन बर्तनों में डाला और तीनों को अँगीठी के ऊपर हुक से टाँग दिया। जल्दी ही उनके भीतर का पानी उबलने लगा। पहले बर्तन में उसने गाजर डाली, दूसरे में कुछ अंडे और तीसरी में उसने चाय की पत्तियाँ डाल दीं।

आधा घंटे बाद उसने बर्तनों को अँगीठी के ऊपर से हटा दिया। उसने गाजर निकालकर एक ख़ाली बर्तन में रख दीं। फिर उसने अंडों को निकाला और दूसरे बर्तन में रख दिया। और आख़िरकार उसने चाय एक तीसरे प्याले में उड़ेल दी। मुड़कर उसने किसान से पूछा, “मुझे बताओ, तुमने क्या देखा?”

किसान ने जवाब दिया, “गाजर, अंडे और चाय।” फिर बुद्धिमान आदमी बोला, “गाजर उठाओ और मुझे बताओ कि तुम्हें क्या एहसास होता है।” किसान ने ऐसा किया और बोला, “गाजर नर्म हैं।” फिर

बुद्धिमान आदमी ने किसान को एक अंडा उठाकर तोड़ने को कहा। छिलका उतारने के बाद किसान ने देखा कि अंडा सख़्त हो गया था। आख़िरकार बुद्धिमान आदमी ने किसान से चाय की चुस्की लेने को कहा। चाय के ज़ायक़ेदार स्वाद को चखते वक़्त किसान मुस्कुराया और उसने पूछा, "इसका क्या अर्थ है?"

बुद्धिमान व्यक्ति ने स्पष्ट किया कि इन तीनों वस्तुओं ने समान विपत्ति का सामना किया था... उबलता पानी। हर एक ने अलग तरीक़े से प्रतिक्रिया की। गाजर को जब डाला गया था, तो वह सख़्त और कड़क थी। बहरहाल, उबलते पानी में रहने के बाद वह नर्म और कमज़ोर पड़ गई। अंडा नाज़ुक था। पतले बाहरी आवरण ने इसके नर्म अंदरूनी हिस्से को सुरक्षित रखा था, जिसे उबलते पानी ने सख़्त कर दिया। बहरहाल, चाय की पत्तियाँ अनूठी थीं। उन्होंने पानी को ही बदल दिया।

बुद्धिमान आदमी ने किसान से पूछा, "तुम क्या हो? जब विपत्ति तुम्हारे दरवाज़े पर दस्तक देती है, तो तुम किस तरह प्रतिक्रिया करते हो? तुम गाजर हो, अंडा हो या चाय पत्ती हो?"

जब आप जीवन में सामने आने वाली समस्याओं की ओर देखें, तो ख़ुद से पूछें : "मैं क्या हूँ? क्या मैं गाजर जैसा हूँ, जो दिखती तो सख़्त है, लेकिन दर्द और विपत्ति के आते ही मैं भी नर्म पड़ जाता हूँ और अपनी शक्ति खो देता हूँ? क्या मैं अंडे जैसा हूँ, जो नाज़ुक हृदय और द्रव पदार्थ से शुरुआत करता है, लेकिन किसी नौकरी के छूटने, किसी जीवनसाथी के जाने, किसी वित्तीय आपदा या किसी अन्य मुश्किल के बाद कठोर और सख़्त हो गया हूँ? या फिर मैं चाय पत्ती जैसा हूँ? चाय पत्ती दरअसल गर्म पानी - वह परिस्थिति जो दर्द लाती है - को बदल देती है। जब पानी गर्म होता है, तो यह ख़ुशबू और स्वाद को मुक्त कर देती है। यदि आप चाय पत्ती जैसे हैं, तो सबसे बदतर परिस्थितियों में आप बेहतर बनते हैं और अपने आस-पास की स्थिति को बदल देते हैं। जब समय सबसे अंधकारमय होता है और परीक्षा सबसे कड़ी होती है, तो क्या आप ख़ुद को उठाकर किसी दूसरे स्तर पर ले जाते हैं?

आप विपत्ति से कैसे निबटते हैं? आप गाजर हैं, अंडा हैं या चाय पत्ती हैं?

सकारात्मक सोच अनुकूलनशीलता को प्रोत्साहित करती है

इस महान सच्चाई को याद रखें : आपको जाने-पहचाने तरीक़ों या तंत्रों पर चलते रहने की ज़रूरत नहीं है। आपको मशीनी अंदाज़ में पहले की तरह प्रतिक्रिया करने की ज़रूरत नहीं है। किसी नए तरीक़े से सोचें और प्रतिक्रिया करें। आप सफल होना चाहते हैं। इसलिए बस इस पल के तत्काल बाद उन नकारात्मक विचारों के साथ जुड़ने से इंकार कर दें, जिनमें आपको नीचे घसीटने की प्रवृत्ति होती है। सामने आने वाली समस्याओं को एक नए और अलग तरीक़े से सुलझाने के लिए आपको अपनी सोच को नए साँचे में ढालना चाहिए।

लगनशील बनें

अमेरिका के महानतम नेताओं में से एक की जीवनी पर ग़ौर करें। यह आसान सफलता की नहीं, बल्कि सतत लगनशीलता की कहानी है। वे इक्कीस वर्ष की उम्र में व्यवसाय में असफल हो गए। 1833 में राज्य विधानसभा का चुनाव हार गए। 1834 में वे चुनाव जीत गए। 1835 में उनकी प्रियतमा की मृत्यु हो गई। 1836 में वे नर्वस ब्रेकडाउन के शिकार हो गए। 1838 में वे स्पीकर के चुनाव में पराजित हुए। 1840 में उन्हें इलेक्टर के चुनाव में पराजय झेलनी पड़ी। 1843 में वे संसद के चुनाव में पराजित हुए। आख़िरकार, 1846 में उन्हें संसद में एक टर्म के लिए चुना गया, लेकिन 1848 में वे संसद सदस्य का चुनाव दोबारा हार गए। 1855 में वे सीनेट के चुनाव में हारे, 1856 में उप-राष्ट्रपति पद के लिए पराजित हुए और 1858 में दोबारा सीनेट का चुनाव हार गए। आख़िरकार, 1860 में उन्हें अमेरिका का राष्ट्रपति चुना गया। ये अब्राहम लिंकन के जीवन की सिर्फ़ चंद मुश्किलों के उदाहरण थे।

दरअसल, संसार में कोई भी चीज़ लगन की जगह नहीं ले

सकती। प्रतिभा भी नहीं। असफल प्रतिभाशाली व्यक्तियों से अधिक आम कुछ नहीं है। जीनियस भी नहीं। अपुरस्कृत जीनियस लगभग एक किंवदंती है। सिर्फ़ शिक्षा ही नहीं। संसार शिक्षित आवाराओं से भरा पड़ा है। लगन और संकल्प ही सर्वशक्तिमान हैं।

इस संसार में हर चीज़ बदलती है। हम इस बारे में कुछ नहीं कर सकते। सरकारें बदलती हैं। शायद एक दिन जागने पर आपको कहीं पर कोई नया राष्ट्रपति या नया राजा या कोई क्रांति नज़र आएगी। हर चीज़ परिवर्तन की अवस्था में है और यह अनवरत हो रहा है।

बड़ी विपत्तियों से सामना होने पर हमारे मन में यह प्रलोभन होता है कि हार मान लें और निराशा में डूब जाएँ, लेकिन किंग सोलोमन की पुरानी कहानी को हमेशा याद रखें।

एक बार निराशा महसूस करने पर राजा ने अपने सलाहकारों को आदेश दिया कि वे उसे वह अँगूठी लाकर दें, जो उसने एक बार एक सपने में देखी थी।

उसने कहा, "जब मैं सुखी महसूस करता हूँ, तो मुझे डर सताता है कि यह क़ायम नहीं रहेगा। और जब मैं सुखी नहीं होता हूँ, तो मुझे डर सताता है कि मेरा दुख हमेशा के लिए क़ायम रहेगा। ऐसी अँगूठी खोजकर लाओ, जो मेरे कष्ट दूर कर दे।"

सोलोमन ने अपने सभी सलाहकारों को खोज में भेज दिया। एक सलाहकार एक बूढ़े जौहरी से मिला, जिसने सोने की एक अँगूठी पर यह इबारत लिख दी, "यह भी गुज़र जाएगा।" बुद्धिमान सलाहकार तुरंत वह अँगूठी लेकर राजा के पास पहुँचा। जब राजा ने वह अँगूठी देखी और उसने उस पर लिखी इबारत पढ़ी, तो उसके दुख सुख में बदल गए और सुख दुख में बदल गए, और फिर दोनों के स्थान पर समभाव आ गया।

हाँ, आपकी वर्तमान समस्याएँ गुज़र जाएँगी। आप हमेशा कुंठित नहीं रह सकते। लेकिन इन सतत परिवर्तनों को देखने के नज़रिए के बारे में आप और मैं बहुत कुछ कर सकते हैं। दरअसल जो होता है, वह उतना महत्वपूर्ण नहीं है, जितना यह कि हम उसके बारे में क्या सोचते हैं।

सारे प्रयास सफल नहीं हो सकते। सफलता की ख़ुशी के साथ असफलता की कटुता गुँथी हुई है। असफलताओं के साथ सृजनात्मक ढंग से निबटकर हम अक्सर उन असफलताओं को सफलताओं में बदल सकते हैं।

ली आयाकोका के करियर में सबसे निचला बिंदु तब आया, जब उन्हें फ़ोर्ड मोटर कंपनी से निकाल दिया गया। इस पराजय के बाद वे क्राइस्लर के सीईओ बने और बेहद सफल हुए। सभी जानते हैं कि उन्होंने अपनी पराजय को सफलता में कैसे बदला। अपनी आत्मकथा में वे बताते हैं कि नया कार्य शुरू करने के तुरंत बाद ही उन्हें पहले से भी अधिक भयंकर तबाही का सामना करना पड़ा। क्राइस्लर दिवालिएपन की कगार पर थी। उनसे छोटे क़द का कोई आदमी होता, तो वह एक असफलता से दूसरी असफलता की ओर बढ़ने के बजाय उसी वक़्त हार मान लेता, लेकिन आयाकोका ने ऐसा नहीं किया।

आयाकोका ने इससे पराजित होने से इंकार कर दिया। उन्होंने अपनी आंतरिक शक्तियों का आह्वान किया। पराजय का स्वाद वे पहले भी चख चुके थे, लेकिन इस बार उसकी वजह से नीचे जाने के लिए तैयार नहीं थे। उन्होंने संकट से मुक़ाबला करने और उसे परास्त करने के लिए अनुकूलनशीलता, नवाचार, रचनात्मक सोच और लगन की अपनी शक्तियों को सही मार्ग दिखाया।

विजेता विचार

नज़रिए वे अमूर्त चीज़ें हैं, जिनसे हम योग्यता, समभाव और समृद्धि का निर्माण करते हैं। उन्हीं से यह तय होता है कि हम अपने जीवन को किस दिशा में ले जाते हैं। नज़रिया बदलकर हम बाक़ी हर चीज़ को बदल सकते हैं। आपके मस्तिष्क का नज़रिया क्या है? ज़ाहिर है, ये विजेता विचार हैं, जो महान और अद्‌भुत अनुभव तथा परिणाम दे सकते हैं। क्योंकि जब आप अपना मन बदलते हैं, तो आपका शरीर भी बदल जाता है। आपका शरीर मन की छाया मात्र है। आपका शरीर घनीभूत मन है। जैसा आपका विश्वास होता है, वैसा ही आपके साथ होता है।

जब परिस्थितियाँ गड़बड़ होती हैं, तो नकारात्मक सोच ही इतने

सारे लोगों को लचीला होने से रोकती है। ऐसे लोग आवश्यक परिवर्तन करने और ढलने के लिए अपने अवचेतन मन को खुलने की अनुमति ही नहीं देते हैं।

आपके विजेता विचार आपको इस नकारात्मकता से उबरने की क्षमता प्रदान करते हैं। यह बात जान लें- यदि आप सोचते हैं कि आप कर सकते हैं, तो आप वाक़ई कर सकते हैं। आपके भीतर लचीलेपन का बीज है और आप उसे असीमित शक्ति के ज़रिए अंकुरित कर सकते हैं, जिससे आपको बल मिलता है। लगभग हर व्यक्ति जानता है कि किसी प्रबल नकारात्मक विचार या भावना से जूझना कितना असंभव नज़र आता है, लेकिन आप ऐसा कर सकते हैं। जब भी नकारात्मक विचार - डर, द्वेष, निंदा, नफ़रत या यह चाहे जो - आपके मन में आए, उससे तुरंत निबटें। उसका सिर क़लम कर दें। उसे पनपने तथा शक्तिशाली होने की अनुमति न दें। उसे अपने प्रभुत्व को चुनौती देने, ख़ुद को हराने और रोगी व असफल बनाने की अनुमति न दें। क्योंकि अगर आपके दिमाग़ में द्वेष बढ़ता है, तो यह आप पर हावी होने लगता है; इसके बाद आप अपने जीवन की हर चीज़ को डर के रंग में रंगने लगते हैं। यह आपके हर कार्य, शब्द और विचार पर अपना रंग चढ़ा देता है। इसके अलावा, यह नवाचार करने और नई स्थितियों के अनुकूल होने के लिए आपको सृजनात्मकता का इस्तेमाल भी नहीं करने देता।

कहा जाता है कि बिजली का बल्ब बनाने में सफल होने से पहले थॉमस एडिसन एक हज़ार बार असफल हुए थे। बहरहाल, उन्होंने कभी भी अपने नकारात्मक विचारों को यह अनुमति नहीं दी कि वे उन्हें प्रक्रिया में हेर-फेर करने तथा प्रयोग करने से रोक दें। जैसा इस अध्याय में पहले बताया गया है, ली आयाकोका ने अपनी अनुकूलनशीलता और रचनात्मकता का इस्तेमाल करके संसद को राज़ी कर लिया कि वह क्राइस्लर को दिवालिएपन से बचाने के लिए पूँजी प्रदान करे।

अपनी आंतरिक शक्तियों का विस्तार करें

जो स्त्री-पुरुष अपने जीवन को अधिकतम बनाने की कोशिश कर रहे हैं, वे कभी विकास करना नहीं छोड़ते। वे हमेशा प्रगति की राह पर

गतिशील रहते हैं, क्योंकि उनके लक्ष्य की दूरी हमेशा कम हो रही है, क्योंकि वे लगातार ज़्यादा बड़े, चौड़े तथा अधिक कार्यकुशल हो रहे हैं। वे केवल राह में आने वाले पड़ावों पर ही रुकते हैं, ताकि वे उन कुछ चीज़ों का बोझ उतार सकें, जिनकी उन्हें अब ज़रूरत नहीं है, वे बाधाएँ जो उन्हें रोकती हैं और इसके बाद वे दोबारा अपनी यात्रा पर चल पड़ते हैं। जीवन की राह पर चलने का यही तरीक़ा है।

यदि आप अपनी छिपी हुई शक्तियों तक पहुँचना चाहते हैं, अपने विकास और अपनी शक्ति को प्रेरित करना चाहते हैं, तो आपको कहीं न कहीं निरंतर सुधार करते रहना चाहिए, अधिक क़रीबी व तीक्ष्ण अवलोकन के ज़रिए अपनी बुद्धि बढ़ानी चाहिए, अपने ज्ञान में निरंतर वृद्धि करनी चाहिए, अपने मानसिक व आध्यात्मिक नज़रिए को व्यापक बनाना चाहिए, ख़ुद से दूर होना चाहिए और सेवा व मदद का अपना दायरा बढ़ाना चाहिए। परिवर्तन से डरना छोड़ दें। नए और कल्पनाशील विचारों से चुनौतियों का सामना करने की अपनी क्षमता पर भरोसा करें।

बरबेरी की सीईओ एंजेला अहरेंट्स अपनी सफलता का श्रेय अपने क्षेत्र के शीर्ष लोगों के अवलोकन और अनुकरण को देती हैं। उन्होंने कहा था कि उन्होंने संख्यात्मक योग्यताएँ अपेरेल जाएंट वारनैको की प्रमुख लिंडा वैकनर से सीखीं और सृजनात्मक योग्यताएँ एक अन्य फ़ैशन लीडर डोन्ना करन से सीखीं। लिंडा संख्याओं के मामले में विशेषज्ञ थीं और डोन्ना ने उन्हें डिज़ाइन के बारे में बहुत कुछ सिखाया।

करियर की शुरुआत में ही वे डोन्ना करन की कंपनी छोड़कर चली गईं और उन्होंने अमेरिका भर में पचास बेंडल स्टोर्स खोलने में मदद की। लेकिन अठारह महीने बाद बोर्ड ने उस प्रोजेक्ट को रद्द कर दिया। इस बारे में अहरेंट्स कहती हैं कि यह "मेरे करियर का सबसे विध्वंसात्मक प्रहार था।" बहरहाल, जल्दी ही वे सँभल गईं, जब उन्हें लिज़ क्लेबोर्न ने नौकरी पर रख लिया। इस कंपनी में उन्होंने अपनी व्यावसायिक और सृजनात्मक दोनों प्रकार की योग्यताओं का इस्तेमाल किया। अंततः उन्होंने कंपनी को राज़ी कर लिया कि वे जूसी कूटर को ख़रीदकर विस्तार करें, जो करन के लोग नहीं करना चाहते थे।

जब बुटीक्स की अंतरराष्ट्रीय चेन बरबेरी की सीईओ रिटायर

हुईं, तो अहरेंट्स को उनके स्थान पर नियुक्त किया गया। उनकी नवाचारी अवधारणाओं और नए विचारों को स्वीकार करने के समर्पण की बदौलत कंपनी विस्तार करने व समृद्ध होने लगी।

जब आप समस्याओं से घिर जाएँ, तो संभावनाओं के ख़ुफ़िया कक्षों के बारे में सोचें, जिन्हें एंजेला अहरेंट्स जैसे बहुत से लोगों ने खोला था। आज ऐसे हज़ारों लोग जीवित हैं, जो अहरेंट्स के समान चुनौतियाँ मिलने की बदौलत बेहतर स्त्री-पुरुष हैं, बेहतर पति और पत्नी हैं, बेहतर वकील, बेहतर डॉक्टर, बेहतर नेता हैं। आत्म-अन्वेषण का कोई अन्य साधन इतना शक्तिशाली नहीं है, जितना कि किसी प्रेरक पुस्तक को पढ़ना या किसी महान भाषण को सुनना है। यह अक्सर हमारी आत्मा को झकझोर देता है। इससे हमारे भीतर नए आवेग और संकल्प जाग्रत होते हैं, जो उस समय तक सोए हुए थे। जहाँ तक अपनी आंतरिक शक्तियों को जानने तथा उनका इस्तेमाल करने का प्रश्न है, संभवतः आपको भी किसी महान उपदेशक या भाषण देने वाले की बात सुनते समय यह अनुभव हुआ होगा, जिसने आपके सामने नए संसार खोल दिए, जो इसके बिना शायद हमेशा छिपे ही रहते।

हम अपनी सभी शक्तियों को जितना ज़्यादा विकसित करते हैं, अपने संसाधनों का उतनी ही गहराई से इस्तेमाल करते हैं, अपने छिपे हुए स्वरूपों का हमें उतना ही अधिक पता चलता है और हमारा स्वप्न उतना ही ज़्यादा फैलता है। जीवन निरंतर प्रगति का दूसरा नाम बन जाता है।

ऐसे भी लोग हुए हैं, जिन्होंने अपनी संभावनाएँ अधेड़ावस्था तक साकार नहीं कीं। लेकिन फिर अचानक वे जैसे लंबी नींद से जाग गए। यह जाग्रति उन्हें कोई प्रेरक व झकझोर देने वाली पुस्तक पढ़कर, किसी उपदेश या भाषण को सुनकर या किसी मित्र से मिलने पर प्राप्त हुई थी - उच्च आदर्शों वाले मित्र से - जो उन्हें समझता था, प्रोत्साहित करता था और उनमें विश्वास जताता था।

इस बात से बहुत फ़र्क़ पड़ता है कि आप किन लोगों के साथ रहते हैं? उन लोगों के साथ, जो आपमें योग्यता की तलाश करते हैं, जो आपमें विश्वास करते हैं, जो आपको प्रोत्साहित करते हैं और आपकी

प्रशंसा करते हैं? या फिर उन लोगों के साथ, जो हमेशा आपके बनाए घरौंदे तोड़ते हैं, आपकी आशाओं को ध्वस्त करते हैं और आपकी आकांक्षाओं पर ठंडा पानी डालते हैं?

इसका एक अच्छा उदाहरण लाइफ़टाइम टेलीविज़न की प्रेसिडेंट और सीईओ एंड्रिया वॉन्ग हैं। वे कहती हैं कि बचपन से किशोरावस्था तक उनके माता-पिता ने न सिर्फ़ उन्हें असफल होने दिया, बल्कि इस अनुभव को महत्वपूर्ण भी माना। उनके इस नज़रिए से एंड्रिया को बहुत शक्ति मिली। जब वे स्कूल में क्लास प्रेसिडेंट का चुनाव हार गईं, तो उन्होंने धूल झाड़कर आगे बढ़ते रहना सीख लिया। इसी मानसिकता की बदौलत उन्होंने व्यस्त टेलीविज़न प्रॉडक्शन का करियर बनाया, जहाँ हर हिट प्रोग्राम के मुक़ाबले ऐसे असंख्य कार्यक्रम होते हैं, जो कभी दिन की रोशनी नहीं देख पाते। जब उन्होंने ब्रिटिश टीवी शो *डांसिंग विथ द स्टार्स* को अमेरिका लाने के बारे में सोचा, तो टीवी जगत के लोगों को लगा कि उनका दिमाग़ चल गया है। बहरहाल, उन्हें अपने विचार पर भरोसा था और उन्होंने इसे प्रसारित करने के लिए नेटवर्क को राज़ी कर लिया। आपको यह जानकर आश्चर्य होगा कि यह उस साल सबसे ज़्यादा देखे जाने वाले कार्यक्रमों में से एक बन गया। अपने ख़ुद के नेटवर्क के मुखिया की नई भूमिका में उनकी चुनौती लाइफ़टाइम ब्रांड का विकास करना है। इसके लिए वे उस मानसिक आत्मविश्वास का आह्वान करती हैं, जिसका विकास उन्होंने बचपन में ही शुरू कर दिया था। वे सीखने तथा बेहतर बनने के लिए निरंतर प्रयास करती हैं।

अपनी असफलताओं से सीखें

यदि आप असफल लोगों की विशाल सेना से बातचीत करें, तो आप पाएँगे कि अधिकतर इसलिए असफल हो गए, क्योंकि उन्हें कभी कोई प्रेरक और उत्साहवर्धक माहौल नहीं मिल पाया, क्योंकि उनकी महत्वाकांक्षा कभी प्रेरित नहीं हुई या वे हताशाजनक, निराशाजनक अथवा विपरीत माहौल में ऊपर उठने के लिए पर्याप्त मज़बूत नहीं थे। हम जेल और अपराध-सुधार गृहों में जिन अधिकतर लोगों को पाते हैं, वे एक ऐसे माहौल से प्रभावित हुए, जिसने उनके भीतर के सर्वश्रेष्ठ के बजाय

निकृष्टतम पहलू को उभारा।

आप जीवन में चाहे जो करते हों, महत्वाकांक्षा को प्रेरित करने वाले माहौल में रहने के लिए हर आवश्यक त्याग करें। यह माहौल ऐसा होना चाहिए, जो आपको आत्म-विकास के लिए प्रेरित करे। इसके लिए उन लोगों के क़रीब रहें, जो आपको समझते हों, आपमें विश्वास करते हों, जो ख़ुद को खोजने में आपकी मदद करें और आपको अपनी अधिकतम संभावना तक ऊपर उठने के लिए प्रोत्साहित करें। यह एक भव्य सफलता और एक औसत जीवन के बीच का फ़र्क़ हो सकता है। उन लोगों से चिपके रहें, जो संसार में कुछ करने और कुछ बनने की कोशिश कर रहे हैं- ऊँचे लक्ष्यों, ऊँची महत्वाकांक्षा वाले लोग। महत्वाकांक्षा संक्रामक होती है। आपके माहौल में जो भी भाव सबसे प्रबल होता है, आप उसे ग्रहण कर लेते हैं। यदि आपका प्रदर्शन अपेक्षा के अनुरूप नहीं रहता है, तो आस-पास के महत्वाकांक्षी लोगों की सफलता देखने पर आप अधिक कड़ा संघर्ष करने के लिए प्रोत्साहित व प्रेरित हो जाएँगे।

निकोलस हॉल जानते हैं कि असफलता एक सापेक्ष शब्दावली है। उन्होंने असफलता को अपनी कंपनी के नाम में रखा है। वे बहुआयामी उद्यमी हैं और उन्होंने StartupFailures.com की स्थापना की है। इस लोकप्रिय वेबसाइट पर उद्यमिता के बेशुमार रोमांचक अभियान हैं। वे कहते हैं कि सफलता पाने के लिए गिरकर उठने और आत्म-शंका से उबरने की ज़रूरत होती है। वे असफलता को सफलता की क़रीबी रिश्तेदार मानते हैं और दोनों के साथ उनका अंतरंग परिचय है। वे इस बारे में प्रोत्साहन और सलाह भी देते हैं कि दोबारा पटरी पर कैसे आया जाए।

हॉल का मूल विश्वास है कि *कोशिश न करना ही असली असफलता है।* वे यह भी कहते हैं कि असफल होना लाज़िमी है, कि जिसने भी कभी सफलता हासिल की है, चाहे यह व्यक्तिगत हो या पेशेवर, उसे राह में असफलताएँ भी मिली ही होंगी। वे कहते हैं कि गिरकर उठने की इच्छा से ही आपको दोबारा बल्लेबाज़ी करने का अवसर मिलता है।

भले ही कोई शुरुआती उद्यम सफल हो जाए, लेकिन वे किसी ऐसे संस्थापक को नहीं जानते, जिसने वहाँ तक पहुँचने के लिए कई बार वास्तविक या काल्पनिक असफलता का सामना न किया हो... माइक्रोसॉफ़्ट और एप्पल ने भी! वे स्वीकार करते हैं कि व्यवसाय शुरू करने वाले बहुत से लोग यह समझते हैं कि असफलता प्रक्रिया का हिस्सा है, लेकिन वे बस उम्मीद करते हैं कि वे उस हिस्से को चकमा दे सकते हैं।

गिरकर उठने में जो सबसे बड़ी बाधा होती है, वह है आत्म-शंका। लेकिन एक तसल्ली देने वाला विचार भी है। हालाँकि हो सकता है कि असफलता को झेलना समय के साथ ज़्यादा आसान न हो, लेकिन गिरकर उठना ज़्यादा आसान हो जाता है। युक्ति यह है कि इसे प्रक्रिया के एक हिस्से के रूप में देखें, खेल में रुके रहने की कुंजी के रूप में देखें।

सार

- आपको नकारात्मक विचारों या प्रतिक्रियाओं को जारी रखने की ज़रूरत नहीं है। मशीनी अंदाज़ में प्रतिक्रिया न करें। किसी नए तरीक़े से सोचें और प्रतिक्रिया करें। आप शांत, ख़ुश, आशावादी, स्वस्थ, समृद्ध और प्रेरित बनना चाहते हैं। इस पल के बाद उन नकारात्मक विचारों के साथ न जुड़ें, जिनमें आपको रसातल की ओर घसीटने की प्रवृत्ति होती है।
- परिवर्तन से न घबराएँ। सिर्फ़ इसलिए पीछे न रुके रहें, क्योंकि आप सोचते हैं कि आपका बॉस या दूसरे लोग राज़ी नहीं होंगे। नौकरी की चुनौतियों से निबटने के लिए अपने विचारों को ढालने, सृजन करने, संशोधन करने और पैना करने के लिए तैयार रहें।
- संसार में कोई भी चीज़ लगन की जगह नहीं ले सकती। प्रतिभा भी नहीं। असफल प्रतिभाशाली व्यक्तियों से अधिक आम कुछ नहीं है। जीनियस भी नहीं। अपुरस्कृत जीनियस लगभग एक किंवदंती है। सिर्फ़ शिक्षा ही नहीं। संसार शिक्षित आवाराओं से भरा पड़ा है। लगन और संकल्प ही सर्वशक्तिमान हैं।

- जब भी आपके मन में कोई नकारात्मक विचार आए, उससे तुरंत निबटें। उससे पराजित न हों। अगर आपके दिमाग़ में द्वेष बढ़ता है, तो यह आप पर हावी होने लगता है। फिर आप अपने जीवन की हर चीज़ को डर के रंग में रंगने लग जाते हैं।
- समस्याएँ सुलझाने की सकारात्मक नीतियाँ लगातार सोचें और अपने अवचेतन मन को लचीलेपन तथा अनुकूलन की इच्छुकता के विचारों का पोषण दें। इस तरह आप परिवर्तन करने के डर से उबर जाएँगे और नकारात्मक सोच के ख़िलाफ़ कवच निर्मित कर लेंगे।
- आप जीवन में चाहे जो करते हों, एक ऐसे माहौल में रहने के लिए आवश्यक हर त्याग करें, जो आपको आत्म-विकास के लिए प्रेरित करे। उन लोगों के क़रीब रहें, जो आपको समझते हों, आपमें विश्वास करते हों, जो ख़ुद को खोजने में आपकी मदद करें और आपको अपनी अधिकतम संभावना तक उठने के लिए प्रोत्साहित करें। यही एक भव्य सफलता और एक औसत जीवन के बीच का फ़र्क़ हो सकता है।
- राह में असफलताएँ मिल सकती हैं, लेकिन उनकी वजह से ख़ुद को बर्बादी या तबाही का स्थायी शिकार न समझें। हर चीज़ गुज़र जाती है। क्या होता है यह उतना महत्वपूर्ण नहीं है, जितना यह कि उसके बारे में हम क्या सोचते हैं।

अध्याय 7

चिंता और तनाव पर विजय पाना

समुद्र का सारा पानी भी एक छोटी सी नाव को नहीं डुबा सकता, जब तक कि पानी नाव के भीतर न आ जाए। इसी तरह संसार की सारी समस्याएँ, चुनौतियाँ और मुश्किलें भी आपको तब तक नहीं डुबा सकतीं, जब तक कि आप उन्हें अपने भीतर आने की अनुमति न दें।

लंबे समय तक चिंता करने से आप जीवंतता, उत्साह और ऊर्जा खो देते हैं। आप शारीरिक व मानसिक रूप से तबाह हो जाते हैं। डॉक्टरों का कहना है कि लंबे समय तक चिंता करने की वजह से अस्थमा, एलर्जी, हृदय रोग, हाई ब्लड प्रेशर और अन्य बहुत सारी बीमारियाँ हो सकती हैं।

चिंतातुर मस्तिष्क दुविधाग्रस्त और खंडित हो जाता है। यह निरुद्‌देश्य हो जाता है और बहुत सारी ऐसी चीज़ों के बारे में सोचता है, जो कि सच नहीं हैं। हालाँकि हममें से कई के पास असली समस्याएँ होती हैं, जैसे हमारे परिवार में किसी का बीमार होना या नौकरी का चला जाना, लेकिन अधिकतर चिंता आलस, सुस्ती, लापरवाही और उदासीनता की वजह से होती है। जब आप सुबह-सुबह जागें, तो आपको चिंता भरे विचार सोचने की कोई ज़रूरत नहीं है। आप सद्‌भाव, शांति, सौंदर्य, सही कर्म, प्रेम और समझ के विचार सोच सकते हैं। आप अपने मन से नकारात्मक विचार हटाकर उनकी जगह पर सकारात्मक विचार रख सकते हैं।

स्टीव एल. अपनी सेहत को लेकर चिंतित थे, लेकिन गहन

शारीरिक जाँच के बाद डॉक्टर ने बताया कि उनके शरीर में तो कोई गड़बड़ नहीं है, लेकिन वे चिंता नामक मनोरोग के शिकार हैं। चिंता नामक मनोरोग और कुछ नहीं, दीर्घकालीन चिंता का ही दूसरा नाम है। दरअसल, "चिंता" शब्द का मूल अर्थ है "गला दबाना, दम घोंटना।" और स्टीव अपने साथ यही कर रहे थे।

वे पैसों, नौकरी और भविष्य के बारे में लगातार चिंता किए जा रहे थे। दीर्घकालीन चिंता उनकी सफलता तथा समृद्धि के स्वप्न में आड़े आ रही थी और चिंता की वजह से उनकी ऊर्जा ख़त्म हो रही थी। वे लगातार थके-माँदे और निराश महसूस करते थे।

उन्हें सलाह दी गई कि वे दिन में तीन-चार बार एकांत में बैठकर गंभीरता से घोषणा करें कि सर्वशक्तिमान ने उन्हें प्रेरणा तथा आशा प्रदान की है और उन्हें तो सिर्फ़ असीमित से जुड़ना है और उस स्रोत के सामंजस्य, शांति तथा प्रेम को अपने भीतर प्रवाहित होने देना है। आगे दिया गया ध्यान करने का सुझाव भी दिया गया :

> ईश्वर या परम बुद्धिमत्ता ने मुझे यह इच्छा दी है। सर्वशक्तिमान शक्ति मेरे भीतर है; यह मुझे कुछ बनने, करने और पाने की शक्ति देती है। सर्वशक्तिमान की यह बुद्धिमत्ता और शक्ति मेरा साथ देती है तथा अपने सारे लक्ष्य पूरे करने का सामर्थ्य देती है। अब मैं बाधाओं, विलंब, विघ्नों और असफलता के बारे में नहीं सोचता हूँ। मैं जानता हूँ कि यदि मैं इस नए तरीक़े से लगातार सोचता रहूँ, तो मेरी आस्था और विश्वास बढ़ेगा, मेरी शक्ति तथा संतुलन में वृद्धि होगी, क्योंकि ईश्वर ने हमें डर का भाव नहीं दिया है। इसके बजाय उन्होंने हमें शक्ति, प्रेम और स्वस्थ मस्तिष्क के भाव दिए हैं।

स्टीव ने इन शब्दों पर नियमित तथा सुनियोजित रूप से ध्यान किया। इससे हुआ यह कि ये सत्य उनके चेतन मन में प्रवेश कर गए। इसके बाद उनके मस्तिष्क ने इन उपचारक कंपनों को उनके सिस्टम में भेज दिया। वे उनके अवचेतन मन में पहुँच गए और आध्यात्मिक पेनिसिलिन की तरह उन्होंने चिंता, डर, तनाव तथा सारे नकारात्मक विचारों के बैक्टीरिया को नष्ट कर दिया। एक महीने के भीतर ही स्टीव

शक्ति और बुद्धिमत्ता की उस जागरूकता पर पहुँच गए, जो जन्म के समय उन्हें दी गई थी। उन्होंने आध्यात्मिक दवा लेकर अपनी चिंताओं को जीत लिया था और अवचेतन गहराइयों में तालाबंद असीमित प्रज्ञा को खोल दिया था।

अपनी चिंताओं को टुकड़ों में बदलना

इंजीनियर एंडी एफ़. ने बताया कि वे अपनी चिंताओं को इंजीनियरिंग की समस्या के रूप में देखते हैं। उन्होंने कहा, “जब कामकाज के दौरान मेरे सामने कोई तकनीकी समस्या आती है, तो मैं उसका पुर्ज़ा-पुर्ज़ा अलग कर देता हूँ और उसे छोटे-छोटे टुकड़ों में तोड़ लेता हूँ। फिर मैं ख़ुद से पूछता हूँ, ‘वे कहाँ से आए? हर टुकड़े का क्या महत्व है? मैं इसे पूरी समस्या के लिए कैसे ढाल सकता हूँ?’ चिंताओं के मामले में मैं ख़ुद से पूछता हूँ, ‘क्या इन चिंताओं में कोई शक्ति है?’ ‘क्या उनके पीछे कोई सिद्धांत है?’ ”

तार्किक और ठंडे दिमाग़ के विचार तथा विश्लेषण से वे अपनी चिंताओं को विखंडित कर देते हैं। वे यह एहसास करते हैं कि उनकी चिंताएँ उनके मस्तिष्क की छायाएँ हैं, जो काल्पनिक हैं। कोई वास्तविकता नहीं, सिर्फ़ मन की छायाएँ।

छाया में कोई शक्ति नहीं होती! देखिए, अधिकतर चिंता यही तो होती है : आपके दिमाग़ में मौजूद छाया। इसकी कोई वास्तविकता नहीं होती, इसके पीछे कोई सिद्धांत नहीं होता और इसके पीछे कोई सच्चाई नहीं होती। ये चिंताएँ मनहूस छायाओं के ढेर से अधिक कुछ नहीं होतीं। इन छायाओं को वास्तविकताओं में बदलकर और उनसे निबटकर इन्हें ख़त्म कर दें।

आपका शरीर आपके मस्तिष्क का ही प्रतिबिंब होता है

डॉक्टर बताते हैं कि उनके कई रोगी काल्पनिक बीमारियों को लेकर इतनी ज़्यादा चिंता करते हैं कि बाद में उनमें उन बीमारियों के लक्षण

ही उभर आते हैं। डॉक्टर इन लक्षणों को "मनोदैहिक" या साइकोसोमैटिक कहते हैं। इस शब्द की जड़ें हैं *साइको*, जिसका अर्थ है "मानसिक" और *सोमैटिक*, यानी "शारीरिक।" आप अपने मस्तिष्क में जो सोचते हैं, उसी का प्रतिबिंब आपके शरीर में दिखाई देता है।

हार्टफ़ोर्ड, कनेक्टिकट में एक बड़ी बीमा कंपनी के वाइस प्रेसिडेंट को चिंता सता रही थी कि उन्हें हृदय रोग हो गया है। उनके सबसे क़रीबी मित्र को कुछ समय पहले ही हार्ट अटैक हुआ था, हालाँकि मित्र की उम्र उनसे बीस वर्ष अधिक थी। वाइस-प्रेसिडेंट को विश्वास था कि उन्हें भी हृदय रोग है। उन्होंने एक हृदय रोग विशेषज्ञ को दिखाया, जिसने कार्डियोग्राम लिया। विशेषज्ञ ने बताया कि उनका हृदय तो सामान्य है, लेकिन उन्हें मनोदैहिक रोग है। मित्र के हार्ट अटैक की वजह से वे अपने हृदय के बारे में अत्यधिक चिंतित हो गए थे। फलस्वरूप उन्हें सीने में दर्द और हृदय रोग के अन्य लक्षण महसूस होने लगे थे। डॉक्टर ने उन्हें बताया कि उनकी समस्या का इलाज चिकित्सा ग्रंथों में नहीं, बल्कि उनके ख़ुद के अवचेतन मन में है। डॉक्टर ने सलाह दी कि वे अच्छी सेहत को लेकर तब तक ध्यान करें, जब तक कि झूठे विचार उनके *मन* से न निकल जाएँ और इसके बाद उनका *शरीर* इस पर प्रतिक्रिया करेगा। इस कार्य में सिर्फ़ कुछ सप्ताह का समय लगा। उन्होंने स्थानापन्नता के महान नियम का अभ्यास किया और अच्छे विचार को बार-बार तब तक दोहराया, जब तक कि मन ने उसे सत्य के रूप में स्वीकार नहीं कर लिया। इससे वे मुक्त होकर शांत अवस्था में पहुँच गए।

इसमें थोड़ी मेहनत लग सकती है, लेकिन आप यह कर सकते हैं। यह अनुशासन का मामला है। यह इसे करने की इच्छा का मामला है। "मैं इससे उबरने वाला हूँ। मैं इससे सीधे-सीधे मुक़ाबला करने वाला हूँ। यह मेरे मन की छाया है और मैं छायाओं को शक्ति नहीं दूँगा।" बीमा एक्ज़ीक्यूटिव के भावनात्मक दर्द का कारण एक विचार था। दरअसल यह विचार उनके दिलोदिमाग़ पर हावी हो गया था कि उन्हें हृदय रोग है। जबकि उन्हें नहीं था। इसलिए उनका पूरी तरह उपचार हो गया। उनकी बीमारी का कारण क्या था? उनके अपने दिमाग़ का एक झूठा विश्वास।

शक्ति आपके भीतर है

जब भी आपको कोई डर या चिंता सताए या जब भी आप सोचें कि आप कोई चीज़ हासिल नहीं कर सकते, तो शांत हो जाएँ और यह पहचान लें कि असीमित आपके भीतर है, कि ईश्वर असीम प्रेम है, असीम प्रज्ञा है, असीम जीवन है, चमत्कारी बुद्धिमत्ता है, पूर्ण शक्ति है, पूर्ण सामंजस्य है।

यदि आप इसे पुकारेंगे, तो आपको जवाब मिलेगा। असीमित प्रज्ञा आपके विचार पर प्रतिक्रिया करती है। इस प्रकार की प्रार्थना या ध्यान से आपको पूर्ण शांति मिलेगी और आपका दिमाग़ शांत हो जाएगा। जब आप अस्तित्व की इस आरामदेह अवस्था में हों, तो इस बारे में मनन करें कि आप क्या बनना, करना या पाना चाहते हैं। भरोसा रखें कि आपके भीतर की असीमित आत्मा आपके विश्वास व आस्था पर प्रतिक्रिया करेगी। यह आस्था आपके अवचेतन में उतर जाएगी और सामने मौजूद किसी भी प्रकार की समस्याओं से जूझने की शक्ति को बहुत बढ़ा देगी।

बरसों तक कार्लोस जे. अपनी कंपनी के मार्केटिंग विभाग के लिए चार्ट और ग्राफ़ बनाते थे। उनका कार्य इतना सुंदर और सटीक था कि उनकी बार-बार प्रशंसा होती थी, इसलिए कार्लोस अपनी नौकरी को बहुत सुरक्षित मानने लगे थे। लेकिन जब कंप्यूटर तकनीकें विकसित हुईं, तो कार्लोस की योग्यताएँ बेमानी हो गईं। नाइंसाफ़ी या बदक़िस्मती के बारे में शिकायत करने के बजाय कार्लोस ने अपनी कंपनी को राज़ी कर लिया कि वे उन्हें कंप्यूटर ग्राफ़िक्स का प्रशिक्षण दें। उन्होंने पूरी लगन से अध्ययन किया और नई तकनीकों में महारत हासिल कर ली। उन्होंने पाया कि चार्टिंग के पुराने अनुभव की बदौलत उन्हें कंप्यूटर ग्राफ़िक्स में काफ़ी लाभ हुआ। फलस्वरूप वे उस विषय में माहिर हो गए और शीर्ष प्रदर्शक बन गए।

किसी भी चीज़ की वजह से परेशान न हों, न डरें, विचलित न हों, क्रोधित न हों। आप एक नायक हैं। आप अपने विचार जगत - अपने विचारों, भावनाओं और प्रतिक्रियाओं - के सर्वेसर्वा हैं। आप अपने अवधारणा जगत के सम्राट हैं। जब भी कोई नकारात्मक सुझाव

आपकी ओर आए, तो आपको कहना चाहिए, "इससे उबरने की क्षमता और शक्ति मेरे भीतर है। असीमित शक्ति की मदद से मैं इसका जवाब खोज ही लूँगा।"

अपने चेतन मन को सकारात्मक विचारों की ख़ुराक दें

चिंता और डर आपके जीवन पर तभी हावी हो सकते हैं, जब आप ऐसा होने दें। आपमें उन्हें अपने जीवन से बाहर खदेड़ने की शक्ति होती है। आपके भीतर असीमित प्रज्ञा मौजूद है। आपमें अपने जीवन को बदलने की शक्ति है। प्रार्थना और ध्यान करके, अपने आध्यात्मिक स्वरूप को मुक्त करके, दैवी तत्व में विश्वास करके आप अपने डरों और चिंताओं से उबर जाएँगे। यदि आप अपने चेतन मन को सकारात्मक विचारों की ख़ुराक देते हैं, तो यह ख़ुराक अवचेतन मन तक पहुँच जाएगी। इसके बाद समस्याओं से सामना होने पर आपका अवचेतन मन सकारात्मक प्रतिक्रिया करेगा और समाधान खोज लेगा, फलस्वरूप आपका जीवन अधिक आनंदमय, शांतिपूर्ण तथा पुरस्कारदायक हो जाएगा।

कई लोग इसलिए असफल हो जाते हैं, क्योंकि वे यह सोचने के लिए लंबे समय तक ठहर जाते हैं कि वे इस चक्रव्यूह से कैसे बाहर निकलेंगे, वे सफल होंगे या नहीं। कोशिशों के परिणाम के बारे में उनकी सतत शंका उपलब्धि के लिए घातक होती है।

चाहे यह नौकरी में हो या जीवन के दूसरे पहलुओं में, एकाग्रता ही आपकी उपलब्धि का रहस्य है। किसी भी प्रकार की चिंता या डर मानसिक एकाग्रता के लिए घातक होता है और सृजनात्मक योग्यता का गला घोंट देता है। एक आम कारण से कर्मचारी किसी नौकरी में कष्ट उठाते हैं। वह कारण है डर। यह डर किसी दबंग बॉस का भी हो सकता है– एक ऐसा बॉस, जो अप्रसन्न करने वाले कर्मचारियों को लगातार दंड देने की धमकी देता है, यहाँ तक कि नौकरी से निकालने की भी। ऐसी परिस्थितियों में कार्य करना कभी आसान नहीं होता और कई कर्मचारी लगातार दुखी रहते हैं। उनका पूरा मानसिक जगत संघर्ष की भावनाओं से भर जाता है और ऐसे माहौल में कार्यकुशलता संभव नहीं होती।

इस बात की संभावना बहुत कम है कि आप अपने बॉस के व्यक्तित्व को बदल सकें, लेकिन आप ख़ुद परेशान हुए बिना ऐसे माहौल में जीना सीख सकते हैं। जब भी आप ख़ुद को इस तरह के दुर्व्यवहार के बारे में चिंता करते, परेशान होते या तनावग्रस्त होते देखें, तो हर बार कुछ पल के लिए ठहर जाएँ और ख़ुद से कहें, "यह किसी बुद्धिमान, विचारशील व्यक्ति का जीवन नहीं है, किसी असली व्यक्ति का जीवन नहीं है।" ज़ाहिर है, यदि संगठन के भीतर नौकरी बदलना संभव है या उसे छोड़ना संभव है, तो ऐसा कर दें। लेकिन यदि इसका कोई विकल्प न हो, तो बॉस की डाँट-फटकार के बाद दोहराएँ : "मैं इस बात से अपना जीवन बर्बाद नहीं होने दूँगा। मैं नौकरी में समभाव क़ायम रखूँगा। मैं जानता हूँ कि बॉस के नज़रिए के बावजूद मैं अपना सर्वश्रेष्ठ कार्य कर रहा हूँ। मैं इस घटना या घटनाक्रम से ख़ुद को निराश नहीं होने दूँगा।" हो सकता है कि इस सोच से स्थिति न सुधरे, लेकिन आप इतने समर्थ तो हो जाएँगे कि इसे स्वीकार कर लें और संतुष्टि तथा उपलब्धि हासिल करने के लिए अपनी वर्तमान नौकरी के बाहर के क्षेत्रों की तलाश करें।

शरीर को शांत करें, मन को शांत करें

कल सुबह बॉस के साथ आपकी वार्षिक प्रदर्शन समीक्षा होने वाली है। आप क्या करेंगे? शायद चिंता करेंगे कि बॉस जाने क्या कहेंगे। आप अपनी सभी ग़लतियों को याद करेंगे, उन डेडलाइन्स के बारे में सोचेंगे, जिन्हें आप चूक गए थे या अन्य समस्याओं को मन में दोहराएँगे। हो सकता है कि इससे आपका अवचेतन मन नकारात्मकता के बोझ से दब जाए और इस वजह से आप रात भर जागते रहें तथा आपको नींद ही न आए।

लेकिन इसके बजाय हम मान लेते हैं कि आप मस्तिष्क के नियम और आत्मा के तौर-तरीक़े जानते हैं। समीक्षा को लेकर चिंतित होने के बजाय आप किसी कुर्सी या सोफ़े पर बैठ जाते हैं और ध्यान करने लगते हैं। सबसे पहले आप शिथिल होते हैं। जब आपका शरीर शिथिल होता है, तो मन शांत हो जाता है। आप ख़ुद से कहते हैं, "मेरे

पैर की अँगुलियाँ शिथिल हैं, मेरे पैर शिथिल हैं, मेरे पेट की मांसपेशियाँ शिथिल हैं, मेरा हृदय और फेफड़े शिथिल हैं, मेरी रीढ़ शिथिल है, मेरी गर्दन शिथिल है, मेरे हाथ शिथिल हैं, मेरा मस्तिष्क शिथिल है, मेरी आँखें शिथिल हैं, सिर से पैर तक मेरा सारा शरीर पूरी तरह शिथिल है।"

जब आप शिथिल हो जाते हैं, तो आपके शरीर को आपका आदेश मानना होता है। जब आप शिथिलता की अवस्था में होते हैं और विश्वास को क़ायम रखते हैं, तो आपकी प्रार्थना का हमेशा जवाब मिलता है। यदि आप शिथिल नहीं होते हैं, तो आपको मनचाहे परिणाम नहीं मिल पाते हैं। *शिथिल हों* और *विश्वास करें।* जब आप अपने शरीर को शिथिल करते हैं, तो आप अपने मस्तिष्क को भी शिथिल कर लेते हैं। आपका मन शांत और स्थिर हो जाता है। तो उस चीज़ की तैयारी कैसे करें, जो हमेशा आपके लिए एक कठिन परीक्षा रही है? आपको पिछले वर्ष की अपनी सारी उपलब्धियों पर ध्यान केंद्रित करना चाहिए- आपने लागत को कितना कम करने में सफलता पाई, कौन से नवाचार सुझाए, कितने ग्राहकों को संतुष्ट किया और अन्य सभी सकारात्मक कार्य, जिनमें आपने योगदान दिया। यदि आप इस सकारात्मक फ़िल्म को अपने दिमाग़ में चलाते हैं और उसे वहाँ क़ायम रखते हैं, तो आप तैयार हो जाएँगे।

अगली सुबह जब आप अपने बॉस से मिलेंगे, तो एक शक्तिशाली सकारात्मक नज़रिए के साथ जाएँगे। आप देखेंगे कि चिंता की जगह आपमें आत्मविश्वास होगा। निश्चित रूप से बॉस कई क्षेत्रों की ओर संकेत कर सकते हैं, जिनमें सुधार की गुंजाइश है। देखिए, एक तो यह आपके बॉस का कार्य है और दूसरा, हम सभी ख़ुद को बेहतर बना सकते हैं। लेकिन अगर आपका नज़रिया सकारात्मक होगा, तो आप उन्हें आलोचना नहीं, बल्कि सृजनात्मक सुझावों के रूप में स्वीकार करेंगे। आपने अपने अवचेतन की प्रोग्रामिंग इस तरह कर ली होगी कि अपने कार्य को लेकर चिंता के बजाय आपमें यह आत्मविश्वास होगा कि आप अच्छा कर रहे हैं और आप इससे भी बेहतर करने में समर्थ तथा इच्छुक होंगे।

क्या आप सोचते हैं कि आपके पास समस्याएँ हैं?

एक समझदार आदमी के बारे में एक पुराना क़िस्सा है। वह रहस्यवादी था और जीवन के रहस्यों से प्रेम करता था। उसने संसार के सभी लोगों को एक बड़ा गोला बनाने को कहा। उस गोले के केंद्र में उन्हें अपनी सारी समस्याएँ, शिकायतें, ग़लतफ़हमियाँ, दुख-दर्द, रोग, अभाव और सीमाओं को जमा करना था- सभी प्रकार की समस्याएँ।

फिर उन्हें अनुमति दी गई, दरअसल उन्हें आदेश दिया गया कि वे दुखों के उस ढेर (मुश्किलों के समूह) की जाँच करें और उनमें से किसी को भी चुन लें, जिसे वे अपने लिए चाहते हों। सभी लोग अवाक् और स्तब्ध रह गए। वे बहुत स्थिर और शांत हो गए।

बहुत सोच-विचार के बाद हर स्त्री-पुरुष गोले के केंद्र में दोबारा गया तो सही, लेकिन हर कोई अपनी समस्या को ही उठाकर घर लौट आया। किसी ने भी, एक शख़्स ने भी, अपने कंधों पर किसी दूसरे के बोझ, दुखों, परीक्षाओं और कष्टों को उठाने का चुनाव नहीं किया।

दूसरों की समस्याएँ सुलझाने की कोशिश करना बहुत लुभावना होता है। यह एक वहम है, मिथ्या धारणा है और हमारी ऊर्जाओं की सरासर बर्बादी है। संसार की सारी सद्भावना, तमाम अच्छे इरादों और प्रबल इच्छा के बावजूद सच्चाई यही है कि हम किसी दूसरे की परिस्थितियों को सुलझाने में सक्षम नहीं हैं।

लेकिन अपने जीवन से जूझने के लिए हम पूरी तरह लैस होते हैं- क्योंकि हमारा जीवन हमारे ही सृजन का परिणाम है। हम अपने विश्वास को बदलकर और अपने वास्तविक स्वरूप को याद करके जीवन को न सिर्फ़ बदल सकते हैं, बल्कि बेहतर भी बना सकते हैं। हमें ख़ुद को लगातार याद दिलाना होगा कि हम अपनी विरासत, अपनी धरोहर और उन सभी चीज़ों को स्वीकार करें, जो अच्छी, सच्ची व सुंदर हैं।

हताशा को हराना

अधिकतर लोगों के जीवन में ऐसे दौर आते हैं, जब नौकरी में हालात ख़राब हो जाते हैं। कार्य का अंबार लग जाता है। आप डेडलाइन्स चूक

जाते हैं। चाहे आप कितनी भी कड़ी मेहनत कर लें, आप कभी बराबरी से नहीं चल पाते। आप हताश हो जाते हैं।

जब आप इस हताशा को आता महसूस करें, तो एक कार्य करें। अपने मन को इसके बिलकुल विपरीत गुणों पर प्रबलता से एकाग्र कर लें। याद रखें कि आपने अतीत में भी कामकाज संबंधी कई संकटों का सामना किया है और उन पर जीत हासिल की है। ख़ुशी, आत्मविश्वास, कृतज्ञता, हर एक के प्रति सद्‌भावना का लक्ष्य रखें। आप यह देखकर हैरान रह जाएँगे कि जो शत्रु आपकी टाँग खींच रहे थे और आपके जीवन को दुखमय बना रहे थे, वे ग़ायब हो गए हैं। ठीक उसी तरह जिस तरह दरवाज़ा खोलने पर प्रकाश अंदर आता है और अंधकार ग़ायब हो जाता है। हमें अंधकार को बाहर हटाने के लिए नहीं जूझना चाहिए। हमारा कार्य तो इसके कट्‌टर शत्रु प्रकाश को अंदर लाना है, जो अंधकार को तुरंत हटा देता है। जब भी किसी डेडलाइन का दबाव हो, जब बॉस किसी प्रोजेक्ट पर आपके कार्य को ख़ारिज कर दे और आपसे उसे दोबारा करने को कहे, जब आप बिक्री का कोई अवसर चूक जाएँ, जिसकी बदौलत आप अपना कोटा पूरा कर सकते हों; कुल मिलाकर, जब भी हर परिस्थिति, हर चीज़ गड़बड़ नज़र आ रही हो और आप महसूस करें कि "निराशा" आप पर शिकंजा कस रही है, तो जो भी कर रहे हों, उसे छोड़ दें और उनके विपरीत सुझावों के साथ इन शत्रुओं को बाहर खदेड़ने, उन्हें निरस्त करने, उन्हें ख़त्म करने का कार्य करें। आप बहुत अच्छी तरह जानते हैं कि एक ख़ुशनुमा, सुंदर विचार से आपको जल्द ही राहत मिलेगी, भले ही कष्टों के बीच इसे क़ायम रखना आपके लिए कितना ही मुश्किल हो। यदि आपमें सुखद और आशावादी गुण नहीं हैं, तो चिंता न करें। गुणों का नाटक करें और इस तरह जल्द ही वे आपमें आ जाएँगे।

यदि आप अपनी मनोदशा के शिकार हों, तो चीज़ों के बहाव में कूद जाएँ और सक्रिय हिस्सेदारी करें। आपके आस-पास जो हो रहा हो, उसमें सच्ची रुचि लें। अपनी नौकरी की समस्याओं से राहत लें। संक्षिप्त अवकाश से आपका दिमाग़ तरोताज़ा हो जाता है और जब आप दोबारा काम पर लौटते हैं, तो अधिक स्पष्टता से सोच सकते हैं। ख़ुश रहें और दूसरों में रुचि लें। अपने दिमाग़ को ख़ुद से परे रखें। मित्रों,

परिजनों या अपने आस-पास के लोगों की ख़ुशियों या योजनाओं में उत्साह से शामिल होकर ख़ुद से दूर जाएँ।

अपनी तात्कालिक चिंताओं पर ध्यान केंद्रित न करें। इसके बजाय अपनी सफलताओं के बारे में सोचें और यह भी कि आपने उन्हें कैसे हासिल किया था। उस मुश्किल कार्य को याद करें, जिसे आपने तब कर दिखाया था, जब बाक़ी लोगों ने हार मान ली थी। याद रखें कि आपके बॉस ने आपकी रचनात्मकता, कर्मठता और वफ़ादारी की अतीत में कैसे प्रशंसा की थी। असफलताओं पर अफ़सोस करने के बजाय विजयों पर ध्यान केंद्रित करें। इससे आपका दिमाग़ साफ़ हो जाएगा और वर्तमान समस्याओं को सुलझाने की नीतियाँ विकसित करने में मदद भी मिलेगी।

इस समय आप जिन छोटी-छोटी मुश्किलों का सामना कर रहे हैं, उनसे अपने भविष्य का आकलन न करें। जिन काले बादलों ने आज आपके सूर्य को छिपाकर रखा है, वे कल तक छँट जाएँगे। लंबी दूरी तक जीवन को देखना और चीज़ों का सही मूल्य समझना सीखें।

आप अपनी वैचारिक प्रतिक्रिया के स्वामी हैं। आप अपने विचारों को मनचाहा आदेश दे सकते हैं और जिस भी चीज़ पर ध्यान केंद्रित करने का चुनाव करें, उस पर ध्यान दे सकते हैं। आप अपने अवधारणा जगत के शहंशाह हैं। आप अपनी प्रजा - विचारों और भावनाओं - को अपनी इच्छानुसार आदेश दे सकते हैं और उन्हें आपका आदेश मानना ही होगा। आप अपने मानसिक साम्राज्य के निरंकुश सम्राट हैं और आपमें अपने संसार के सारे शत्रुओं को ख़त्म करने की शक्ति है।

चिंता और डर मस्तिष्क के झूठे विश्वास हैं। यदि आप उन पर ध्यान देने से इंकार कर देंगे, तो झूठे विश्वास मर जाएँगे। किसी भी प्रकार की चिंता प्रकृति का अलार्म है, जो बताता है कि आपका विश्वास ग़लत है। विचार का एक परिवर्तन भी आपको स्वतंत्र कर देगा। जो लोग चिंता करते हैं, उन्हें हमेशा चीज़ों के गड़बड़ होने की आशंका रहती है। वे आपको तमाम कारण बता देंगे कि कोई बुरी चीज़ क्यों हो सकती है, लेकिन एक भी कारण नहीं बताएँगे कि कोई अच्छी चीज़ क्यों हो सकती है या क्यों होनी चाहिए। उनकी चिंता उन्हें कमज़ोर

कर देती है और किसी भी आने वाली चुनौती का सामना करने की उनकी क्षमता को कम कर देती है। यह अवश्यंभावी है, क्योंकि वे जिस तरह की परिस्थितियों पर मानसिक रूप से ध्यान केंद्रित कर रहे हैं, ठीक उसी प्रकार की परिस्थितियाँ उनकी ओर आकर्षित होंगी।

जब हम अपने अवचेतन मन पर भयभीत, चिंतातुर दृष्टिकोण की छाप छोड़ते हैं, तो दरअसल हम व्यावहारिक रूप से इस बात की गारंटी दे रहे हैं कि उसी जैसी कोई चुनौती या मुश्किल हमारे सामने आ जाएगी।

यहाँ कामकाज के तनाव और चिंता को कम करने के नौ तरीक़े बताए जा रहे हैं :

1. *शिथिल होना सीखें।* कामकाजी दिन के दौरान निश्चित समयावधि तय करें, जब आप अकेले में बैठकर कुछ मिनट गहरा ध्यान लगा सकें या सुनियोजित शिथिलीकरण अभ्यास कर सकें। संक्षिप्त अवकाश से मस्तिष्क तरोताज़ा हो जाता है और जब आप कामकाज पर लौटते हैं, तो अधिक स्पष्टता से सोच सकते हैं।

2. *टहलें।* यदि आप अपनी डेस्क या चैंबर से दूर जा सकते हों, तो थोड़ा टहलें। इमारत के बाहर जाएँ। ब्लॉक या पार्किंग लॉट में टहलें। थोड़ी ताज़ी हवा लें। यदि आप इमारत के भीतर ही घूम सकते हों, तो अंदर घूमें। जब आप ख़ुद को तनाव की जगह से हटा लेते हैं, तो अक्सर तनाव कम हो जाता है।

3. *ख़ुद पर भरोसा रखें।* दूसरों के दबाव या आलोचना को इस बात की अनुमति न दें कि वे आपकी भावनाओं को नियंत्रित करें।

4. *अपनी आध्यात्मिकता का सहारा लें।* जब भी आपको तनाव महसूस हो, तो अपने धार्मिक या आध्यात्मिक विश्वासों का आह्वान करें कि वे आपको मार्गदर्शन देकर मानसिक शांति की ओर ले जाएँ।

5. *सीखते रहें।* सतत सीखने का अनुभव आपको सतर्क, खुली

मानसिकता वाला और प्रेरित रखता है।

6. *समर्थकों की टीम तैयार करें।* जब चीज़ें सही न हों, तो मित्रों और टीम के सदस्यों से समर्थन हासिल करके बड़े तनाव को दूर रखें।
7. *केवल वही प्रोजेक्ट्स स्वीकार करें, जो आपके कार्य के लक्ष्य को हासिल करने के लिए महत्वपूर्ण हों।* जो प्रोजेक्ट्स आपके समय और ऊर्जा को चूसते हैं, उनके लिए विनम्रता से इंकार कर दें।
8. *अपनी रचनात्मकता के इस्तेमाल के नए तरीक़े खोजें।* आप रोज़मर्रा के कार्य किस प्रकार करते हैं, उनके बारे में सोचें कि उन्हें कम उबाऊ और तनावपूर्ण कैसे बनाया जा सकता है। नए कार्यों के प्रति सृजनात्मक नीतियाँ विकसित करके आप उन्हें कम तनावपूर्ण बना देते हैं।
9. *परिवर्तनों का स्वागत करें।* परिवर्तनों को यथास्थिति के लिए जोखिम न मानें। इसके बजाय उन्हें नई चुनौती मानें।

सार

- जब आप अपनी नौकरी को लेकर चिंतित होते हैं, तो प्रायः उन बहुत सारी चीज़ों के बारे में सोचते हैं, जो कभी नहीं होंगी, लेकिन इसकी बदौलत आपके उत्साह और ऊर्जा में कमी आ जाती है।
- यदि आप चिंता की आदत को क़ायम रखते हैं, तो आप दरअसल उसी वस्तु को अपनी ओर आकर्षित कर सकते हैं, जिसकी आप लगातार चिंता कर रहे हैं।
- चिंता और डर मस्तिष्क के झूठे विश्वास हैं। यदि आप उन पर ध्यान देने से इंकार कर देंगे, तो झूठे विश्वास मर जाएँगे। किसी भी प्रकार की चिंता प्रकृति का अलार्म है, जो बताता है कि आपका विश्वास ग़लत है। विचार का एक परिवर्तन भी आपको स्वतंत्र कर देगा।

अध्याय आठ

डर पर विजय पाना

जब भी आपके मन में कोई असामान्य डर आ धमके, तो अपना ध्यान तुरंत मनचाही चीज़ पर केंद्रित कर लें। अपनी इच्छा में खो जाएँ, डूब जाएँ। इस नज़रिए से आपका आत्मविश्वास बढ़ेगा और उत्साह परवान चढ़ेगा। इसका अर्थ यह है कि आपके अवचेतन मन की असीमित शक्ति आपकी तरफ़ से आगे बढ़ रही है। यह असफल हो ही नहीं सकती। इसलिए आपको तो बस शांति और विश्वास को क़ायम रखना है। असफलता के डर मात्र से ही जीवन में असफलता मिल सकती है।

हममें से अधिकतर लोग उन समस्याओं को लेकर चिंतित रहते हैं, जो हमारी नौकरी तथा जीवन में आ सकती हैं। और जैसा हम पिछले अध्याय में देख चुके हैं, हम समस्याओं से निबटना सीख सकते हैं। बहरहाल, ऐसे दौर भी आते हैं, जब समस्याएँ बहुत भारी नज़र आती हैं और हम उनका सामना करने की हिम्मत नहीं जुटा पाते। इसका परिणाम यह होता है कि हमारे अवचेतन मन में आत्मविश्वास की जगह डर बैठ जाता है।

डर सबसे व्यापक मनोरोग है, जो मानव तंत्र में बहुत विनाशकारी ढंग से प्रतिबिंबित होता है। इसके कई स्तर होते हैं, जो बेहद दहशत, डर या आतंक की अवस्था से आगामी बुराई की आशंका की हल्की सी छाया तक होते हैं। लेकिन सभी मायनों में मूल बात वही रहती है- जीवन के केंद्र पर पंगु बनाने वाली छाप, जो नर्वस सिस्टम द्वारा शरीर के हर ऊतक में बहुत सारे रोगों के लक्षण उत्पन्न कर सकती है।

डरा हुआ व्यक्ति ऐसा होता है, जैसे उसके माहौल में कार्बोनिक-एसिड

गैस भर दी गई है। इससे मानसिक, नैतिक तथा आध्यात्मिक दम घुटने लगता है और कई बार तो मृत्यु भी हो जाती है- ऊर्जा की मृत्यु, ऊतक की मृत्यु, सारे विकास की मृत्यु।

असंख्य लोग किसी संभावित बुराई की दहशत से परेशान रहते हैं। सबसे सुखद पलों में भी उन्हें डर की आशंका सताती रहती है। इस वजह से उनकी ख़ुशी में भी ज़हर घुल जाता है और वे कभी किसी चीज़ में अधिक आनंद नहीं ले पाते या सुकून से नहीं रह पाते। यह जश्न में भूत या अलमारी के कंकाल जैसा होता है। यह उनके जीवन में ही गहराई से समाया होता है। यह उनकी अत्यधिक कातरता, उनके संकुचित होने और उनके संकोची स्वभाव में प्रबलता से व्यक्त होता है।

हम प्रायः डरते हैं कि नौकरी में हम जो निर्णय लेते हैं, उनके फलस्वरूप कहीं हम असफल न हो जाएँ, बॉस हमारी आलोचना न करे, हमारा डिमोशन न हो जाए या यहाँ तक कि नौकरी न चली जाए। इससे सिर दर्द, अल्सर और भावनात्मक समस्याएँ हो सकती हैं। डर नौकरी में दुख, करियर में आगे बढ़ने की असफलता और यहाँ तक कि नौकरी छूटने के भी सबसे बड़े कारणों में से एक है।

डर आपके जीवन की बागडोर थाम सकता है

चिंता, तनाव, क्रोध, ईर्ष्या और कातरता डर के शुरुआती लक्षण हैं। जब तक कि आप उन्हें पहचान न लें और उनसे निबट न लें, वे डर में रूपांतरित होते रहेंगे। डर दुख और अकार्यकुशलता का भी एक प्रमुख कारण है। इसकी वजह से जितने अधिक लोग कायर और असफल रहे हैं तथा जितने अधिक लोग औसत जीवन जीने के लिए विवश हैं, उतने किसी दूसरी चीज़ की वजह से नहीं हैं।

जब कोई व्यक्ति डर या आशंका के साये से पीड़ित होता है, तो उस वक़्त वह कुशलता से कार्य नहीं कर पाता। डर मौलिकता, साहस और बहादुरी का गला घोंट देता है। यह वैयक्तिकता को मार डालता है और सारी मानसिक प्रक्रियाओं को कमज़ोर कर देता है। महान कार्य किसी भावी ख़तरे के डर के साये में कभी नहीं किए जा सकते। डर

हमेशा कमज़ोरी और कायरता की मौजूदगी का संकेत देता है। यह बरसों की बलि चढ़ा देता है, ख़ुशी व महत्वाकांक्षाओं का गला दबा देता है और करियर को तबाह कर देता है।

डरा हुआ दिमाग़ सामान्य ढंग से कार्य नहीं कर पाता। इस वजह से व्यक्ति आपातकालीन स्थिति में समझदारी भरे कार्य करने में अक्षम हो जाता है, क्योंकि डर से पंगु होने पर कोई भी व्यक्ति स्पष्टता से नहीं सोच पाता और समझदारी से कार्य नहीं कर पाता। जब आप परिस्थितियों को लेकर दुखी और हताश हो जाते हैं, जब आपको यह डर सताने लगता है कि आप असफल होने वाले हैं, जब आप ग़रीबी तथा कष्ट उठाते परिवार की चिंता से परेशान रहते हैं, तो आप अनजाने में उन्हीं चीज़ों को आकर्षित कर लेते हैं, जिनसे आप डरते हैं।

डरने की कोई ज़रूरत ही नहीं है। यह बात ख़ुद से बार-बार कहें। धीरे-धीरे आपका अवचेतन मन इसे स्वीकार कर लेगा। और वह इस पर इसलिए विश्वास करेगा, क्योंकि आपका चेतन, तार्किक मन विश्वास करता है। आपका चेतन मन जिस भी विचार पर सचमुच विश्वास करता है, उसे आपका अवचेतन मन साकार कर देगा। इसलिए असमंजस या दुविधा में न डगमगाएँ। जब आप सचमुच गंभीर होते हैं, तो आपका अवचेतन मन यह बात जान जाता है। जब आप वाक़ई विश्वास करते हैं, तो इसे पता चल जाता है; फिर यह प्रतिक्रिया करता है। यदि डर के सामने हार मानने के बजाय आप मन में समृद्धि के विचार सोचें, आशावादी नज़रिया रखें और अपना काम सुनियोजित, किफ़ायती, दूरदर्शी अंदाज़ में करें, तो आप तुलनात्मक रूप से कभी-कभार ही असफल होंगे।

डर के विचारों को आस्था में बदलें

अपने विचार बदलकर हम डर को आसानी से नष्ट कर सकते हैं। डर निराश करता है, दमन करता है, गला दबाता है। यदि यह भाव मन में ज़्यादा समय रहे, तो यह सकारात्मक, सृजनात्मक मानसिक नज़रिए को अनुत्पादक, नकारात्मक नज़रिए में बदल देगा, जो उपलब्धि के लिए घातक होता है। डर का प्रभाव, ख़ासकर जहाँ डर का विचार आदतन

रहता है, जीवन के स्रोत को ही सुखा देता है। डर की जगह यदि आस्था को रख लिया जाए, तो शरीर और मन पर इसका बिलकुल ही उल्टा असर होता है। आस्था स्वाभाविक विकास करती है, स्वभाव को खोलती है, कोशिकाओं को प्रचुर जीवन देती है और मानसिक शक्ति को बढ़ाती है।

कल्पना के साथ जुड़ने पर डर भयंकर नुक़सान पहुँचाता है, क्योंकि कल्पना सभी प्रकार की गंभीर समस्याओं के चित्र देखने लगती है। विश्वास इसका पूर्ण विलोम व विपरीत है, क्योंकि जहाँ डर केवल अंधकार और छायाओं को देखता है, वहीं विश्वास सफ़ेद लकीरों तथा बादल के पीछे छिपे सूरज को देखता है। डर नीचे की ओर देखता है और सबसे बुरे की आशंका करता है; विश्वास ऊपर की ओर देखता है और सबसे अच्छे की उम्मीद करता है। डर निराशावादी होता है; विश्वास आशावादी होता है। डर हमेशा असफलता की भविष्यवाणी करता है; विश्वास सफलता की भविष्यवाणी करता है। जब मन की बागडोर विश्वास के हाथों में हो, तो ग़रीबी या असफलता का कोई डर मौजूद रह ही नहीं सकता। जब विश्वास होता है, तो शंका का प्रश्न ही नहीं उठता। विश्वास सभी विपत्तियों पर भारी पड़ता है।

एंड्रयू एल. बहुत ही योग्य वायलिनवादक था। वह अपने हाई स्कूल के ऑर्केस्ट्रा का सबसे अच्छा वायलिनवादक था और शिक्षकों ने उसे संगीत के क्षेत्र में करियर बनाने के लिए प्रोत्साहित किया। एंड्रयू को ऑर्केस्ट्रा में या कम श्रोताओं के सामने एकल प्रदर्शन करने में कोई दिक़्क़त नहीं होती थी और वह सबका मन मोह लेता था। फिर जब स्कूल के ऑर्केस्ट्रा को एक बड़े कन्सर्ट हॉल में बीथोवन वायलिन कन्सर्टो का प्रदर्शन करने का सम्मान मिला, तो एंड्रयू को एकल वायलिन वादन के लिए चुना गया। उसने रिहर्सल में बहुत अच्छा प्रदर्शन किया, लेकिन कन्सर्ट वाली रात को जब उसने हॉल खचाखच भरा देखा, तो उसके हाथ-पाँव फूल गए। उसके मन में इतना डर भर गया कि उससे वायलिन बजाते नहीं बना और उसे मंच से दूर ले जाना पड़ा।

इस घटना के बाद एंड्रयू ने वायलिन बजाना छोड़ दिया। उसने दूसरे क्षेत्र में करियर बनाया, लेकिन हमेशा संगीत के करियर के सपने

देखता रहा। क्या एंड्रयू के संगीत करियर को बचाया जा सकता था? ज़ाहिर है, हाँ। मंच के डर को जीतकर बहुत से लोग महान अभिनेता, संगीतकार, गायक और वक्ता बने हैं। उन्होंने ऐसा इसलिए किया, क्योंकि उन्होंने एक या कई पराजयों की वजह से रुकने से इंकार कर दिया। उन्होंने ख़ुद पर विश्वास किया।

प्रबल विश्वास एक बहुत बड़ी संपत्ति है, क्योंकि यह कभी चिंता नहीं करता है; यह अल्पकालीन चिढ़, विरोध और मुश्किल से परे देखता है; यह बादल के पीछे छिपे सूरज को देखता है। यह जान लेता है कि परिस्थितियाँ सही हो जाएँगी, क्योंकि यह उस लक्ष्य को देख लेता है, जो आँखों से नज़र नहीं आता।

डर से उबरना

डर पर विजय पाने के लिए हमें सबसे पहले तो यह पता लगाना चाहिए कि हम किस चीज़ से डरते हैं। सच तो यह है कि यह हमेशा कोई ऐसी चीज़ होती है, जो अब तक हुई ही नहीं है- इसका कोई अस्तित्व ही नहीं होता है। मुश्किल एक ऐसी काल्पनिक चीज़ है, जिसके बारे में हम सोचते हैं और उसकी आशंका से घबरा उठते हैं।

अधिकतर लोग ज़मीन से बहुत ऊपर किसी सँकरी जगह पर चलने से घबराते हैं। यदि उतनी ही सँकरी जगह में फ़र्श पर या कमरे में निशान लगा दिया जाए, तो वे इसके दायरे में न केवल अच्छी तरह चल सकते हैं, बल्कि संतुलन गँवाने के बारे में सोचेंगे भी नहीं। वास्तव में सँकरी जगह पर चलने के मामले में सबसे ख़तरनाक अंदेशा गिरने का डर है। संतुलित मस्तिष्क वाले लोग निडर होते हैं। वे संभावित ख़तरे के विचार से परास्त होना गवारा नहीं करते हैं, बल्कि अपनी शारीरिक शक्तियों पर पूरा नियंत्रण रखते हैं। किसी नट को अपने अधिकतर करतब दिखाने के लिए सिर्फ़ अपने डर को जीतना होता है और इसके बाद उसके करतब देखकर दर्शक हैरान रह जाते हैं।

एक बहुत आम डर को लें- नौकरी छूटने का डर। जो लोग इस संभावित आशंका के बारे में चिंता कर-करके दुबले हुए जाते हैं, उनकी नौकरी दरअसल अभी छूटी नहीं हैं; वास्तव में उन्हें किसी तरह का कष्ट

नहीं है; अभाव का कोई ख़तरा नहीं है। उनकी वर्तमान स्थिति पूरी तरह संतोषजनक है। मान लीजिए, नौकरी चली भी जाए, तब भी पहले से इसकी चिंता करने से कोई फ़ायदा नहीं होगा और तमाम पुरानी चिंता समय की बर्बादी साबित होगी। इससे कोई लाभ नहीं होगा, उल्टे नुक़सान ही होगा, क्योंकि इससे दोबारा नौकरी पाने के लिए आवश्यक संघर्ष करने की आपकी शक्ति भी क्षीण हो जाएगी। तब आपको यह चिंता सताने लगेगी कि दूसरी नौकरी नहीं मिल पाएगी। यदि दूसरी नौकरी मिल गई, तो इसे लेकर की गई तमाम चिंता एक बार फिर बेकार चली जाती है। किसी भी परिस्थिति में, किसी भी स्थिति में, किसी भी वक़्त चिंता को तर्कसंगत साबित नहीं किया जा सकता। कारण स्पष्ट है : यह हमेशा भविष्य की किसी काल्पनिक स्थिति को लेकर होती है।

अपने विभिन्न डरों से उबरने के लिए हर डर के तार्किक निष्कर्ष तक पहुँचें। ख़ुद को यक़ीन दिलाएँ कि वर्तमान में आप जिन चीज़ों से डरते हैं, वे केवल आपकी कल्पना में ही मँडरा रहे हैं। चाहे वे भविष्य में कभी घटित हों या न हों, उनसे डरना समय, ऊर्जा और शारीरिक व मानसिक शक्ति की सच्ची बर्बादी है। इसलिए किसी भी चीज़ के बारे में चिंता करना छोड़ दें, उसी तरह, जैसे आप उस चीज़ को खाना-पीना छोड़ देते हैं, जिससे अतीत में आपको कष्ट हुआ था। यदि आपको किसी चीज़ के बारे में चिंता करनी ही है, तो फिर चिंता करने के भयंकर प्रभावों की चिंता करें; इससे आपको इलाज खोजने में मदद मिलेगी।

यदि डर व्यक्तिगत असफलता का है, तो यह न सोचें कि आप कितने छोटे तथा कमज़ोर हैं, बड़े कार्य के लिए बहुत कम तैयार हैं और आपका असफल होना तय है। इसके बजाय सोचें कि आप कितने

ख़ुद को सिर्फ़ यह यक़ीन दिलाना ही काफ़ी नहीं है कि आप जिस चीज़ से डरते हैं, वह काल्पनिक है। आपको अपने दिमाग़ को प्रशिक्षित करना होगा कि यह डर के सुझावों को झटक दे। आपको डर पैदा करने वाले सभी विचारों से जूझने की क्षमता हासिल करनी होगी। इसका अर्थ है कि निरंतर निगरानी और सतर्क मानसिक प्रयास ज़रूरी है। जब आशंका या चिंता के विचार आने लगें, तो उन्हें शह देकर भारी-भरकम और डरावना न बनने दें। अपने विचार उन सकारात्मक, सही कार्यों पर केंद्रित रखें, जिन्हें आप कर सकते हैं।

शक्तिशाली व सक्षम हैं, आपने ऐसे ही कार्य पहले सफलतापूर्वक कैसे किए हैं और पुराने अनुभवों का उपयोग करके वर्तमान अवसर तक कैसे उठेंगे, विजय के साथ कार्य कैसे करेंगे और अधिक बड़े कार्य के लिए कैसे तैयार रहेंगे। इसी तरह का नज़रिया, चाहे यह चेतन हो या अचेतन, अधिक ऊँचे स्थानों की ओर ले जाता है। प्रसन्न, आशावादी, विश्वासपूर्ण विचार के ज़रिए डर के विचारों को दूर भगाने का यही सिद्धांत सभी प्रकार के डरों पर लागू किया जा सकता है, जो हर दिन, हर घंटे हमें सताते हैं।

जिस तरह डर आपको कमज़ोर कर सकता है, उसी तरह इसे जीतना बड़ी सफलता की ओर प्रेरित भी कर सकता है। एक बारिश और आँधी वाले दिन लंबे पैरों वाला एक मेडिकल स्टुडेंट चिंतित था। उसे एक दौड़ में हिस्सा लेना था और डर के मारे उसका चेहरा पीला पड़ गया था। उसे देखकर लग रहा था, जैसे उसे मौत की सज़ा सुना दी गई हो या भारी यातना दी जा रही हो। ट्रेन में वह मेडिकल स्टुडेंट और उसका कोच आमने-सामने बैठे थे। मौसम को लेकर उसके कोच के मन में भी डर था, लेकिन उन्होंने अपने डर को अपने तक ही रखा। धावक को डर था कि तेज़ हवा के कारण चार लैप में से प्रत्येक में एक सेकंड समय बढ़ जाएगा। उधर कोच अच्छी तरह जानते थे कि इस तरह की शंका से धावक को कितना नुक़सान हो सकता है, इसलिए उन्होंने धावक को विश्वास दिलाया कि हाँ, उसके पैरों में रिकॉर्ड बनाने की शक्ति है... बस प्रेरणा सही होनी चाहिए, मन में प्रबल इच्छा होनी चाहिए, उद्देश्य महत्वपूर्ण होना चाहिए। कोच ने डरे हुए धावक से कहा कि उसका मन किसी भी विपत्ति पर विजय पा सकता है। उन्होंने उसे आयरलैंड के एक महान धावक के बारे में बताया, जिसने बग़ैर प्रशिक्षण या पौष्टिक आहार के सिर्फ़ दौड़ने की इच्छाशक्ति के दम पर एक मुश्किल रेस जीती थी। और कोच ने पूछा, यदि यह तुम्हारा एकमात्र अवसर हो, तो क्या हो? धावक ने बाद में बताया कि उसे अपने कोच के विश्वास दिलाने की ज़रूरत थी कि वह यह कार्य कर सकता है। उसे बस उस भारी आवाज़ में वह सुनने की ज़रूरत थी, जो वह अपने दिल की गहराई में जानता था : कि वह विषम परिस्थितियों में भी इस सबसे बड़ी चुनौती को हरा सकता है। कोच फ़्रिट्ज़ स्टैम्फ़ल ने बाद में लिखा

कि फ़िटनेस के अलावा किसी धावक की सबसे बड़ी शक्ति एक ठंडा और स्पष्ट मस्तिष्क होता है, जिसके साथ आत्मविश्वास और साहस जुड़े हों। कोच की बात में दम होना चाहिए- उन्होंने रॉजर बैनिस्टर को अभी-अभी चार मिनट में एक मील का अवरोध तोड़ने का साहस दिया था।

अपने मन की बागडोर थामें

हमें अपने विचारों, भावनाओं और प्रतिक्रियाओं पर क़ाबू पाना सीखना चाहिए। हमें अपने निर्णयों की बागडोर डर को नहीं थमानी चाहिए। हमें तो आगे बढ़कर बागडोर ख़ुद थामनी चाहिए और डरों से दोटूक कह देना चाहिए, "मैं स्वामी हूँ, मैं आदेश देकर अपने विचारों को बदलता हूँ, मैं यह निर्णय लेने से नहीं घबराता।" अपने मन को बताएँ कि उसे कहाँ ध्यान देना है। तब आप उस मालिक की तरह होंगे, जो कर्मचारियों को आदेश का पालन करने को कह रहे हों।

आपको अपने मन की बागडोर अपने हाथों में ही थामनी चाहिए; न कि दूसरों को इस पर शासन करने देना चाहिए। संप्रदाय, रूढ़ियाँ, परंपराएँ, अंधविश्वास, डर और अज्ञान आम आदमी के मन पर राज करते हैं। संसार का सबसे बड़ा मरुस्थल सहारा नहीं है; यह तो आम आदमी का मन है। बहुत सारे लोग कभी भी अपने ख़ुद के मन के स्वामी नहीं होते; वे अपने लिए सोचने की कोई कोशिश नहीं करते। इसके बजाय वे इस बात की अनुमति देते हैं कि उनके मन पर अधिक दमदार मानसिकता वाले दूसरे लोग शासन करें। घर पर परिवार वाले, ऑफ़िस में बॉस तथा दृढ़ मानसिकता वाले सहकर्मी। ऐसा अपने साथ न होने दें। दूसरों के प्रभुत्व का प्रतिरोध करने के लिए अपने अवचेतन मन की शक्ति को बढ़ाएँ और अपनी तक़दीर को नियंत्रित करने की योग्यता का इस्तेमाल करें।

अपने डरों की जाँच करें

एक बड़े मल्टीनेशनल कॉरपोरेशन के सेल्स हेड ने मुझे बताया कि जब उसने सेल्सपर्सन के रूप में कार्य शुरू किया था, तब वह किसी ग्राहक

से मिलने में बुरी तरह घबराता था। हिम्मत जुटाने के लिए वह इससे पहले इमारत के पाँच-छह चक्कर लगाता था।

उसकी सुपरवाइज़र बहुत अनुभवी भी थी और समझदार भी। एक दिन उसने इस सेल्सपर्सन से कहा, "दरवाज़े के पीछे छिपे राक्षस से मत डरो। वहाँ कोई राक्षस नहीं है। आप एक झूठी मान्यता के शिकार हैं।"

सुपरवाइज़र ने उसे बताया कि जब भी उन्हें डर के आने का आभास होता है, तो वे उसके सामने डटकर खड़ी हो जाती हैं। वे उसके चेहरे में सीधे देखती हैं और उससे नज़रें मिलाती हैं। उन्होंने हमेशा पाया कि ऐसा करने पर उनका डर ओझल हो जाता था या सिकुड़कर बेमानी हो जाता था।

सारा एम. की बॉस एग्नेस तानाशाह थीं। वे अपने सभी अधीनस्थों के कामकाज की बहुत ज़्यादा निगरानी करती थीं। वे आलोचना करने में तो जल्दबाज़ी दिखाती थीं, लेकिन कभी किसी की प्रशंसा नहीं करती थीं, यहाँ तक कि अच्छे कार्य को अच्छा भी नहीं कहती थीं। इस वजह से सारा नामक युवती ऑफ़िस जाने के नाम से ही दहशत में आ जाती थी और जब भी एग्नेस उसकी टेबल के पास आती थी, तो वह सचमुच काँपने लगती थी।

उसने ग़ौर किया कि उसकी सहकर्मी रेबेका इस मामले में अलग थी। वह एग्नेस की फटकार से ज़रा भी विचलित नहीं होती थी। सारा ने उससे पूछा कि ऐसी परिस्थिति में वह इतनी शांत कैसे रह लेती है। रेबेका ने जवाब दिया, "जब मैं पहलेपहल यहाँ आई थी, तो एग्नेस से आतंकित थी और नौकरी छोड़ना चाहती थी, लेकिन तब मुझे नौकरी की ज़रूरत थी। मैंने निर्णय लिया कि एग्नेस या कोई भी दूसरा व्यक्ति मेरा जीवन बर्बाद नहीं कर सकता, जब तक कि मैं उसे ऐसा न करने दूँ। यदि मैं एग्नेस को यह अनुमति देती हूँ कि वह मुझे हीन महसूस कराए, तो मैं हीन बन जाऊँगी। इसलिए जब वह मुझे फटकारती है, तो मैं एक कान से सुनती हूँ और दूसरे से निकाल देती हूँ। मैं उसकी नकारात्मकता को अपने अंदर रहने ही नहीं देती। इसके बजाय मैं अपने जीवन की अच्छी चीज़ों पर ध्यान केंद्रित करती हूँ। मैं बस अपना सिर

हिलाकर कहती हूँ, 'हाँ, मैडम,' और फिर अपना काम करने लगती हूँ। इसे आज़माकर देखो। मानसिकता में तुरंत बदलाव तो नहीं होगा, लेकिन कुछ समय बाद तुम अविचलित होकर एग्नेस की फटकार को आसानी से झटक सकती हो।"

सारा ने रेबेका की सलाह मान ली। हालाँकि काम का माहौल नहीं बदला, लेकिन इसके प्रति उसकी अनुभूति बदल गई। जब उसकी प्रतिक्रिया बदली, तो उसकी नौकरी अधिक सहनीय बन गई।

प्रेरणा पराजय को विजय में बदल देगी

शायद अतीत आपके लिए कटु और निराशाजनक रहा है। इसकी ओर देखते वक़्त आपको महसूस हो सकता है कि आप असफल हैं या औसत जीवन ही जी रहे हैं। शायद आप उन ख़ास कार्यों में सफल न हुए हों, जिन्हें आप करना चाहते थे; शायद पैसा कमाने की योजना पर चलते समय आपने पैसा गँवा दिया हो; या हो सकता है कि आपने अपने बहुत प्रिय मित्रों व रिश्तेदारों को खो दिया हो। हो सकता है आपने अपना व्यवसाय गँवा दिया हो और यहाँ तक कि आपका घर भी आपसे छिन गया हो, क्योंकि आप उसकी क़िश्त नहीं चुका पाए या फिर बीमार हो जाने की वजह से नौकरी न कर पा रहे हों। ज़ाहिर है, गंभीर दुर्घटना भी आपकी शक्ति छीन सकती है। नया साल आपके लिए बहुत हताशाजनक दृष्टिकोण ला सकता है। लेकिन इनमें से किसी या सारे दुर्भाग्यों के बावजूद यदि आप पराजित होने से इंकार कर दें, तो विश्वास रखें कि विजय राह पर आगे खड़ी आपका इंतज़ार कर रही है।

आपसे कोई ग़लती हो गई है, आपका व्यवसाय चौपट हो गया है, किसी प्राकृतिक आपदा की वजह से आपका मकान ध्वस्त हो गया है या काई अन्य मुश्किल आ गई है, जिससे बचना आपके लिए असंभव था, तो इस वजह से संसार का सामना करने से न डरें। आपको इसे लेकर हीन महसूस करने की कोई ज़रूरत नहीं है।

आपके साहस का इम्तहान यह है : हर बाहरी चीज़ गँवाने के बाद आपमें क्या बचा है? यदि ऐसे वक़्त आप ज़मीन पर लेट जाते हैं, अपने

हाथ हवा में खड़े कर देते हैं और हार मान लेते हैं, तो आपमें ज़्यादा दम नहीं है। लेकिन अगर आप दृढ़ मानसिकता बनाकर, सिर तानकर चलते हैं, अगर आप हार मानने या आत्मविश्वास खोने से इंकार कर देते हैं, अगर आप पीछे हटने को हिक़ारत से देखते हैं, तो इसका मतलब है कि आप अपने नुक़सान से ज़्यादा बड़े हैं, अपने बोझ से ज़्यादा मज़बूत हैं और किसी भी पराजय से ज़्यादा बड़े हैं।

आप कह सकते हैं कि आप बहुत बार असफल हो चुके हैं, कि कोशिश करने से कोई फ़ायदा नहीं है, कि आपके लिए सफल होना असंभव है, और आप इतनी ज़्यादा बार गिर चुके हैं कि दोबारा खड़े होने की कोशिश करने में भी कोई तुक नहीं है। बकवास! उस व्यक्ति के लिए असफलता जैसी कोई चीज़ नहीं होती, जिसकी आत्मा पराजित नहीं हुई है। चाहे आपको कितनी भी देर हो चुकी हो, चाहे आप कितनी ही बार असफल हो चुके हों, चाहे आपको कितनी ही असफलताएँ मिल चुकी हों, सफलता अब भी संभव है। हमारे रोज़मर्रा के जीवन में बार-बार अख़बारों में यह छपा है, जीवनियों में दर्ज हुआ है या हमारी आँखों के सामने प्रदर्शित हुआ है कि लोग अपने अतीत की असफलताओं को ख़ारिज करते हैं, हताशा की तंद्रा से जाग जाते हैं और एक बार फिर साहस के साथ चेहरा सामने की ओर घुमा लेते हैं।

यदि आप विजेता मिट्टी के बने हैं, यदि आपमें दृढ़ निश्चय और साहस है, तो आपके दुर्भाग्य, नुक़सान और पराजय में वे बाहर निकलेंगे और आपको अधिक शक्तिशाली बनाएँगे। धर्मशास्त्री हैनरी वार्ड बीचर ने कहा था, "यह पराजय ही है, जो अस्थि को वज्र में और चर्बी को मांसपेशी में बदलती है तथा हमें अजेय बनाती है।"

इंसान को बार-बार ऊपर उठना चाहिए और पराजय को विजय में बदलना चाहिए। यही इस धरती पर रहने वाले हर साहसी और महान जीवन की सफलता का रहस्य है।

कितनी बार हमारे जीवन में संकट का ऐसा मोड़ आता है, जब कोई बाधा हमारे सामने आती है, जिसे हम भयंकर दुर्भाग्य मानते हैं और सोचते हैं कि यदि हम इससे न बच पाए, तो यह शायद हमें बर्बाद कर देगी! हम डरते हैं कि हमारी महत्वाकांक्षाएँ पूरी नहीं हो पाएँगी या

शायद हमारा जीवन ही ध्वस्त हो जाएगा। सदमे की दहशत हम पर हावी हो जाती है और हम देखते हैं कि हम इसके क़रीब पहुँच रहे हैं, लेकिन इसे टालने का कोई उपाय नहीं है। यह बहुत भयंकर एहसास होता है।

कुछ लोग आधे जीवन तक शायद अच्छी तरह बढ़ते जाते हैं। संभवतः तब तक हर चीज़ सुचारु रूप से चल रही होती है। जब वे जायदाद बटोरते हैं और मित्र तथा प्रतिष्ठा हासिल करते हैं, तब उनका चरित्र दृढ़ और अच्छी तरह संतुलित नज़र आता है, लेकिन जिस पल विपत्ति आती है, कारोबार ठप्प हो जाता है, कोई दहशत या कोई भारी संकट आ जाता है, जिसमें उनका सब कुछ चला जाता है- तो वे ढह जाते हैं। वे हताश हो जाते हैं, हिम्मत खो देते हैं, साहस, विश्वास, आशा और दोबारा कोशिश करने की शक्ति- सब कुछ खो देते हैं। डर रिस-रिसकर उनके अवचेतन मन में पहुँच जाता है और उनके व्यक्तित्व पर हावी हो जाता है।

देखिए, चाहे बाक़ी हर चीज़ चली जाए, लेकिन ख़ुद पर अपनी पकड़ कभी ढीली न होने दें। डर के सामने हथियार न डाल दें। इसके स्थान पर आशा रखें। पूरी शक्ति से इसे जकड़े रहें। आप ख़ुद को मिलने वाली हर भौतिक असफलता से इतने ज़्यादा बड़े हैं, कि वह असफलता आपकी जीवनी में संभवतः दर्ज नहीं होगी और आपके करियर की सिर्फ़ एक घटना मानी जाएगी- कष्टकारी, लेकिन बहुत महत्वपूर्ण नहीं।

सार

- डर और चिंता की वजह से हम उन्हीं चीज़ों को आकर्षित कर लेते हैं, जिनसे डरते हैं। डर की आदत स्वास्थ्य को नुक़सान पहुँचाती है, जीवन को कम करती है और कार्यकुशलता को पंगु बनाती है। शंका और डर का अर्थ है असफलता; आस्था आशावादी है, डर निराशावादी।
- विश्वास डर का आदर्श तोड़ है। जहाँ डर केवल अंधकार व

छाया देखता है, आस्था श्वेत रेखा देख लेती है, बादल के पीछे छिपे सूरज को देख लेती है। डर नीचे की ओर देखता है और सबसे बुरे की आशा करता है; विश्वास ऊपर की ओर देखता है और सबसे अच्छे की आशा करता है। डर निराशावादी होता है; विश्वास आशावादी होता है। डर हमेशा असफलता की भविष्यवाणी करता है; विश्वास सफलता की भविष्यवाणी करता है। सारे झूठे विश्वासों, पूर्वाग्रहों और अंधविश्वासों को मन से निकाल दें। अपने मन और विचारों को आदेश दें कि वे पूरे दिल से यह स्वीकार करें कि जो आप चाह रहे हैं, वह पहले ही असीमित मस्तिष्क में मौजूद है। आप मानसिक तथा भावनात्मक रूप से जैसे ही इसके साथ जुड़ेंगे, यह साकार हो जाएगा।

- बहुत सारे लोग अपने दिमाग़ का इस्तेमाल करने से डरते हैं। वे अपने बॉस या दृढ़ मानसिकता वाले सहकर्मियों को अपने दिमाग़ पर शासन करने देते हैं। ऐसा अपने साथ न होने दें। दूसरों के प्रभुत्व का प्रतिरोध करने के लिए अपने अवचेतन मन की शक्ति को बढ़ाएँ और अपनी तक़दीर को नियंत्रित करने की योग्यता का इस्तेमाल करें।

- आप हर मिलने वाली भौतिक असफलता से बहुत अधिक बड़े हैं। चाहे आपको कितनी ही विपरीत परिस्थितियाँ, निराशाएँ या असफलताएँ मिलें, आप उनसे श्रेष्ठ हैं। कभी भी अपना संतुलन न खोएँ।

अध्याय नौ

अपनी सृजनात्मक शक्तियों को बढ़ाना

कल्पना आपकी सबसे प्रबल शक्ति है। जो भी प्यारा और अच्छा है, उसकी कल्पना करें। आप जैसी कल्पना करते हैं, वैसे ही होते हैं।

सृजनात्मकता की शुरुआत कल्पना से होती है। यहाँ हम कपोलकल्पना नहीं, बल्कि अनुशासित, नियंत्रित और निर्देशित कल्पना की बात कर रहे हैं। दरअसल, तस्वीर देखना किसी चीज़ के गर्भाधान जैसा है, जिसकी छाप आपके अवचेतन मन पर छूट जाती है। अवचेतन मन पर जिस भी चीज़ की छाप छोड़ी जाती है, वह स्वरूप, कार्य, अनुभव और घटना के रूप में संसार के पर्दे पर प्रकट हो जाता है। यदि आप सफल होना चाहते हैं, तो सबसे पहले तो आपको अपने सफल होने की कल्पना करनी होगी। यदि आप दौलतमंद बनना चाहते हैं, तो पहले आपको अपने दौलतमंद बनने की कल्पना करनी होगी।

जब पूरा संसार कहता है, "यह असंभव है; यह नहीं किया जा सकता," तो कल्पनाशील व्यक्ति दावा करता है, "यह किया जा सकता है।" कल्पना वास्तविकता की गहराइयों को भेद सकती है और प्रकृति के रहस्यों को उजागर कर सकती है।

अपनी कल्पना पर विश्वास करें

एक महान उद्योगपति ने बताया था कि उन्होंने एक छोटे स्टोर से शुरुआत की थी। उन्होंने याद करते हुए कहा, "मैं एक बड़े कॉरपोरेशन

के सपने देखता था, जिसकी शाखाएँ पूरे देश में फैली हों।" उन्होंने आगे कहा कि नियमित रूप से और सुनियोजित तरीक़े से उन्होंने अपने मन में बड़ी इमारतों, ऑफ़िसों, फ़ैक्ट्रियों और स्टोर्स की तस्वीरों की कल्पना की। उन्हें विश्वास था कि उनका मन अपनी जादूगरी से उनके सपनों को साकार कर देगा। वे धीरे-धीरे दौलतमंद होने लगे। आकर्षण के सर्वव्यापी नियम के ज़रिए वे ऐसे विचारों, कर्मचारियों, मित्रों, धन और हर चीज़ को अपनी ओर आकर्षित करने लगे, जिसकी ज़रूरत उन्हें अपने आदर्श चित्र को साकार करने के लिए थी।

इस आदमी ने सचमुच अपनी कल्पना का इस्तेमाल किया और वह उन मानसिक आदतों के साथ तब तक जिया, जब तक कि कल्पना ने उन्हें हक़ीक़त में बदल नहीं दिया। उन्होंने अंत में कहा, "सफल होने की कल्पना करना भी उतना ही आसान है, जितना कि असफल होने की कल्पना करना; हालाँकि पहली बात कहीं अधिक रोचक है।"

आप जिसकी कल्पना कर सकते हैं, उसे साकार भी कर सकते हैं। आप विचार या आदर्श के चित्र के साथ अपने अवचेतन मन में बीजारोपण कर सकते हैं। पुराने लोग कहते थे कि आत्मा आपके मन की अदृश्य चीज़ें देख सकती है। आविष्कार कहाँ है? नया नाटक कहाँ है? आपका ख़ुफ़िया आविष्कार कहाँ है? यह आपके मस्तिष्क में है। यह वास्तविक है। दरअसल, इसका रूप, आकार और अस्तित्व मस्तिष्क के दूसरे आयाम में है। यक़ीन करें कि यह इस वक़्त आपके पास है और यह आपको मिल जाएगा।

कल्पना– कर्म का बीज

एक व्यक्ति की कल्पना किस प्रकार बहुत सफल व्यवसाय का सृजन कर सकती है, "स्टारबक्स के महारथी" हॉवर्ड शुल्ट्ज़ इसकी अच्छी मिसाल हैं। किसी नई अवधारणा को सफल बनाने के लिए सपने, साहस और अटल विश्वास वाले इंसान की ज़रूरत होती है।

शुल्ट्ज़ को खुदरा बिक्री और मार्केटिंग का प्रबंधन करने के लिए स्टारबक्स में नौकरी पर रखा गया था। उस वक़्त स्टारबक्स कॉफ़ी का

छोटा सा डिस्ट्रिब्यूटर था, जिसके सिएटल में कुछ रिटेल आउटलेट्स थे। उस वक़्त शुल्ट्ज़ की उम्र उन्तीस साल थी और उनका विवाह हुआ ही था। इस नई नौकरी की ख़ातिर वे और उनकी पत्नी न्यूयॉर्क सिटी का अपना घर छोड़कर सिएटल आ गए।

एक वर्ष बाद शुल्ट्ज़ ने ख़रीदारी के सिलसिले में इटली की यात्रा की। मिलान में घूमते वक़्त उन्होंने ग़ौर किया कि इतालवी संस्कृति में कॉफ़ी कितनी ज़्यादा महत्वपूर्ण है। आम तौर पर वहाँ कामकाज का दिन किसी कॉफ़ी बार में बेहतरीन कॉफ़ी के कप से शुरू होता था। ऑफ़िस से निकलने के बाद मित्र और सहकर्मी घर जाने से पहले एक बार फिर थकान दूर करने के लिए कॉफ़ी बार में मिलते थे। यह इतालवी सामाजिक जीवन का केंद्र था। शुल्ट्ज़ ने अमेरिका में भी इसी तरह की कॉफ़ी शॉप्स की कल्पना की। अमेरिका में यह पहले कभी नहीं किया गया था, लेकिन उन्हें महसूस हुआ कि स्टारबक्स कॉफ़ी की बेहतरीन गुणवत्ता की बदौलत उनका सपना साकार हो सकता है।

शुल्ट्ज़ ने अमेरिका भर में स्टारबक्स की सैकड़ों कॉफ़ी शॉप्स की तस्वीर की कल्पना की, जहाँ लोग ऑफ़िस जाते समय रुकेंगे और ऑफ़िस के बाद वहाँ आकर थकान मिटाने के लिए रुकेंगे। ख़रीदार वहाँ एक-दूसरे का इंतज़ार करेंगे। युवा लोग डेटिंग पर कॉकटेल के बजाय कॉफ़ी पिएँगे। परिवार फ़िल्म देखने से पहले या बाद में तरोताज़ा होने के लिए वहाँ आएँगे।

यह विचार शुल्ट्ज़ का जुनून बन गया। उन्होंने इतालवी कॉफ़ी बार पर आधारित कैफ़े की राष्ट्रीय चेन खोलने का संकल्प लिया, लेकिन स्टारबक्स के मालिक ऐसा नहीं चाहते थे। उनका ख़ास ध्यान कॉफ़ी बीन के थोक व्यवसाय पर केंद्रित था। उनके रेस्तराँ उनके कारोबार का सिर्फ़ छोटा हिस्सा भर थे।

अपने लक्ष्य को पाने की ख़ातिर शुल्ट्ज़ ने स्टारबक्स की नौकरी छोड़ दी और नई कंपनी स्थापित कर दी। 1986 में उन्होंने सिएटल में अपना पहला कॉफ़ी बार खोला। देखते ही देखते यह सफल हो गया। शुल्ट्ज़ ने दूसरा कॉफ़ी बार भी सिएटल में ही खोला और तीसरा वैंकुवर में। अगले ही वर्ष उन्होंने स्टारबक्स कॉफ़ी कंपनी ख़रीद ली

और अपनी चेन का नाम स्टारबक्स रख लिया। बीसवीं सदी के मोड़ तक स्टारबक्स अमेरिकी संस्कृति का बुनियादी हिस्सा बन गई और विस्तार करके संसार के दर्जनों देशों में पहुँच गई।

लॉस एंजेलिस के व्यवसायी रिचर्ड डी. को भारी आर्थिक नुक़सान हुआ था। उन्होंने प्रार्थना करके मार्गदर्शन माँगा कि आगे बढ़ने के लिए उन्हें कौन से क़दम उठाने चाहिए। उनके मन में एक ज़ोरदार भावना आई कि उन्हें रेगिस्तान में जाना चाहिए। वहाँ मनन करते वक़्त उनके दिमाग़ में एक विचार आया। उन्होंने यह विचार एक पुराने परिचित को बताया, जो लॉस एंजेलिस में एक सफल रियल एस्टेट फ़र्म चलाता था। उन्होंने उस परिचित से कहा कि उन्हें उस रेगिस्तानी इलाक़े में ज़बर्दस्त संभावना दिख रही है। उन्होंने चित्र देखा कि लोग लॉस एंजेलिस छोड़कर उस जगह रहने आ रहे हैं, जहाँ उस वक़्त सिर्फ़ रेगिस्तान था। मन की आँख से उन्होंने उस जगह पर लोगों को मकान, अस्पताल, स्कूल बनाते देखा। उनके मित्र ने उस रेगिस्तानी ज़मीन के प्रचार और बिक्री के लिए उन्हें सेल्समैन नियुक्त कर दिया। जब उन्हें बिक्री में सफलता मिली, तो वे फ़र्म में पार्टनर बन गए और आज रियल एस्टेट में करोड़पति हो चुके हैं।

विश्वास करें और आपको मिल जाएगा

आपके अवचेतन मन में एक बुद्धिमत्ता होती है, जो हर आपातकालीन स्थिति में आपकी मदद के लिए आ जाती है, बशर्ते इससे सीधे माँग की जाए। ऐसे कई उदाहरण हैं, जहाँ वैज्ञानिकों को उनकी प्रार्थना का जवाब मिला, जब वे बाक़ी हर तरफ़ से हताश हो चुके थे।

निकोला टेस्ला एक प्रतिभाशाली विद्युत वैज्ञानिक थे, जिन्होंने बहुत से आश्चर्यजनक आविष्कार किए। उन्होंने कहा है कि जब उनके मन में किसी आविष्कार का विचार आता था, तो वे उसे अपनी कल्पना में बनाते थे। उन्हें पूरा विश्वास रहता था कि उनका अवचेतन मन चेतन मन को बता देगा कि इसे सचमुच बनाने के लिए किन पुर्ज़ों की ज़रूरत पड़ेगी। हर संभावित सुधार पर शांति से मनन करने का परिणाम यह हुआ कि दोष सुधारने में उनका ज़रा भी समय बर्बाद नहीं हुआ और

वे टेक्निशियन को अपने दिमाग़ में मौजूद आदर्श प्रॉडक्ट थमा पाए। उन्होंने कहा था, "हमेशा, मेरा यंत्र ठीक उसी तरह कार्य करता है, जैसी कि मैंने कल्पना की थी। बीस साल में एक भी अपवाद नहीं रहा।" उनके अवचेतन मन ने उनके सभी आविष्कारों को साकार कर दिया था।

प्लेटो ने सिखाया है कि कोई भी चीज़ बाहरी जगत में दिखने से पहले मन में विचार या विचार-चित्र के रूप में मौजूद होती है। विचार झूठे भी होते हैं और सच्चे भी। सोचने का तरीक़ा सही भी होता है और ग़लत भी। झूठा या ग़लत विचार शरीर में रोग के रूप में प्रकट हो सकता है। रॉबर्ट फ़ुल्टन का विचार एक स्टीमबोट के रूप में साकार हुआ और सेम्युअल मोर्स का विचार टेलीग्राफ़ के रूप में। दरअसल हर फ़ैक्ट्री या बड़ा डिपार्टमेंट स्टोर किसी न किसी उद्यमी का विचार ही है, जो बाद में वस्तु जगत में प्रकट हुआ।

टीवी, रेडियो, राडार, सुपर जेट और अन्य सभी आधुनिक आविष्कार कल्पना के जगत से ही आए हैं। आपकी कल्पना असीमित का ख़ज़ाना है, जो आपके अवचेतन मन से संगीत, कला, कविता और आविष्कार के बेशक़ीमती रत्नों को बाहर निकालती है। आप किसी प्राचीन खंडहर, पुराने मंदिर या पिरामिड को देख सकते हैं और मृत अतीत के दस्तावेज़ों का दोबारा निर्माण कर सकते हैं। किसी पुराने चर्चयार्ड के खंडहर में आप कोई अधिक समकालीन शहर देख सकते हैं, जिसकी सारी पुरानी सुंदरता और भव्यता दोबारा स्थापित हो चुकी हो।

पल भर के लिए किसी प्रतिष्ठित और गुणी आर्किटेक्ट के बारे में सोचें। वह अपने मन में वरिष्ठ नागरिकों के लिए एक सुंदर, आधुनिक शहर बनाता है, जिसमें स्विमिंग पूल्स, एक्वेरियम्स, मनोरंजन केंद्र, पार्क्स आदि हों। मन ही मन वह सबसे सुंदर महल बना सकता है, जो इंसान की आँख ने कभी देखा हो। निर्माताओं को अपनी योजनाएँ देने से पहले वह इमारतों की कल्पना कर सकता है, जो पूरी तरह बन चुकी हों। आगे चलकर उसकी आंतरिक अमीरी उसके तथा असंख्य अन्य लोगों के लिए बाहरी समृद्धि का सृजन कर देती है।

आप अपने भविष्य के आर्किटेक्ट हैं। आप किसी बीज की ओर देखकर अपनी कल्पना की आँख से एक विशाल जंगल का निर्माण कर

सकते हैं, जो नदियों, झरनों और जलधाराओं से भरा हो। आप उस जंगल में सभी प्रकार के जीव-जंतुओं की कल्पना कर सकते हैं। यही नहीं, आप हर बादल में रंग भी भर सकते हैं। आप रेगिस्तान को देखकर उसे ख़ुशी से गुलाब की तरह झूमने के लिए प्रेरित कर सकते हैं। जिन लोगों को सहज बोध और कल्पना का वरदान मिला होता है, वे रेगिस्तान में पानी खोज लेते हैं और जहाँ दूसरे लोगों को सिर्फ़ रेत और वीरान जगह दिखती है, वहाँ वे शहर बना लेते हैं।

आप जिसकी सच्ची कल्पना करते हैं, वह आपके मन में पहले से ही मौजूद होता है और यदि आप अपने आदर्श के प्रति निष्ठावान रहते हैं, तो यह एक दिन साकार रूप में प्रकट हो जाएगा। आपके भीतर का मास्टर आर्किटेक्ट दिखने वाले पर्दे पर उस चीज़ को दिखा देगा, जिसकी भी छाप आप अपने मन पर छोड़ते हैं।

कल्पना से सृजनात्मकता बढ़ती है

मारियो ए. एक युवा केमिस्ट था, जो एक कंपनी के लिए काम करता था। कंपनी ने एक डाई बनाने की कोशिश की थी, जिसमें उसे नाकामी हाथ लगी। जैसे ही मारियो वहाँ नौकरी करने आया, उसे यह कार्य सौंप दिया गया। उसने डाई की असफलता के इतिहास को नज़रअंदाज़ किया और बिना किसी मुश्किल के उस यौगिक को संश्लेषित कर लिया।

उसके वरिष्ठ अधिकारी हैरान थे और उसका रहस्य जानना चाहते थे। उसने सीधा सा जवाब दिया कि उसने कल्पना की थी कि उसके पास जवाब है। जब वरिष्ठ अधिकारियों ने ज़्यादा दबाव डाला, तो उसने कहा कि वह ज-वा-ब अक्षर अपने मन में भड़कीले लाल रंग में स्पष्टता से लिखे देख सकता था। फिर उसने उन अक्षरों के नीचे एक निर्वात उत्पन्न किया, यह जानते हुए कि जब वह अक्षरों के नीचे रासायनिक फ़ॉर्मूले की कल्पना करेगा, तो उसका अवचेतन मन उसे भर देगा। तीसरी रात को उसे एक सपना आया, जिसमें पूरा फ़ॉर्मूला और उस यौगिक को बनाने की तकनीक पूरी स्पष्टता से दिखाई गई। परिणाम यह हुआ कि इस युवा केमिस्ट को कंपनी में एकाएक एक्ज़ीक्यूटिव पद पर प्रमोशन दे दिया गया।

कहने का तात्पर्य यह है कि अंत तक आस्था रखें, राह के हर क़दम पर पूरी आस्था रखें, लगन से अंत तक पहुँचें और दिल में यह जान लें कि अंत सुरक्षित है, क्योंकि आप उसे अपने मन की आँखों से देख चुके हैं। अंत को देखकर और महसूस करके आपने इसके साकार होने की इच्छा कर ली है।

अपनी कल्पना की शक्ति विकसित करें

सृजनात्मकता का गुण सिर्फ़ कलाकारों, आविष्कारकों या उद्यमियों तक ही सीमित नहीं है। ऐसी शक्ति तो हम सबके भीतर होती है। हमें तो बस उसे विकसित करने और सतह तक लाने की ज़रूरत होती है। इस मामले में आपको इन सुझावों से मदद मिल सकती है :

1. कल्पना करें कि आप मनपसंद काम कर रहे हैं और सचमुच महसूस करें कि आप वही काम कर रहे हैं। इसके बाद आपकी नौकरी और करियर में चमत्कार हो जाएँगे।

2. मानसिक रूप से जीवन की आदर्श तस्वीर देखें, जैसे आप आदर्श हों, अपने करियर में सफल हों, सुंदर घर में रह रहे हों, आपका परिवार सुखी व स्वस्थ हो। इस मानसिक चित्र को लगन से देखते रहें और चमत्कारी परिणामों का आनंद लें।

3. कल्पना करें कि कंपनी या विभाग के लक्ष्यों के प्रति आपके योगदान को मैनेजमेंट हाथोहाथ लेता है। कल्पना करें कि आपकी सफलता पर आपको बधाई दी जा रही है।

4. यदि आप अपना मन नौकरी की स्थितियों पर केंद्रित रखते हैं, तो ऑफ़िस से दूर रहने पर समाधान अक्सर बिना किसी कोशिश के आपके दिमाग़ में पूरे और तैयार रूप से प्रकट हो जाएँगे।

5. आप अपने करियर या व्यवसाय में जिन पायदानों पर चढ़ना चाहते हैं, मन में उनका चित्र देखें। चित्र को स्पष्ट, वास्तविक, सहज, नाटकीय और रोमांचक बनाएँ। याद रखें कि आप जिसकी कल्पना करते हैं और महसूस करते हैं, आपका

अवचेतन मन उसे स्वीकार कर लेगा और साकार कर देगा।

एडवर्ड हैरिमैन ने पूरे अमेरिका में रेल की पटरियों की कल्पना की। काग़ज़-क़लम लेकर उन्होंने पूरे महाद्वीप में एक काल्पनिक रेखा खींची। अपने दिमाग़ में मौजूद चित्र पर उन्हें पूरा भरोसा था। उनके इसी चित्र ने उद्योग और वाणिज्य में क्रांति कर दी, लाखों लोगों को रोज़गार दिया, साथ ही स्वयं तथा कई अन्य लोगों को बेशुमार दौलत भी प्रदान की।

अपनी इच्छा की वास्तविकता की अभी कल्पना करें और कल्पना में अपनी भूमिका निभाएँ। आपका आंतरिक कार्य उस कार्य के अनुरूप होना चाहिए, जिसे आप इच्छा साकार होने के बाद शारीरिक तौर पर करना चाहेंगे।

सृजनात्मक होना कभी न छोड़ें

सृजनात्मक सुझाव देने का मन हो, तो अस्वीकृति के डर को कभी आड़े न आने दें। गैरी एफ़. के मन में यह विचार आया कि प्रक्रिया में आसान सा परिवर्तन करके उत्पादकता बढ़ाई जा सकती है। वह सोचने लगा, क्या उसे बॉस को यह विचार बताना चाहिए? पिछली बार उसने जब एक सुझाव दिया था, तो उसके सुपरवाइज़र ने उसे ठुकरा दिया था और कहा था कि यह कारगर नहीं होगा। उसे अपनी पूरी बात समझाने का मौक़ा ही नहीं दिया गया था। अब दोबारा उसी झमेले में क्यों पड़ना?

हताशा के सामने घुटने टेकना आसान होता है, लेकिन अगर आप लगातार विचार नहीं सोचते रहेंगे, तो आपकी सृजनात्मक क्षमताओं का दम घुट जाएगा। दरअसल, नवाचार को निरंतर इस्तेमाल के पत्थर पर रखकर पैना करना होता है। लेकिन लोग इसका उलट करते हैं। उनमें ख़ुद को रोकने की प्रवृत्ति होती है। उन्हें यह चिंता सताती है कि दूसरे उनके विचारों पर क्या प्रतिक्रिया करेंगे या उन्हें कैसे ग्रहण करेंगे। ख़ुद की थोपी सेंसरशिप दूसरों की आलोचना से कहीं अधिक बुरी होती है, क्योंकि यह आपके अवचेतन मन में रिस जाती है और आपको अक्षमता

का एहसास कराती है। निश्चित रूप से, आपसे ग़लतियाँ होंगी; आपके दिए कई सुझाव कारगर नहीं होंगे; हो सकता है बॉस या सहकर्मी आपकी हँसी उड़ाने लगें। लेकिन इस वजह से ख़ुद को न रोकें। यह याद रखें कि आइंस्टाइन, एडिसन, व्हिटनी और वाट की भी बहुत बार हँसी उड़ाई गई थी। अपने सृजनात्मक विचारों को लगातार आते रहने दें।

अपनी सृजनात्मकता को तराशना

इंसान कई तरीक़ों से सृजनात्मकता का विकास कर सकता है। वर्तमान विधियों का अध्ययन करके शुरुआत करें, फिर ख़ुद से पूछें कि उन्हें कैसे बेहतर बनाया जा सकता है। फिर इसके तरीक़े खोजने के लिए अपनी कल्पना का इस्तेमाल करें। आपकी सृजनात्मक शक्तियों को तराशने की कुछ ख़ास नीतियाँ ये हैं :

1. अवलोकन। सृजनात्मक बनने के लिए किसी को विचारों के सपने देखने की ज़रूरत नहीं है। अपने आस-पास की चीज़ों पर नज़र रखें और सीखी गई बातों को दूसरी स्थितियों पर लागू करें। यह भी नए विचार जितना ही सृजनात्मक होता है।

लास वेगास में हूपर स्टील के मैनेजर स्टैन एल. ने बताया कि अधिकतर गैस स्टेशन "सेल्फ़-सर्विस" बन गए थे, इसलिए अब वहाँ ऑइल बदलने तथा कारों के लुब्रिकेशन की सुविधाएँ नहीं मिल पाती थीं। नतीजा यह हुआ कि इस आवश्यकता को पूरी करने के लिए तुरंत लुब्रिकेशन करने वाले स्टेशन धड़ाधड़ खुल गए। स्टैन ने एक ऐसे ही स्टेशन पर कार का लुब्रिकेशन कराया। कार्य की गति व गुणवत्ता देख वे ख़ुश हो गए।

बरसों तक हूपर स्टील लुब्रिकेशन के लिए अपने ट्रकों को डीलर के सर्विस डिपार्टमेंट में भेज रही थी। ट्रक को डीलर के यहाँ छोड़ने के लिए दो कर्मचारियों की ज़रूरत पड़ती थी (एक कर्मचारी कार से जाता था, ताकि ट्रक छोड़ने के बाद उसके ड्राइवर को वापस ला सके)। यही नहीं, ट्रक को दिन भर डीलर के यहाँ छोड़ना पड़ता था। और ट्रक वापस लाने के लिए फिर से दो लोगों की ज़रूरत पड़ती थी।

स्टेन ने सोचा, "क्यों न अपने ट्रकों के लिए तीव्र ल्यूब स्टेशन का उपयोग करें?" परिणाम : एक ड्राइवर को तीव्र ल्यूब स्टेशन भेज दो, ताकि तीस मिनट में ही ट्रक की सर्विसिंग हो जाए। इस तरह स्टेन ने अपनी कंपनी के 1,600 डॉलर प्रति माह बचा लिए, सर्विस की लागत में भी और समय के नुक़सान में भी। इसके अतिरिक्त अब वे दिन के अधिकतर समय में ट्रक का इस्तेमाल कर सकते थे।

2. *परिवर्तन*। क्या आप किसी मौजूदा प्रॉडक्ट या अवधारणा को बदलकर कुछ नया रच सकते हैं? "बड़ी सोच" के संस्थापकों ने साधारण से प्रॉडक्ट्स में संशोधन करके भारी संख्या में संस्करण बनाए। पेंसिल और टेलीफ़ोन मैसेज पैड से लेकर जानवरों तथा फ़र्नीचर तक लोकप्रिय प्रॉडक्ट्स की बड़े पैमाने पर नक़ल ने विज्ञापन, साज-सज्जा व नए सामान के लिए बिलकुल नए बाज़ार खड़े कर दिए।

3. *स्थानापन्न*। अक्सर पुरानी के स्थान पर नई प्रौद्योगिकी का इस्तेमाल करके अकार्यकुशलता से उबरा जा सकता है और समस्याओं को सुलझाया जा सकता है। लेकिन कई स्थितियों में कल्पना अधिक आसान और प्रभावी ढंग से स्थितियों को सही कर सकती है। मास मेलर्स के ऑफ़िस मैनेजर डर्लीन ए. के सामने एक समस्या थी। कर्मचारी जल्दी-जल्दी नौकरी छोड़कर चले जाते थे, क्योंकि काम बहुत बोझिल था- लिफ़ाफ़ों में ब्रोशर्स और सैंपल्स भरना। समस्या यह थी कि यह कार्य सामान्य ऑटोमैटिक मशीनों से नहीं किया जा सकता था। ऐसे में न सिर्फ़ कर्मचारियों के छोड़कर जाने की लागत महँगी पड़ रही थी, बल्कि मैनेजर को कभी पक्का पता नहीं होता था कि कर्मचारी ज़रूरत के समय वहाँ होंगे या नहीं। उन्होंने सोचा कि भले ही आम कर्मचारियों को यह कार्य नीरस लगता है, लेकिन शायद मानसिक रूप से अशक्त लोगों के लिए यह अच्छा अवसर हो सकता है, जो नई ज़िम्मेदारी की तलाश कर रहे हों। इसलिए उन्होंने एक स्थानीय समूह से संपर्क किया, जो मानसिक रूप से अशक्त लोगों के साथ काम करता था। उन्होंने सामाजिक कार्यकर्ताओं के साथ बातचीत की और कुछ लोगों को इस कार्य के लिए भेजने का आग्रह किया। नई नीति का परिणाम यह हुआ कि उन्हें ऐसे कर्मचारी मिल गए, जिन्हें कार्य में आनंद आता था। वे स्थायी और मूल्यवान कर्मचारी बन गए।

4. हटाना। समय तथा पैसे बर्बाद करने वाली सबसे बड़ी चीज़ अनावश्यक क़ागज़ी कार्यवाही होती है। जब कंपनियों का विकास होता है, तो अफ़सरशाही की प्रवृत्ति पनपने लगती है। फ़ॉर्म्स तथा रिपोर्ट्स उत्पादकता को कम कर सकती हैं। क्या इतने सारे फ़ॉर्म्स की सचमुच ज़रूरत है?

गिल डब्ल्यू. भयंकर ग़ुस्से में था। उसकी कंपनी ने एक और फ़ॉर्म जारी कर दिया था, जिसे सेल्सपीपुल को भरना था। अब वे लोग सामान बेचें या काग़ज़ी खानापूर्ति करें? जब सेल्स मैनेजर से शिकायत की गई, तो उसने अपने कंधे उचका दिए और कहा कि "ऊपर" के लोगों को जानकारी की ज़रूरत है। गिल ने वे सारे फ़ॉर्म निकाले, जो उसे भरने होते थे। उसने उन्हें सामने रखकर विश्लेषण किया कि उनमें कौन-कौन सी जानकारी माँगी गई थी। तुरंत यह स्पष्ट हो गया कि बहुत सी जानकारी बार-बार माँगी जा रही थी। इस बारे में शिकायत करने के बजाय गिल ने एक नया फ़ॉर्म ही बना डाला, ताकि प्रबंधन को आवश्यक तथ्य भी मिल जाएँ और जिसे भरना आसान भी हो। इससे न सिर्फ़ सेल्स के लोगों का कार्य ज़्यादा आसान हो गया, बल्कि कंपनी का बहुत सा समय और धन भी बच गया। एक अतिरिक्त लाभ : इसके बाद कंपनी ने सभी फ़ॉर्म्स की सुनियोजित समीक्षा शुरू कर दी और कई पुरातनपंथी तथा अनावश्यक रिपोर्ट्स को हटा दिया।

5. ढालना। सृजनात्मक होना पूर्णतः मौलिक विचार सोचने तक ही सीमित नहीं है। सृजनात्मक लोग सामने मौजूद समस्या को सुलझाने के लिए दूसरों के कारगर विचारों को अक्सर ढालते हैं, भले ही कई बार स्थितियाँ समान न हों। द नॉर्थ जर्सी लिमोसिन सर्विस न्यूयॉर्क मेट्रोपॉलिटन इलाक़े के प्रमुख हवाई अड्डों के लिए न्यू जर्सी के विभिन्न शहरों से ज़मीनी यातायात उपलब्ध कराती है। उनके नियमित ग्राहकों की एक आम शिकायत यह थी कि जब वे बुकिंग के लिए फ़ोन करते हैं, तो उन्हें बहुत ज़्यादा इंतज़ार करना पड़ता है। हर बार उन्हें अपना नाम, पता, फ़ोन नंबर, क्रेडिट कार्ड नंबर और बाक़ी जानकारी देनी पड़ती है। कंपनी का एक एक्ज़ीक्यूटिव एक बड़े मेल-ऑर्डर हाउस का ग्राहक था। उसने ग़ौर किया कि पहले ऑर्डर के बाद उससे कोई जानकारी नहीं माँगी गई। उसे तो सिर्फ़ यह बताना था कि वह किस

चीज़ का ऑर्डर दे रहा है। पूछताछ करने पर उसे पता चला कि उन्होंने एक कंप्यूटर डाटाबेस तैयार किया था, जिसमें ग्राहकों की सारी जानकारी भरी हुई थी। जब भी ग्राहक फ़ोन करता था, तो उसके कॉलर आईडी से उसे तुरंत पहचान लिया जाता था और उसकी फ़ाइल तुरंत कंप्यूटर स्क्रीन पर दिखने लगती थी। उन्होंने इस व्यवस्था को नॉर्थ जर्सी लिमो में लागू कर दिया। परिणाम सकारात्मक रहे। जहाँ एक ऑर्डर में पहले तीन मिनट का समय लगता था, वह अब घटकर पच्चीस सेकंड हो गया।

ये केवल कुछ तरीक़े हैं, जिनसे सृजनात्मक द्रवों को प्रेरित किया जा सकता है। अपनी कल्पना को फैलाकर और अपने क्षितिजों का विस्तार करके समस्याओं के प्रति पारंपरिक तरीक़ों से नाता तोड़ लें। इससे आप अधिक नवाचारी बन सकते हैं, मुश्किल समस्याओं को सुलझा सकते हैं, रोमांचक नई अवधारणाओं की पहल कर सकते हैं और उन्हें लागू कर सकते हैं। इससे न सिर्फ़ आपकी कंपनी को लाभ होगा, बल्कि जब आप अपने विचारों को सफलतापूर्वक साकार होते देखेंगे, तो आपको उपलब्धि का ज़बर्दस्त एहसास भी होगा।

सृजनात्मक योग्यता को पोषण मिलने पर यह आसानी से बढ़ सकती है। लेकिन दुर्भाग्य से कई लोगों को पोषण के बजाय बाधाएँ मिलती हैं। बचपन से ही शिक्षक और अभिभावक इसमें बाधा डालते हैं। आगे चलकर नौकरी में अधिकारियों के अति-विश्लेषण व परंपरागत तकनीकों की वजह से इसमें रुकावट आती है। बहुत बार सृजनात्मकता लाल बत्ती की सोच से अवरुद्ध हो जाती है। "इसे बंद करो।" "यह कंपनी की नीति के ख़िलाफ़ है।" "हमने यह कार्य इस तरह से पहले कभी नहीं किया।" नए विचारों को न आज़माने के कारण खोजने के बजाय खुले दिमाग़ से उन पर नज़र डालें। हरी बत्ती जला दें। विचारों को आगे टटोलें। अपनी सोच को स्पष्ट दिखने वाले उपायों से आगे तक ले जाएँ।

ज़रूरी नहीं है कि हर विचार कारगर हो या टटोलने लायक़ ही हो। बहरहाल, उसके बारे में सोचकर और दूसरों से बातचीत करके

आप उसकी व्यावहारिकता की छानबीन करते हैं। यदि इसे ठुकराना उचित लगता हो, तो कारणों का पता लगाएँ। निराश न हों। अक्सर कोई विचार, चाहे वह कितना भी अच्छा नज़र आता हो, किसी ख़ास कार्य के लिए उपयुक्त नहीं होता या उस वक़्त सही नहीं होता। इसका यह अर्थ नहीं है कि वह अच्छा नहीं है। इसे व्यक्तिगत तिरस्कार नहीं मानना चाहिए। आप नहीं, बल्कि विचार अस्वीकृत हुआ है।

सृजनात्मकता किसी डूबते हुए व्यवसाय को बचा सकती है

ऐसी कंपनियों के उदाहरण असंख्य हैं, जो असफलता की कगार पर थीं, लेकिन अपने लीडर्स की सृजनात्मक सोच की बदौलत वे न सिर्फ़ बच गईं, बल्कि और ऊपर पहुँच गईं।

चालीस साल से अधिक समय से पिटनी बाउज़ मीटर्ड मेल मार्केट के 100 प्रतिशत को नियंत्रित करती थी। अमेरिका की आधी डाक इसी कंपनी की मशीनों से होकर गुज़रती थी। लेकिन यह सब तब ख़त्म हो गया, जब यू.एस. पोस्टल सर्विस ने इसके एकाधिकार को तोड़ दिया। नवाचारी विचारों वाले प्रतिस्पर्धियों ने इसका लाभ उठाया और पीबी के मार्केट शेयर को ध्वस्त कर दिया।

सौभाग्य से फ्रेड एलन नामक लीडर कंपनी के सीईओ बने और उन्होंने पिटनी बाउज़ को अधिक व्यापक परिप्रेक्ष्य में देखा। उन्होंने विचार किया कि पीबी को ख़ुद को पोस्टेज मीटर कंपनी के बजाय एक ऐसी कंपनी मानना चाहिए, जो संदेश प्रदान करने के लिए सेवाएँ तथा प्रौद्योगिकी उपलब्ध कराती है। एलन ने देखा कि यह फ़ैक्स और कॉपियर्स का युग है, इसलिए कंपनी की विशेषज्ञता इन क्षेत्रों में काम आ सकती है। पुराने क्षेत्रों में बिक्री और सेवा की प्रतिष्ठा से इसे नए क्षेत्रों में मदद मिल सकती है। यह नई भविष्य-दृष्टि काम कर गई और 1980 के दशक के अंत तक पीबी की आधी आमदनी उन प्रॉडक्ट्स से होने लगी, जिन्हें तीन साल या उससे भी कम समय पहले बाज़ार में उतारा गया था। फ्रेड एलन की सृजनात्मक भविष्य-दृष्टि को जिस तरह लागू किया गया, उससे एक नई मार्केटिंग रणनीति विकसित करने और

पूरी तरह आधुनिक ऑफ़िस प्रॉडक्ट्स उतारने में मदद मिली, जिनकी नए बिज़नेस मॉडल को ज़रूरत थी।

बाक़ी महान कंपनियाँ महान इसलिए बनी रहीं, क्योंकि उन्होंने अपनी मार्केटिंग रणनीतियों का दोबारा मूल्यांकन किया, नई भविष्य-दृष्टि देखी, नए तालमेल बैठाए और नई दिशा में कार्य किया। ग्रोसरी चेन क्रोगर ने सुपरस्टोर्स बनाने के लिए अपने पूरे सिस्टम को नया बनाया, जिसका परिणाम यह हुआ कि यह चेन अपने अग्रणी प्रतिस्पर्धियों से ज़्यादा बिक्री करने लगी। एबॉट, ड्रग जाएंट ने फ़ार्मास्यूटिकल उद्योग में डायग्नोस्टिक्स और हॉस्पिटल पोषक प्रॉडक्ट्स पर ख़ुद को केंद्रित करके प्रतिस्पर्धियों को हरा दिया।

सफलता पाने के लिए इन कंपनियों को अक्सर डायरेक्टर्स और अन्य अधिकारियों के प्रतिरोध से उबरना पड़ा। फ़्रेड एलन ने कभी आशा नहीं खोई। उन्हें विश्वास था कि उनकी कल्पनाशीलता, सृजनात्मकता और अपनी अवधारणाओं को साहस के साथ लागू करने से चमत्कारी परिणाम मिलेंगे।

जब भी शंका हो, फ़्रेड एलन जैसे लीडर्स की उपलब्धियाँ याद कर लें। अपने मन के सिंहासन पर ऐसे मानसिक चित्र और विचार बैठा लें, जो आपका उपचार करें, वरदान दें, समृद्ध बनाएँ, प्रेरित करें और शक्ति दें। यह सच है कि आप वही बन जाते हैं, जो आप होने की कल्पना करते हैं। आपकी निरंतर कल्पना आपके जगत को दोबारा बनाने के लिए पर्याप्त होती है। अपने मस्तिष्क के नियमों पर विश्वास करें कि वे आपके सकारात्मक चित्रों को साकार करेंगे। इसके बाद आप जीवन की सभी नियामतों और दौलत का अनुभव करेंगे।

सार

- हर व्यक्ति सृजनात्मक हो सकता है। नवाचारी बनने के लिए आपको एडिसन या बिल गेट्स होने की ज़रूरत नहीं है। अपनी कल्पना को बढ़ाने की क्षमता आपके भीतर ही है। इसका विकास करना आपके अपने हाथ में है।

- चूँकि आपमें अंतिम परिणाम की कल्पना करने की शक्ति होती है, इसलिए आप हर परिस्थिति या स्थिति को नियंत्रित कर सकते हैं। यदि आप किसी इच्छा, विचार या योजना को साकार करना चाहते हैं, तो मन ही मन उसके साकार होने का मानसिक चित्र देखें। अपनी इच्छा की वास्तविकता की लगातार कल्पना करें। इस तरह यह आपके अवचेतन मन में धँस जाएगी और आप इसे अस्तित्व में लाने के लिए दरअसल मजबूर हो जाएँगे।
- आपकी कल्पना किसी भी विचार या इच्छा को साकार कर सकती है। जहाँ अभाव है, वहाँ आप प्रचुरता की कल्पना कर सकते हैं; जहाँ अकार्यकुशलता है, वहाँ आप कार्यकुशलता की कल्पना कर सकते हैं; जहाँ गतिरोध है, वहाँ आप प्रगति की कल्पना कर सकते हैं।
- देखें कि आप जिन स्थितियों में हैं, उनमें बाक़ी कंपनियों ने क्या किया था। उनके लिए जो रणनीतियाँ कारगर रही थीं, उन्हें अपने हिसाब से ढालकर आप अपनी समस्या से प्रभावी ढंग से निबट सकते हैं।
- अपनी कल्पनाशक्ति का इस्तेमाल करें। अपनी नौकरी या व्यवसाय में ऐसे क्षेत्र खोजें, जिन्हें बेहतर बनाया जा सकता हो। नई विधियों को आज़माने से न घबराएँ। हो सकता है कि आपको कुछ असफलताएँ भी मिलें, लेकिन अपनी सृजनात्मक शक्तियों को पैना करके आप अपने अधिकतर प्रयासों में सफल हो सकते हैं।

अध्याय दस

बुरी आदतें छोड़ना

चाहे आपमें कैसी भी बुरी आदतें हों, चाहे आप किसी भी कमज़ोरी से उबरना चाहते हों, आप पाएँगे कि आप उससे उबर सकते हैं और सबसे बड़ी बात यह है कि समाधान आपके भीतर ही मौजूद है। चाहे आदत बहुत बुरी हो या आपकी प्रगति में बाधा डालने वाली कोई अदनी सी चीज़ हो, आप उससे छुटकारा पा सकते हैं। आप अपनी कमज़ोरियों को शक्ति में बदल सकते हैं। आप अपने देवत्व को उभारकर अपनी सफलता और ख़ुशी के सभी शत्रुओं को पराजित कर सकते हैं। क्योंकि आपकी महानता को प्रकट करने वाली उदात्त शक्ति आपके भीतर ही निहित है।

हम सब लोग आदत के ग़ुलाम होते हैं। जब हमारे सामने कुछ चीज़ें आती हैं, तो हम प्रायः उन्हें किसी निश्चित तरीक़े से करने के आदी होते हैं। "आदत" को "लत," "तरीक़े," "अंदाज" या "स्वभाव" के रूप में परिभाषित किया जा सकता है। कुछ आदतें काफ़ी उपयोगी होती हैं। उनसे परंपरा या दिनचर्या बनती है। इस तरह जीवन काफ़ी व्यवस्थित, कार्यकुशल और सार्थक बन जाता है। लेकिन कुछ आदतें आपके मस्तिष्क के लचीलेपन पर ताला लगा देती हैं और बदलाव की राह में बाधक बन जाती हैं। दरअसल, आदतें जीवनशैली हैं- ऐसी चीज़ें हैं, जिनका हम इसलिए अनुसरण करते हैं, क्योंकि हम इसके आदी हो चुके हैं। कुछ आदतें अच्छी होती हैं; कुछ बुरी होती हैं। हम अपने कामकाज को करने में कैसी आदतें डालते हैं, उनसे अक्सर साधारण और उत्कृष्ट प्रदर्शन के बीच का फ़र्क़ पड़ जाता है। इस अध्याय में हम यह जाँच करेंगे कि आदतें कैसे डलती हैं और बुरी आदतों से कैसे उबरा जाता है, उनकी जगह पर अच्छी आदतें कैसे विकसित की जा सकती हैं और

आम तौर पर व्यवहार के ऐसे तरीक़े कैसे सीखे जाएँ, जो सफलता की ओर ले जाएँ।

अच्छी आदतें डालना

दृढ़, सृजनात्मक और सकारात्मक चरित्र तभी बनता है, जब सकारात्मक कार्यों और सृजनात्मक विचारों को निरंतर दोहराया जाए। वह भी तब तक, जब तक कि मस्तिष्क की ये प्रक्रियाएँ आदतन न बन जाएँ। हम अपने विचार की आदतों को जैसा बनाते हैं, उसी के अनुरूप शक्तिशाली या कमज़ोर चरित्र का निर्माण कर सकते हैं। यदि हम आत्मविश्वासी, दृढ़ और निर्णायक मानसिक नज़रिया रखते हैं, तो हम दृढ़ और सृजनात्मक बन जाएँगे। वहीं, यदि हम शंका, झिझक, अनिश्चितता, अविश्वास, आत्म-दमन, आत्म-अवमूल्यन तथा आत्म-निंदा के विचार रखते हैं, तो हम नकारात्मक और अप्रभावी बन जाएँगे। इस तरह सब कुछ इस बात पर निर्भर करता है कि आप अपनी आदतन सोच के ज़रिए अपने मस्तिष्क को किस प्रकार ढालते हैं।

इस बारे में बहुत सुना जाता है कि क़िस्मत और परिस्थितियाँ हमारे करियर की सफलता या असफलता पर प्रभाव डालती हैं। निश्चित रूप से उनकी भी कुछ भूमिका होती है, लेकिन अधिकांश मामलों में आदतें ही हमारी दिशा और दशा को तय करती हैं। इन आदतों को हम ख़ुद विकसित करते हैं और उनके पीछे-पीछे भागते हैं। देखिए, हमें ग़लत दिशा में जाने का चुनाव करने की क्या ज़रूरत है? हमें तो बस अपनी इच्छा, अपने उत्साह, अपनी स्वाभाविक क्षुधाओं, अपनी मानसिक निष्क्रियता का अनुसरण करने भर की ज़रूरत है। बाक़ी का कार्य आदत के भरोसे छोड़ दें। आदत कभी आराम नहीं करती है, यह कभी नहीं सोती है; यह हमारे विचारों, हमारे चरित्र को अदृश्य रस्सियों से लगातार बाँधती रहती है। चाहे इससे हमारा भला हो या बुरा, आदत धीरे-धीरे हम पर हावी होती जाती है। आज हम स्वेच्छा से जो करते हैं, कल उसे करना ज़्यादा आसान होगा और अगले दिन उससे भी ज़्यादा आसान।

अच्छी आदतें डालने का सबसे अच्छा तरीक़ा यह है कि किसी

दोष या अवगुण का सीधे समूल विनाश करने की कोशिश न की जाए, बल्कि उसके विरोधी यानी अच्छे गुण का विकास किया जाए। इसे लगन से करेंगे, तो अवगुण धीरे-धीरे मर जाएँगे। सकारात्मक का विकास करके नकारात्मक को मार डालें।

उच्चतर और बेहतर की इच्छा करें। यही उन हीन प्रवृत्तियों का इलाज है, जिनसे इंसान छुटकारा पाना चाहता है। जब किसी उच्चतर और बेहतर की ओर बढ़ने, चढ़ने या इच्छा करने की सामान्य आदत पड़ जाती है, तो अवांछित गुण और आदतें ग़ायब हो जाएँगी; वे पोषण न मिलने की वजह से दम तोड़ देंगी।

बुरी आदतों को तोड़ना

लंबे समय से चली आ रही किसी आदत से उबरना आसान नहीं होता। लेकिन सच्चाई यह है कि ऐसा किसी भी उम्र में किया जा सकता है। इसका प्रमाण उन हज़ारों स्त्री-पुरुषों की जीवनी में मिलता है, जिन्होंने उन आदतों पर विजय पाई, जिनकी वजह से उनके करियर लगभग तबाह हो गए थे और उनकी ज़िंदगी के तबाह होने की आशंका भी थी।

बुरी आदतों को छोड़ने या अच्छी आदतें डालने की कोशिश में अधिकांश लोगों के सामने यह समस्या मुँहबाए खड़ी होती है कि उन्हें अपनी निहित शक्ति का भान ही नहीं होता है और वे अपने अधिक उच्च, अधिक शक्तिशाली स्वरूप को पर्याप्त तेज़ आवाज़ में नहीं पुकारते हैं। वे अपने अवचेतन मन की शक्ति का आधा इस्तेमाल भी नहीं करते हैं। उस महान शक्ति का, जो ईश्वर ने हमें दी है और जिसकी मदद से हम ख़ुद को ऊपर उठाकर ईश्वरीय अवस्था में पहुँच सकते हैं। उनके संकल्प कमज़ोर होते हैं और हसरतों की श्रेणी में आते हैं। वे अपने संकल्पों में पर्याप्त लगन, पर्याप्त उत्साह नहीं भरते हैं।

किसी बुरी आदत का गला दबाने का एक उत्कृष्ट तरीक़ा यह है कि इसके भोजन को, इसके पोषण को रोक दें। बुरी आदत के साथ कोमलता से पेश न आएँ। इसे धीरे-धीरे छोड़ने की कोशिश न करें। शत्रु पर साहस से और विश्वास से हमला करें। पुरानी आदत की शक्ति से

स्वतंत्र होने और नई आदत डालने के लिए उस नीति का अनुसरण करें, जिसका सुझाव प्रोफ़ेसर विलियम जेम्स ने दिया था।

उन्होंने कहा था, "पुरानी आदत से ख़ुद को मुक्त करने के लिए हमें यथासंभव अधिकतम शक्तिशाली और निर्णायक पहल करनी चाहिए। हमें वे सारी संभावित परिस्थितियाँ एकत्रित कर लेनी चाहिए, जिनसे सही उद्देश्य शक्तिशाली बने। हमें मेहनत करके ख़ुद को ऐसी स्थितियों में रखना चाहिए, जो नए तरीक़े को प्रोत्साहित करें। हमें पुराने के साथ असंगत कार्य करना चाहिए। हमें अपने संकल्प को हर उस साधन से विकसित करना चाहिए, जिसे हम जानते हैं।"

छोड़ने का एकमात्र तरीक़ा छोड़ना है। इसका मतलब दृढ़ता से यह संकल्प लेना है कि आप उस चीज़ से कोई संबंध नहीं रखेंगे, जो आपको नुक़सान पहुँचा रही है। यदि आप गंभीरता से अपने संकल्प के प्रति समर्पित हो जाते हैं और पीछे के सारे पुल जला देते हैं, तो यह समर्पण आपकी सहायता के लिए छिपे हुए शक्तिशाली संसाधनों का आह्वान करेगा, जिनके अस्तित्व के बारे में शायद आप अनजान थे। लेकिन अगर आप वापसी का एक भी रास्ता खुला छोड़ देते हैं, तो काम नहीं बनेगा। अगर आप सोचते हैं कि पुरानी आदत के प्रलोभन के बहुत शक्तिशाली होने पर आप थोड़ा सा झुक जाएँगे, तो आप सर्वेसर्वा बनने के अपने अवसरों को कमज़ोर कर लेते हैं।

यह काम आसान नहीं है, क्योंकि जिस तरीक़े से आप अपनी समस्याओं से निबटते हैं, उसमें भी कई "बुरी आदतें" शामिल हो गई हैं। अक्सर आपने इन तकनीकों का इतनी ज़्यादा बार सफलतापूर्वक इस्तेमाल किया है कि आपको उनके हमेशा कारगर होने का यक़ीन होता है। वे काम करने का आपका "आदतन" तरीक़ा बन जाती हैं। लेकिन परिस्थितियाँ बदलती रहती हैं। यह ज़रूरी नहीं है कि अतीत में जो कारगर रहा था, वह अब भी उतना ही प्रभावी हो। कई लोग ज़िद पकड़ लेते हैं और पुरानी आदतों से चिपके रहते हैं। "यह कारगर होगा, क्योंकि यह हमेशा कारगर रहा है।" स्मार्ट लोग इस बात को पहचानते और स्वीकार करते हैं कि आदतन नीति समस्या से निबटने, पुरानी आदत छोड़ने और नई विधियाँ खोजने का सर्वश्रेष्ठ तरीक़ा नहीं हैं।

जब नेशनल रिटेल चेन स्टोर फ़र्म ने बिज़नेस एडमिनिस्ट्रेशन के अनुभवी प्रोफ़ेसर से कहा कि वे स्टोर मैनेजर्स के लिए एक प्रशिक्षण योजना बनाएँ और प्रशिक्षण दें, तो उन्होंने क्या किया? उन्होंने प्रशिक्षण सत्रों की योजना बनाते समय उन्हीं तकनीकों का इस्तेमाल किया, जिनका इस्तेमाल वे यूनिवर्सिटी में सफलतापूर्वक करते आ रहे थे। बहरहाल, जल्द ही उन्हें यह एहसास हो गया कि उनकी बात प्रशिक्षणार्थियों तक नहीं पहुँच पा रही थी।

कुछ सत्रों के बाद प्रोफ़ेसर और कंपनी के प्रशिक्षण संचालक ने बातचीत की कि प्रगति कम क्यों हो रही है। संचालक ने कहा, "ये सक्रिय कर्मचारी हैं और भाषणबाज़ी से जल्दी बोर हो जाते हैं।"

प्रोफ़ेसर ने जवाब दिया, "लेकिन मैं तो लेक्चर्स के ज़रिए ही सिखाता हूँ। यही इकलौता तरीक़ा है, ताकि वह सारी सामग्री उन तक पहुँच जाए, जो उन्हें निर्धारित समय में सीखने की ज़रूरत है। यह हमेशा कारगर रहा है। उन्हें इसकी आदत पड़ जाएगी।"

प्रशिक्षण संचालक सहमत नहीं हुआ। "आपको इस प्रक्रिया में उन्हें थोड़ा अधिक शामिल करना होगा। कॉलेज में जिस शिक्षणशैली का इस्तेमाल होता है, वह यहाँ कारगर नहीं होगी।"

प्रोफ़ेसर ने इस बारे में काफ़ी समय तक सोचा। उन्होंने एक रोचक, यहाँ तक कि मनोरंजक भाषणशैली विकसित की थी, जिसके लिए उनकी अक्सर प्रशंसा की जाती थी। उस शैली को बदलना उस आदत को तोड़ने जैसा था, जिसके साथ वे बहुत आरामदेह थे। उन्होंने एक नई नीति आज़माने का संकल्प लिया। उन्होंने ख़ुद को आगे बढ़ाने का फ़ैसला किया, हालाँकि वे जानते थे कि लेक्चर देने का प्रतिरोध करना और क्लास की सहभागिता बढ़ाना मुश्किल होगा।

अगले सत्र का विषय था नियुक्ति की प्रक्रिया। अपना तैयार भाषण देने के बजाय उन्होंने स्टोर मैनेजर्स से पूछा कि उन्हें नए कर्मचारियों को आकर्षित करने और चुनने में कौन-कौन सी समस्याएँ आती थीं। एक के बाद एक सभी प्रशिक्षणार्थियों ने उन्हें अपनी विधियों, अपनी सफलताओं और असफलताओं तथा इस क्षेत्र में अपनी चिंताओं के बारे में बताया। प्रोफ़ेसर के मन में लंबी बौद्धिक प्रतिक्रियाएँ देने का

प्रलोभन तो आया, लेकिन उन्हें अपना संकल्प याद था कि उन्हें प्रशिक्षणार्थियों को शामिल करना है। उन्हें बहुत आनंद आया, जब एक के बाद एक मैनेजर ने अपने अनुभव बताए, अपनी सफलताओं का ज़िक्र किया और उठने वाली समस्याओं के बारे में चेतावनी दी। इससे बाक़ी मैनेजर्स को काफ़ी कुछ सीखने को मिला। प्रोफ़ेसर ने उनकी कही बातों पर संक्षिप्त टिप्पणियाँ कीं और बाद में उनका सार बताया। सत्र के अंत तक वे समझ गए कि लेक्चर में जो बातें वे कहना चाहते थे, उनमें से ज़्यादातर उस बातचीत में आ गई थीं। क्लास के लोग जाते वक़्त रोमांचित थे और अगले सत्र का इंतज़ार कर रहे थे।

प्रोफ़ेसर ने प्रशिक्षण संचालक को बताया कि यह वह सबसे मुश्किल चीज़ थी, जो उन्हें कभी करनी पड़ी थी- अपने ख़ुद के विचारों को प्रमुखता से सामने न रखना, लेकिन इसका परिणाम यह हुआ कि उन्हें और प्रशिक्षणार्थियों दोनों को ही सफल और लाभदायक अनुभव हुआ।

टालमटोल

टालमटोल ऑफ़िसों की सबसे बुरी आम आदतों में से एक है।

सभी आलसी लोग कहते हैं, “आज नहीं, कल।”

टालमटोल करने के लिए ज़रूरी नहीं है कि आप आलसी ही हों। अधिकतर लोग टालमटोल करते हैं। जिन चीज़ों को करना हमें पसंद नहीं होता या जिन्हें करने से हम घबराते हैं, उन्हें हम अंतिम संभावित मिनट तक टालते रहते हैं। इस तरह टालमटोल के कई कारण होते हैं। हो सकता है, हमें वह काम पसंद न हो, हम किसी दूसरे काम को अधिक पसंद करते हों- लेकिन अक्सर हम इसलिए टालमटोल करते हैं, क्योंकि हमें डर होता है कि हम असफल हो जाएँगे।

हर जगह हम देखते हैं कि डर का दमनकारी और हताशाजनक प्रभाव बेहतरीन योग्यता वाले लोगों को दोयम दर्जे का काम करने के लिए मजबूर कर रहा है। हर ओर सक्षम लोग देखे जा सकते हैं, जिनके प्रयास निष्फल होते हैं और जिनकी सफल होने की क्षमता को यह राक्षस बर्बाद कर देता है। यह राक्षस इतना शक्तिशाली होता है कि समय के

साथ सबसे निर्णायक व्यक्ति को भी ढुलमुल बना देता है, सबसे योग्य को भी अकार्यकुशल और कायर बना देता है।

वर्तमान जैसा कोई पल नहीं है। हर पल, हर तात्कालिक शक्ति और ऊर्जा केवल वर्तमान में ही होती है। आज के कार्यों को कल तक टालने में जो ऊर्जा बर्बाद होती है, उतने में तो काम ही निबट सकता है। टाले गए कार्य को करना बहुत मुश्किल और अप्रिय होता है। जिस कार्य को कई दिनों या सप्ताहों तक टाला गया हो, उसे करना हम्माली लग सकता है, जबकि पहले अवसर पर उसे ख़ुशी या उत्साह से किया जा सकता था।

तत्परता किसी भी काम से हम्माली के पुट को हटा देती है। टालने का आम तौर पर मतलब होता है छोड़ना और "करने वाला हूँ" का अर्थ है न करना। किसी कार्य को करना एक बीज बोने जैसा है; अगर यह कार्य सही समय पर न किया जाए, तो बीज फल-फूल नहीं पाएगा। अनंत काल तक चलने वाली ग्रीष्म ऋतु भी इतनी लंबी नहीं होगी कि विलंब से किए गए कार्य के फल को पका पाए।

जो लोग हमेशा तत्परता से कार्य करते हैं, वे कभी-कभार ग़लतियाँ करने के बावजूद सफल होंगे, जबकि टालमटोल करने वाले बेहतर विवेक के बावजूद असफल हो जाएँगे।

यहाँ टालमटोल से उबरने के कुछ सुझाव दिए जा रहे हैं :

- टालमटोल का अर्थ सिर्फ़ डेडलाइन्स पूरी करने की असफलता नहीं है- यह तो शुरू करने की असफलता है। तो शुरू कर दें। बेन फ्रैंकलिन के सूत्रवाक्य को याद रखें : "जिसे आज किया जा सकता हो, उसे कल पर न टालें।"
- किसी नए या भिन्न काम करने के डर को एक तरफ़ रख दें। उस विषय में गोता लगाएँ और काम शुरू कर दें।
- जब कोई जटिल प्रोजेक्ट सामने आए, तो ज़रा भी न घबराएँ। उसे छोटे-छोटे आसान हिस्सों में बाँट लें। हर हिस्से के लिए समय तय कर लें।
- जिन चीज़ों से आपको सबसे अधिक डर लगता हो या जो

आपको सबसे ज़्यादा नापसंद हों, उन्हें तब करें, जब आप सबसे अधिक तरोताज़ा और ऊर्जावान हों।

- अंतरिम पूर्णता बिंदु बना लें। किसी लंबे समय तक चलने वाले प्रोजेक्ट को शुरू करने के लिए ख़ुद को प्रोत्साहित करना मुश्किल हो सकता है। प्रोजेक्ट की हर अवस्था के लिए पूर्णता तिथि तय कर लें। इससे आपको रास्ते में ही प्रगति देखने की संतुष्टि मिल सकती है।
- कहीं से भी शुरुआत कर दें। यदि आपको नहीं मालूम कि कोई मुश्किल प्रोजेक्ट कैसे पूरा होगा, तो उस पर लगातार सोचते न रहें। बस एक शुरुआती मान्यता बनाएँ और काम शुरू कर दें। काम करने पर आपका मस्तिष्क स्वयं ही प्रेरित हो जाएगा। यदि वह तरीक़ा कारगर न हो, तो आप दोबारा शुरुआत कर सकते हैं। प्रोजेक्ट शुरू करने में टालमटोल के बजाय सक्रिय भूमिका चुनना बेहतर होता है।
- जब आप किसी ख़ास प्रोजेक्ट पर काम कर रहे हों, जो आपके द्वारा किए गए नियमित कार्य से ऊपर हो, तो इसे टालने का यह प्रलोभन जागता है "मैं इसे तब करूँगा, जब मेरे पास थोड़ा ख़ाली समय होगा।" उस पर काम करने के लिए हर दिन एक ख़ास समय तय कर दें।
- जब भी आप कोई ऐसा कार्य समय पर पूर्ण करें, जिसे आप आम तौर पर छोड़ दिया करते हैं, तो ख़ुद को कोई पुरस्कार दें।

अपनी कमज़ोरियाँ स्वीकार करें

यदि किसी बुरी आदत ने आपको पीछे रोक रखा हो, जो नौकरी संबंधी सफलता में बाधा डाल रही हो, तो इससे उबरने की अपनी शक्ति को प्रबल बनाने के लिए ख़ुद से लगातार कहते रहें, "मैं जानता हूँ कि यह चीज़ (यहाँ पर उसका नाम लें) मुझे पीछे धकेल रही है। मैं उतना कार्यकुशल नहीं हूँ, जितना कि मुझे होना चाहिए; मैं उतनी स्पष्टता से नहीं सोचता हूँ, मैं अपने मस्तिष्क को उतनी अच्छी तरह नियंत्रित नहीं

कर सकता, जितना मैं तब कर सकता था, अगर मैं इस कमज़ोरी का शिकार न होता।

"मैं उन आदतों से नफ़रत करता हूँ, जो मुझे पीछे रोकती हैं और असफल बनाती हैं। मैं जानता हूँ कि अगर मैं इस आदत को नहीं बदलूँगा, तो यह मुझमें और गहरी जड़ें जमा लेगी तथा इससे पीछा छुड़ाने के मेरे अवसर उतने ही कम हो जाएँगे।"

इस तरह अकेलेपन में ख़ुद से बस बातें करें। आप यह देखकर हैरान रह जाएँगे कि कितनी जल्दी यह मौखिक सुझाव उस आदत के शिकंजे को कमज़ोर कर देगा। कुछ ही समय में आपकी आत्म-चर्चाएँ आपके समर्पण को इतना बलवान कर देंगी कि आप अपनी कमज़ोरी का समूल विनाश करने में कामयाब हो जाएँगे।

वैली एल. ऐसे बॉस थे, जो अपने विभाग पर पूरा नियंत्रण रखना चाहते थे। वे बारह तकनीशियनों की निगरानी करते थे, जिनका काम हालाँकि अच्छा था, लेकिन वैली हर असाइनमेंट के बाद - और अक्सर उसके दौरान भी - जाँच करते थे और बार-बार करते थे। चूँकि उनके विभाग से नौकरी छोड़कर जाने वाले कर्मचारियों की संख्या बाक़ी विभागों से काफ़ी ज़्यादा थी, इसलिए बॉस ने इस मुद्दे पर उनसे बातचीत की।

"वैली, हमारे त्यागपत्र साक्षात्कारों में पता चला है कि आपके विभाग को छोड़कर जाने वाले सभी कर्मचारियों को एक ही शिकायत थी। वे आपके अति प्रबंधन और अति निगरानी से चिढ़ते थे। आप अच्छे कर्मचारियों को नौकरी पर रखते हैं। आप उन्हें अपना काम ख़ुद क्यों नहीं करने देते?"

वैली ने जवाब दिया, "देखिए, मैं अपने विभाग के काम के लिए ज़िम्मेदार हूँ। यदि मैं उन पर नज़र नहीं रखता हूँ, तो इसका मतलब है कि मैं अपना काम नहीं कर रहा हूँ।"

"वैली, अच्छे कर्मचारियों को उनका काम करने देना चाहिए। हर समय उनके कंधों के ऊपर से झाँकने की कोई ज़रूरत नहीं होती। मैं भी तो आपके काम के लिए ज़िम्मेदार हूँ, लेकिन मैं तो आपकी हर हरकत पर निगाह नहीं रखता हूँ। मैं आप पर भरोसा करता हूँ। आपको अपने

अधीनस्थ कर्मचारियों पर भरोसा करना पड़ता है।"

"लेकिन यदि मैं उन्हें अकेला छोड़ दूँगा, तो उनकी ग़लतियाँ समय पर नहीं पकड़ पाऊँगा और समय रहते सुधार भी नहीं पाऊँगा। हो सकता है कि उनकी ग़लतियाँ पकड़ में ही न आएँ।"

"सूक्ष्म-प्रबंधन के बिना नियंत्रण रखने के अन्य तरीक़े भी होते हैं। काम को प्रभावी ढंग से कैसे सौंपा जाए, इसकी कई आज़माई हुई तकनीकें हैं। उन्हें सीखें और उन पर अमल करें।"

उन्होंने कई तकनीकें बताईं, जिनका विस्तृत वर्णन इस पुस्तक के अध्याय 11 में किया गया है।

वैली ने इस बारे में काफ़ी समय तक और अच्छी तरह सोच-विचार किया। उन्हें अपने मज़बूत नियंत्रण को छोड़ने में डर लग रहा था, लेकिन वे जानते थे कि यह काम तो करना ही था।

वैली के लिए अपने कर्मचारियों का सूक्ष्म-प्रबंधन छोड़ना मुश्किल था। जब भी किसी तकनीशियन के कंधे के पीछे से झाँकने का लालच जागता था, तो वे ख़ुद से कहते थे, "यह मत करो। आपको उस पर भरोसा करना चाहिए।"

समय के साथ उन्हें हर कर्मचारी पर भरोसा हो गया। उन्होंने देखा कि हालाँकि समय-समय पर ग़लतियाँ हुईं, लेकिन चेकपॉइंट्स पर आसानी से पकड़ में आ गईं और उन्हें सुधार दिया गया। इसके बाद वैली के लिए काम ज़्यादा आसान हो गया और विभाग का तनाव भी कम हो गया। यही नहीं, नौकरी छोड़कर जाने वाले कर्मचारियों की संख्या कम हो गई और वैली को अपना काम फैलाने का समय भी मिल गया।

एमिली आर. हमेशा जल्दबाज़ी में रहती थी। स्कूल में भी वह अपने क्लास वर्क और होम असाइनमेंट्स को फटाफट निबटाती थी। वह उन्हें पूरा करने के लिए चिंतित रहती थी, ताकि उसके बाद खेलने जा सके। जब उसे डाटा एंट्री क्लर्क की पहली नौकरी मिली, तब भी उसने यही नीति अपनाई। वह हमेशा काम को सबसे पहले पूरा करती थी, लेकिन इस चक्कर में उसमें बहुत ग़लतियाँ छूट जाती थीं और उसे

वही काम दोबारा करना पड़ता था। थक-हारकर सुपरवाइज़र ने उसे चेतावनी दी कि वह धीमे और ज़्यादा सावधानी से काम करे, लेकिन स्कूल के ज़माने से चली आ रही आदत छूट नहीं पाई। कुछ समय बाद बॉस ने उसे प्रोबेशन पर रख दिया। बॉस ने कहा, "एमिली, तुम प्रतिभाशाली हो, लेकिन तुममें गति को गुणवत्ता से अधिक महत्व देने की आदत है। यह तुम्हें हमेशा अच्छा काम करने से रोकेगी। तुम्हें इस आदत को छोड़ना होगा। यदि तुम सुधार नहीं करती हो, तो हमें तुम्हें नौकरी से निकालना पड़ेगा।" बॉस ने सुझाव दिया कि अपने अगले असाइनमेंट में वह गुणवत्ता पर ध्यान दे और हमेशा समय के बारे में न सोचती रहे।

एमिली सदमे में आ गई। उसे नौकरी पसंद थी, लेकिन दूसरी ओर उसे अपनी गति पर भी गर्व था। आख़िरकार उसने इस आदत को छोड़ने का संकल्प ले लिया। अगले काम में उसने थोड़ी देर तो गति धीमी रखी, लेकिन कुछ समय में दोबारा उसकी गति तेज़ होने लगी। अचानक रुककर उसने अपने किए काम की जाँच की। उसने पाया कि पहला हिस्सा पूरी तरह सटीक था, लेकिन दूसरे हिस्से में ग़लतियाँ थीं, जहाँ उसने गति पकड़ ली थी। उसने ग़लतियों को सुधारा और काम जारी रखा।

उसने ख़ुद से कहा, "इस बुरी आदत की वजह से मुझे नौकरी में काफ़ी नुक़सान हो रहा है। इसकी वजह से मेरी हँसी उड़ाई जाती है और दूसरों के साथ मेरी अनुचित तुलना की जाती है। मैं जानती हूँ कि मुझमें अपने अधिकतर साथी कर्मचारियों से अधिक योग्यता है, जो बहुत अधिक हासिल कर रहे हैं। अब मैं इस आदत पर विजय पाने जा रही हूँ, जो मेरी भावी संभावनाओं को नष्ट कर रही है। मैं गति को गुणवत्ता से अधिक महत्व देने की इच्छा से मुक्त होने जा रही हूँ, चाहे यह कितना भी मुश्किल क्यों न हो।"

अपने अवचेतन मन की प्रोग्रामिंग करने में एमिली को कई सप्ताह लगे, ताकि यह गति कम करने और गुणवत्ता पर ध्यान केंद्रित करने के उसके संकल्प को स्वीकार करे। नतीजा यह हुआ कि वह अपने विभाग के सर्वश्रेष्ठ कर्मचारियों में से एक बन गई।

सच्चाई से न बचें

अपनी बुरी आदतों को स्वीकार करें। मुद्दे से न बचें। आप किसी बुरी आदत से तब तक नहीं उबर सकते, जब तक कि आप उसे स्वीकार न कर लें।

आप दरअसल अपनी बनाई मनोवैज्ञानिक जेल में रह रहे हैं। आप अपनी मान्यताओं, रायों, प्रशिक्षण और परिवेशीय प्रभावों से बँधे हुए हैं। अधिकतर लोगों की तरह आप भी आदतों से संचालित होते हैं। आप जिस तरह प्रतिक्रिया करते हैं, उसके लिए आप कंडीशन्ड हैं।

आप अपने कामकाज की आदतों को सुधारने का विचार अपनी मानसिकता में डाल सकते हैं, ताकि वह आपके अवचेतन की गहराई तक पहुँच जाए। उस मोड़ पर आपको इस बात की नई समझ मिलेगी कि आपका दिमाग़ कैसे काम करता है। आप अपने कथन की पुष्टि करने और अपने सामने सत्य को साबित करने के असीमित संसाधन ख़ुद के भीतर खोज लेंगे।

यदि आप अपनी क्षमताओं के इन बाधकों से ख़ुद को मुक्त करने की तीव्र इच्छा रखते हैं, तो यह मान लें कि इसी से आपका 51 प्रतिशत उपचार हो गया है। जब किसी बुरी आदत को छोड़ने की आपकी इच्छा उसे जारी रखने की इच्छा से अधिक बलवती हो जाती है, तो आप यह जानकर हैरान रह जाएँगे कि उससे उबरना सिर्फ़ एक क़दम दूर होता है।

जिस भी विचार पर आप अपने मन का लंगर डालते हैं, मन उसे बढ़ा देता है। मन को सफलता व उपलब्धि की अवधारणा पर केंद्रित करें। इसे ध्यान की इस नई दिशा पर केंद्रित करें। ऐसा करने पर आपमें वे भावनाएँ उत्पन्न होती हैं, जो धीरे-धीरे सफलता व उपलब्धि की अवधारणा को सोख लेती हैं। इस तरह आप जिस भी विचार को भावपूर्ण बनाते हैं, उसे आपका अवचेतन मन स्वीकार कर लेता है और साकार कर देता है।

सार

बुरी आदतों को छोड़ना कभी आसान नहीं होता, लेकिन यह किया जा सकता है। यहाँ पर दस सुझाव हैं, जिनसे आपको अपने व्यवहार की

बुरी आदतों से छुटकारा पाने में मदद मिलेगी, जिन्होंने आपको वैसा बनने से रोक रखा है, जैसा आप बनना चाहते हैं :

1. *उस आदत को चुनें, जिसे आप बदलना चाहते हैं।* उस एक आदत पर निशाना साधें, जो न सिर्फ़ आपके जीवन में बाधा डाल रही हो, बल्कि आपको अपने लक्ष्य हासिल करने से रोक भी रही हो। उस एक आत्म-पराजयी वृत्ति को चुनें, जिस पर आप अपनी असंतुष्टि को केंद्रित कर सकें और सृजनात्मक ढंग से कायाकल्प कर सकें।

2. *समस्या का आकलन करें।* किस आदत को बदलना है, उसका लक्ष्य चुनने के बाद यह जानें कि आप इस वक़्त क्या करते हैं और दरअसल करना क्या चाहते हैं। किसी बड़ी समस्या को छोटे-छोटे हिस्सों में बाँट लें, ताकि उनसे निबटने में आपको आसानी रहे।

3. *ऐसा लक्ष्य और समय-सीमा तय करें, जो चुनौतीपूर्ण भी हो और यथार्थवादी भी।* लक्ष्य चुनौतीपूर्ण तो होने चाहिए, लेकिन ऐसे भी होने चाहिए जिन्हें हासिल किया जा सके। यदि आप सही तरीक़े से और धीरे-धीरे अपने क्षितिजों तथा कार्यों का विस्तार करते हैं, तो आप अपने मनचाहे लक्ष्यों तक पहुँच जाएँगे।

4. *आदत छूटने पर दुखी होने के लिए तैयार रहें।* जब आप अपनी आदत बदलने की योजना पर चलते हैं, तो इसे शुरू करने से पहले और/या इस दौरान हैरान न हों, अगर आपको किसी चीज़ के नुक़सान जैसा दुखद एहसास होने लगे। हो सकता है कि सूक्ष्म-प्रबंधन के दौरान आपको ग़लतियाँ खोजने की संतुष्टि मिलना बंद हो गई हो, या किसी प्रोजेक्ट को सबसे पहले - भले ही यह गुणवत्तापूर्ण न हो - पूरा करने पर मिलने वाला उल्लास ख़त्म हो गया हो। लेकिन समय के साथ आपका अवचेतन मन तालमेल बैठा लेगा और इसके बाद आपको वह दुख कभी महसूस नहीं होगा।

5. *किसी कोच या परामर्शदाता से सलाह लें।* किसी मित्र,

मार्गदर्शक या पेशेवर परामर्शदाता के अनुभव और बुद्धिमानी की तलाश करें, ताकि वह इस शुरुआती दौर में आपका कोच बनने के लिए तैयार हो। वह लक्ष्य तय करने में आपकी मदद करेगा, सुझाव देगा और सतह पर आने वाले असहज भावों का प्रबंधन करने में सहयोग देगा। यही नहीं, जब आप पीछे रह जाएँगे, तो वह आपको सुझाव व प्रोत्साहन भी देगा।

6. *कार्य शुरू करें।* इसे कर दें! पहला क़दम उठा लें। इस बारे में आपको जल्द ही फ़ीडबैक मिल जाएगा कि उपलब्ध संसाधनों से आप क्या कर सकते हैं और क्या नहीं। आपको ज्ञान, योग्यताएँ और अति महत्वपूर्ण समर्थन संबंधी अत्यावश्यक जानकारी मिल जाएगी।

7. *ऐसे लोगों के समूहों के साथ जुड़ें, जो उसी बुरी आदत को छोड़ना चाहते हैं या एक नई आदत डालना चाहते हैं।* जब समान लक्ष्य वाले कई लोग आपस में जुड़ जाते हैं, तो उस समर्थन में एक अतिरिक्त आयाम जुड़ जाता है, क्योंकि समूह का हर व्यक्ति दूसरे सदस्यों का समर्थन करता है। अल्कोहलिक्स अनॉनिमस जैसे समूहों की तलाश करें, जो विशिष्ट स्थितियों में मदद करने के लिए तत्पर रहते हैं।

8. *इसे सुनियोजित ढंग से करें।* व्यवहार बदलना एक विकासवादी प्रक्रिया है; इसके प्रायः तीन ख़ास दौर होते हैं : (1) खुद को पुरानी आदत से मुक्त करना, (2) परिवर्तन करना, और (3) नई आदत में निपुण बनना। पहले दौर में आत्म-पराजयवादी वृत्तियों को स्वीकार करना और छोड़ना शामिल है। दूसरे दौर में नई योग्यताओं, साधनों, संसाधनों और सकारात्मक गतिविधियों को शामिल करने की कोशिश होती है। यदि पहला क़दम निराशाजनक होता है, तो मध्यम दौर से चिंता उत्पन्न हो सकती है, जब आप नए ज्ञान को अजीब तरीक़े से लागू करते हैं। अंतिम दौर तब घटित होता है, जब बार-बार अभ्यास करके और ग़लतियाँ करके आप उस नई आदत में माहिर बनते हैं। परिवर्तन अधिक स्वाभाविक महसूस होने लगता है।

9. *हार न मानें!* व्यवहार सुधारने के बारे में एक लुभावना जाल यह है कि कई बार प्रक्रिया की शुरुआत में आप बहुत तेज़ी से सीख लेते हैं। लेकिन फिर आपके सामने एक बाधा आ जाती है। हार न मानें। तुरत-फुरत मिलने वाली विजयों से अति आशावादी न बनें। साथ ही कुछ विपत्तियों के सामने आने पर बहुत निराश न हों। उतार-चढ़ाव प्रकृति का नियम है... नीचे गिरकर दोबारा उठें और दोबारा चल पड़ें।

   हम जितनी बार गिरते हैं, उससे एक बार अधिक उठने का नाम ही सफलता है। हम जितनी बार डरते हैं, उससे एक बार अधिक साहसी होने का नाम ही सफलता है। हम जितनी बार चिंता करते हैं, उससे एक बार अधिक विश्वास करने का नाम ही सफलता है।

10. *मार्ग पर चलते रहें।* आप जो भी मार्ग चुनें, उस पर चलते रहें। राह में आने वाली बाधाओं और मुश्किलों से उबरते रहें, क्योंकि यह सीखने की प्रक्रिया का एक अभिन्न हिस्सा है। तोड़ने, बनाने और व्यवहार सीखने की गहरी, जटिल शृंखला में माहिर बनना एक ऐसी प्रक्रिया है, जो ज़िंदगी भर चलती है।

खंड दो

दूसरों का सहयोग और समर्थन हासिल करना

किसी का भी बुरा मत सोचो, क्योंकि ऐसा करना ख़ुद को विष देने के समान है। प्रेम ही दूसरों के साथ हिल-मिलकर रहने का उपाय है। प्रेम सामने वाले के देवत्व का सम्मान करना है।

करियर में आपकी सफलता प्रायः दूसरे लोगों पर निर्भर करती है। वे आपके संगठन के भीतर के लोग हो सकते हैं, जैसे आपके अधिकारी, अधीनस्थ और सहकर्मी। कई बार वे आपके संगठन के बाहर के लोग भी हो सकते हैं, जैसे आपके ग्राहक या उपभोक्ता।

आपको अपने स्टाफ़ के सदस्यों, अपने मैनेजर्स, यहाँ तक कि अपने ग्राहकों और सप्लायर्स को भी प्रेरित करना होगा, ताकि वे निर्धारित लक्ष्यों तक पहुँचने के लिए आपके साथ मिलकर काम करें। इसके लिए आपको अपनी संप्रेषण योग्यताओं को तराशना होगा और अपने विचारों को स्वीकार करवाने के लिए दूसरों को राज़ी करने की क़ाबिलियत को पैना करना होगा। आपको यह भी सीखना होगा कि मुश्किल लोगों के साथ कैसे व्यवहार करना है, अप्रिय बने बिना कैसे असहमत होना है, अपने समय का अधिकतम सदुपयोग कैसे करना है और कुल मिलाकर प्रभावी लीडर कैसे बनना है।

आगे के अध्यायों में आप सीखेंगे कि अपने अवचेतन मन की शक्ति को अधिकतम करके आप यह सब कैसे हासिल करेंगे, ताकि आपको उन लोगों का सहयोग और समर्थन मिल जाए, जिनके साथ आप सफलता की राह पर चलते हैं।

अध्याय ग्यारह

लीडर बनना

आप नेतृत्व में तब तक सफल नहीं हो सकते, जब तक कि आपको सचमुच यह विश्वास न हो कि आप लीडर बन सकते हैं। इसके लिए आपको अपने अवचेतन मन में दो सरल शर्तें भरनी होंगी : आपको यह विश्वास करना होगा कि आप जो चाहते हैं, वह हो सकता है। आपको यह विश्वास करना होगा कि यह होगा।

सभी सफल लोग लीडर्स नहीं होते। लेकिन सभी अच्छे लीडर्स सफल लोग होते हैं। न केवल वे व्यक्तिगत रूप से सफल होते हैं, बल्कि वे सफल होने के लिए दूसरों को प्रेरित भी करते हैं। वे न केवल अपनी सफलता के फलों का आनंद लेते हैं, बल्कि सफल होने में दूसरों की मदद करने की भी कोशिश करते हैं।

लीडर्स बनते नहीं, पैदा होते हैं, यह मान्यता युगों-युगों से प्रचलित रही है। दरअसल, यह धारणा सामंतवाद और निरंकुश राजशाही के तंत्र का आधार थी। अमेरिका में ग़रीबी में शुरुआत करने वाले बहुत से लोग उच्च स्थितियों में पहुँचे हैं, लेकिन इसके बावजूद कई अमेरिकी अब भी महसूस करते हैं कि वे उन गुणों के साथ पैदा हुए थे, जिन्होंने उन्हें लीडर बनाया।

अधिकतर कंपनियों में कुछ कर्मचारी नीचे से ऊपर उठकर निगरानी और प्रबंधन के उच्च पदों पर पहुँच जाते हैं। क्या ये सभी "नैसर्गिक लीडर्स" होते हैं? हमारे अनुभव का जवाब है, "हमेशा ऐसा नहीं होता।"

लोग कई कारणों से नेतृत्व और ज़िम्मेदारी के पदों पर ऊपर पहुँचते हैं : वरिष्ठता, चुनाव (सार्वजनिक सेक्टर में), भाई-भतीजावाद या श्रेष्ठ प्रदर्शन। उन्हें नेतृत्व की योग्यता या अनुभव की बदौलत नहीं चुना जाता है, इसलिए उन्हें लीडर बनाना सीखना होता है। उच्च पद पर पहुँचने से ही नेतृत्व के क्षेत्र में सफलता सुनिश्चित नहीं हो जाती। ये लोग नेतृत्व की तकनीकों का अध्ययन करते हैं और प्रेरक पुस्तकें पढ़ते हैं, लेक्चर्स सुनते हैं तथा सीखी हुई बातों पर अमल करते हैं।

महान लीडर्स के गुण

हालाँकि अतीत और वर्तमान के हर महान लीडर में कुछ अनूठे गुण होते हैं, जिनकी बदौलत वे महान बनते हैं, लेकिन उन सभी के व्यक्तित्व के कुछ पहलू समान होते हैं। मेरी राय में सभी उत्कृष्ट लीडर्स में आगे बताए गुण पाए जाते हैं :

1. *महान लीडर्स उत्साही अनुयायियों को पहचानते हैं, विकसित करते हैं और प्रेरित करते हैं।* यदि लीडर की योजनाओं पर अमल करने के लिए कर्मचारी न हों, तो बहुत कम कंपनियाँ टिक सकती हैं और फल-फूल सकती हैं। दरअसल, हर पीढ़ी में, हर देश में, जीवन के हर पहलू में, ऐसे ही लोग सेनाओं को विजय दिलाते हैं, महान कला और संगीत को प्रेरित करते हैं और समृद्ध कंपनियों तथा प्रगतिशील संगठनों को विकसित करते हैं। लीडर की सबसे बड़ी कला है दूसरों को तौलने, उन्हें परखने, उन्हें भाँपने की क्षमता; उनकी शक्ति का आकलन करने और उनकी कमज़ोरी दूर करने की योग्यता।

लीडर्स ऐसे लोगों से घिरे रहना पसंद करते हैं, जिनमें वह योग्यता हो, जिसकी उनमें ख़ुद में कमी हो, ताकि वे अपनी शक्ति व योग्यता से उनकी कमज़ोरियों और कमियों की भरपाई कर दें। इस तरह मिलकर वे एक प्रभावी और शक्तिशाली टीम में तब्दील हो जाते हैं। ऐसा करने के लिए एक अच्छे लीडर को अक्सर अपने संगठन को झकझोरना पड़ सकता है और अलग हटकर भी खड़ा होना पड़ सकता है, ताकि वह दर्शक की भाँति दूर खड़े होकर वस्तुस्थिति को देख सके।

सीन पेरिच इसकी अच्छी मिसाल हैं। वे बेकरी बार्न के संस्थापक हैं, जो प्रोटीन कुकी की उत्पादक है। उन्होंने पाँच साल से भी कम समय में फ़िटनेस जिम्स और 7-इलेवन्स के ज़रिए कंपनी की बिक्री 6 मिलियन डॉलर कर ली। लेकिन 2005 के आस-पास बेकरी बार्न की महत्वाकांक्षी यात्रा थम गई। इससे पेरिच दोबारा अपनी टीम पर नज़र डालने को विवश हुए, जिसमें वे ख़ुद भी शामिल थे। कंपनी उनके ही विचारों की वजह से नए प्रॉडक्ट्स की ओर भटक गई थी, जिस पर किसी ने सवाल नहीं किए थे। उनकी वरिष्ठ प्रबंधन टीम (मूलतः परिवार के सदस्य) शुरुआत में तो ठीक थी, लेकिन अब पेरिच को समझ में आ गया कि न तो उनके पास, न ही परिवार वालों के पास पाककला या व्यवसाय का वह अनुभव था, जिससे कंपनी को बचाया जा सके। अब पूर्णतया नए ख़ून की ज़रूरत थी। इसलिए उन्होंने एक पूर्णकालिक कॉम्प्ट्रोलर को नियुक्त किया और प्रेसिडेंट के दावेदारों का इंटरव्यू लिया। उन्होंने तीन सदस्यों की शोध और विकास टीम भी बनाई, ताकि प्रबंधन के निर्णयों में नया व अधिक निष्पक्ष ज्ञान आ सके।

यही साहसिक, मुश्किल क़दम उठाने की आवश्यकता संस्थापक डेविड नीलेमैन को भी महसूस हुई। वे कभी जेटब्लू के सीईओ थे, जो "कोई विलासिता नहीं" वाली नवाचारी एयरलाइन थी। हालाँकि वे बोर्ड के चेयरमैन बने रहे, लेकिन नीलेमैन को एहसास हुआ कि उनके पास इतनी प्रबंधकीय योग्यताएँ नहीं थीं कि वे जेटब्लू को अगले स्तर तक ले जा सकें। इसका यह मतलब नहीं है कि वे एक महान भविष्यदृष्टा और उद्यमी नहीं थे। इसके विपरीत, इससे तो यही साबित हुआ कि वे यह सब थे और इससे भी बढ़कर थे : एक सच्चे लीडर।

2. *महान लीडर्स अपने प्रयासों को केंद्रित करते हैं।* महान लीडर्स जानते हैं कि वे क्या चाहते हैं और वे अपने प्रयास उन लक्ष्यों तक पहुँचने की दिशा में केंद्रित करते हैं। जो लोग जीवन में जल्दी ही अपने प्रयासों को एकाग्र करना या शक्ति को केंद्रीकृत करना नहीं सीख पाते हैं, वे कभी किसी काम में उल्लेखनीय सफलता हासिल नहीं कर पाएँगे। जिन लोगों में एकीकरण की शक्ति होती है, जिनके हर प्रयास किसी केंद्रीय लक्ष्य की दिशा में होते हैं, वे ही शिखर पर पहुँचते हैं। वे समझते हैं कि महत्वपूर्ण लगातार काम करके हासिल की गई काम की मात्रा नहीं

है, बल्कि विजय दिलाने वाली लगन है। दीर्घकालीन व स्थायी आकर्षण, अजेय उद्देश्य और अटूट प्रयास से ही इंसान जीवन का युद्ध जीतता है।

3. *महान लीडर्स ने बड़ी मुश्किलों का सामना किया और उनसे उबरे।* विपत्ति कुछ लोगों को तबाह कर सकती है, लेकिन यह भी सच है कि सभी अच्छे लीडर्स ने विपत्ति का सामना किया है और ऊपर छलाँग लगाकर अधिक ख्याति पाई है। स्टीमबोट के आविष्कारक रॉबर्ट फ़ुल्टन अपनी कोशिश में कई बार असफल हुए। उनकी नाव को तब तक "फ़ुल्टन की मूर्खता" कहा गया, जब तक कि इसकी पहली सफल नौका यात्रा नहीं हो गई। आख़िर इसी ने जल यातायात में क्रांति ला दी। हेलन केलर बचपन से ही दृष्टिहीन और बधिर थीं, लेकिन वे इस अक्षमता से उबरीं और आगे चलकर एक सम्मानित तथा प्रसिद्ध लेखिका व शिक्षाविद् बनीं।

1971 में डार्विन ई. स्मिथ नामक संकोची और सहज प्रवृत्ति के वकील पारंपरिक क़ाग़ज़ निर्माता कंपनी किम्बर्ली-क्लार्क के सीईओ बने। उस वक़्त कंपनी घाटे में चल रही थी। किम्बर्ली-क्लार्क यानी केसी के शेयर बरसों से बुरी तरह धराशायी हो रहे थे। कम से कम एक संचालक स्मिथ को यह याद दिलाने से नहीं झिझके कि वे कंपनी का नेतृत्व करने के लिए पूरी तरह योग्य नहीं हैं, लेकिन इस बात से नए सीईओ ज़रा भी नहीं हिचकिचाए और उन्होंने किम्बर्ली-क्लार्क का पूरी तरह कायाकल्प कर दिया। उन्होंने एक प्रेरणारहित ब्रांड को विश्व की अग्रणी काग़ज़-आधारित उपभोक्ता प्रॉडक्ट्स कंपनी बना दिया। स्मिथ ग़रीबी में पले-बढ़े थे और उस अनुभव को याद करके उन्होंने अपने संकल्प को दृढ़ किया। सीईओ बनने के दो महीने बाद ही उन्हें कैंसर हो गया और उन्हें बताया गया कि उनके पास जीने के लिए बस एक साल का समय है। बीमारी ने उनके संकल्प को और दृढ़ कर दिया। उन्होंने अपने अवचेतन मन की प्रोग्रामिंग करके इसे विश्वास दिला दिया कि वे इस रोग पर विजय पा सकते हैं। उन्होंने असफलता के सारे विचारों और डरों को परे धकेल दिया। उन्होंने बिस्तर पर लेटे-लेटे मरने से इंकार कर दिया। अपने रेडिएशन उपचार के दौरान वे काम करते रहे। इस तरह उन्होंने न सिर्फ़ ख़ुद के जीवन में स्फूर्ति भरी, बल्कि कंपनी का भी पुनर्निर्माण कर दिया।

कारोबारी जगत जिस बात के लिए डार्विन स्मिथ की सबसे अधिक प्रशंसा करता है, वह उनके पहले कार्यकारी निर्णयों में से एक था : मिलों को बेच दो। उन्होंने और उनकी टीम ने यह निर्णय लिया था कि किम्बर्ली-क्लार्क को कोटेड पेपर व्यवसाय में नहीं रहना चाहिए। बेहद प्रतिस्पर्धी कन्ज़्यूमर पेपर प्रॉडक्ट्स उद्योग में उतरने से कंपनी या तो समृद्ध हो जाएगी या फिर ख़त्म हो जाएगी। यह सबसे अधिक साहसिक क़दम था, जो किसी ने पहले कभी नहीं उठाया था। व्यावसायिक अख़बारों ने इस निर्णय को मूर्खतापूर्ण क़रार दिया और वॉल स्ट्रीट ने कंपनी के शेयर्स को डाउनग्रेड कर दिया। लेकिन स्मिथ डटे रहे। पच्चीस साल बाद स्मिथ ने प्रतिस्पर्धियों को पूरी तरह हरा दिया और अपनी कंपनी को उद्योग में एक लीडर के रूप में स्थापित कर दिया। वे अपनी सफलता को स्पष्ट करते हुए कहते हैं कि उन्होंने कभी भी स्वयं की और अपनी कंपनी की सफलता में यक़ीन करना नहीं छोड़ा।

4. *महान लीडर्स दूसरों से जितनी अपेक्षा रखते हैं, उससे अधिक स्वयं से रखते हैं।* सफलता पूरी तरह से आपके गंभीर संकल्प और आत्मविश्वास पर निर्भर नहीं होती, बल्कि इस बात पर भी निर्भर होती है कि दूसरे आप पर कितना विश्वास करते हैं। बहरहाल, दूसरों का विश्वास काफ़ी हद तक आपके आत्मविश्वास का प्रतिबिंब होता है, उन पर आपके व्यक्तित्व का प्रभाव होता है। आपका ख़ुद का मानसिक नज़रिया दूसरों में यह विश्वास उत्पन्न करता है। आपका गंभीर संकल्प प्रेरक होता है। यह आपके संपर्क में आने वाले हर व्यक्ति को प्रभावित करता है, ख़ास तौर पर उन लोगों को, जिनके आप कप्तान हैं, चाहे आप टीचर हों, वक्ता हों, वकील हों, सेल्स रिप्रज़ेंटेटिव हों, व्यापारी हों, संभावित कर्मचारी हों या और कुछ। आत्मविश्वासी अंदाज़ में कोई जादुई चीज़ होती है, जो दूसरे लोगों को प्रभावित कर लेती है। यदि आप इसे अपना लें या हासिल कर लें, तो आप यह देखकर हैरान रह जाएँगे कि यह कितनी जल्दी दूसरों को प्रकाशित कर देगी, आपकी योग्यता में उनके विश्वास को बढ़ा देगी और वे मान लेंगे कि आपमें अपना कार्य करने की योग्यता है।

अपना आत्मविश्वास कभी न खोएँ। यदि आपको कभी-कभार अपनी क्षमताओं तथा शक्तियों पर शंका हो, तो इस पुस्तक के अध्याय

2 को दोबारा पढ़ लें और अपना आत्मविश्वास पाने के लिए अवचेतन मन की शक्ति का इस्तेमाल करें।

5. *महान लीडर्स कठोर निर्णय लेने से कभी नहीं घबराते हैं।* चाहे देश का नेतृत्व हो या कंपनी का, हर दिन लीडर ऐसी समस्याओं का सामना करता है, जिनके संबंध में निर्णय लेने की आवश्यकता होती है। कई मामलों में सोचने, समस्या संबंधी सभी परिस्थितियों का आकलन और मूल्यांकन करने के लिए पर्याप्त समय होता है, लेकिन अधिकतर प्रकरणों में तुरंत निर्णय लेने की आवश्यकता होती है। अच्छे लीडर को ऐसे निर्णय ले लेने चाहिए।

इसका एक उल्लेखनीय उदाहरण सितंबर, 1982 में देखने में आया, जब टाइलेनॉल लेने के बाद सात लोगों की मृत्यु हो गई। पता चला कि उस प्रॉडक्ट की कई शीशियों के साथ छेड़खानी की गई थी और उनमें इंजेक्शन से साइनाइड नामक घातक विष भरा गया था। जॉनसन एंड जॉनसन का प्रभाग मैकनील लेबोरेट्रीज़ टाइलेनॉल का उत्पादन करता था। इसने तुरंत क़दम उठाया। इसने बाज़ार से सारी शीशियाँ मँगवा लीं और नष्ट कर दीं। इससे भी अधिक महत्वपूर्ण, कंपनी के शीर्ष प्रबंधन ने टीवी पर जाकर स्थिति को स्पष्ट किया। उन्होंने जनता को आश्वस्त किया कि टाइलेनॉल को दोबारा बाज़ार में तब तक नहीं उतारा जाएगा, जब तक कि इसे सुरक्षित बनाने के लिए हर सावधानी सुनिश्चित नहीं कर ली जाएगी।

तात्कालिक परिणाम भयंकर थे। मार्केट शेयर 35 प्रतिशत से गिरकर सिर्फ़ 8 प्रतिशत हो गया। लेकिन मैकनील और जॉनसन एंड जॉनसन के लीडर्स की त्वरित तथा संजीदा प्रतिक्रिया से मार्केट शेयर एक साल के भीतर ही न सिर्फ़ बराबरी पर आ गया, बल्कि पहले से अधिक हो गया।

एक और उदाहरण देखें, जिसमें एक एक्ज़ीक्यूटिव को कठिन और अलोकप्रिय निर्णय लेने के लिए विवश होना पड़ा। ये थे चार्ल्स आर. "कॉर्क" वॉलग्रीन, जिन्होंने 1975 में वॉलग्रीन्स ड्रगस्टोर कंपनी की कमान सँभाली। उस वक़्त अधिकतर ड्रगस्टोर्स में लंच काउंटर होते थे, जो उनकी आमदनी का काफ़ी महत्वपूर्ण हिस्सा प्रदान करते थे।

वॉलग्रीन को महसूस हुआ कि फ़ास्ट-फ़ूड चेन्स के विकास के बाद ड्रगस्टोर में लंच काउंटर रखना पुराना पड़ गया है। उन्होंने निर्णय लिया कि कंपनी का भविष्य फ़ूड सर्विस में नहीं, बल्कि प्रॉडक्ट्स की बिक्री में है। यह एक विवादास्पद निर्णय था, क्योंकि कंपनी के पाँच सौ लंच काउंटर थे। व्यवसाय के इस हिस्से से जुड़ाव उतना आर्थिक नहीं था, जितना कि भावनात्मक था। वॉलग्रीन्स फ़ूड-सर्विस प्रभाग कॉर्क के दादाजी के ज़माने से चला आ रहा था, इसलिए कॉर्क वॉलग्रीन को उसे ख़त्म करने के लिए काफ़ी संकल्प शक्ति का परिचय देना पड़ा। कॉर्क का निर्णय सफल साबित हुआ और आज वॉलग्रीन्स अपने सेगमेंट की सबसे सफल कंपनियों में से एक है- और अब सभी स्टोर्स से लंच काउंटर ख़त्म हो चुके हैं।

6. *महान लीडर्स में एक भविष्यदृष्टि होती है और उसे साकार करने की अपनी क्षमता पर पूरा भरोसा भी होता है।* विश्व के सभी महान लीडर्स में भविष्यदृष्टि थी। वे जानते थे कि वे क्या हासिल करना चाहते थे, उन्होंने परिणाम की तस्वीर देखी थी और उसे साकार करने के लिए अपनी सारी ऊर्जा तथा भावना झोंक दी थी। सबसे महत्वपूर्ण बात, उन्हें इसे अंजाम देने की अपनी क्षमता पर सच्चा विश्वास था। इस विश्वास से उन्हें उन लक्ष्यों का पीछा करने की शक्ति मिली।

अमेरिकन एक्सप्रेस के सीईओ केन चेनॉल्ट के करियर में बहुत सी आश्चर्यजनक घटनाएँ और दुर्घटनाएँ हुई थीं, लेकिन उनमें से कोई भी उतनी नाटकीय नहीं थी, जितनी कि वह जो 11 सितंबर, 2001 को अमेरिकन एक्सप्रेस के मुख्यालय के सामने की सड़क के पार हुई। वे उस त्रासदी का ज़िक्र एक रचनात्मक अनुभव के रूप में करते हैं, जिसने उनकी पूर्व-विकसित विकट नेतृत्व योग्यताओं को और बढ़ा दिया। दरअसल, चेनॉल्ट ने स्पष्टता से भाँप लिया था कि 9/11 वाक़ई बड़ा संकट था और कई लोग इसे उनके नेतृत्व की प्रगति में बड़ी बाधा के रूप में देखेंगे। लेकिन इसकी वजह से चेनॉल्ट महत्वपूर्ण निर्णय लेने से नहीं हिचकिचाए। अपनी नेतृत्व योग्यता में पूर्ण विश्वास ने ही उन्हें नेतृत्व योग्यताओं का आह्वान करने में समर्थ बनाया। सर्वाधिक मूल्यवान अनुभव हमेशा संकट के रूप में आते हैं, इस बात से सहमत होते हुए चेनॉल्ट कहते हैं कि ऐसे समय उन गुणों का उपयोग करना अनिवार्य

है, जो सचमुच महत्वपूर्ण हैं। उन पर पूरा ध्यान केंद्रित करें, ताकि आप केवल अवचेतन रूप से ही नहीं, बल्कि चेतन रूप से भी उनका उपयोग करें। इससे लीडर को लाभ होता है। वे कहते हैं कि हर व्यक्ति लीडर बनने का चेतन चुनाव कर सकता है। चेनॉल्ट कहते हैं कि वे जिस प्रकार के उल्लेखनीय लीडर्स के साथ काम करना चाहते हैं, वे "तार्किक और भावनात्मक रूप से तल्लीन लोग" होते हैं।

7. *महान लीडर्स स्वयं के लिए, अपनी कंपनी के लिए और अपने लोगों के लिए महत्वाकांक्षी होते हैं।* चाहे आप कितने भी ग़रीब हों, चाहे आपका स्तर कितना भी नीचे हो, हमेशा ऊपर की ओर देखें। ऊँचा निशाना लगाने से न घबराएँ। अपनी निगाह तारे पर जमाए रखें। यदि दूसरे मखौल उड़ाते हैं, तो उड़ाने दें, लेकिन उन्हें इस बात की अनुमति न दें कि वे आपकी निगाह को वहाँ से हटाने में सफल हो जाएँ। एक अकेले तारे पर निगाह जमाने की बदौलत ही हर युग के महान स्त्री-पुरुष सफल हुए हैं।

मैरी के कॉस्मेटिक्स की संस्थापक मैरी के ऐश बेहद सफल थीं। उन्होंने अपनी सफलता का श्रेय शिखर पर पहुँचने की आजीवन महत्वाकांक्षा को दिया। उनका सेल्स करियर स्टैनली होम प्रॉडक्ट्स से जुड़ने के बाद शुरू हुआ, जो घर-घर जाकर सामान बेचने वाली मार्केटिंग कंपनी थी। वे अक्सर टिप्पणी करती थीं कि पहले साल उन्हें ज़रा भी सफलता नहीं मिली और वे हार मानने के लिए तैयार थीं। यह तब बदला, जब उन्होंने पहले स्टैनली सेल्स सेमिनार में हिस्सा लिया।

उन्होंने कहा, "वहाँ मैंने देखा कि एक लंबी, छरहरी, सुंदर, सफल महिला को साम्राज्ञी का ताज पहनाया जा रहा है, क्योंकि वह कंपनी की प्रतिस्पर्धा में अव्वल रही थी। उसी क्षण मैंने ठान लिया कि अगले साल की साम्राज्ञी मैं बनूँगी, जो असंभव नज़र आ रहा था। बहरहाल, मैंने ऊपर जाकर प्रेसिडेंट से बात करने का निर्णय लिया और उन्हें बता दिया कि अगले साल मैं साम्राज्ञी बनना चाहती हूँ। वे मेरी बात सुनकर हँसे नहीं, बल्कि मुझसे नज़रें मिलाईं, मेरा हाथ थामा और बोले, 'न जाने क्यों मुझे भी लगता है कि आप ही बनेंगी।' इन शब्दों ने मुझे प्रेरित कर दिया और अगले साल मैं सचमुच साम्राज्ञी बन गई।"

मैरी के ने अपना ख़ुद का व्यवसाय 1963 में शुरू किया। यह डल्लास में पाँच सौ वर्ग फ़ुट के स्टोरफ़्रंट में शुरू हुआ। इसमें परिवार वालों ने मदद की और उन्होंने अपनी जीवन भर की 5,000 डॉलर की बचत लगा दी। तब सेल्स टीम में केवल नौ सदस्य थे। उनके नेतृत्व में कंपनी ने बरसों तक निरंतर प्रगति की। ख़ुद की और अपनी कंपनी की सफलता के प्रति समर्पण प्रदर्शित करके मैरी के ने अपने सेल्स स्टाफ़ को प्रेरित किया कि वे स्वयं के लिए ऊँचे लक्ष्य बनाएँ और उन्हें हासिल करने के लिए कड़ी मेहनत करें। 2007 में मैरी के संगठन में दस लाख से भी अधिक स्वतंत्र सेल्स प्रतिनिधि थे, जो 2.4 अरब डॉलर की बिक्री कर रहे थे।

काम सौंपना

लीडर के रूप में सफलता प्राप्त करने के लिए एक प्रमुख आवश्यकता है अधीनस्थों को निर्णय लेने का काम सौंपने की योग्यता और इच्छुकता। बहुत सारे मैनेजर यह नहीं करना चाहते हैं। सफल लीडर्स जानते हैं कि वे हर चीज़ नहीं कर सकते। वे सबसे सक्षम कर्मचारियों को नियुक्त करते हैं और प्रशिक्षित करते हैं। इसके बाद वे उन्हें उनकी विशेषज्ञता के क्षेत्र के भीतर निर्णय लेने की अनुमति देते हैं, ताकि वे अधिक ऊँचे स्तर के मामलों में अपने समय का इस्तेमाल करने के लिए स्वतंत्र हो जाएँ।

अधिकांश मैनेजर्स के पास इतना ज़्यादा काम रहता है कि वे उसे एक सामान्य कामकाजी दिन में नहीं निबटा सकते। इसे करने के लिए उन्हें उस काम का हिस्सा अधीनस्थों को सौंप देना चाहिए।

सौंपने का अर्थ है अधीनस्थ को कर्तव्य या काम सौंपना और उन्हें उसे करने की शक्ति तथा अधिकार देना। इसका अर्थ यह नहीं है कि आप अधीनस्थों को किसी काम के सबसे कम चुनौतीपूर्ण या सबसे अधिक अप्रिय हिस्से ही सौंपें। काम को प्रभावी ढंग से सौंपने के लिए यह आवश्यक है कि काम के महत्वपूर्ण पहलू सौंपे जाएँ। इससे न सिर्फ़ एक्ज़ीक्यूटिव अधिक महत्वपूर्ण काम के लिए ख़ाली हो जाता है, बल्कि अधीनस्थ को महत्वपूर्ण अनुभव भी मिल जाता है।

व्यवसाय जगत के लीडर्स ने मुझे अक्सर बताया है कि वे कई काम करने - और अच्छी तरह करने - के इतने आदी होते हैं कि दूसरों को वह काम नहीं सौंपना चाहते। जैसा एक मैनेजर ने मुझे बताया, "जब मेरे कर्मचारी काम करते हैं, तो मैं उनके कंधों के पीछे से झाँकने लगता हूँ। मैं काम सौंपने में आरामदेह महसूस नहीं करता।"

पहला क़दम यह स्वीकार करना है कि भले ही आप उस काम को अधीनस्थों से ज़्यादा तेज़ी से और शायद बेहतर ढंग से कर सकते हों, लेकिन आपका समय इतना अधिक मूल्यवान है कि उसे कम महत्वपूर्ण मसलों पर बर्बाद नहीं करना चाहिए। यहाँ कुछ दिशानिर्देश दिए जा रहे हैं, जिनकी मदद से आप आत्मविश्वास के साथ दूसरों को काम सौंपने में समर्थ हो जाएँगे :

- *सक्षम कर्मचारियों को चुनें।* अपने प्रमुख अधीनस्थों को चुनते समय यह सुनिश्चित करें कि वे न सिर्फ़ उन कार्यों को करने में समर्थ हों, जिनके लिए आप उन्हें नौकरी पर रखते हैं, बल्कि उनमें ज़्यादा ज़िम्मेदारी के पदों तक ऊपर उठने का प्रशिक्षण लेने की क्षमता भी हो।

- *स्पष्टता और संक्षिप्तता से बता दें कि आप कौन सा काम सौंप रहे हैं।* अधीनस्थ आपकी बात पूरी तरह समझ गए हैं, यह सुनिश्चित करने के लिए बस यही न पूछें, "क्या आप समझ गए?" अधिकतर कर्मचारी कहेंगे, "हाँ।" शायद वे सचमुच समझ गए हों; शायद वे इस ग़लतफ़हमी में हों कि वे समझ गए हैं, लेकिन आपकी अपेक्षा के बारे में उनकी व्याख्या आपसे भिन्न हो सकती है; या शायद वे ज़रा भी न समझ पाए हों, लेकिन आपको सच्चाई बताने में झिझक रहे हों। इसलिए स्पष्ट पूछें कि अधीनस्थ उस काम को पूरा करने के लिए क्या योजना बना रहा है।

- *नियंत्रण बिंदु तय करें।* नियंत्रण बिंदु एक ऐसा स्थान है, जिस पर आप रुकते हैं, यह जाँच करते हैं कि क्या हासिल हो चुका है और यदि ग़लतियाँ हुई हैं, तो उन्हें सुधारते हैं। यह महत्वपूर्ण है, क्योंकि यदि बड़ी ग़लतियाँ आख़िरी मिनट तक

पता न चलें, तो समस्या बेक़ाबू हो जाएगी। नियंत्रण बिंदु कोई अकस्मात जाँच नहीं है। अधीनस्थ सटीकता से जानता है कि प्रत्येक नियंत्रण बिंदु कब घटित होगा और तब तक क्या हासिल हो जाना चाहिए। नियंत्रण बिंदु रखने का यह अर्थ नहीं है कि आपको अपने अधीनस्थ पर भरोसा नहीं है। शुरुआत में ही अपने कर्मचारियों को यह जान लेने दें कि आपको उन पर विश्वास है। इस बात पर ज़ोर दें कि नियंत्रण बिंदु उनकी जाँच नहीं, बल्कि मदद के लिए बनाए गए हैं। नियंत्रण बिंदु स्वयं अपनी प्रगति मापने में उनकी मदद करते हैं।

- *अधीनस्थों को काम पूरा करने के साधन और सत्ता दें।* यदि काम के लिए पैसे ख़र्च करने की आवश्यकता हो, तो उसका बजट भी दें। उसी कर्मचारी को निर्धारित राशि ख़र्च करने का अधिकार दें, ताकि हर छोटे-मोटे ख़र्च के लिए उसे आपकी अनुमति लेने की ज़रूरत न पड़े। यदि काम के लिए अतिरिक्त कर्मचारियों को नियुक्त करने या कर्मचारियों से ओवरटाइम कराने की ज़रूरत हो, तो काम सौंपते वक़्त उन्हें इसके अधिकार भी दे दें। इससे यह सुनिश्चित हो जाएगा कि इन मसलों से निबटने के लिए आपके काम में निरंतर बाधा नहीं आएगी।
- *यदि मदद की ज़रूरत पड़े, तो मदद अवश्य करें।* यह एक विरोधाभास नज़र आ सकता है। आप सौंपे गए काम के क्षेत्र में ख़ुद की गतिविधियों को कम करना चाहते हैं। यदि आप मदद का प्रस्ताव रखते हैं, तो क्या आप बाधाओं को प्रोत्साहित नहीं कर रहे हैं? इस पर लगने वाले समय को न्यूनतम करने के लिए स्पष्ट बता दें कि जब कोई अधीनस्थ आपके पास समस्या लेकर आए, तो वह इसके साथ एक अनुशंसित समाधान भी लाए। इस तरह अधीनस्थ को इसके बारे में सोचना होगा और अक्सर वह ख़ुद ही अपना समाधान खोज लेगा तथा आपके पास आएगा ही नहीं। और यदि अधीनस्थ आता भी है, तो समस्या से निबटने में काफ़ी कम समय लगेगा।

अपनी शक्तियाँ और सीमाएँ जानें

सफलता की दौड़ में शामिल होने के लिए सबसे पहले तो आपके पास एक निश्चित लक्ष्य होना चाहिए, एक ऊँचा, अटल लक्ष्य। इसके अलावा, आपमें इससे चिपके रहने का साहस, हौसला और संकल्प भी होना चाहिए, चाहे रास्ते में कोई भी चीज़ या व्यक्ति विरोध में खड़ा हो।

आप नेतृत्व में कभी सफल नहीं होंगे, जब तक कि आपको सचमुच यक़ीन न हो कि आप लीडर बन सकते हैं। आपको अपने अवचेतन मन में दो सरल शर्तें बैठा लेनी चाहिए : आपको यक़ीन करना चाहिए कि आप जो चाहते हैं, वह हो *सकता* है। आपको यक़ीन करना चाहिए कि वह *होगा*।

मौखिक शब्दों में एक ऐसी अनूठी शक्ति होती है, जो उन्हीं शब्दों को मन ही मन सोचने भर से जाग्रत नहीं होती। शब्दों के उच्चारण का मन पर अधिक स्थायी असर होता है। हममें से कई लोग किसी महान भाषण या प्रवचन को सुनकर इतने अधिक प्रभावित और प्रेरित हो जाते हैं, जितने कि उसके प्रकाशन को पढ़ने से नहीं होते। हम ठंडे शब्दों को तो भूल जाते हैं, लेकिन बोले गए शब्द याद रखते हैं, जिनसे विचार मस्तिष्क तक पहुँचता है। इससे आंतरिक स्वरूप पर अधिक गहरी छाप छूटती है।

हम अपने आंतरिक या अवचेतन मन से उसी तरह बात कर सकते हैं, जिस तरह किसी बच्चे से बात करते हैं। हम अनुभव से जानते हैं कि यह हमारे सुझाव सुनेगा और उन पर काम करेगा। हम अपने अवचेतन मन को लगातार सुझाव या आदेश भेज रहे हैं। हो सकता है कि हम ऐसा मौखिक रूप से न करें, लेकिन हम मौन रहकर, मानसिक रूप से ऐसा करते हैं। अचेतन रूप से हम सलाह देते हैं, सुझाव देते हैं, इसे निश्चित दिशाओं में प्रभावित करने की कोशिश करते हैं।

यदि हम चेतन होकर इसे मौखिक रूप से संबोधित करें और ख़ुद के साथ दिली बातचीत करें, तो हम अपनी आदतों, उद्‌देश्यों और जीने के तरीक़ों को बहुत महत्वपूर्ण तरीक़े से प्रभावित कर सकते हैं। वास्तव में इस उपाय से चरित्र और जीवन को प्रभावित करने की संभावनाएँ व्यावहारिक रूप से लगभग असीम हो जाती हैं।

ऐसे गुणों की सूची लिखकर शुरुआत करें, जिनसे प्रबल, साहसी, सफल चरित्र का निर्माण होता है। इसके बाद दूसरी सूची में उनके विपरीत गुण लिखें, जिनसे आप कमज़ोर, भीरु और असफल बनते हैं। फिर यह देखने के लिए ख़ुद की जाँच करें कि हर सूची में आप किस स्तर पर हैं। गुणों को ज़ोर से पुकारें : आस्था, साहस, आत्मविश्वास, महत्वाकांक्षा, उत्साह, लगन, एकाग्रता, पहलशक्ति, ख़ुशमिज़ाजी, आशावाद, संपूर्णता आदि। ख़ुद से पूछें कि क्या आपमें ये अद्‌भुत गुण हैं या फिर आप उनके विपरीत गुणों की ओर झुकते हैं।

अपने कमज़ोर पहलुओं का सामना करने या अपने दोषों को उनके सही नाम से पुकारने से न घबराएँ। उन्हें प्रकाश में लाएँ, उनकी हक़ीक़त देखें कि वे क्या हैं और उनके साथ जूझें। आप उससे कम होना गवारा नहीं कर सकते, जो ईश्वर चाहता था कि आप बनें, उससे कम जो आप महसूस करते हैं कि आपको बनना चाहिए और आप बन सकते हैं। अपना जीवन किसी ऐसे दोष की वजह से बर्बाद न होने दें, जिससे आप उबर सकते हैं।

चरित्र के विशिष्ट गुणों का विश्लेषण करते वक़्त ख़ुद से ये तीन बड़े सवाल पूछें और यह करते समय हमेशा चित्र देखें तथा नाम से ख़ुद को संबोधित करें :

"बॉब, आप यहाँ किसलिए हैं? संसार के लिए आपका क्या अर्थ है? आपके जीवन, आपके करियर से विश्व को क्या संदेश जाता है? अपनी कंपनी, संगठन या समुदाय के लिए आपका क्या महत्व है?"

"बेथ, आपके कौन से गुण अडिग हैं? आप किन गुणों का प्रतिनिधित्व करती हैं? क्या आप ऐसा धैर्यपूर्वक, लगन से, संकल्प से, बिना बड़बड़ाए, बिना शिकायत किए या बिना कतराए करती हैं?"

ख़ुद से पूछें : "क्या मैं उस बड़ी चीज़ का सपना देख रहा हूँ, जो मैं कल करने वाला हूँ, या मैं बस वही छोटी-छोटी चीज़ें कर रहा हूँ, जो मैं आज कर सकता हूँ?"

इस तरह अपनी जाँच तब तक करते रहें, जब तक कि आपको अपने बारे में अच्छा-ख़ासा विश्लेषण या आकलन न मिल जाए, जब तक कि आप अपनी शक्तियों और कमज़ोरियों दोनों को ही न जान लें,

जब तक कि आप स्पष्टता से उन चीज़ों को न पहचान लें, जो आपको पीछे रोक रही हैं, जब तक कि आपको अपने स्वभाव की कमियों का पता न चल जाए, जो आपकी राह में बाधक बन रही हैं। आपकी कमज़ोरियाँ आपकी योग्यता में औसतन 10, 20, 50, या 75 प्रतिशत तक कमी लाती हैं। फिर जोश के साथ अपनी सफलता, कार्यकुशलता और ख़ुशी के शत्रुओं पर हमला कर दें। लगातार, दृढ़ता से उन पर अपनी पूरी विजय का संकल्प करें और उन्हें इतना कमज़ोर कर दें कि वे आपके जीवन पर हावी न हो पाएँ तथा आपके करियर को तबाह न कर पाएँ।

अपने अवचेतन मन को शामिल करें

ख़ुद के साथ इस प्रकार की दिली बातचीत के ज़रिए आप अपने पूरे स्वभाव को बदल सकते हैं और अपने करियर का कायाकल्प कर सकते हैं। चाहे यह आस्था हो, साहस हो, पहलशक्ति हो या ख़ुशमिज़ाजी हो- आपमें जिस भी चीज़ की कमी हो, उस गुण को धारण करें, जिसे आप ख़ुद में देखना चाहते हैं, सकारात्मक रूप से संकल्प लें कि वह पहले से ही आपका हो चुका है, जब भी संभव हो उसका अभ्यास करें, उस पर एकाग्र रहें। इसके बाद आप यह देखकर हैरान रह जाएँगे कि अपेक्षित गुण कितनी जल्दी आपमें आ गया है।

दरअसल, हमें अपने अवचेतन मन को सटीकता से यह बताने की ज़रूरत होती है कि हम क्या चाहते हैं। हमें इसे दिशा देने की ज़रूरत होती है, ताकि इसकी मदद से हम अपने तय लक्ष्य हासिल कर सकें। जब आप जान जाते हैं कि आपकी वास्तविक इच्छा दरअसल क्या है, तो आपका अवचेतन मन आपको बिना किसी ग़लती के उसी दिशा में आगे धकेलेगा। लेकिन इसे यह जानने की ज़रूरत होती है कि आप सचमुच, जोश से और अटल होकर उस लक्ष्य को पाना चाहते हैं तथा मन में घुमड़ने वाली अन्य विरोधी इच्छाओं, धारणाओं या क्षणिक कल्पनाओं की ख़ातिर उसे नहीं छोड़ेंगे।

शक्ति और कहीं से नहीं, बल्कि भीतर से आती है। अपने वास्तविक स्वरूप को देखें। अंदर की आवाज़ सुनें। सुधार की गुंजाइश

हर पेशे, हर व्यापार और हर व्यवसाय में होती है। संसार में ऐसे लोगों की बहुत माँग है, जो चीज़ों को नए और बेहतर तरीक़ों से कर सकें। यह न सोचें कि चूँकि आपकी योजना या विचार का कोई पूर्व उदाहरण नहीं है या चूँकि आप युवा और अनुभवहीन है, इसलिए कोई आपकी बात नहीं सुनेगा। जिस भी व्यक्ति के पास संसार को देने के लिए कोई नई और मूल्यवान चीज़ होती है, उसकी बात हमेशा सुनी जाएगी और उसका सदैव अनुसरण किया जाएगा। यदि आपमें प्रबल वैयक्तिकता है और आप अपने ख़ुद के विचार सोचने तथा अपनी ख़ुद की विधियाँ देने का साहस रखते हैं, अगर आप अपने असल स्वरूप में रहने से नहीं घबराते हैं और किसी दूसरे की नक़ल नहीं करते हैं, तो आपको जल्द ही पहचान मिल जाएगी।

जब तक कि आप अपनी शब्दावली से "क़िस्मत," "नहीं कर सकता" और "शंका" को नहीं हटाएँगे, तब तक आप ऊपर नहीं उठ सकते। जब तक आप अपनी कमज़ोरी के विश्वास मन में रखेंगे, तब तक आप शक्तिशाली नहीं बन सकते। जब तक कि आप अपने दुखों या दुर्भाग्यों पर केंद्रित रहेंगे, तब तक आप ख़ुश नहीं रह सकते।

आप जो हासिल करना चाहते हैं, उसके प्रति समर्पित बनें

ख़ुद को प्रेरित करने का एक बहुत प्रभावी उपाय है उस चीज़ के प्रति पूर्ण समर्पण, जिसे आप हासिल करना चाहते हैं। जब परिस्थितियाँ गड़बड़ हो जाती हैं, जब बाधाएँ अजेय दिखती हैं, जब हताशा अपना सिर उठाती है, तो आपका समर्पण ही आपको जूझते रहने की प्रेरणा देगा।

शक्ति विकसित करने का एकमात्र तरीक़ा है जीवन में जल्द ही यह संकल्प लेना कि आप कभी ऐसा करने का कोई अवसर ज़ाया नहीं करेंगे। कभी किसी ऐसी चीज़ से पीछे न हटें, जो आपको अधिक अनुशासन, बेहतर प्रशिक्षण और अधिक व्यापक अनुभव प्रदान कर सकती हो। चाहे वह कितनी ही अप्रिय हो, उसे करने के लिए ख़ुद को विवश करें। योग्यता विकसित करने की ज़िम्मेदारी जैसी कोई दूसरी चीज़ नहीं होती। अगर पद मुश्किल हो, तब भी परवाह न करें। उसे

स्वीकार करें और यह ठान लें कि आप वहाँ इतने बेहतर ढंग से काम करेंगे, जितनी अच्छी तरह आज तक किसी ने नहीं किया।

लीडर्स को अपनी ख़ुद की राह बनानी चाहिए, अपना ख़ुद का मार्ग बनाना चाहिए, वरना संसार पर ज़्यादा असर नहीं पड़ेगा। अनूठी मौलिकता ही ध्यान आकर्षित करती है। लीडर बनने के लिए दूसरों का अनुसरण न करें। नक़ल न करें। उस तरह कार्य न करें, जिस तरह सभी करते हैं। इसके बजाय नए, अनूठे तरीक़े आज़माएँ। अपनी विशेषज्ञता के क्षेत्र में लोगों को दिखा दें कि आप पहले के उदाहरणों को ज़्यादा महत्व नहीं देते हैं और अपनी योजना ख़ुद बनाते हैं।

ख़ुद पर भरोसा करने से न घबराएँ। मौलिकतापूर्ण सोचने की अपनी योग्यता पर भरोसा रखें। आप चाहे जो करते हों, उसे करने में स्वतंत्रता का भाव विकसित करें।

सार

- आप नेतृत्व में कभी सफल नहीं होंगे, जब तक कि आपको वाक़ई यह विश्वास न हो कि आप लीडर बन सकते हैं। आपको अपने अवचेतन मन में दो सरल शर्तें भरनी होंगी : पहली, आपको यह विश्वास करना होगा कि आप जो चाहते हैं, वह हो *सकता* है। आपको यह विश्वास करना *होगा* कि यह होगा।
- लीडर के रूप में सफलता पाने की एक प्रमुख आवश्यकता है अधीनस्थों को निर्णय लेने का काम सौंपने की योग्यता और इच्छुकता। बहुत सारे मैनेजर ऐसा नहीं करना चाहते हैं। सफल लीडर्स को पता होता है कि वे हर चीज़ नहीं कर सकते। इसलिए वे सबसे सक्षम कर्मचारियों को नियुक्त करते हैं और उन्हें प्रशिक्षित करते हैं। इसके बाद वे उन्हें अपनी विशेषज्ञता के क्षेत्र के भीतर निर्णय लेने की अनुमति देते हैं, ताकि वे ज़्यादा ऊँचे मामलों में अपने समय का उपयोग करने के लिए स्वतंत्र हो जाएँ।
- यह न सोचें कि चूँकि आपकी योजना या विचार का कोई पूर्व

उदाहरण नहीं है या चूँकि आप युवा और अनुभवहीन हैं, इसलिए कोई आपकी बात नहीं सुनेगा। जिस भी व्यक्ति के पास संसार को देने के लिए कोई नई और मूल्यवान चीज़ होती है, उसकी बात हमेशा सुनी जाएगी और उसका सदैव अनुसरण किया जाएगा।

- अपने कमज़ोर बिंदुओं का सामना करने या अपने दोषों को उनके सही नाम से पुकारने से न घबराएँ। उन्हें प्रकाश में लाएँ, उनकी हक़ीक़त देखें कि वे क्या हैं और उनके साथ जूझें। आप उससे कम होना गवारा नहीं कर सकते, जो ईश्वर चाहता था कि आप बनें, उससे कम जो आप महसूस करते हैं कि आपको बनना चाहिए और आप बन सकते हैं। आपको अपना जीवन किसी ऐसे दोष की वजह से बर्बाद नहीं होने देना चाहिए, जिससे आप उबर सकते हैं।
- लीडर बनने के लिए दूसरों का अनुसरण न करें। नक़ल न करें। उस तरह कार्य न करें, जिस तरह सभी करते हैं। इसके बजाय नए, अनूठे तरीक़े आज़माएँ। अपनी विशेषज्ञता के क्षेत्र में लोगों को दिखा दें कि आप पहले के उदाहरणों को ज़्यादा महत्व नहीं देते हैं और अपनी योजना ख़ुद बनाते हैं।

अध्याय बारह

प्रगतिशील टीम बनाना

दूसरों के लिए वैसी ही कामना करें, जैसी आप अपने लिए करते हैं। यही सौहार्द्रपूर्ण मानवीय संबंधों की कुंजी है।

पिछले दशक के दौरान कामकाजी संसार बुनियादी तौर पर बदल चुका है। औद्योगिक क्रांति के बाद यह पहली बार इतनी तेज़ी से बदल रहा है। संभावना है कि अगले कुछ दशकों में स्थितियाँ अधिक नाटकीय रूप से बदलेंगी।

एक ज़माना था, जब शीर्ष प्रबंधन ही सारे निर्णय लेता था और फिर परतों की शृंखला के ज़रिए आदेश सबसे निचले कर्मचारियों तक पहुँचते थे। हमने देखा है और हम देख रहे हैं कि अब इसके स्थान पर अधिक सहयोगपूर्ण संगठन आ रहा है, जिसमें सभी स्तरों के कर्मचारियों से संगठन की गतिविधियों के हर पहलू में योगदान देने की अपेक्षा की जाती है। काम करवाने की ज़िम्मेदारी अब टीमों यानी कर्मचारियों के समूह की होती है। आम तौर पर एक टीम लीडर होता है, जिसके नेतृत्व में टीम के सभी सदस्य मिलकर कार्य की योजना बनाते हैं, उस पर अमल करते हैं और कार्य को नियंत्रित करते हैं।

साझा समर्पण ही टीम का सार है। इसके बिना समूह के सदस्य व्यक्तियों के रूप में प्रदर्शन करते हैं। लेकिन इस समर्पण के साथ वे सामूहिक प्रदर्शन की एक शक्तिशाली इकाई बन जाते हैं।

एक आदर्श टीम में हर सदस्य अपना कार्य इस तरह करता है कि यह टीम के बाक़ी सदस्यों के साथ अच्छी तरह फ़िट हो जाए और टीम

अपने लक्ष्य हासिल कर सके। इस गठबंधन की वजह से कर्मचारियों की टीम व्यक्तिगत कर्मचारियों से अधिक बड़ी बन जाती है।

सर्जिकल टीम इसका एक उत्कृष्ट उदाहरण है। टीम के सभी सदस्य - सर्जन, एनेस्थीसिया विशेषज्ञ, नर्सें, और अन्य तकनीशियन - अपने व्यक्तिगत कार्य निपुणता से करते हैं। कुशलता से कार्य कर रही सर्जिकल टीम के सदस्यों के बीच व्यवहार का सुचारु प्रवाह होता है। सभी सदस्य एक ही लक्ष्य के प्रति समर्पित होते हैं- रोगी का हित।

सफल टीमों के उदाहरण हर क्षेत्र में मिलते हैं : खेल जगत में, रोग के उपचार संबंधी शोध में, अग्निशमन और बचाव में तथा व्यवसाय के हर पहलू में।

अपनी टीम का प्रबंधन करना

यदि कर्मचारियों का प्रबंधन करने का आपका दर्शन यह है : "या तो मेरे तरीक़े से करो, वरना दफ़ा हो जाओ," तो बेहतर होगा कि आप इसे पूरी तरह बदलने के लिए तैयार हो जाएँ। आजकल टीम लीडर पुराने ज़माने के तानाशाह की तरह कार्य नहीं करता है। वह तो एक समन्वयक होता है, जो कार्य कराने के लिए बुद्धिमत्तापूर्ण, प्रेरित टीम को विकसित करता है और उसका समन्वय करता है। ज़ोर बुद्धिमान, प्रेरित सहयोगियों की टीम योग्यताओं को विकसित करने और प्रयासों के तालमेल पर होता है।

हुकूमत न करें– नेतृत्व करें

एक प्रगतिशील, प्रेरित टीम बनाने के लिए आपको "बॉस" की तरह सोचना छोड़ना होता है। बॉस निर्णय लेते हैं और आदेश देते हैं। टीम लीडर्स सोचने वाले वयस्कों के समूहों में तालमेल बैठाते हैं, जो सामने मौजूद समस्याओं का मिलकर सामना करते हैं और उनके समाधान खोजते हैं। सफल टीम लीडर्स एक ऐसा माहौल प्रदान करते हैं, जिसमें टीम के सदस्यों को प्रोत्साहित किया जाता है कि वे समस्याओं का स्वयं विश्लेषण करें, सुझाव दें और निर्णय में सहभागी बनें। आइए देखते हैं

कि टीम लीडर्स यह काम किन तरीक़ों से करते हैं :

- वे सुनिश्चित करते हैं कि टीम के सदस्य संगठन और टीम की भविष्यदृष्टि तथा मिशन को जान लें और उन्हें हासिल करने पर केंद्रित रहें।
- वे संप्रेषण में माहिर होते हैं और अच्छी तरह जानते हैं कि संप्रेषण दोतरफ़ा मार्ग होता है। लीडर्स के लिए यह महत्वपूर्ण है कि वे टीम के सदस्यों को अपने निर्देश और अवधारणाएँ प्रदान करें, लेकिन यह भी उतना ही महत्वपूर्ण है कि वे टीम के सदस्यों के विचारों व सुझावों के प्रति अपने कान खुले रखें।
- वे अपनी टीम के सदस्यों की योग्यताओं व क्षमताओं के विकास का लक्ष्य बनाते हैं। सफल लीडर्स टीम के प्रत्येक सदस्य की शक्तियाँ व कमज़ोरियाँ जानने का समय निकालते हैं तथा फिर हर सदस्य के प्रदर्शन को बेहतर बनाने के लिए उसके साथ काम करते हैं। वे अपनी टीम के सदस्यों को प्रोत्साहित करते हैं कि वे आजीवन सीखने के प्रति समर्पित हों। वे ऐसे स्रोतों की अनुशंसा करते हैं - संगठन के भीतर भी और बाहर भी - जिनसे व्यक्ति व टीम के सदस्य के रूप में विकसित होने में मदद मिले।
- वे सदस्यों के साथ मिलकर प्रदर्शन के मानदंड तय करते हैं। ये मानदंड स्पष्ट, संभव और मापने योग्य होते हैं। वे मूल्यांकन के पैमाने तय करते हैं, ताकि सदस्यों को पता चल जाए कि वे कैसा प्रदर्शन कर रहे हैं।
- वे मान्यता, प्रशंसा और पुरस्कार द्वारा टीम के सदस्यों को निजी तौर पर प्रेरित व प्रोत्साहित करते हैं। वे उत्साहवर्धक बातचीत करके, टीम की प्रशंसा करके और उत्साह का माहौल बनाकर टीम को प्रोत्साहित व प्रेरित करते हैं।

"स्वर्णिम नियम" का पालन करें

"दूसरों के साथ वही करें, जैसा आप चाहते हैं कि दूसरे आपके साथ करें।" स्वर्णिम नियम विश्व के सभी बड़े धर्मों में किसी न किसी रूप में

प्रकट होता है। इसे अक्सर धर्म का सार कहा जाता है। जब धर्मग्रंथों को एक बड़ी शिक्षा का सार बताने को कहा गया, तो ईसा मसीह के एक सदी पहले हुए महान यहूदी विद्वान हिलेल ने प्रतिक्रिया की थी : सबसे महत्त्वपूर्ण विचार अपने साथी इंसान के साथ वह नहीं करना है, जो आप नहीं चाहते कि वह आपके साथ करे।" आधुनिक मनोवैज्ञानिक दोहराते हैं कि यह नियम ही मज़बूत पारस्परिक संबंध विकसित करने का प्रमुख घटक है।

स्वर्णिम नियम के पालन से सफल टीम लीडर बनने का क्या लेना-देना है? हिलेल इस सवाल का भी जवाब देते हैं। उन्होंने कहा था : "यदि मैं अपने लिए नहीं हूँ, तो मेरे लिए कौन होगा? लेकिन यदि मैं सिर्फ़ अपने लिए हूँ, तो मैं क्या हूँ?" हाँ, ईश्वर ने हमें दौलत और संपत्ति पाने की शक्ति दी है। यह हमारा कर्तव्य है कि हम अपने गुणों और अवसरों का अधिकतम लाभ उठाएँ, लेकिन इसके साथ ही यह कर्तव्य भी जुड़ा है कि हम सिर्फ़ अपने बारे में ही न सोचें, बल्कि दूसरों के बारे में भी सोचें।

आप स्वर्णिम नियम के सिद्धांत को दर्शन तथा उपासना के सभी प्रमुख तंत्रों में सुनहरे धागे की तरह बुना हुआ पाएँगे। हो सकता है कि शब्द समान न हों, लेकिन विचार समान है : कि हमें दूसरों को देना चाहिए, दूसरों के लिए सद्इच्छा करनी चाहिए, आस्था, आराधना, उपलब्धि और संग्रह की वही स्वतंत्रताएँ, जिनकी हम स्वयं के लिए कामना करते हैं।

जब हम इस नज़रिए को नैतिक संहिता के रूप में - अपने मार्गनिर्देशक सिद्धांत के रूप में - अपना लेते हैं, तो यह हमारे दैनिक जीवन में एक प्रगतिशील प्रभाव और ऊर्जा बन जाता है। यह हमारे अस्तित्व की गहराइयों के भीतर बुद्धिमत्ता का ख़ज़ाना है- हर स्त्री-पुरुष के दिल और आत्मा का एक आंतरिक निर्देशक तथा मार्गदर्शक।

हमें अपने अवचेतन मन को इस तरह प्रोग्राम करना चाहिए, ताकि वह स्वीकार कर ले कि हम केवल अपने लिए ही नहीं हैं, बल्कि टीम का हिस्सा हैं और हर टीम का सदस्य एक पार्टनर है, जो टीम की सफलता की ज़िम्मेदारी लेता और स्वीकार करता है तथा उसे

सुनिश्चित करने की दिशा में पर्याप्त प्रयास व दृष्टिकोण का योगदान देने का इच्छुक होता है।

जब हम दूसरों को उनके पूरे दिलोदिमाग़ से सोचने, बोलने और निर्णय लेने की पूर्ण स्वतंत्रता देते हैं- तो हम उन्हें उसी तरह देख रहे हैं, जिस तरह ख़ुद को देखते हैं। यह एक ऐसी साझेदारी है, जिसमें हम कम से कम उतना दे रहे हैं, जितना हम पाने की अपेक्षा रखते हैं।

टीम का बेहतरीन सदस्य बनने के लिए क्या ज़रूरी है

जैसा पहले कहा गया है, टीम का लीडर टीम का बॉस नहीं होता है। वह तो समकक्षों में प्रथम होता है। टीम के सभी सदस्यों को टीम के लक्ष्य हासिल करने के लिए मिलकर कार्य करना चाहिए। टीम के सदस्य के रूप में सफलता अपना कार्य उत्कृष्टता से करने से शुरू होती है। टीम के सभी सदस्यों से यह आशा की जाती है कि वे अच्छा काम करेंगे। लेकिन उत्कृष्ट काम ही पर्याप्त नहीं होता है। टीम का बेहतरीन सदस्य बनने के लिए इससे अधिक की ज़रूरत होती है। इस लक्ष्य को हासिल करने के लिए यहाँ कुछ दिशानिर्देश दिए जा रहे हैं :

- *टीम चर्चाओं में पूरी सहभागिता करें और सक्रियता से सुनें।* हर बातचीत में योगदान दें। यदि आपके पास मौलिक विचार न हों, तो दूसरे सदस्यों के सुझावों पर टिप्पणी करें और अच्छे प्रश्न पूछें। अपना समर्थन दें। मदद की पहल करें।
- *स्वयं को प्रेरित करें।* ऐसे निजी लक्ष्य तय करें, जो आपकी टीम के मिशन की दिशा में हों। टीम के लक्ष्य तय करने में सहभागी बनें। उन्हें पूरा करने के लिए आपको भी कार्य करना है, इसलिए उन्हें तय करते वक़्त आपको भी अपने विचार रखने चाहिए।
- *नई चीज़ों को आज़माएँ।* जोखिम लेने से न घबराएँ। यही आगे निकलने का तरीक़ा है। कछुए को याद करें। अगर वह अपने खोल के भीतर ही रहे, तो वह पूरी तरह सुरक्षित रहता

है, लेकिन आगे बढ़ने के लिए उसे अपनी गर्दन बाहर निकालनी ही पड़ती है।

- *अपनी टीम से परे देखें।* पूरे संगठन की संस्कृति का अध्ययन करें। इसके मिशन स्टेटमेंट को जानें और समझें। यह मापें कि आपकी टीम कितने क़रीबी ढंग से संगठनात्मक और विभागीय लक्ष्यों का पालन करती है। इस बारे में सोचें कि आपका कार्य ज़्यादा बड़ी तस्वीर में कैसे फ़िट होता है।
- *दूसरों के दृष्टिकोण के प्रति संवेदनशील बनें।* टीम के दूसरे सदस्यों की राय सुनें। अपना दृष्टिकोण व्यक्त करने से न घबराएँ, भले ही यह बाक़ी हर व्यक्ति से भिन्न या विपरीत हो। अपने विश्वासों पर डटकर खड़े हों, लेकिन इसके बारे में ज़िद्दी न बनें। एकमत हासिल करने के लिए समझौता करने के इच्छुक रहें।
- *टीम खिलाड़ी बनें।* सहयोग करें। प्रतिस्पर्धा न करें। अपनी टीम के सहयोगियों को सहारा दें। जानकारी का आदान-प्रदान करके, मुश्किल काम लेकर और प्रशिक्षण देकर तथा नए सदस्यों को मार्गदर्शन देकर उनके विकास में मदद करें। अच्छा कार्य करने वाले सहयोगियों की प्रशंसा करें। उन सदस्यों की सराहना करें, जो आपके या टीम के लिए ख़ास तौर पर सहायक रहे हों।
- *अपनी टीम के साथियों को जानें।* उनकी शक्तियाँ व सीमाएँ जानें। उनके व्यक्तिगत लक्ष्य व महत्वाकांक्षाएँ जानें। उनकी सनक जानें और यह भी कि वे सबसे अधिक किस चीज़ से चिढ़ते हैं। इससे उनके साथ कार्य करना अधिक आसान और सुखद हो जाएगा।
- *अपना आत्मविश्वास बढ़ाएँ।* इस पुस्तक का अध्याय 2 दोबारा पढ़ें और उस पर अमल करें। इसके अलावा, आत्मसुधार की पुस्तकें व लेख भी पढ़ें। ख़ुद का अध्ययन करें। उन क्षेत्रों के बारे में जागरूक बनें, जहाँ आपको सुधार की ज़रूरत है। मिसाल के तौर पर, यदि आप संकोची हैं, तो स्पष्टता से

अपनी बात कहना सीखें; यदि आप कमज़ोर वक्ता या लेखक हैं, तो उसे सुधारने के लिए कोई कोर्स करें।

- *संघर्षों को अपनी टीम की प्रगति में बाधक न बनने दें।* यदि आपके और टीम के किसी साथी के बीच कोई असहमति या अधिक गंभीर संघर्ष छिड़ गया है, तो उसे यथासंभव तीव्रता से सुलझा लें। उसे जड़ें न जमाने दें। एक बार जब वह सुलझ जाए, तो उसे भूल जाएँ। द्वेष न पालें। "मृत अतीत को दफ़ना दें।"
- *टीम के भीतर दूसरे कार्य सीखें।* टीम के दूसरे सदस्यों का कार्य करने का प्रशिक्षण लें। इस तरह आप अपनी टीम के मूल्य को बढ़ाते हैं, क्योंकि अनुपस्थिति, काम के भारी बोझ या अन्य आपातकालीन परिस्थितियों में आप अपने साथी का काम सँभाल सकते हैं।
- *अपनी प्रगति पर नज़र रखें।* समय-समय पर स्वयं के और टीम के लक्ष्यों की समीक्षा करें। यह विश्लेषण करें कि आप उन तक पहुँचने के कितने क़रीब हैं। जो समस्याएँ आपकी प्रगति को रोक रही हैं, उन्हें सुलझाने के लिए क़दम उठाने को तैयार रहें।

टीम की अवधारणा इस सिद्धांत पर आधारित है कि इसके सभी सदस्य वांछित परिणाम पाने के लिए मिलकर कार्य करें। इसका अर्थ है कि टीम के सभी सदस्य मिलकर लक्ष्य पाने की कोशिश करें। इसमें वह कार्य करना भी शामिल है, जिसमें आपको आनंद नहीं आता है। इसमें अधिक धीमे सदस्यों की मदद करना भी शामिल है, ताकि वे बराबरी पर आ जाएँ। इसमें अपने प्रिय प्रोजेक्ट्स को दरकिनार करना और ज़्यादा ऊँची प्राथमिकता के कार्य करना भी शामिल है, ताकि टीम सही समय पर लक्ष्य हासिल कर ले।

विश्वास का महत्व

विश्वास किसी भी प्रकार के संबंध की बुनियाद है, चाहे वह कार्यालयीन हो या न हो। यदि टीम के सदस्य अपने लीडर या टीम के एक या अधिक साथियों पर विश्वास नहीं करते हैं, तो टीम कभी ज़मीन से

ऊपर नहीं उठ पाएगी।

टीम लीडर की सफलता या विफलता उसकी टीम के विश्वास पर निर्भर करती है। यदि लोग आप पर भरोसा करते हैं, तो वे आपकी बात सुनते हैं। यदि लोग आप पर भरोसा नहीं करते हैं, तो आपकी कही अधिकतर बातें एक कान में जाती हैं और दूसरे से बाहर निकल जाती हैं।

किसी दूसरे व्यक्ति में विश्वास गँवाने के लिए बहुत ज़्यादा की ज़रूरत नहीं होती। टीम लीडर कोई वादा करता है और फिर उसके अनुरूप कार्य नहीं करता है। फलस्वरूप विश्वास चला जाता है। कोई सदस्य ज़रूरी जानकारी बाक़ी सदस्यों से रोककर रखता है; इसके बाद साथी उस सदस्य पर दोबारा विश्वास नहीं करते हैं।

विश्वास को दोबारा हासिल करना आसान नहीं होता। यदि टीम के सदस्यों के बीच विश्वास का अभाव है, तो समस्या को बेहतर बनाने के लिए टीम लीडर आगे आ सकता है। बहरहाल, यदि टीम लीडर पर से ही विश्वास उठ गया हो, तो दोबारा विश्वसनीय संबंध बनाने के लिए असाधारण प्रयास की ज़रूरत होगी।

जिन स्त्री-पुरुषों को आपका सहयोगी बनने योग्य समझा जाता है, उन्हें ख़ुद पर भरोसा होना चाहिए। उन्हें मौलिकता से सोचने की अपनी योग्यता पर भरोसा होना चाहिए। यदि उनमें कोई संभावना है, तो आत्मनिर्भरता इसे बाहर निकाल लेगी।

आप चाहे जो करते हों, अपनी टीम के सदस्यों को प्रोत्साहित करें कि अपनी योजनाओं पर अमल करने में स्वतंत्रता का भाव विकसित करें। उन्हें अपने कार्य में ख़ुद को व्यक्त करने का अवसर प्रदान करें। मशीन की कील बनाने के बजाय उन्हें प्रोत्साहित करें कि वे अपने दम पर सोचें और अपने विचारों को यथासंभव कार्यरूप में बदलें, भले ही वे किसी दूसरे के लिए कार्य कर रहे हों।

परिवर्तन आसान नहीं होता

आप जिस तरह कार्य करते हैं, उसे बदलना प्रायः आसान नहीं होता। आप जिस तरह अपने कार्य को देखते हैं - ख़ुद को देखते हैं - उसमें

आमूलचूल परिवर्तन की आवश्यकता होती है। व्यक्ति जिस प्रकार कार्य करता है, उसमें ज़रा भी परिवर्तन पसंद नहीं करता है। आप अपना कार्य एक निश्चित तरीक़े से करने के आदी होते हैं। उस तरह से इसे करते रहना आरामदेह होता है। परिवर्तन करने के लिए आपको इस आरामदेह दायरे से बाहर निकलना होता है। लेकिन प्रगति तब तक संभव नहीं होती, जब तक कि आप असहज न हो जाएँ। आपको अपने अवचेतन मन की गहराई में जाना होगा और इसकी पुरानी आदतों को साफ़ करना होगा। यही नहीं, आपको इसमें कार्य करने के नए तरीक़े भी भरने होंगे।

यह कार्य आसान नहीं है, लेकिन इससे बहुत लाभ होता है। इसके कुछ लाभ इस प्रकार हैं :

1. *आपकी नौकरी।* बहुत ही स्पष्ट बात है। यदि आपकी कंपनी दिवालिया हो गई, तो आपकी नौकरी चली जाएगी। यदि कंपनी समृद्ध हुई, तो न केवल आपकी नौकरी बनी रहेगी, बल्कि कंपनी के भीतर प्रगति के अवसर भी बढ़ेंगे। आज के उच्च प्रतिस्पर्धात्मक जगत में यदि कंपनी को समृद्ध होना है - यहाँ तक कि यदि बचे भी रहना है - तो इसे बदलना होगा। लेकिन कोई कंपनी तब तक नहीं बदल सकती, जब तक कि इसके सभी सदस्य उस परिवर्तन में योगदान न दें। परिवर्तन को स्वीकार करके आप अपनी कंपनी को बनाए रखने में अपनी भूमिका निभा रहे हैं। परिवर्तन का उत्साहपूर्वक समर्थन करके आप प्रतिस्पर्धियों से मुक़ाबला करने की अपनी कंपनी की क्षमता को बढ़ा रहे हैं।

2. *आपका व्यक्तिगत विकास।* टीम का परिवेश टीम की समस्याओं पर काम करते समय सदस्यों को उनकी बुद्धिमत्ता, उनकी रचनात्मकता और उनकी योग्यताओं का इस्तेमाल करने की चुनौती देता है। अब नौकरी में प्रायः पहली बार आप अपने विचार व्यक्त कर सकते हैं और नौकरी करने के तरीक़े में योगदान देते हैं। इससे आपका मस्तिष्क प्रेरित होता है और आप अपने ज्ञान को बढ़ाने के लिए प्रोत्साहित होते हैं। हर

सफलता के साथ-साथ आपका आत्मविश्वास बढ़ता है। जब झटके आते हैं - और वे अवश्य आएँगे - तो वर्तमान स्थिति पर चिंता करने के बजाय अतीत की सफलताओं पर ध्यान केंद्रित करने से आपको लचीलापन विकसित करने में मदद मिलती है, जिसकी ज़रूरत आपको झटके को स्वीकार करने तथा उससे सीखने के लिए होती है।

3. *आपका करियर।* यदि आपका लक्ष्य संगठनात्मक सीढ़ी पर ऊपर पहुँचना है, तो टीम की गतिविधियों में सक्रिय सहभागिता आपको नेतृत्व का आवश्यक अनुभव प्रदान करेगी। आप मीटिंग्स आयोजित करने, प्रोजेक्टस का नेतृत्व करने, सहयोगियों को प्रशिक्षण व मार्गदर्शन देने में हिस्सा ले रहे होंगे। जब आपका योगदान सबके सामने आएगा, तो आप उच्च-पदस्थ मैनेजर्स की निगाह में आ जाएँगे। जब नई टीमें बनेंगी, तो आप टीम के नेतृत्व की दिशा में बढ़ने के लिए तैयार होंगे।

परिवर्तन के प्रतिरोध से उबरना

आप ही नहीं हैं, जो परिवर्तन का प्रतिरोध कर सकते हैं। हो सकता है कि आपके संगठन के दूसरे लोग भी कार्य समूहों से टीमों तक होने वाले बदलाव के किसी प्रयास का विरोध करें। अधिकतर लोग परिवर्तन का प्रतिरोध करते हैं और यथास्थिति को क़ायम रखने का कोई भी बहाना खोजने को तैयार रहते हैं।

अक्सर जब कार्य करने के तरीक़े में बदलाव से सामना होता है, तो कर्मचारी प्रतिक्रिया करते हैं, "लेकिन हमने तो इसे हमेशा इस तरह से किया है।" काम करने के तरीक़े में बदलाव करने के लिए टीम के सदस्यों को परिवर्तनों के लाभ बताकर प्रेरित करना चाहिए।

यथास्थिति क़ायम रखने के लिए कर्मचारी यह कारण भी बता सकते हैं : "यदि कोई चीज़ गड़बड़ नहीं है, तो उसे मत सुधारो," या इसकी साथी टिप्पणी, "सफलता के साथ छेड़छाड़ न करें।"

इस बारे में कोई सवाल नहीं है कि कार्य करने की कई प्रक्रियाएँ,

तरीक़े और विधियाँ सफल रही हैं। परिवर्तन केवल परिवर्तन की ख़ातिर ही नहीं करना चाहिए। सबक़ यह है कि अगर प्रक्रिया "गड़बड़ नहीं है" और अच्छी तरह कार्य करती है, तो ग़ौर से देखना चाहिए कि कौन से परिवर्तन किए जा सकते हैं, ताकि टीम गतिविधि में बदलने पर यह और अधिक प्रभावी बन जाए।

टीमों में बदलाव का कार्य तब तक सफल नहीं हो सकता, जब तक कि संगठन के शीर्ष एक्ज़ीक्यूटिव्ज़ को इसका महत्व समझ में न आ जाए और वे इसे पूरा समर्थन न दें।

प्रथम पंक्ति के सुपरवाइज़र्स को यह डर लग सकता है कि उनकी भूमिका कम हो जाएगी और शायद उनकी नौकरियाँ ख़त्म हो जाएँगी। इसलिए वे अपनी परिवर्तित भूमिका को अपने ओहदे में कमी के रूप में देख सकते हैं।

सुपरवाइज़र से टीम लीडर के रूप में परिवर्तन रातोरात नहीं हो जाता। इसमें वक़्त लगता है और कई बार यह मुश्किल होता है। सुपरवाइज़र्स को स्पष्टता से दिखा देना चाहिए कि परिवर्तन से उन्हें कैसे लाभ होगा। उन्हें आश्वस्त किया जाना चाहिए कि कुछ कार्य दूसरों को सौंपने के बाद वे ख़ुद को अधिक समय दे पाएँगे, जिसमें वे पूरी प्रक्रियाओं को बेहतर बनाने, नए प्रोजेक्ट्स पर कार्य करने और अपने कार्य के दायरे का विस्तार करने की महत्वपूर्ण भूमिका निभा सकेंगे। यदि आप उनके चेतन मन को इस आश्वासन की ख़ुराक दे देते हैं, तो उनका अवचेतन मन इसे सोख लेगा और आवश्यक परिवर्तनों को स्वीकार करने में उनकी सहायता करेगा।

कार्य को टीम प्रयास बनाएँ

कोई भी टीम उन सदस्यों से बनती है, जिनके पास विविध योग्यताएँ होती हैं, जो टीम के उद्देश्यों को हासिल करने के लिए एकीकृत की जा सकती हैं। कौन क्या करता है, यह स्पष्ट होना चाहिए और टीम की दिशा के अनुरूप होना चाहिए। सभी सदस्यों को पता होना चाहिए कि पूरी तस्वीर में वे कहाँ फ़िट होते हैं और कैसे मिलकर वे इतना ज़्यादा

हासिल कर सकते हैं, जितना अकेले नहीं कर पाते।

टीम जो कार्य करेगी, उन्हें निर्धारित करने में टीम लीडर को सभी सदस्यों के ज्ञान और अनुभव का लाभ लेना चाहिए। जिस तरह पूरी टीम द्वारा तय लक्ष्य अधिक प्रभावी होते हैं, उसी तरह कार्य की संरचना भी होती है- लक्ष्यों को पाने में प्रयुक्त प्रक्रियाएँ और विधियाँ।

कार्य में सहयोग

"दो दिमाग़ एक से बेहतर हैं," इस पुरानी कहावत को विस्तृत करके कहा जा सकता है कि "तीन दिमाग़ दो से बेहतर होते हैं" और इसी तरह संख्या को बढ़ाया जा सकता है। यदि हम दूसरों के मस्तिष्क की शक्ति का उपयोग अपने मस्तिष्क की शक्ति के साथ कर सकें, तो सफलता की संभावनाएँ बढ़ जाती हैं।

टीम के सदस्यों और आपकी ख़ुद की विशेषज्ञता के बाहर के क्षेत्रों के विशेषज्ञों के साथ क़रीबी सहयोग ज़रूरी है। इससे न केवल आप उनसे (और वे आपसे) सीखते हैं, बल्कि समूह के भीतर होने वाला व्यवहार आपकी ख़ुद की सोच के लिए प्रेरणा का कार्य करता है। यह आपकी बुद्धि को पैना करता है; आपके दृष्टिकोण को तीक्ष्ण करता है; आपकी रचनात्मकता को प्रेरित करता है। यह आपके अवचेतन मन को अधिक नवाचारी और बुद्धिमत्तापूर्ण निर्णय लेने में अधिक सक्षम बनाता है।

अक्सर एक व्यक्ति के विचार दूसरों में विचार की चिंगारी भर देते हैं। आपके मस्तिष्क में असीमित विचार उत्पन्न करने की क्षमता है। हमारे मस्तिष्क की बहुत सी शक्ति हमारे अवचेतन की गहराई में रहती है। यह केवल खोजे जाने का इंतज़ार कर रही है। जब कर्मचारियों का समूह किसी स्थिति पर चर्चा करता है, तो टीम के किसी सदस्य द्वारा कही बात से दूसरे सदस्य के अवचेतन से विचार बाहर निकल आते हैं। कोई भी विचार किसी दूसरे के दिमाग़ में एक बीज बो सकता है, जो एक नए विचार में प्रस्फुटित हो सकता है। जब हर कर्मचारी अपने विचारों और अवधारणाओं को व्यक्त करता है, उस वक़्त अन्य सभी प्रतिभागी अपने दिमाग़ में उन विचारों को सोखते हैं, ढालते हैं और आकार देते हैं। इस सहयोगपूर्ण प्रयास का परिणाम होता है नई सोच,

जो अपने आप घटित नहीं हो सकती थी।

सहयोग से उत्साह बढ़ता है

जब कर्मचारी निर्णय लेने में भागीदारी करते हैं, तो वे उसकी सफलता के प्रति ख़ुद को समर्पित कर देते हैं। वे निर्णय लेने की प्रक्रिया का हिस्सा रहे हैं, इस तथ्य से वे उस योजना के "स्वामी" बन जाते हैं। और उत्साह भरने के लिए स्वामित्व जितना शक्तिशाली कोई दूसरा एहसास नहीं है। मस्तिष्क बार-बार दोहराता रहता है : "यह मेरा प्रोजेक्ट है। इसे सफल बनाना ही है।"

मस्तिष्क में क्या चलता है, उसी से अंतिम परिणाम तय होता है। जब लोग सचमुच उत्साही हो जाते हैं, तो आप इसे उनकी आँखों की चमक और जाग्रत, जीवंत व्यक्तित्व में देख सकते हैं। आप इसे उनके क़दमों की लचक में भी देख सकते हैं। आप इसे उनके पूरे अस्तित्व की नस-नस में देख सकते हैं। उत्साह दूसरे लोगों, अपने कार्य और संसार के प्रति नज़रिए में फ़र्क़ लाता है। यह मानव अस्तित्व के आनंद और जोश में बहुत बड़ा फ़र्क़ लाता है।

बहुत सफल ऑनलाइन ट्रैवल सर्विस ट्रैवेलोसिटी की सीईओ मिशेल पेल्यूसो यह सुनिश्चित करती हैं कि उनके समर्थन के लिए उत्साही टीमें रहें और इसके लिए वे यह सुनिश्चित करती हैं कि वे संलग्न रहें। उनका दर्शन है कि कर्मचारी काम पर इसलिए जाते हैं, क्योंकि वे अपने आस-पास के कर्मचारियों और उन सिद्धांतों पर यक़ीन करते हैं, जिनके लिए वे खड़े होते हैं : उनके समकक्ष, उनके सहयोगी और उनका विश्वास कि उनकी कंपनी ग्राहकों को कोई बड़ा लाभ पहुँचाती है।

पेल्यूसो कई तरीक़ों से अपने स्टाफ़ को जोड़ती हैं। वे साप्ताहिक ईमेल्स भेजती हैं, जिनमें यह वर्णन किया जाता है कि ट्रैवेलोसिटी ग्राहक अनुभव को कैसे बेहतर बना रही है। वे कर्मचारियों से कहती हैं कि वे अपने किसी सहकर्मी को नामांकित करें, जो कंपनी के बुनियादी जीवनमूल्यों को प्रदर्शित कर रहा हो। फिर वे उन्हें तथा कार्य के उनके वर्णनों का प्रचार करती हैं। वे टीम के सदस्यों के बीच नियमित संवाद

को प्रोत्साहित करती हैं- केवल समस्या सुलझाने के लिए ही नहीं। वे मासिक ब्राउन बैग लंचेस के ज़रिए अपनी सभी टीमों के साथ सीधे जुड़ती हैं, जिनमें कोई भी शामिल हो सकता है। वे ख़ुद को अनौपचारिक, खुली चर्चाओं के लिए उपलब्ध रखती हैं। वे ऑफ़िसों की त्रैमासिक यात्रा करती हैं और कंपनी की आर्थिक स्थिति, प्रतिस्पर्धात्मक स्थिति तथा अन्य मसलों पर खुलकर बातचीत करती हैं। इससे टीम के सदस्य प्रभावित होते हैं, क्योंकि उन्हें यह जानना अच्छा लगता है कि उनके प्रयासों से परिणाम मिल रहे हैं।

टीम के सदस्यों को ज़िम्मेदारी देकर उनका विकास करें

ज़िम्मेदारी शक्ति विकसित करने की एक बहुत बड़ी विधि है। जहाँ भी ज़िम्मेदारी होती है, वहाँ विकास होता है। जिन लोगों को कभी ज़िम्मेदार स्थितियों में नहीं रखा गया, वे जीवन में कभी भी अपनी सच्ची शक्ति को विकसित नहीं कर पाते। चूँकि उन्हें कभी अपनी ख़ातिर योजना बनाने के लिए प्रोत्साहित नहीं किया गया, इसलिए वे कभी मौलिकता, आविष्कारकता, पहलशक्ति, स्वतंत्रता, आत्मनिर्भरता, साहस और स्टैमिना की शक्तियाँ विकसित नहीं कर पाते हैं। ऐसी शक्तियाँ बड़ी ज़िम्मेदारी के साथ बरसों के व्यावहारिक प्रशिक्षण से ही विकसित हो पाती हैं। जैसे सृजन करने की शक्ति। तालमेल बनाने की शक्ति। आपातकालीन स्थितियों से निबटने की शक्ति। वह शक्ति, जो मुश्किल परिस्थितियों से निबटने के लिए अपनी शक्तियों को बार-बार जुटाने से मिलती है। लक्ष्य के अनुरूप साधनों का संतुलन स्थापित करने की शक्ति। वह स्टैमिना या शक्ति, जो व्यक्ति को किसी राष्ट्र या कंपनी के जीवन के महान संकटों के बराबर बनाती है।

सार

- किसी टीम का सार साझा समर्पण है। जब तक समर्पण मौजूद नहीं होता, समूह के सदस्य व्यक्तियों की तरह प्रदर्शन करते

हैं। जब समर्पण मौजूद होता है, तो वे सामूहिक प्रदर्शन की सशक्त इकाई बन जाते हैं।

- हुकूमत न करें- नेतृत्व करें। आपको "बॉस" की तरह सोचना छोड़ना होगा। बॉस सिर्फ़ निर्णय लेते हैं और आदेश देते हैं। इसके उलट, टीम लीडर्स विचारशील वयस्कों के समूहों का समन्वय करते हैं, जो मिलकर समस्याओं से जूझते हैं और समाधान खोजते हैं।
- सफल लीडर्स ऐसा माहौल मुहैया करते हैं, जिसमें उनकी टीम के सदस्यों को प्रोत्साहित किया जाए कि वे समस्याओं का स्वयं विश्लेषण करें, सुझाव दें और निर्णय में सहभागी बनें। दरअसल, सहभागिता ही सफलता की कुंजी है।
- परिवर्तन करने पर आप अपने आरामदेह दायरे से बाहर पहुँच जाते हैं। लेकिन कष्ट के बिना प्रगति संभव नहीं है। आपको अपने अवचेतन मन की गहराई में जाना होगा और इसकी पुरानी आदतों को साफ़ करना होगा। यही नहीं, आपको इसमें कार्य करने के नए तरीक़े भी भरने होंगे।
- विश्वास किसी भी प्रकार के संबंध की बुनियाद है, चाहे वह कार्यालयीन हो या न हो। यदि टीम के सदस्य अपने लीडर या टीम के एक या अधिक साथियों पर विश्वास नहीं करते हैं, तो टीम कभी ज़मीन से ऊपर नहीं उठ पाएगी।

अध्याय तेरह

सच्ची प्रशंसा करना

हर इंसान चाहता है कि उससे प्रेम किया जाए और उसकी प्रशंसा हो। हर इंसान संसार में महत्वपूर्ण महसूस करना चाहता है। यह एहसास करें कि दूसरे लोग उनके सच्चे मूल्य के बारे में जागरूक हों। आपकी ही तरह वे भी उस गरिमा को महसूस करते हैं, जो सभी लोगों में संचारित जीवन-सिद्धांत की अभिव्यक्ति है। जब आप ऐसा चेतन रूप से और जानते-बूझते हुए करते हैं, तो आप उन लोगों को ऊपर उठा देते हैं और वे आपका प्रेम व सद्‌भाव लौटाते हैं।

बुक ऑफ़ प्रोवर्ब्स में सोलोमन कहते हैं, "जहाँ प्रशंसा आवश्यक हो, वहाँ उसे तुरंत कर दें।" और इसमें सराहना, शिष्टाचार तथा सभ्यता शामिल है। हम हर दिन कई इंसानों और परिवारों में शिष्टाचारों का अभाव देखते हैं। कनफ़्यूशस ने सही कहा था, "नैतिकता का अभ्यास अपने घर में रहने वाले लोगों से शुरू होता है।" यह सुनना असामान्य नहीं है, "चाहे मैं कुछ भी कर लूँ, यह कभी पर्याप्त नहीं होता। वह कभी इसकी क़द्र नहीं करता या करती या 'धन्यवाद' भी नहीं कहता या कहती।"

सवाल यह है : आप कितनी बार यह कहते हैं, "धन्यवाद, मैं इसकी सराहना करता हूँ। मैं सोचता हूँ कि आप हमारी टीम के बेशक़ीमती सदस्य हैं?" यदि आप इन ऊर्जादायक शब्दों को सुनना चाहते हैं, तो उन्हें दूसरों से कहना समझदारी है - हर दिन जब तक कि आप इनके साथ आरामदेह न हो जाएँ - और आपको यह पूरी संजीदगी से कहना चाहिए। सक्रिय प्रशंसा स्वर्णिम नियम पर अमल का सार है।

प्रायः हम अपने कर्मचारियों और सहकर्मियों के महत्त्व को

नज़रअंदाज़ कर देते हैं। हम मान लेते हैं कि वे जानते हैं कि हम उनकी क़द्र करते हैं और हमें सदमा लगता है, जब वे हमारी नौकरी छोड़कर कहीं और नौकरी करने चले जाते हैं।

जब टॉनी ई. ने बिल्डिंग मेंटेनेन्स कंपनी की नौकरी छोड़ी, तो उससे पदत्याग साक्षात्कार में पूछा गया कि उसे कंपनी के बारे में सबसे ज़्यादा क्या पसंद था और क्या नापसंद था। टॉनी ने जवाब दिया कि भले ही तनख़्वाह और अन्य लाभ अच्छे थे, लेकिन उसे कभी महसूस नहीं हुआ कि वह कंपनी का हिस्सा था। उसने कहा, "मुझे हमेशा लगा कि मुझे मशीन के पुर्ज़े से अधिक कुछ नहीं माना जा रहा है। नौ महीनों के दौरान मैंने जिस विभाग में कार्य किया, वहाँ मैंने कई सुझाव दिए, अतिरिक्त प्रोजेक्ट्स का प्रस्ताव रखा और मुझे सौंपे गए कुछ कार्यों में रचनात्मक नीतियों पर अमल करने की कोशिश की। मगर अफ़सोस, बॉस ने मेरे योगदान को पहचाना ही नहीं।"

यदि कंपनी ने टॉनी की क्षमताओं को पहचान लिया होता, उसके सुझावों पर विचार-विमर्श करके उसकी क़द्र की होती और उसे बताया होता कि कंपनी उसके कार्य को कितना अधिक महत्व देती है, तो कंपनी एक बेशक़ीमती कर्मचारी को नहीं खोती।

क़द्र दिखाएँ

महान अमेरिकी मनोवैज्ञानिक विलियम जेम्स ने कहा था कि सराहना की चाहत मानव स्वभाव की सबसे गहरी आकांक्षा है। हमारे दैनिक जीवन में, हमारे व्यक्तिगत और कार्यालयीन दोनों पहलुओं में, हम प्रायः उन लोगों के प्रति अपनी सराहना अभिव्यक्त करना भूल जाते हैं, जिनकी बदौलत हमारी सफलता संभव होती है।

हममें प्रशंसा के बजाय आलोचना वाली चीज़ें खोजने की प्रवृत्ति होती है। क़द्र जताने से न सिर्फ़ नौकरी के आपसी संबंध अधिक सुखद बनते हैं, बल्कि टीम में सहयोग व गठबंधन का भाव भी बनता है। यह पूरी टीम को अधिक सौहार्द्रपूर्ण बना देता है, जब उन्हें आपके दृष्टिकोण पर राज़ी करना आवश्यक होता है।

इसे बहुत महत्वपूर्ण बिंदु मानें कि कम से कम सभी सहकर्मियों से आपका दोस्ताना संबंध रहे। आदर्श स्थिति में तो एक गर्मजोशी भरा और क़रीबी तालमेल होना चाहिए। इसे हासिल करने का एक तरीक़ा लोगों के प्रति क़द्र दिखाना है- हर उस चीज़ में, जिससे वे आपकी मदद करते हैं।

कई बिज़नेस एक्ज़ीक्यूटिव्ज़ मानते हैं कि तनख़्वाह बढ़ाना या बोनस देना अच्छे कार्य की प्रशंसा का पर्याप्त सूचक है। ज़ाहिर है, कर्मचारी अच्छे कार्य के लिए आर्थिक पुरस्कारों की अपेक्षा रखते हैं, लेकिन केवल धन ही काफ़ी नहीं होता।

मैरीलैंड के एक व्यवसायी ने बताया कि उसने अधिक कैसे हासिल किया। दरअसल, उसका एक कर्मचारी दूसरों से बेहतर प्रदर्शन कर रहा था और लगातार कर रहा था। उसने कर्तव्य के सभी मानदंडों से कहीं अधिक काम किया था। ज़ाहिर है, उसे दूसरों से अधिक बोनस दिया गया, लेकिन धन एक्ज़ीक्यूटिव की भावनाओं को व्यक्त नहीं कर पाया था, इसलिए उसने कर्मचारी को प्रशंसा से भरा एक व्यक्तिगत पत्र लिखा और साथ में बोनस चेक भी लगा दिया। पत्र में उसने उसे धन्यवाद दिया था और बताया था कि वह कंपनी के लिए कितना महत्वपूर्ण है। बाद में कर्मचारी ने उसे पत्र लिखने के लिए धन्यवाद दिया और कहा कि उसे पढ़कर उसकी आँखों में आँसू छलक गए थे और वह उस पत्र को हमेशा सँजोकर रखेगा।

थैंक्सगिविंग के पहले की भीड़ के दौरान नॉरवॉक, कनेक्टिकट के स्टू लियोनार्ड के फ़ूड मार्केट में ऑफ़िस के कई कर्मचारियों ने चेकआउट काउंटर्स पर लंबी क़तारें देखीं और - मैनेजमेंट के कहे बिना - अपने नियमित कार्य छोड़कर कैशियर्स की मदद करने लगे और किराने के सामान को बैग में रखने लगे, जिससे भीड़ जल्दी छँट गई।

मार्केट के मालिक स्टू ने मददगार कर्मचारियों के लिए कुछ ख़ास करने का निर्णय लिया। छुट्टियों की भीड़ ख़त्म होने पर उसने हर एक के लिए एक सुंदरता से बुनी हुई शर्ट ख़रीदी, जिस पर कढ़ाई करके लिखा गया था, "स्टू लियोनार्ड एबीसीडी अवॉर्ड।" इसका अर्थ था, "कर्तव्य से परे जाना।" आवश्यकता से अधिक करने वाले कर्मचारियों

को विशेष मान्यता देकर उसने न केवल वहाँ श्रेय दिया, जहाँ दिया जाना चाहिए था, बल्कि हर एक को - सहयोगियों, सहकर्मियों, सुपरवाइज़र्स, ग्राहकों सभी को - यह भी बता दिया कि वह अतिरिक्त प्रयास की क़द्र करता है।

लोग प्रशंसा व्यक्त क्यों नहीं करते हैं?

अक्सर मान लिया जाता है कि "धन्यवाद" अपने आप में ही प्रशंसा की अभिव्यक्ति है। कई बार यह भी आवश्यक नहीं माना जाता, क्योंकि सामने वाला "बस अपना काम कर रहा है।" कभी-कभार प्रशंसा इसलिए नहीं मिलती है, क्योंकि जिस व्यक्ति को इसे अभिव्यक्त करना चाहिए, वह इसे कमज़ोरी की निशानी मानता है या मानता है कि इससे उसकी अक्षमता उजागर हो जाएगी। हो सकता है वह अवचेतन रूप से सोचता हो : "यदि मैं उसे बताता हूँ कि वह अच्छा प्रदर्शन कर रहा है, तो वह (और दूसरे) यह सोच सकते हैं कि मैं उससे हीन हूँ।" ऐसे निष्कर्ष का कोई आधार नहीं है। सभी महान लोगों ने मदद करने वालों के प्रति अपनी कृतज्ञता का बार-बार इज़हार किया है। वास्तव में, इससे उनकी अर्जित शक्ति की छवि बेहतर बनती है और उनके अनुयायियों में वफ़ादारी की अधिक भावना उत्पन्न होती है।

प्रशंसा व्यक्त करने में लंबे-चौड़े कसीदे पढ़ने की ज़रूरत नहीं है। आप तो बस सामने वाले के अच्छे कार्य या सेवा की वास्तविक सराहना करते हैं। किसी ख़ास उपलब्धि को लेकर आपको जो गर्व होता है, आप उसे व्यक्त करते हैं। बस इतना ही काफ़ी होता है। संसार में ऐसा एक भी इंसान नहीं है, जो वास्तविक प्रशंसा से बोर होता या थकता हो। यह भी सच है कि सामने वाला आपके प्रशंसा किए बिना ही उसे समझ लेगा, यह सोचना उसके प्रति अन्याय है। उसे बता दें कि आप उसके किए कार्य की प्रशंसा करते हैं और क्यों करते हैं। किसी ख़ास कार्य के पूरा होने के ठीक बाद परिणामों पर अपनी प्रशंसा को यथासंभव शीघ्रातिशीघ्र व्यक्त करें। यह केक पर आइसिंग जैसा होता है। आपकी प्रशंसा सामने वाले की सफलता की ख़ुशी को और ज़्यादा मीठा कर देगी।

प्रशंसा वास्तविक होनी चाहिए

इंसान जो कह रहा है, उसे वह बात सचमुच महसूस करनी चाहिए और उसमें यक़ीन करना चाहिए, तभी सामने वाला उसे वास्तविक मानेगा। झूठ को चाशनी से लिपटे शब्दों से नहीं छिपाया जा सकता। आपकी आवाज़, आपकी आँखें और आपकी बॉडी लैंग्वेज सभी आपकी सच्ची भावनाएँ दर्शा देती हैं। प्रशंसा की झूठी अभिव्यक्तियों का कोई कारण ही नहीं है। हममें से ज़्यादातर के पास इतना कुछ होता है, जिसकी हम प्रशंसा कर सकते हैं और इतने सारे लोग भी होते हैं, जो हमारी वास्तविक प्रशंसा के हक़दार होते हैं।

हमें वक़्त रहते ही पहचान लेना चाहिए कि हमारे कर्मचारियों या टीम के साथियों ने कब अतिरिक्त प्रयास किया, हमारे मित्रों या रिश्तेदारों ने कब विशेष परानुभूति दिखाई या हमारे सहकर्मियों ने हमें कौन सा अतिरिक्त प्रोत्साहन दिया। हम इन लोगों के प्रति इतने क़र्ज़दार हैं, यह एहसास करके वास्तविक कृतज्ञता के कुएँ का दोहन करना चाहिए, जो हमारे हृदय की गहराई में है। इसे प्रवाहित होने दें। जब यह आपके मुँह तक पहुँचे, तो इसे न दबाएँ। इसे उन लोगों के कानों में छलकने दें, जो इसके हक़दार हैं। परिणाम यह होगा कि उस दिन उनका और आपका दोनों का जीवन थोड़ा बेहतर बन जाएगा।

सकारात्मक प्रोत्साहन देना

तानाशाह बॉस लगातार आलोचना करता है, निंदा करता है, शिकायत करता है और नकारात्मक प्रदर्शन को कभी नहीं भूलता है। लेकिन वह हमेशा अच्छे प्रदर्शन को स्वाभाविक मानता है। आजकल के मैनेजर्स ने पाया है कि अच्छे कर्मचारियों की ग़लती के बजाय उनकी अच्छी चीज़ों पर ध्यान केंद्रित करने से उनका मनोबल बढ़ता है और उत्पादकता में वृद्धि भी होती है।

जब कर्मचारी लगातार आलोचना सुनते हैं, तो वे मूर्ख, हीन और द्वेषपूर्ण महसूस करने लगते हैं। हालाँकि किसी ने कोई ऐसी चीज़ कर दी हो, जो संतोषजनक नहीं है, लेकिन इसके बावजूद आपका उद्देश्य

सामने वाले को बुरा महसूस कराना नहीं, बल्कि व्यवहार को सुधारना होना चाहिए।

मशहूर मनोवैज्ञानिक बी. एफ़. स्किनर ने पाया कि आलोचना अक्सर ख़राब व्यवहार को शह देती है (बशर्ते आलोचना करते समय ही दोषी व्यक्तियों पर ध्यान दिया जाए)। उन्होंने सलाह दी कि हम ख़राब व्यवहार पर अपनी प्रतिक्रिया को न्यूनतम कर लें और अच्छे व्यवहार के लिए प्रशंसा को अधिकतम कर लें। जब लोगों की लगातार आलोचना होती है, तो वे असफलता की आदत विकसित कर लेते हैं और यह उनके अवचेतन मन में पैठ कर जाती है। वे ख़ुद को अक्षम मानने लगते हैं, जिससे उनकी असफलता की दर बढ़ जाती है। यदि आप इससे बचना चाहते हों, तो आलोचना करने के बजाय मार्गदर्शन दें।

यदि किसी सहयोगी ने कोई कार्य ग़लत कर दिया हो, तो उस पर आगबबूला होने के बजाय शांति से उससे कहें, "आप कार्य में थोड़ी प्रगति कर रहे हैं, लेकिन हमें अब भी काफ़ी दूर तक जाना है। आइए मैं आपको कुछ ऐसे तरीक़े बताता हूँ, जिनसे हम यह कार्य अधिक तेज़ी से कर सकते हैं।" इसके बाद जब काम बेहतर हो जाए, तो उसकी बार-बार प्रशंसा करें। इस तरह अवचेतन मन को नकारात्मक के बजाय सकारात्मक विचारों की ख़ुराक दें।

कुछ सुपरवाइज़र्स डरते हैं कि तारीफ़ करने से उनकी नरमी प्रकट होती है, "हम अपने अधीनस्थों को लड़ियाना नहीं चाहते।" यदि ऐसा है, तो आप ग़लत सोच रहे हैं, क्योंकि प्रशंसा नरमी नहीं है- यह तो एक सकारात्मक नीति है, जो अच्छे प्रदर्शन को शह देती है। जब आप अपने कर्मचारियों को अधीनस्थ मानना छोड़कर उन्हें पार्टनर्स मानने लगते हैं, जैसे आप सभी समान लक्ष्यों तक पहुँचने के लिए कार्य कर रहे हों, तो उचित प्रशंसा आपके व्यवहार का स्वाभाविक हिस्सा बन जाएगी।

बेवजह प्रशंसा न करें

लोग प्रशंसा के दीवाने होते हैं। अपने बारे में अच्छा महसूस करने के लिए हम सबको प्रशंसा की ज़रूरत होती है, लेकिन आप लोगों की

बेवजह प्रशंसा नहीं कर सकते : प्रशंसा उन उपलब्धियों के लिए सुरक्षित रखी जानी चाहिए, जो विशेष मान्यता की हक़दार हों। तो आप उन कर्मचारियों से कैसे निबटें, जो कोई भी ख़ास उल्लेखनीय कार्य नहीं करते ?

मारिया सी. ने वर्ड प्रोसेसर्स के अपने समूह में इस स्थिति का सामना किया। कई ऑपरेटर्स का नज़रिया यह था कि अगर वे अपना कोटा पूरा कर लेते हैं, तो यह समझा जाता है कि वे ठीक-ठाक कार्य कर रहे हैं। ऐसे में अगर कोटा पूरा करने के लिए उनकी प्रशंसा की जाती, तो उनकी इस मान्यता को बल मिलता कि उनसे इससे अधिक की उम्मीद नहीं की जाती है। वे अपने आवश्यक कोटे से अधिक नहीं कर रहे हैं, यह आलोचना करने पर प्रतिक्रिया यह होती, "मैं अपना काम तो कर रहा हूँ।"

मारिया ने एक अलग तरह के सकारात्मक प्रोत्साहन को आज़माने का निर्णय लिया। उसने एक ऑपरेटर को एक ख़ास काम सौंपा, जिसमें कोई उत्पादन कोटा तय नहीं किया गया था। काम पूरा होने पर मारिया ने कर्मचारी के अच्छे काम की प्रशंसा की। इसी के साथ उसने सभी नए कामों पर यह नीति लागू की और अंततः उसे हर वर्ड प्रोसेसर की सच्ची प्रशंसा करने का अवसर मिल गया।

कई बार हममें प्रशंसा के बजाय आलोचना करने वाली चीज़ों की तलाश करने की प्रवृत्ति होती है। चूँकि आप उम्मीद करते हैं कि आपका स्टाफ़ अच्छा प्रदर्शन करेगा, इसलिए आप कमज़ोरी के क्षेत्रों को मज़बूत करने पर ध्यान केंद्रित करने लगते हैं। कैलिफ़ोर्निया की सुपरमार्केट चेन के क्षेत्रीय सुपरवाइज़र डगलस पी. अपने क्षेत्र के आठ स्टोर्स में नियमित आया-जाया करते थे। उन्होंने कहा कि जब भी वे किसी स्टोर में जाते थे, तो वहाँ समस्याओं की तलाश करते थे। वे स्टोर्स मैनेजर्स की आलोचना करते थे कि उन्होंने प्रॉडक्ट्स को किस तरह डिस्प्ले किया है, चेकआउट लाइन कितनी धीमी है और वह हर चीज़, जिस पर उनकी नज़र जाती थी। उन्होंने कहा, "मेरा काम यह सुनिश्चित करना था कि हर चीज़ सही तरीक़े से हो।"

जैसा आप अनुमान लगा सकते हैं, स्टोर्स में काम करने वाला हर

व्यक्ति उनके दौरों से घबराता था। डगलस के बॉस ने उनसे कहा कि जो ग़लत था, उसे सुधारना तो महत्वपूर्ण है, लेकिन उन्होंने यह संकेत भी दिया कि चूँकि स्टोर्स सेल्स वॉल्यूम की भविष्यवाणियों से ज़्यादा कारोबार कर रहे थे और लागत कम रख रहे थे, इसलिए मैनेजर्स की सफलता की प्रशंसा करना भी ज़रूरी था। उनके बॉस ने सुझाव दिया कि डगलस अच्छी चीज़ें खोजें और उनकी प्रशंसा करें। डगलस को सुधार के सुझाव देने के लिए प्रोत्साहित किया गया, लेकिन उन्हें अपनी यात्राओं का केंद्र न बनाने की सलाह दी गई।

हालाँकि यह आसान नहीं था, लेकिन डगलस ने अपने बॉस की सलाह पर अमल किया। कुछ महीनों के भीतर ही स्टोर मैनेजर्स उनके दौरों की राह देखने लगे। वे नए विचार देने लगे और स्टोर के मामलों में उनकी सलाह माँगने लगे। क्लर्क और स्टोर का बाक़ी स्टाफ़ भी जल्द ही "बिग बॉस" के डर से उबर गया और उनकी टिप्पणियों तथा सुझावों का स्वागत करने लगा।

प्रभावी प्रशंसा के लिए पाँच सुझाव

हालाँकि प्रशंसा लोगों को प्रेरित करने में महत्वपूर्ण होती है, लेकिन यह हमेशा कारगर नहीं होती। कुछ सुपरवाइज़र्स हर छोटी-छोटी गतिविधि की प्रशंसा करते हैं। इस तरह वे सच्ची उपलब्धियों पर होने वाली प्रशंसा के महत्व को कम आँकते हैं। बाक़ी इस अंदाज़ में प्रशंसा करते हैं कि यह कृत्रिम नज़र आती है। अपनी प्रशंसा को अधिक सार्थक बनाने के लिए इन सुझावों पर अमल करें :

1. *इसकी अधिकता न करें।* प्रशंसा मधुर होती है। कैंडी भी मधुर होती है, लेकिन आप जितना ज़्यादा खाते हैं, हर टुकड़े की मधुरता कम होती जाती है- और आपके पेट में दर्द भी हो सकता है। बहुत ज़्यादा प्रशंसा करने पर प्रशंसा के हर टुकड़े से मिलने वाला लाभ कम होता है। यदि अति की जाए, तो इसका पूरा महत्व ही ख़त्म हो जाता है।
2. *संजीदा बनें।* आप संजीदगी का नाटक नहीं कर सकते।

आपको सचमुच यक़ीन होना चाहिए कि आप जिस चीज़ के लिए अपने किसी सहयोगी की प्रशंसा कर रहे हैं, वह वाक़ई प्रशंसनीय है। यदि आप इसमें ख़ुद यक़ीन नहीं करते, तो आपके सहयोगी भी नहीं करेंगे।

3. *अपनी प्रशंसा का स्पष्ट कारण बताएँ।* "बेहतरीन काम!" कहने के बजाय यह कहना कहीं अधिक बेहतर है, "आपने एक्सवायज़ेड पर जो रिपोर्ट पेश की है, उसकी बदौलत मैं इस मुद्दे की जटिलताओं को अधिक स्पष्टता से समझ पाया।"
4. *अपने सहयोगी की सलाह माँगें।* किसी स्थिति को कैसे सँभालना चाहिए, इस बारे में सलाह माँगे जाने से अधिक सुखद प्रशंसा कोई नहीं है। वैसे यदि आप सलाह पर अमल नहीं करते हैं, तो इस नीति से नुक़सान हो सकता है। यदि आपको सलाह न माननी हो, तो लोगों से उनके अपूर्ण जवाबों के बारे में तब तक सवाल करें, जब तक कि वे अपनी राय की ग़लती को न देख लें और अच्छी सलाह न दे दें।
5. *सार्वजनिक प्रशंसा करें।* फटकार हमेशा अकेले में लगानी चाहिए, प्रशंसा (जब भी संभव हो) सार्वजनिक रूप से करनी चाहिए। कई बार जिस मुद्दे के लिए प्रशंसा की जानी है, वह निजी मसला होता है, लेकिन अक्सर पूरे समूह के सामने प्रशंसा करना बेहतर रहता है। यदि स्टाफ़ के बाक़ी सदस्य उस प्रशंसा के बारे में जान जाते हैं, तो उन्हें भी वैसी ही प्रशंसा सुनने के लिए कार्य करने की प्रेरणा मिलती है।

सफल कर्मचारियों का गुणगान करें

कुछ मामलों में महत्वपूर्ण उपलब्धियों के लिए सार्वजनिक प्रशंसा करनी चाहिए, जैसे मीटिंग्स में या कंपनी के कार्यक्रमों में। जब प्रशंसा के क़ाबिल उपलब्धियों का प्रचार किया जाता है और सफल व्यक्तियों की सराहना उनके समकक्षों के सामने की जाती है, तो इससे दूसरे भी उनका अनुकरण करने के लिए प्रोत्साहित होते हैं।

अध्याय 11 में आप मैरी के नामक महिला व्यवसायी के बारे में पढ़ चुके हैं। एक तरह से उनकी कंपनी अपने लोगों को प्रेरित करने के लिए यही नीति अपनाती है। यह उत्कृष्ट प्रदर्शन करने में सफल होने वाले सहयोगियों को मान्यता देती है। पुरस्कार व शील्ड देने के साथ-साथ पुरस्कार विजेताओं को कंपनी के जलसों में पुरस्कृत किया जाता है और कंपनी की मैग्ज़ीन में प्रचारित किया जाता है। मैरी के जलसों में हिस्सा लेना विजय के जश्न में शामिल होने जैसा होता है : विजेताओं को मंच पर बुलाया जाता है और भीड़ की तालियों तथा सराहना के बीच उन्हें पुरस्कृत किया जाता है। पुरस्कार जीतने वाले बताते हैं कि सीनियर एक्ज़ीक्यूटिव्ज़ की मान्यता और समकक्षों की तालियाँ पुरस्कार जितनी ही अच्छी महसूस होती हैं।

उन्हें ऐसा कुछ दें, जिसे वे रख सकें

अधिकतर कंपनियों में अलग-अलग तरह के पुरस्कार होते हैं। सस्ती शील्ड, उपहार की वस्तु, नक़द इनाम, विलासिता की वस्तु या पर्यटन स्थलों का सैर-सपाटा।

मैरी के का सर्वोच्च और सबसे पसंदीदा पुरस्कार उनकी मशहूर गुलाबी कैडिलक है, जो कंपनी के पुरस्कार समारोह में सर्वोच्च उपलब्धि हासिल करने वालों को दी जाती है। पुरस्कार पाने के लिए सेल्सपीपुल को कई चुनौतियों व मानदंडों पर खरा उतरना पड़ता है। इसे जीतना आसान नहीं है, लेकिन हर साल मैरी के कंपनी में ऐसे सहयोगियों की संख्या बढ़ती जा रही है, जो "इस मानदंड पर खरे उतर रहे हैं।"

मैरी के कंपनी कार दान नहीं करती है। कंपनी हर विजेता को एक साल की लीज़ पर कार देती है। कार रखने के लिए या अगले साल के मॉडल तक अपग्रेड करने के लिए सेल्स रिप्रज़ेंटेटिव को कुछ मानदंड पूरे करने होते हैं। अच्छे कार्य को बनाए रखने के लिए कितनी बेहतरीन प्रेरणा है! परिणाम यह होता है कि तुलनात्मक रूप से बहुत कम विजेताओं को अपनी कार छोड़नी पड़ती है।

मैरी के की तरह आपको कैडिलक जैसे बड़े उपहार देने की ज़रूरत

नहीं है। चाहे आप कर्मचारियों को किसी भी तरह का पुरस्कार दें - बड़ा या छोटा - प्रमाणपत्र या शील्ड शामिल करने के लिए कुछ और डॉलर ख़र्च करें। कर्मचारी अपने क्यूबिकल्स या ऑफ़िस में, वर्कबेंच के ऊपर या घर में इन्हें लटकाना पसंद करते हैं। नक़दी ख़र्च हो जाती है, सामान घिस जाता है, यात्रा अतीत की याद बनकर रह जाती है, लेकिन प्रमाणपत्र या प्लाक या आपको-धन्यवाद की बस एक प्रशस्ति उस मान्यता की स्थायी याद रहती है।

सफलता की फ़ाइलें– स्कोरकार्ड

हिलेरी एम. फ़्लोरिडा में एक बड़े रियल एस्टेट ऑफ़िस की सेल्स मैनेजर हैं। उन्होंने ख़ास काम करने वाले सेल्स स्टाफ़ को प्रशस्ति पत्र भेजने की आदत डाल ली है- जैसे किसी मुश्किल जायदाद को बेचना, किसी फ़ायदेमंद इमारत के बिक्री अधिकार हासिल करना या बिक्री करने के लिए कोई सृजनात्मक क़दम उठाना।

जब हिलेरी किसी सेल्सपर्सन को ऐसा पहला पत्र भेजती हैं, तो वे "सफलता फ़ाइल" लेबल लगा फ़ाइल फ़ोल्डर भी भेजती हैं और सुझाव देती हैं : "साथ वाला पत्र इस फ़ोल्डर में फ़ाइल कर दें। आपको मेरी, दूसरे मैनेजर्स, ग्राहकों या किसी अन्य व्यक्ति की ओर से जो भी प्रशंसात्मक पत्र मिले, उन्हें भी इसमें लगा दें। अपनी सभी विशेष उपलब्धियों का रिकॉर्ड भी इस फ़ाइल में लगाएँ, जैसे सेल्स अवॉर्ड जीतना, सेल्स कोटे से अधिक प्रदर्शन करना, कोई मुश्किल नया अकाउंट खोलना आदि। समय गुज़रने के साथ आपको असफलताओं या निराशाओं का अनुभव हो सकता है। ऐसे दौर आ सकते हैं, जब आप अपने बारे में अच्छा महसूस न करते हों। जब ऐसा हो, तो इन पत्रों को दोबारा पढ़ लें। वे इस बात का सबूत हैं कि आप सफल हैं, कि आपमें क्षमता है, कि आप एक ख़ास इंसान हैं। आपने यह पहले किया था; आप यह दोबारा कर सकते हैं!"

हिलेरी के पत्र पाने वाले लोग बार-बार उन्हें बताते हैं कि इन पत्रों को दोबारा पढ़ने से उन्हें कम बिक्री, डिप्रेशन की अवधियों और सामान्य मोहभंग से उबरने में मदद मिलती है, जब चीज़ें अच्छी तरह

नहीं होती हैं। इससे उनका आत्मसम्मान पुष्ट होता है, जो उनकी मानसिकता की "रिप्रोग्रामिंग" कर देता है और नई शक्ति व आत्मविश्वास से समस्याओं का सामना करने में समर्थ बनाता है।

समकक्षों की मान्यता को प्रोत्साहित करें

समकक्षों की मान्यता एक और सफल प्रेरक नीति है। कंपनियाँ कर्मचारियों को प्रोत्साहित करती हैं कि वे उनके कार्य को अधिक आसान या संतुष्टिदायक बनाने वाले अपने सहकर्मियों को औपचारिक मान्यता या प्रशंसा दें। यह करने का एक और तरीक़ा है कि सहकर्मी दूसरे कर्मचारियों के बारे में सोचें और उनके साथ आंतरिक ग्राहकों या आंतरिक सप्लायर्स के रूप में व्यवहार करें।

सुपरवाइज़र्स, मैनेजर्स और टीम लीडर्स एकमात्र व्यक्ति नहीं हैं, जो अपने सहयोगियों के विशेष प्रयास देखते हैं। टीम के सभी सदस्य और सहकर्मी एक-दूसरे के प्रयासों को हर दिन देखते हैं। समकक्षों के कार्य को पहचानने में उन्हें समर्थ बना दें। इससे न केवल ऐसी उपलब्धियाँ सामने आ सकती हैं, जो शायद मैनेजर की नज़रों से चूक गई हों, बल्कि नामांकित करने वाले और नामांकित होने वाले दोनों कर्मचारियों को ऐसा भी महसूस होता है कि वे एक जुड़े हुए, आपस में संबंधित और परवाह करने वाले संगठन का हिस्सा हैं।

एक कंपनी ने यह करके बेहतरीन परिणाम हासिल किए हैं। उस कंपनी का नाम है मिनीसर्किट लैब्स, जिसके ब्रुकलिन, न्यूयॉर्क और हाएलिया, फ़्लोरिडा में प्लांट्स हैं। यह कंपनी अपने सभी सदस्यों को "आपने मेरा दिन सफल बनाया" फ़ॉर्म देती है, जिन पर कोई भी कर्मचारी अपने किसी सहकर्मी, अधीनस्थ या स्टाफ़ के सदस्य को धन्यवाद संदेश लिख सकता है, जिसने उस दिन उस कर्मचारी की विशेष प्रशंसा अर्जित की है।

विल्मिंगटन, डेलावेयर स्थित एएंडजी मर्कैन्डाइज़िंग कंपनी में टीम लीडर्स को थैंक-यू कार्ड्स के पैकेट दिए जाते हैं, जिन पर "आपको धन्यवाद" शब्द सामने वाले फ़्लैप पर सुंदर लिखावट में छपे रहते हैं

और कार्ड का अंदर का हिस्सा ख़ाली रहता है। जब भी कोई कर्मचारी कोई ख़ास कार्य करता है, उस व्यक्ति का टीम लीडर एक कार्ड पर नोट लिखता है, जिसमें ख़ास उपलब्धियों का विवरण होता है और उनके लिए कर्मचारी को बधाई दी जाती है। जिन कर्मचारियों को यह कार्ड मिलता है, वे इसे सँजोकर रखते हैं और मित्रों तथा परिवार वालों को बड़े चाव से दिखाते हैं।

सार

- संसार में एक भी इंसान नहीं है, जो अपनी सच्ची प्रशंसा से बोर होता हो या थकता हो। सामने वाला आपके प्रशंसा किए बिना ही उसे समझ लेगा, यह सोचना उसके प्रति अन्याय है। उस व्यक्ति को बता दें कि आप उसके कार्य की प्रशंसा करते हैं और क्यों करते हैं।
- जब लोगों की लगातार आलोचना होती है, तो वे असफलता की आदत विकसित कर लेते हैं और यह उनके अवचेतन मन में पैठ कर जाती है। वे ख़ुद को अक्षम मानने लगते हैं, जिससे उनकी असफलता की दर बढ़ जाती है। यदि आप इससे बचना चाहते हों, तो आलोचना करने के बजाय मार्गदर्शन दें।
- यदि किसी सहयोगी ने कोई कार्य ग़लत कर दिया हो, तो उस पर आगबबूला होने के बजाय शांति से उससे कहें, "आप काम में थोड़ी प्रगति कर रहे हैं, लेकिन हमें अब भी काफ़ी दूर तक जाना है। आइए मैं आपको कुछ तरीक़े बताता हूँ, जिनसे हम यह काम अधिक तेज़ी से कर सकते हैं।" जब काम बेहतर हो जाए, तो उसकी बार-बार प्रशंसा करें। इस तरह अवचेतन मन को नकारात्मक के बजाय सकारात्मक विचारों की ख़ुराक दें।
- प्रशंसा नरमी नहीं है- यह तो एक सकारात्मक नीति है, जो अच्छे प्रदर्शन को प्रोत्साहित करती है। जब आप अपने कर्मचारियों को अधीनस्थ मानना छोड़कर पार्टनर्स मानने लगते हैं, जैसे आप सभी समान लक्ष्यों तक पहुँचने के लिए कार्य कर

रहे हों, तो उचित प्रशंसा आपके व्यवहार का स्वाभाविक हिस्सा बन जाएगी।

- प्रशंसा को उन उपलब्धियों के लिए सुरक्षित रखा जाना चाहिए, जो विशेष मान्यता देने क़ाबिल हों।
- सकारात्मक चीज़ों पर ध्यान केंद्रित करके - लोग जो अच्छी चीजें करते हैं, उन पर ध्यान और सराहना देकर - आप सही चीज़ करने की उनकी इच्छा को बलवान बनाते हैं।
- जब प्रशंसा के क़ाबिल उपलब्धियों का प्रचार किया जाता है और समकक्षों के सामने सफल व्यक्ति का सम्मान किया जाता है, तो इससे दूसरे लोग भी उनका अनुसरण करने के लिए प्रोत्साहित होते हैं।
- सहयोगियों को प्रोत्साहित करें कि वे उनके कार्य को अधिक आसान या संतुष्टिदायक बनाने वाले सहकर्मियों की प्रशंसा करें या औपचारिक मान्यता दें।

अध्याय 14

अधिक असरदार संवाद करना

जो लोग अच्छी तरह बोलते हैं, जिनमें आकर्षक अंदाज़ में अपनी बात रखने की कला होती है, जो अपनी भाषा की शक्ति से दूसरों की रुचि तत्काल जाग्रत कर सकते हैं, वे उन अधिक ज्ञानी लोगों से बहुत बेहतर स्थिति में होते हैं, जो सहजता या वाक्कौशल के साथ संवाद नहीं कर पाते।

कार्य कराने के लिए हमें अपने साथी कर्मचारियों के साथ संवाद करना होता है। चाहे मौखिक हो या लिखित, शब्दों के बिना कोई कार्य कराना संभव नहीं होता।

बहरहाल, हम क्या कहते हैं और उसे कैसे कहते हैं (या शायद लिखते हैं), उसी से यह तय होता है कि सामने वाला हमारा मनचाहा काम करेगा या नहीं। हमें यह सुनिश्चित करना होता है कि हम जिन लोगों के साथ संवाद करते हैं, वे न सिर्फ़ समझ लें कि हम क्या कह रहे हैं - चाहे यह कोई आदेश हो, सुझाव हो या विचार हो - बल्कि उसे स्वीकार भी कर लें।

आजकल *संवाद* - आप क्या कहते हैं और आप उसे कैसे कहते हैं - से ही यह तय हो सकता है कि आप सफल होते हैं या असफल। मिसाल के तौर पर, रोनाल्ड रीगन को ही ले लें। कई अमेरिकी मानते हैं कि मतदाताओं के साथ प्रभावी संवाद (और बॉडी लैंग्वेज) की योग्यता की बदौलत ही वे इतने सफल हुए।

यह योग्यता अधिकतर सफल प्रोफ़ेशनल्स, बिज़नेस एक्ज़ीक्यूटिव्ज़ और नेताओं में पाई जाती है और इसे आप भी हासिल कर सकते हैं।

इसके लिए आपको तो बस इच्छाशक्ति और संकल्प की ज़रूरत है। जब आप संवाद की अपनी योग्यता को बेहतर बना लेते हैं, तो अपने विचार अपने बॉस, सहयोगियों, ग्राहकों, टीम, यहाँ तक कि मित्रों और परिवार वालों के सामने भी अधिक प्रभावी ढंग से रख सकते हैं।

शब्द परमाणु हथियारों या परमाणु बमों से ज़्यादा शक्तिशाली होते हैं। इसलिए क्योंकि शब्द ही यह तय करते हैं कि इन हथियारों का उपयोग किया जाए या नहीं। शब्द शक्ति का इस्तेमाल परमाणु शक्ति से महासागर के पार जहाज़ चलाने में भी किया जा सकता है और किसी शहर या राष्ट्र को तबाह करने में भी। संवाद योग्यताओं को बेहतर बनाने वाले एक सेमिनार में प्रतिभागियों से कहा गया कि शब्दों से ज़बर्दस्त परिणाम मिलेंगे। यह सुझाव दिया गया कि वे कुछ निश्चित शब्द चुनें, जो उन्हें आकर्षक लगते हैं। फिर वे उन्हें एक दिन में दो बार लगभग दस-बारह मिनट तक दोहराएँ। या अगर उन्हें अच्छा लगे, तो वे उसे लिख लें, जो वे हासिल करने की कोशिश कर रहे हैं और बार-बार इन कथनों पर मनन करें। इस तरह आप उन विचारों को धीरे-धीरे अपने अवचेतन मन तक पहुँचा देते हैं।

उस सेमिनार में एक बीमा सेल्समैन भी आया था। उसने साहस के साथ दावा किया, "मैं अब अपनी ओर केवल उन्हीं स्त्री-पुरुषों को आकर्षित कर रहा हूँ, जो अपने बच्चों की शिक्षा तथा स्वयं के कल्याण में रुचि रखते हैं और जिनके पास निवेश करने के लिए पैसा है।" इन सकारात्मक कथनों के निरंतर इस्तेमाल का परिणाम यह हुआ कि पहले के मुक़ाबले कहीं अधिक रुचि लेने वाले लोग आकर्षित हुए। अब लीड्स न जाने कहाँ से उसके पास आने लगीं और वह जीवन के हर क्षेत्र में बहुत ऊँचे पायदानों पर पहुँच गया।

अच्छे संवाद के लिए तैयारी की ज़रूरत होती है

चाहे आप किसी समूह को संबोधित कर रहे हों या आमने-सामने बातचीत कर रहे हों, आपको पहले से ही अपने संदेश के बारे में सोच लेना चाहिए और यह भी कि आप इसे कैसे पेश करने वाले हैं। कई बार ऐसा भी होगा कि आपको तैयारी के लिए बहुत कम समय मिलेगा या बिलकुल भी नहीं

मिलेगा और तब आपको माइक के सामने खड़े होकर सोचना पड़ेगा। लेकिन अक्सर जब आपसे किसी मुद्दे पर बोलने की अपेक्षा की जाती है, तो आप तैयारी कर सकते हैं- भले ही उसके लिए कम समय मिले।

अपने विषय को जानें

नौकरी में आम तौर पर आप साथी कर्मचारियों से उन विषयों पर बात करेंगे, जिनसे आप पूरी तरह परिचित होंगे : जो कार्य आप कर रहे हैं, आपकी विशेषज्ञता संबंधी मामले या कंपनी संबंधी समस्याएँ। फिर भी, तथ्यों की समीक्षा करके यह सुनिश्चित कर लें कि आपके पास सारी उपलब्ध जानकारी है और आप किसी भी सवाल का जवाब देने को तैयार हैं।

समय-समय पर आपसे कहा जा सकता है कि आप उन मसलों पर राय दें, जिनसे आप अपरिचित हैं। मिसाल के तौर पर, हो सकता है कि आपकी कंपनी एक नए क़िस्म का कंप्यूटर सॉफ़्टवेयर ख़रीदना चाहती हो और आपसे इसकी जाँच करने को कहा जा सकता है। आपको ऐसे कार्यों से इस तरह निबटना शुरू करना चाहिए :

- विषय के बारे में अधिक से अधिक सीखें।
- आपके हिसाब से प्रज़ेंटेशन के लिए आपको जितना जानना चाहिए, उससे बहुत अधिक जानकारी हासिल करें।
- प्रस्तावित ख़रीदारी, समाधान आदि के सकारात्मक और नकारात्मक दोनों पहलुओं पर नोट्स तैयार करें।
- चाहे आप यह रिपोर्ट किसी एक व्यक्ति (जैसे आपके बॉस) के लिए तैयार करें या मैनेजर्स या तकनीकी विशेषज्ञों के समूह के लिए, किसी भी विषय पर उठ सकने वाले सवालों के जवाब देने को तैयार रहें।

अपने श्रोताओं को जानें

अच्छे संवाद का आधा हिस्सा अपने श्रोताओं को समझना है। यदि श्रोता को बात समझ में ही न आए, तो सबसे योग्य वक्ता भी प्रभावी संवाद

में असफल हो सकता है। इसलिए ऐसे शब्द चुनें, जिन्हें आपके श्रोता आसानी से समझ सकें। यदि आप तकनीकी पृष्ठभूमि वाले लोगों को संबोधित कर रहे हैं, तो तकनीकी शब्दावली का इस्तेमाल कर सकते हैं, क्योंकि आपके श्रोता उसे स्पष्टता से और तुरंत समझ लेंगे। लेकिन यदि आप किसी तकनीकी विषय पर बात कर रहे हैं और श्रोता तकनीकी शब्दावली से अपरिचित हैं, तो तकनीकी भाषा को छोड़ दें। अगर आपके श्रोता आपकी शब्दावली को नहीं समझ पाते, तो आपका संदेश व्यर्थ चला जाएगा।

डेनिस के. एक इंजीनियर थे। उन्होंने एक अवधारणा विकसित की। उनसे कहा गया कि वे इसे फ़ाइनैंसर्स के समूह को समझाएँ, जिनसे उनकी कंपनी प्रोजेक्ट के लिए फ़ंड हासिल करना चाहती थी। उन्होंने अपने बॉस से सलाह माँगी। उन्होंने कहा, "मुझे बाक़ी इंजीनियर्स तक अपने विचार पहुँचाने में कोई दिक़्क़त नहीं होती। हम समान भाषा बोलते हैं, लेकिन ये बैंक वाले एक अलग ही दुनिया में रहते हैं। मुझे बहुत डर है कि वे मेरी बात बिलकुल भी नहीं समझ पाएँगे।"

बॉस ने उनसे कहा कि संदेश पहुँचाने की ज़िम्मेदारी बैंकर्स की नहीं, बल्कि उनकी ख़ुद की है। उन्हें तकनीकी मामले का अनुवाद आम जनता की शब्दावली में करना चाहिए। यदि तकनीकी भाषा का इस्तेमाल अनिवार्य ही हो, तो किसी नई शब्दावली का इस्तेमाल पहली बार करते समय उसे अच्छे से स्पष्ट कर देना चाहिए और यदि दोबारा ज़ोर देने की ज़रूरत हो, तो दोबारा स्पष्ट करना चाहिए।

डेनिस ने इस सलाह पर अमल किया। बाद में उनके बॉस तथा सहकर्मियों ने उनके प्रज़ेंटेशन पर उन्हें बधाई दी, जिसकी बदौलत बैंकर्स ने उस प्रोजेक्ट को फ़ाइनैंस कर दिया।

दूसरी ओर, श्रोताओं को कभी अज्ञानी समझकर बात न करें। बरनार्ड आर. मानव संबंधों के वकील थे। एक बड़ी कंपनी ने उन्हें एक कार्य सौंपा। बरनार्ड को समान रोज़गार संबंधी नवीनतम नियमों और क़ानूनों पर फ़ैक्ट्री सुपरवाइज़र्स को प्रशिक्षण देना था। बरनार्ड ने यह मान लिया कि सुपरवाइज़र्स नए क़ानूनों से पूरी तरह अपरिचित हैं, इसलिए उसने पूरी सुबह बुनियादी बातें स्पष्ट करने में बिता दी। उसने

इस बात पर ग़ौर किया कि प्रतिभागी बोर और बेचैन दिख रहे थे। लंच के दौरान उसे पता चला कि उन्होंने कुछ समय पहले ही क़ानून संबंधी एक सेमिनार में हिस्सा लिया था और उन्हें यह उम्मीद थी कि बरनार्ड उनकी व्याख्या करेगा तथा अमल के जटिल पहलुओं को स्पष्ट करेगा। निश्चित रूप से, जिस मैनेजर ने बरनार्ड को कार्य सौंपा था, उसे यह बात पहले से बता देनी चाहिए थी, लेकिन अच्छे संवाद करने वाले हमेशा अपने श्रोताओं और विषय के उनके ज्ञान के स्तर के बारे में ज़्यादा से ज़्यादा जानकारी हासिल करने का लक्ष्य रखते हैं, ताकि उनका संवाद असरदार बन सके।

बॉडी लैंग्वेज के बारे में जागरूक रहें

अपने विचार संप्रेषित करते समय आपका संदेश सिर्फ़ इसी बात से व्यक्त नहीं होता कि आप क्या कहते हैं, यह इस बात से भी व्यक्त होता है कि आपका शरीर क्या कहता है। लोग केवल शब्दों के ज़रिए ही संवाद नहीं करते हैं। वे अपने चेहरे के हाव-भाव और शारीरिक गतिविधियों के ज़रिए भी संवाद करते हैं। काश बॉडी लैंग्वेज की कोई डिक्शनरी होती, जिसे देखकर हम आसानी से व्याख्या कर पाते कि किस मुद्रा का अर्थ क्या होता है! लेकिन चूँकि बॉडी लैंग्वेज शाब्दिक भाषा की तरह मानकीकृत नहीं है, इसलिए ऐसी डिक्शनरी नहीं लिखी जा सकती।

हम अपने शरीर का इस्तेमाल किस तरह करते हैं, इस पर बहुत सी बातों का असर पड़ता है : हमारी सांस्कृतिक या जातीय पृष्ठभूमि, हमारे माता-पिता ग़ैर-शाब्दिक रूप से ख़ुद को कैसे व्यक्त करते थे और अन्य व्यक्तिगत अनुभव। एक व्यक्ति की बॉडी लैंग्वेज दूसरे से भिन्न होती है। कुछ मुद्राएँ - जैसे सिर हिलाना या मुस्कुराना - सर्वव्यापी लग सकते हैं, लेकिन हर व्यक्ति बॉडी लैंग्वेज का इस्तेमाल बिलकुल एक जैसे तरीक़े से नहीं करता है। जब आप किसी विशिष्ट व्यक्ति से व्यवहार कर रहे हों, तो आप कभी पक्के तौर पर नहीं कह सकते कि वह वही संकेत दे रहा है, जो आप समझ रहे हैं।

मिसाल के तौर पर, मान लें, आपके बोलते समय आपका श्रोता

सिर हिला रहा है। अच्छी बात है- आप मान लेते हैं कि वह आपसे सहमत हो रहा है। ज़रूरी नहीं है कि ऐसा ही हो। कुछ लोग सिर्फ़ यह जताने के लिए सिर हिलाते हैं कि वे सुन रहे हैं। अगर आपके बोलते समय कोई अपने हाथ सीने के सामने बाँध ले, तो आप सोच सकते हैं कि इस मुद्रा से वह असहमति का अवचेतन प्रदर्शन कर रहा है, लेकिन यह भी तो हो सकता है कि उसे ठंड लग रही हो! अशाब्दिक संकेतों को ग़लत पढ़ने का जोखिम हमेशा मौजूद रहता है।

हर व्यक्ति की बॉडी लैंग्वेज सीखने का समय निकालें। जिन लोगों के साथ आप काम करते हैं, उनकी बॉडी लैंग्वेज का अध्ययन करें। आप ग़ौर कर सकते हैं कि जब जॉन एक ख़ास तरह से मुस्कुराता है, तो उसका एक अर्थ होता है। भिन्न मुस्कुराहट, भिन्न अर्थ। या जब जेन सहमत नहीं होती, तो उसके माथे पर बल पड़ जाते हैं। लोगों की व्यक्तिगत बॉडी लैंग्वेज का अध्ययन करने और उसे याद रखने का सचेतन प्रयास करें।

क्या आप अपनी ख़ुद की बॉडी लैंग्वेज के बारे में जागरूक हैं? आप अपना संदेश किस तरह प्रदान करते हैं, यह देखने का एक तरीक़ा आईने के सामने रिहर्सल करना है। आप मुद्राएँ, हाव-भाव या हरकतें देख सकते हैं, जो आपके संदेश से ध्यान भटकाती हैं, यहाँ तक कि आपके शाब्दिक कथनों के विरोध में भी होती हैं। इसका अधिक प्रभावी तरीक़ा यह है कि आप किसी से अपनी दी हुई वास्तविक प्रज़ेंटेशन का एक वीडियोटेप बनवा लें। इसका ग़ौर से अध्ययन करने पर आप ग़लत हाव-भाव को पहचान और सुधार लेंगे, तथा उन मुद्राओं को बलवान बनाएँगे, जो आपके बिंदुओं को शक्ति प्रदान करती हैं।

क्या आप वाक़ई सुन रहे हैं?

मान लें आपका कोई सहकर्मी कोई समस्या लेकर आपके पास आता है और आपसे मदद माँगता है। आप ग़ौर से सुनना शुरू करते हैं, लेकिन आपको पता ही नहीं चलता है कि आपका दिमाग़ कब भटक गया। समस्या के बारे में सुनने के बजाय आप सोचने लगे कि आपकी डेस्क पर काम का कितना बड़ा ढेर पड़ा है, आपने कंपनी के वाइस प्रेसिडेंट

के साथ मीटिंग तय की है, स्कूल में आपके बेटे की हाथापाई हो गई। सहकर्मी के शब्द आपके कान में तो जाते हैं, लेकिन आप दरअसल सुन नहीं रहे हैं।

क्या ऐसा आपके साथ होता है? ज़ाहिर है, होता है। यह हम सभी के साथ होता है? क्यों? हमारा मस्तिष्क हमारे बोलने की रफ़्तार से दस गुना अधिक तेज़ी से विचारों को प्रोसेस कर सकता है। जब कोई बोल रहा होता है, तो हमारा दिमाग़ तेज़ी से आगे दौड़ सकता है। आप वक्ता का वाक्य पूरा होने से बहुत पहले ही अपने दिमाग़ में उसका वाक्य पूरा कर सकते हैं- अक्सर ग़लत तरीक़े से। आप वही "सुनते" हैं, जो आपका दिमाग़ अंदाज़ा लगाता है; वह नहीं सुनते, जो दरअसल कहा जा रहा है। यह मानव स्वभाव है। लेकिन यह तो बुरा श्रोता होने का कोई बहाना नहीं है।

अब मान लें, आपका दिमाग़ भटक गया था और आप सामने वाले की कही बात नहीं सुन पाए। यह कहना अजीब लगेगा कि आप सुन नहीं रहे थे, इसलिए आप इसका नाटक करते हैं। आप आख़िरी कुछ शब्दों के आधार पर टिप्पणी कर देते हैं। यदि यह सही जवाब लगता है, तो आप ख़ुशक़िस्मत हैं। लेकिन हो सकता है कि आप बातचीत का सच्चा सार न पकड़ पाए हों।

जब आपने सुना नहीं होता है, तो आपको यह स्वीकार करने की ज़रूरत नहीं है, "मुझे अफ़सोस है, मैं दिवास्वप्न देख रहा था।" पटरी पर लौटने का एक तरीक़ा आख़िरी सुनी बात पर कोई टिप्पणी करना या सवाल पूछना है : "क्या हम इस-इस बिंदु तक एक मिनट पीछे लौट सकते हैं?" एक और तरीक़ा इस तरह की टिप्पणी करना है : "इस बारे में आपके दृष्टिकोण को बेहतर तरीक़े से समझने के लिए कृपया विस्तार से बताएँ।"

सक्रिय श्रोता बनें

ज़ाहिर है, इससे कहीं बेहतर यह है कि आप अपने मस्तिष्क को प्रशिक्षित कर लें कि यह दिवास्वप्नों से बचे और भटकाने वाली बातों को दरकिनार कर दे।

एग्नेस गुंड म्यूज़ियम ऑफ़ मॉडर्न आर्ट की प्रेसिडेंट थीं, जो अमेरिका का सबसे बड़ा मॉडर्न आर्ट म्यूज़ियम था। वे इमारत को बड़े पैमाने पर दोबारा डिज़ाइन करा रही थीं। लागत थी ४० करोड़ डॉलर। उन्हें हर विभाग के साथ काम करना था, ताकि सबकी सहमति सुनिश्चित हो जाए, भले ही शुरुआत में उनके विचार समान न हों। गुंड को ऐसी योग्यताएँ विकसित करनी थीं, ताकि वे लोगों को अपना दृष्टिकोण समझा सकें और लोग यह स्वीकार करें कि उनका सोचा हुआ विचार ही सबसे अच्छी तरह कारगर होगा। वे जानती थीं कि उनमें दूसरों की बात पूरी तरह न सुनने की प्रवृत्ति है। उन्हें एहसास था कि हालाँकि कला के मामले में वे विशेषज्ञ थीं, लेकिन निर्माण के क्षेत्र में विशेषज्ञ नहीं थीं। वे अवचेतन मन की शक्ति को समझती थीं। उन्होंने पूरा ध्यान देने की आवश्यकता पर मनन किया। उन्होंने निर्माण विशेषज्ञों के शब्दों पर पूरा ध्यान देने का निश्चय किया। परिणाम यह हुआ कि प्रोजेक्ट सफलतापूर्वक पूरा हो गया और तनाव न्यूनतम रहा।

दूसरे लोग क्या कह रहे हैं, उसे सुनने के लिए अपने अवचेतन मन की प्रोग्रामिंग करें। इसके अलावा आप सुनने की अपनी योग्यताएँ बेहतर बनाने के लिए कुछ अन्य सक्रिय क़दम भी उठा सकते हैं। अपने कान खोलकर सिर्फ़ बैठने या खड़े रहने के बजाय इन दिशानिर्देशों पर अमल करें :

- *वक्ता की ओर देखें।* नज़रें मिलाना रुचि प्रदर्शित करने का एक तरीक़ा है, लेकिन इसकी अति न करें। पूरे इंसान को देखें; सिर्फ़ उसकी आँखों पर ही टकटकी न लगाएँ।
- *अपने चेहरे के हावभाव से रुचि दिखाएँ।* जब उचित हो, तो मुस्कुराएँ या चिंता प्रदर्शित करें।
- *सिर हिलाकर या अन्य मुद्राओं से संकेत दें कि आप कही गई बात को समझ रहे हैं।*
- *जो कहा जा रहा है, उसके बारे में सवाल पूछें।* आप अपने शब्दों में दोहरा सकते हैं, "तो मैं यह समझा हूँ कि..." – या ख़ास बिंदुओं के बारे में स्पष्ट सवाल पूछें। इस तकनीक से आप न सिर्फ़ अस्पष्ट बिंदुओं को स्पष्ट करा लेते हैं, बल्कि

इससे आप चौकस भी रहते हैं और पूरा ध्यान देने पर मजबूर होते हैं।

- *बीच में न टोकें।* सामने वाला अगर रुकता है, तो यह आपके बातचीत शुरू करने का संकेत नहीं है। इंतज़ार करें।

परानुभूतिपूर्ण बनें

बातचीत के ह्रास का एक कारण परानुभूति की कमी है। हम बहुत ज़्यादा स्वार्थी हो चुके हैं, अपने ख़ुद के कल्याण की परवाह करने में बहुत ज़्यादा व्यस्त हैं और अपने ही ख़ुद के छोटे से संसार में डूबे रहते हैं, अपनी ख़ुद की प्रगति पर इतने आमादा होते हैं कि दूसरों में रुचि ही नहीं लेते। जिस भी व्यक्ति में परानुभूति नहीं है, वह अच्छा संवाद-विशेषज्ञ नहीं बन सकता। अच्छे श्रोता या अच्छे वक्ता बनने के लिए आपको किसी दूसरे के जीवन में दाख़िल होने और कुछ समय तक दूसरे व्यक्ति का जीवन जीने में समर्थ होना पड़ेगा। आप जिसके साथ बातचीत कर रहे हैं, उसकी रुचि के अनुरूप बातचीत करके उसके दिल को छूना होगा। चाहे आप किसी विषय के बारे में कितना ही अधिक क्यों न जानते हों, अगर उसमें सामने वाले की कोई रुचि नहीं है, तो आपके प्रयासों का अधिक फ़ायदा नहीं होगा।

संवाद को सुलभ बनाएँ

कई कंपनियों ने जटिल और महँगे संवाद तंत्रों में निवेश किया है, ताकि वे अधिक तेज़ी से और प्रभावी ढंग से ग्राहकों के संपर्क में रह सकें। बहरहाल, काफ़ी हद तक टेक्नोलॉजी ने संगठनों का अमानवीकरण कर दिया है और इन संगठनों से संपर्क करना न सिर्फ़ अप्रिय होता है, बल्कि अक्सर कुंठाजनक भी होता है। इससे संवाद का मुख्य उद्देश्य ही पराजित हो जाता है- ग्राहकों और जनता के साथ संपर्क करने में गति, आसानी और ख़ुशी का एहसास।

ग्राहक आम तौर पर ऑटोमेटेड टेलीफ़ोन राउटिंग सिस्टम्स से उकता जाते हैं, जो फ़ोन लगाने वाले को होल्ड पर रख देते हैं और कई

बार तो फ़ोन काट भी देते हैं। उच्च प्रतिस्पर्धा वाले क्षेत्र में कार्यरत कंपनियाँ विज्ञापनों पर करोड़ों ख़र्च करती हैं, लेकिन जब कोई संभावित ग्राहक फ़ोन करता है, तो उनकी नाव डूब जाती है। स्वयं और ग्राहकों के बीच संवाद के तार खोलने की कंपनी की अनिच्छा से यह अवांछित संदेश जाता है कि "ग्राहक महत्त्वपूर्ण नहीं हैं।"

दुर्भाग्य से, बहुत कम कंपनियों ने इस समस्या को सुलझाने की कोशिश की है, क्योंकि वे मानती हैं कि सकारात्मक बातें – कम लागत और अधिक सुनियोजित तरीक़े से रोज़मर्रा के मामले निबटाने की योग्यता – नकारात्मक बातों पर भारी होती हैं। एक बिज़नेस एक्ज़ीक्यूटिव ने यह सुनिश्चित किया कि उनका स्टाफ़ ग्राहकों के साथ व्यक्तिगत संपर्क क़ायम रखे। ये एक्ज़ीक्यूटिव हैं बॉब कियरलिन, जो फ़ास्टेनेल के संस्थापक और चेयरमैन हैं, जो औद्योगिक उत्पादों की अग्रणी अमेरिकी डिस्ट्रिब्यूटर है। वे अपने फ़ोन ख़ुद उठाते हैं और बातचीत के दौरान तुरंत अपॉइंटमेंट देते हैं। उनका कोई द्वारपाल नहीं है, कोई रूखा सहयोगी या पीआर कर्मचारी नहीं है और उन्होंने दो हज़ार स्टोर वाली 2 अरब डॉलर की कंपनी खड़ी कर ली है। जब उनसे उनकी कामयाबी का रहस्य पूछा गया, तो उन्होंने ऐसी चीज़ों का ज़िक्र किया, जिन्हें कुछ लोग "छोटी चीज़ें" मानते हैं, जैसे संवाद करना, ख़ुद को उपलब्ध रखना। बहरहाल, ऐसा नहीं है कि केवल कियरलिन ही संवाद करते हों। बिज़नेस प्रेस में उल्लेख है कि उनके स्टाफ़ के सदस्य भी इसी तरीक़े से प्रतिक्रिया करते हैं। वे वास्तव में पलटकर फ़ोन करते हैं।

द्वेष उत्पन्न किए बिना सुझावों को अस्वीकार करना

अच्छे संवाद की एक और बाधा होती है। कर्मचारियों को डर होता है कि यदि उनके दिए किसी सुझाव से बॉस असहमत हुए, तो वे उनकी नज़रों में गिर जाएँगे। इस अस्वीकृति का सामना करने के बजाय कर्मचारी अपने विचार ख़ुद तक ही रखते हैं। इस सिक्के का दूसरा पहलू भी है। कुछ सुपरवाइज़र अपने अधीनस्थों के ख़राब विचारों को ठुकराने के भी अनिच्छुक होते हैं, क्योंकि वे डरते हैं कि एक विचार भी ठुकराया, तो सामने वाला भावी योगदान देने के लिए हतोत्साहित हो जाएगा।

आप इस तरह नहीं सोच सकते। आपको अपने साथ कार्य करने और व्यवहार करने वाले लोगों को प्रोत्साहित करना चाहिए कि वे अपने विचार व्यक्त करें और सुझाव दें। आपको ख़राब सुझावों को कूटनीति से अस्वीकार करना सीखना चाहिए, ताकि द्वेष उत्पन्न न हो पाए। यहाँ पर कुछ विचार दिए जा रहे हैं कि ख़राब सुझावों को सकारात्मक अंदाज़ में कैसे अस्वीकार किया जाए :

- *इसे एकांत में करें।* कभी भी किसी कर्मचारी का सुझाव दूसरों के सामने न ठुकराएँ। इससे उसका क़द कम होता है और वह अपने समकक्षों के सामने शर्मिंदा होता है। उसके सुझाव के लिए उसे धन्यवाद दें और बता दें कि आप सोच-विचार करने के बाद उससे बात करेंगे। भले ही विचार पहली नज़र में कारगर नज़र न आ रहा हो, लेकिन उसका अध्ययन करें। हो सकता है कि आप ग़लत हों। और जितनी जल्दी संभव हो, उसे जवाब दें।
- *उसे कारण बताएँ- और उसकी प्रतिक्रियाएँ सुनें।* आम तौर पर जब आपको ऐसे सुझाव मिलते हैं, जिनमें स्पष्ट दोष नज़र आता है, तो आप कह सकते हैं, यदि यह सच हो, "हमने इसे पहले भी आज़माकर देखा था, लेकिन यह कारगर नहीं हुआ था।" बेहतर नीति यह कहना है : "हमने ऐसी ही एक चीज़ दो साल पहले आज़माई थी, लेकिन हमें उसमें कुछ समस्याएँ आई थीं।"

शब्दों के फ़र्क़ पर ग़ौर करें। पहली टिप्पणी, "यह कारगर नहीं हुआ था" अंतिम थी। इसने सामने वाले की प्रतिक्रिया के लिए कोई द्वार खुला नहीं छोड़ा था। दूसरी नीति, "हमें उसमें कुछ समस्याएँ आई थीं" द्वार खुला रखती है। इस टिप्पणी की सबसे संभावित प्रतिक्रिया यह हो सकती है, "समस्याएँ क्या थीं?" एक बार जब सामने वाला जान लेता है कि पिछली असफलता किस वजह से उत्पन्न हुई थी, तो वह प्रतिक्रिया कर सकता है, "मैंने उस बारे में सोचा ही नहीं। लगता है कि मुझे इस बारे में थोड़ा और सोच-विचार कर लेना चाहिए।" भावी विचारों का दमन करने के बजाय आपने उस

व्यक्ति को सोचते रहने के लिए प्रोत्साहित कर दिया है या शायद उसके पास कोई वैध विचार हो : "मैंने उन समस्याओं के बारे में सोच लिया है और मेरे पास समाधान हैं।" सहयोग का एक लाभ यह है कि आप यह बात मान लेते हैं कि आपके पास सारे जवाब नहीं हैं और यह कि दूसरे लोग स्थितियों को ऐसे दृष्टिकोण से देख सकते हैं, जिससे आप उन्हें न देख पाए हों।

- *सुकरात की नीति।* किसी विचार को सिरे से ख़ारिज करने के बजाय उसका सुझाव देने वाले व्यक्ति से सवाल पूछें। इसी तरह सुकरात ने अपने शिष्यों को मुद्दे पर पूरी तरह सोचने के लिए प्रेरित किया था। उन्होंने अपने एक भी विद्यार्थी से कभी नहीं कहा कि वह ग़लत है। अगर कोई विद्यार्थी ग़लत जवाब देता था, तो सुकरात एक और सवाल पूछ लेते थे। सवाल के शब्दों को सावधानी से चुनकर इस महान शिक्षक ने अपने शिष्यों को समस्या पर पूरी तरह विचार करने के लिए प्रोत्साहित किया, ताकि इस विचार प्रक्रिया द्वारा वे सही समाधान तक पहुँच जाएँ।

  इसे अब भी "सुकरात नीति" कहा जाता है। सावधानी से सवाल पूछकर आप सुझाव देने वाले व्यक्ति को प्रेरित कर सकते हैं कि वह अपने विचार पर दोबारा सोचे, उसका दोबारा मूल्यांकन करे और कहीं अधिक व्यावहारिक समाधान के साथ लौटे। इस तरह आप कभी किसी विचार को अस्वीकार नहीं करते हैं। कोई द्वेष उत्पन्न नहीं होता है और इस नीति से कर्मचारी विचार करने के लिए निरंतर प्रोत्साहित होता है। जैसा इस अध्याय में पहले बताया गया है, सवाल पूछने का एक अन्य लाभ यह है कि इससे आप बेहतर श्रोता बनने में समर्थ होते हैं।

अप्रिय बने बिना असहमत होना

कुछ लोग बहुत संवेदनशील होते हैं। वे आसानी से आलोचना को स्वीकार नहीं कर पाते और जब उनके किसी विचार को ठुकरा दिया जाता है, तो वे रक्षात्मक मुद्रा में आ जाते हैं। आइए मान लेते हैं कि

आपके किसी सहयोगी ने कई दिनों तक मेहनत करके एक नया प्रोग्राम बनाया और वह उसे आपको दिखाने लाया। उसे केवल अनुमोदन की उम्मीद ही नहीं थी; वह तो बधाई की उम्मीद कर रहा था। आप पाते हैं कि हालाँकि नए प्रोग्राम में कई अच्छी बातें हैं, लेकिन इसमें कई क्षेत्र ऐसे भी हैं, जिनमें महत्वपूर्ण सुधार की ज़रूरत है।

आप यह कैसे संप्रेषित कर सकते हैं, ताकि उस संवेदनशील कर्मचारी के दिल को ठेस न लगे, वह द्वेषपूर्ण न बने और कई दिनों तक मुँह फुलाए न रखे?

आप जिन क्षेत्रों में असहमत हैं, उनकी ओर संकेत करने के बजाय पहले प्रोग्राम के सभी अच्छे पहलुओं पर अपने सहयोगी को बधाई दें। फिर अपनी आपत्तियाँ बताने के बजाय असहमति के हर क्षेत्र के बारे में विशिष्ट सवाल पूछें। आपके सवालों पर तीन संभावित प्रतिक्रियाएँ संभव हैं।

एक प्रतिक्रिया : "मैंने उस बारे में नहीं सोचा था। बेहतर होगा कि मैं इसकी समीक्षा करके बेहतर नीति बनाऊँ।" यह प्रतिक्रिया दिखाती है कि आपने अपने सहयोगी को प्रोत्साहित कर दिया है कि वह प्रोग्राम को अधिक व्यावहारिक बनाए।

दूसरी संभावित प्रतिक्रिया : "मैंने उस बारे में नहीं सोचा था। मुझे क्या करना चाहिए?" इस तरह की प्रतिक्रिया से यह संकेत मिलता है कि आपका सहयोगी सहमत है कि अवधारणा सही नहीं थी, लेकिन इसे ख़ुद सुलझाने की कोशिश करने के बजाय वह समस्या को आपकी ओर उछाल देता है कि आप ही उसे सुलझाएँ। क्या किया जाए, यह बताने का लालच आपके मन में आ सकता है- और यदि आपातकालीन स्थिति है, तो समय पर कार्य पूरा कराने के लिए आपको यह करना पड़ सकता है। बहरहाल, सबसे अच्छा यह रहता है कि आप लोगों को उनकी समस्याएँ ख़ुद सुलझाने के लिए प्रोत्साहित करें। आपकी प्रतिक्रिया यह होनी चाहिए : "आप इस पर थोड़ा और सोच-विचार क्यों नहीं करते? हम इस सप्ताह में बाद में इस पर बात करेंगे।"

तीसरी प्रतिक्रिया : आपका सहयोगी आपके सवाल का जवाब देता है और आपको एहसास होता है कि वह सही था और आपकी आपत्ति वैध नहीं थी। इस मामले में अपने सहयोगी को धन्यवाद दें कि

उसने मामले को सुलझा दिया और अगले सवाल पर पहुँच जाएँ।

आलोचना करने के बजाय सवाल पूछकर हम लोगों से सर्वश्रेष्ठ निकलवा सकते हैं। इसके अलावा, इससे वे द्वेष भी नहीं पालते हैं। कर्मचारी अपने ख़ुद के बुरे विचारों को अस्वीकार करता है और उसे बेहतर विचारों के साथ लौटने के लिए प्रोत्साहित किया जाता है। इसका परिणाम यह होगा कि आपके साथियों की रचनात्मक योग्यताएँ पैनी होंगी और आपको अधिक नवाचारी विचार प्राप्त होंगे, जिससे आपके विभाग की प्रभावकारिता बढ़ जाएगी।

संवाद दोतरफ़ा सड़क है

हम अपने संदेश दूसरों को भेजते हैं, लेकिन हम उनसे संदेश प्राप्त भी करते हैं। हमें यह सीखना चाहिए कि दूसरों को उनके विचार व्यक्त करने के लिए कैसे प्रोत्साहित करें और इससे अधिक महत्वपूर्ण बात, हमें सामने वाले की कही बात को सचमुच सुनना चाहिए। प्रभावी संवाद के लिए एक पक्ष से दूसरे पक्ष तक फ़ीडबैक लगातार प्रवाहित होना चाहिए। संदेश भेजने वाले को हमेशा यह सुनिश्चित करना चाहिए कि जो भेजा गया है, उसे सामने वाले ने प्राप्त और स्वीकार कर लिया है। इसके लिए भेजने वाले को सवाल पूछने चाहिए, जिन चीज़ों का अवलोकन किया जा सकता है उनका अवलोकन करना चाहिए और यदि ग़लतफ़हमियाँ हैं, तो उन्हें दूर करना चाहिए तथा यह सुनिश्चित करना चाहिए कि वे दूर हो गई हैं। उसे प्राप्त करने वाले द्वारा संदेश की स्वीकृति खोजनी चाहिए, ताकि उसके मन में मनचाही चीज़ हासिल करने की सच्ची इच्छा उत्पन्न हो।

यदि आप अच्छे संवाद की इन बुनियादी बातों का अनुसरण करते हैं, तो न केवल आपके संदेश ज़्यादा जल्दी पहुँचेंगे, बल्कि कार्य भी समय पर पूरा होगा।

सार

- अच्छे संवाद विशेषज्ञों ने अपने अवचेतन मन को प्रशिक्षित किया है, ताकि उन्हें वह शक्ति और क्षमता मिले, जिससे वे

अपने विचार, अपनी इच्छाएँ और दूसरों के प्रति अपनी सबसे गहन चिंताएँ व्यक्त कर पाएँ। इसी के फलस्वरूप उनके प्रयास सफल हुए हैं।

- अच्छे संवाद का आधा हिस्सा आपके श्रोताओं को समझना है। ऐसे शब्द चुनें, जिन्हें आपके श्रोता आसानी से समझ लें। अगर आपके श्रोता आपकी शब्दावली को नहीं समझ सकते, तो आपका संदेश खो जाएगा।
- एक व्यक्ति की बॉडी लैंग्वेज दूसरे व्यक्ति की बॉडी लैंग्वेज से भिन्न होती है। जब आप किसी व्यक्ति से व्यवहार कर रहे हों, तो आप यह सुनिश्चित नहीं कर सकते कि वह वही संकेत दे रहा हो, जिनकी आपको उम्मीद है। लोगों की व्यक्तिगत बॉडी लैंग्वेज का अध्ययन करने और उसे याद रखने का चेतन प्रयास करें।
- सक्रिय श्रोता बनें। अपने कान खुले रखकर सिर्फ़ बैठने या खड़े रहने के बजाय इन दिशानिर्देशों का अनुसरण करें :
  - वक्ता की ओर देखें।
  - अपने चेहरे के हाव-भाव द्वारा दिलचस्पी दिखाएँ। सिर हिलाकर या मुद्राओं द्वारा संकेत दें कि आप बातचीत को समझ रहे हैं।
  - जो कहा जा रहा है, उसके बारे में सवाल पूछें।
  - बीच में न टोकें।
  - परानुभूति रखें। अच्छा श्रोता या वक्ता बनने के लिए आपको किसी दूसरे के जीवन में दाख़िल होने और कुछ समय तक दूसरे व्यक्ति की मानसिकता में जीने के लिए सक्षम होना चाहिए।
- अच्छे संवाद विशेषज्ञ श्रोताओं को अपने क़रीब लाते हैं। वे अपने दिल को चौड़ा खोलते हैं और एक व्यापक, मुक्त स्वभाव तथा खुला दिमाग़ दर्शाते हैं।
- दूसरों के सुझावों को अस्वीकार करते समय उनकी आलोचना

या निंदा न करें, सुकरात की नीति का इस्तेमाल करें। अच्छे सवाल पूछें। इससे उन्हें ख़ुद ही अपनी ग़लतियों का एहसास हो जाएगा।

- प्रभावी संवाद के लिए एक पक्ष से दूसरे पक्ष तक फ़ीडबैक लगातार प्रवाहित होना चाहिए। संदेश भेजने वाले को हमेशा यह सुनिश्चित करना चाहिए कि जो संदेश भेजा गया है, उसे श्रोता ने समझ लिया है और स्वीकार कर लिया है।

अध्याय पंद्रह

मुश्किल लोगों से निबटना

आपका अवचेतन मन एक रिकॉर्डिंग मशीन है, जो हमारी आदतन सोच को दोबारा उत्पन्न करता है। दूसरों का अच्छा सोचेंगे, तो आप दरअसल अपना ख़ुद का अच्छा सोच रहे हैं।

मानव संबंधों में ऐसी कोई समस्या नहीं है, जिसे आप सौहार्द्रपूर्ण तरीक़े से और सभी संबद्ध व्यक्तियों के भले के लिए नहीं सुलझा सकते। जब आप कहते हैं कि ऑफ़िस में किसी सहयोगी से तालमेल बैठाना बहुत मुश्किल है, कि वह झगड़ालू, ओछा, आलोचनात्मक और मुश्किल है, तो क्या आपको यह एहसास होता है कि संभवतः यह आपकी आंतरिक मानसिक अवस्थाओं का प्रतिबिंब है? यह भी याद रखें कि समान ही समान को आकर्षित करता है। क्या यह संभव नहीं है कि आपके सहयोगी का झगड़ालू, चिड़चिड़ा, आलोचनात्मक नज़रिया आपकी आंतरिक कुंठाओं और दमित क्रोध का प्रतिबिंब नहीं है? सामने वाला क्या कहता या करता है, इससे आपको दरअसल तब तक चोट नहीं पहुँच सकती, जब तक कि आप उसे मानसिक रूप से ख़ुद को विचलित करने की अनुमति न दें। वह व्यक्ति आपको जिस एकमात्र माध्यम से चिढ़ा सकता है, वह है आपके ख़ुद के विचार।

ऐसा इसलिए है, क्योंकि आप ही अपने संसार के एकमात्र चिंतक हैं। आप और केवल आप ही उस तरीक़े के लिए ज़िम्मेदार हैं, जिस तरह से आप दूसरे लोगों के बारे में सोचते हैं। वे नहीं, आप ज़िम्मेदार हैं। मिसाल के तौर पर, यदि आप नाराज़ होते हैं, तो आपको अपने मन में चार अवस्थाओं से होकर गुज़रना पड़ता है। आप इस बारे में

सोचने लगते हैं कि सामने वाले ने क्या कहा था। आप क्रोधित होने और ग़ुस्से की अवस्था का निर्माण करने का निर्णय लेते हैं। फिर आप कार्य करने का निर्णय लेते हैं। शायद आप पलटकर उसी अंदाज़ में जवाब देते हैं और प्रतिक्रिया करते हैं। किसी बहस को करने के लिए दो व्यक्तियों की ज़रूरत होती है। ग़ौर करें कि विचार, भावना, प्रतिक्रिया और क्रिया सभी आपके ख़ुद के दिमाग़ में होती हैं। आप और सिर्फ़ आप ही ज़िम्मेदार हैं।

आप अपने चेतन मन में जिसे भी सच मानते हैं, आपका अवचेतन मन उसे बिना किसी प्रश्न के स्वीकार कर लेगा। बहुत सावधान रहें कि आप केवल उसे ही स्वीकार करें, जो सच्चा, उदात्त और ईश्वरीय हो।

"मुझे हर व्यक्ति से चिढ़ होती है"

हैनरी एफ़. को यह समझ नहीं आया कि वह अपने आस-पास के हर व्यक्ति से क्यों चिढ़ता था। उसने इस बारे में एक परामर्शदाता से बातचीत की। परामर्शदाता ने संकेत किया कि हैनरी लगातार दूसरों के साथ ग़लत तरीक़े से पेश आ रहा था। वह ख़ुद को पसंद नहीं करता था और आत्म-निंदा से भरा हुआ था। वह बहुत तनावपूर्ण और चिड़चिड़े अंदाज़ में बोलता था। उसकी भाषा की कटुता हर एक के दिमाग़ पर हथौड़े की तरह पड़ती थी। वह ख़ुद के बारे में ओछी राय रखता था और दूसरों की बहुत आलोचना करता था।

परामर्शदाता ने स्पष्ट किया कि हालाँकि उसे दुखद अनुभव दूसरे लोगों के साथ नज़र आते हैं, लेकिन ये मुश्किल संबंध दरअसल उसके ही विचारों और भावनाओं से तय होते हैं। यदि वह ख़ुद से नफ़रत करता है, तो वह दूसरों के प्रति सद्भावना और सम्मान नहीं रख सकता। यह असंभव है, क्योंकि मस्तिष्क का नियम यह है कि लोग हमेशा अपने विचारों और भावनाओं को उनके सहयोगियों तथा आस-पास के सभी लोगों पर आरोपित करते हैं।

हैनरी को एहसास होने लगा कि जब तक वह दूसरों के प्रति

पूर्वाग्रह, दुर्भावना और तिरस्कार की भावनाएँ आरोपित करेगा, तब तक उसे यही वापस मिलेगा, क्योंकि उसका संसार उसके ही नज़रियों तथा मनोदशाओं की गूँज था।

परामर्शदाता ने उसे सलाह दी कि वह अपने अवचेतन मन में निम्न विचार लिख ले। याद रखें, आपका चेतन मन क़लम है और इससे आप अपने अवचेतन मन पर मनचाही इबारत लिख सकते हैं। हैनरी ने यह लिखा था :

> *अब मैं स्वर्णिम नियम का अभ्यास करता हूँ, जिसका मतलब है कि मैं दूसरों के प्रति वैसा ही सोचता, बात करता और कार्य करता हूँ, जैसा मैं चाहता हूँ कि दूसरे मेरे प्रति सोचें, बोलें और करें। मैं वाक़ई सबके प्रति शांति, समृद्धि और सफलता चाहता हूँ। मैं हमेशा संतुलित, प्रफुल्लित और शांत रहता हूँ। दूसरे मेरा उसी तरह सम्मान और सराहना करते हैं, जिस तरह मैं स्वयं का करता हूँ। जीवन मुझे बहुत सम्मान दे रहा है, क्योंकि इसने मुझे प्रचुरता में दिया है। जीवन की छोटी-छोटी बातें अब मुझे चिढ़ाती नहीं हैं, परेशान नहीं करती हैं। जब डर, चिंता, शंका या दूसरों की आलोचना मेरे द्वार पर दस्तक देती है, तो आस्था, नेकी, सत्य और सुंदरता मेरे मस्तिष्क का द्वार खोलते हैं। उन्हें बाहर कोई नहीं दिखता है। दूसरों के सुझावों और कथनों में कोई शक्ति नहीं होती है। अब मैं जान गया हूँ कि आहत भावनाओं का उपचार कैसे करना है। एकमात्र शक्ति मेरे ख़ुद के विचार में है।*

हैनरी ने इन सच्चाइयों को सुबह, दोपहर और रात में कहा। उसने पूरी प्रार्थना याद कर ली। उसने इन शब्दों में जीवन, प्रेम और अर्थ भर दिया। परासरण की क्रिया के ज़रिए ये विचार रिसकर उसके अवचेतन मन के अंदर चले गए और वह बदल गया। उसने बताया, "मैं सीख रहा हूँ कि औसत के नियम से ख़ुद को बाहर निकालने में विशेषज्ञ कैसे बनूँ। मेरी प्रगति ठीक-ठाक है। मुझे अपनी नौकरी में एक प्रमोशन मिल चुका है। मैं इस वाक्य की सच्चाई अब जानता हूँ : "यदि मैं अपने मन में ऊपर उठ जाऊँ, तो सारी साकार अभिव्यक्तियों को अपनी ओर खींच लूँगा।"

उसने सीखा कि समस्या उसके भीतर थी। उसने अपने विचारों, भावों और प्रतिक्रियाओं को बदलने का निर्णय लिया। यह काम कोई भी कर सकता है। ख़ुद का कायाकल्प करने के लिए निर्णय, लगन और बदलने की तीव्र इच्छा की ज़रूरत होती है।

बुराई के बदले भलाई करें

यह हैरानी की बात नहीं लगनी चाहिए कि संसार में कुछ लोग मुश्किल होते हैं। रोज़मर्रा के जीवन में कई लोग अक्सर बहसबाज़, असहयोगी, झगड़ालू, निंदा करने वाले और जीवन को लेकर कटु होते हैं। कुछ मनोवैज्ञानिक दृष्टिकोण से रोगी होते हैं। उनके मस्तिष्क शायद उनके अतीत के अनुभवों के कारण विकृत हो चुके हैं। बाक़ी उनके कार्य या व्यक्तिगत समस्याओं की वजह से तनावग्रस्त हो चुके हैं।

जब ऐसे किसी व्यक्ति से पाला पड़े, तो आप क्या करें? प्रलोभन यह होता है कि आप उनकी नकारात्मक ऊर्जा उन्हीं की ओर नापसंदगी के रूप में लौटा दें। लेकिन ऐसा करने के लिए आपको पहले उनकी नकारात्मकता को अपने भीतर भरना होगा। ज़ाहिर है, इसके आपके ख़ुद के जीवन पर बहुत से बुरे प्रभाव पड़ेंगे। इसके बजाय "बुराई के बदले भलाई करो" की कोशिश करें। इससे एक कवच बन जाता है, जो उनके मुश्किल और अप्रिय नज़रियों को आपको प्रभावित करने से रोकता है। आपकी करुणा तथा समझ की तरंगें उन्हें बदलने की प्रक्रिया को गतिमान कर देंगी।

मिसेज़ ग़लत-दिशा अपने ऑफ़िस में सुपरवाइज़र के प्रति ईर्ष्या तथा नफ़रत रखती थी। वह आहत भावनाओं से कष्ट उठा रही थी। उसे अल्सर और हाई ब्लड प्रेशर हो गया। जब वह क्षमा और सद्भावना के आध्यात्मिक सिद्धांत के बारे में जागरूक हुई, तो उसे एहसास हुआ कि उसने कई द्वेषपूर्ण और शिकायती नज़रियों को अपने भीतर इकट्ठा कर लिया था और ये नकारात्मक व हानिकारक विचार उसके अवचेतन मन को बीमार बना रहे थे। मामले को सुलझाने के लिए उसने मिस सुपरवाइज़र से बातचीत करने की कोशिश की, लेकिन उन्होंने उसे झिड़क दिया। मिसेज़ ग़लत-दिशा ने ऑफ़िस जाने से पहले हर रात

और हर सुबह दस मिनट तक सद्भावना और सौहार्द्र के सिद्धांतों को शक्तिशाली बनाया। उसने यह किया। उसने इस तरह का सकारात्मक कथन कहा : "मैं मिस सुपरवाइज़र को सौहार्द्र, प्रेम, शांति, ख़ुशी और सद्भावना से घेर देती हूँ।"

अब, यह कोई फ़ालतू की बकवास नहीं है। वह जानती थी कि वह क्या कर रही थी और क्यों कर रही थी। ये विचार अवचेतन में धँस जाते हैं। केवल एक ही अवचेतन मन होता है, इसलिए सामने वाला व्यक्ति इसे समझ लेता है। उसने कहा, "हमारे बीच सौहार्द्र, शांति और समझ है। मैं मिस सुपरवाइज़र के बारे में जब भी सोचूँगी, यही कहूँगी, 'ईश्वर का प्रेम आपके मस्तिष्क को लबालब भर देता है।'"

कुछ सप्ताह गुज़र गए और मिसेज़ ग़लत-दिशा सैन फ्रांसिस्को की व्यावसायिक यात्रा पर गई। विमान में चढ़ने के बाद उसे पता चला कि एक ही सीट ख़ाली थी- मिस सुपरवाइज़र के बग़ल वाली। मिसेज़ ग़लत-दिशा ने हार्दिक अभिवादन किया और बदले में उसे हार्दिक प्रतिक्रिया मिली। सैन फ्रांसिस्को में उनका समय सौहार्द्रपूर्ण तथा सुखद गुज़रा। अब वे सहेलियाँ हैं और उनके कार्यकारी संबंध इतने बेहतर हो गए कि दोनों को ही तरक़्क़ी मिल गई।

असीमित प्रज्ञा ने इस मुश्किल का समाधान ऐसे तरीक़ों से कर दिया, जिनके बारे में मिसेज़ ग़लत-दिशा को ज़रा भी पता नहीं था। मिसेज ग़लत-दिशा की बदली हुई सोच ने हर चीज़ को बदल दिया। अल्सर और हाई ब्लड प्रेशर की समस्याएँ भी पूरी तरह ठीक हो गईं।

वह ख़ुद को नुक़सान पहुँचा रही थी। आप जैसा सोचते या महसूस करते हैं, उसके लिए कोई दूसरा ज़िम्मेदार नहीं है; आप ख़ुद ज़िम्मेदार हैं, क्योंकि अपनी सृष्टि में आप ही एकमात्र विचारक हैं। केवल आप ही इस बात के लिए ज़िम्मेदार हैं कि आप दूसरों के बारे में किस तरह सोचते हैं।

अपनी मानसिकता को बदल लें

ली वाय. हवाई की एक लग्ज़री होटल के रेस्तराँ में वेटर है। उसने बताया कि एक बार वह एक ख़ास चिड़चिड़े व्यक्ति से कैसे निबटा। हर

साल एक सनकी करोड़पति होटल में आकर ठहरता था। यह आगंतुक कंजूस-मक्खीचूस था, इसलिए वह वेटर या बेलबॉय को टिप देने से नफ़रत करता था। वह नकचढ़ा, बदतमीज़, रूखा और कुल मिलाकर बहुत अप्रिय व्यवहार करने वाला था। कोई भी चीज़ उसे संतुष्ट नहीं कर पाती थी। वह हमेशा भोजन और सर्विस के बारे में शिकायत करता रहता था। जब भी उसे खाना परोसा जाता था, तो वह वेटर्स पर गुर्राता रहता था।

ली बताते हैं, "मुझे एहसास हुआ कि वह एक बीमार आदमी था। एक काहुना (स्थानीय हवाइयन पुजारी) ने मुझे बताया था कि जब लोग ऐसे हों, तो इसका मतलब है कि कोई चीज़ उन्हें भीतर से कुतर रही है। इसलिए मैंने उसके साथ दयालुता से पेश आने का निर्णय लिया।" ली ने इस व्यक्ति से शिष्टाचार, दयालुता और सम्मान के साथ लगातार व्यवहार किया। वह मन ही मन यह कथन दोहराता रहा, "ईश्वर उससे प्रेम करता है और उसकी परवाह करता है। मैं उसमें ईश्वर को देखता हूँ और वह मुझमें ईश्वर को देखता है।" उसने लगभग एक महीने तक इस तकनीक का अभ्यास किया। इसके बाद उस सनकी करोड़पति ने पहली बार कहा, "गुड मॉर्निंग, ली। मौसम कैसा है? आप सबसे अच्छे वेटर हो, जिसे मैंने आज तक देखा है।" ली हैरान रह गया। उसने कहा, "मैं तो बेहोश होते-होते बचा। मुझे फटकार की उम्मीद थी और मुझे प्रशस्ति मिल रही थी। उस आदमी ने विदा होते समय मुझे 500 डॉलर टिप में दिए।"

शब्द विचार की अभिव्यक्ति है। ली के शब्द और विचार उस चिड़चिड़े, झगड़ालू अतिथि के अवचेतन मन के प्रति संबोधित थे। उनकी वजह से क्रमशः उसके दिल की बर्फ़ पिघल गई। उसने प्रेम और दयालुता से प्रतिक्रिया की।

"मेरा साथी कर्मचारी बहुत अव्यवस्थित है।"

सैंडी एल. एक पार्ट टाइम आर्ट डायरेक्टर है। उसकी और एक अन्य पार्ट टाइमर की डेस्क एक ही थी। दिक़्क़त यह थी कि जाते वक़्त पार्ट-टाइमर अपनी डेस्क पर बहुत सारा कचरा छोड़ जाता था। सैंडी

ने मानव संसाधन संचालक से पूछा कि वह अपने साथी को अधिक साफ़-सुथरा कैसे बना सकती है। संचालक ने सुझाव दिया, "तुम निश्चित रूप से उसे साफ़-सुथरा रखने को कह सकती हो। लेकिन अगर तुम सहयोग और सद्भावना का माहौल बनाए रखना चाहती हो, तो चिट्ठी लिखने के बजाय उससे आमने-सामने बात करो, भले ही इसकी ख़ातिर तुम्हें अपनी छुट्टी वाले दिन भी ऑफ़िस आना पड़े। यह कहने की कोशिश करो, 'मुझे बहुत मदद मिलेगी, अगर आप जाने से पहले डेस्क साफ़ करके जाएँ। वरना मुझे इस बात की चिंता रहेगी कि कहीं ग़लती से आपका कोई काग़ज़ी काम न खो जाए।'"

सैंडी ने बताया कि नई समस्या उत्पन्न किए बिना समस्या सुलझाने की यह तकनीक इतनी अच्छी तरह कारगर रही कि दूसरे पार्ट-टाइमर ने उन दोनों के लिए अलग-अलग इनबॉक्स बना दिए और टेबल की हर दिन सफ़ाई भी करने लगा। जो द्वेष का कारण बन सकता था, वह मुद्दा सद्भाव के साथ निबट गया। हालाँकि इसमें थोड़ा अधिक समय और प्रयास लगा, लेकिन यह इस लायक़ था।

नकारात्मक व्यक्तियों के साथ निबटना

यदि आप दूसरों के सुपरवाइज़र हैं, तो यह तय है कि किसी न किसी मोड़ पर अपने समूह में नकारात्मक नज़रियों से आपका पाला पड़ेगा। हर टीम लीडर या सुपरवाइज़र का पाला पड़ता है। वे आपके जीवन को दुखमय बना सकते हैं या इसे हमेशा-हमेशा बदलने वाली चुनौती भी बना सकते हैं। आप नकारात्मकता को नज़रअंदाज़ नहीं कर सकते-आपको इससे निबटना ही होता है।

नकारात्मक व्यक्तित्व सिर्फ़ सुपरवाइज़र्स के लिए ही सुरक्षित नहीं रहते। लगभग हर संगठन में सीढ़ी के सभी पायदानों पर कोई न कोई नकारात्मक इंसान रहता है। वे सहकर्मी हो सकते हैं, महत्वपूर्ण ग्राहक, सरकारी अधिकारी या कोई भी, जिससे आपका पाला पड़ता है। जब भी आप किसी चीज़ के पक्ष में होते हैं, वे उसके विपक्ष में होते हैं। उनके पास हमेशा कोई न कोई कारण रहता है कि आप जो हासिल करना चाहते हैं, उसे क्यों हासिल नहीं किया जा सकता। वे अपने निराशावाद

से आपकी टीम को नष्ट कर सकते हैं।

किसी व्यक्ति की नकारात्मकता इस बात से भी उत्पन्न हो सकती है कि आपकी कंपनी ने उसके साथ कोई वास्तविक या काल्पनिक ग़लत व्यवहार किया हो। यदि मामला यह है, तो इसकी जाँच करें। यदि उस व्यक्ति के पास नकारात्मक होने के तर्कसंगत कारण हों, तो उसे यक़ीन दिलाने की कोशिश करें कि अतीत गुज़र चुका है और अब भविष्य की ओर देखना उचित रहेगा। यदि ग़लत धारणाएँ शामिल हैं, तो उन्हें साफ़ करने की कोशिश करें।

नकारात्मक लोगों के साथ व्यवहार करते समय उनके तर्कों को मान्यता दें और उन्हें तैयार करें कि वे उनकी सोची हुई समस्याओं से उबरने के लिए आपके साथ मिलकर कार्य करें, ताकि प्रोजेक्ट आगे बढ़ सके। उस व्यक्ति को अतिरिक्त समस्या के बजाय समाधान का हिस्सा बना लें।

ओपल उन लोगों में से एक थी, जो नकारात्मकता प्रदर्शित करती थी। उसके शब्दों के कारण नहीं- बल्कि उसके कार्यों के कारण। वह किसी भी सुझाव को व्यक्तिगत आक्रमण मान लेती थी और किसी भी नए कार्य को इतनी अनिच्छा व चिढ़ से शुरू करती थी कि उससे हर कोई छिटक जाता था।

ओपल जैसे लोगों को अक्सर एहसास ही नहीं होता कि दूसरों के मन में उनके बारे में क्या राय बनती है। वे शायद अपने व्यक्तिगत जीवन में भी उसी तरह कार्य करते हैं, जिस तरह कि ऑफ़िस में करते हैं। वे ऐसे क़िस्म के लोग होते हैं, जिनकी अपने परिजनों के साथ पटरी नहीं बैठती, जिनके बहुत कम मित्र होते हैं और जो हमेशा हर बात के विपक्ष में होते हैं। यदि आपकी टीम में ओपल जैसे लोग हों, तो उनके साथ खुलकर बातचीत करें और बता दें कि उनके नज़रिए से आपकी टीम के मनोबल पर कैसा असर पड़ता है। आश्चर्यजनक बात यह है कि नकारात्मक सोच वाले कई लोगों को यह अंदाज़ा ही नहीं होता कि उनका व्यवहार दूसरों के लिए बाधक या हानिकारक है। उन्हें यह सीखना चाहिए कि अपने चेतन मन में सकारात्मक विचार बनाकर अवचेतन मन से नकारात्मकता को बाहर कैसे ठेला जाए।

अध्याय 3 को दोबारा पढ़ें और ओपल तथा उसके जैसे दूसरे लोगों की मदद करें, ताकि वे इस बारे में सुझावों पर अमल करें कि एक नकारात्मक नज़रिए को कैसे बदला जाए और अपने करियर तथा दरअसल पूरे जीवन के प्रति सकारात्मक, संकल्पवान, आत्मविश्वासी नीति कैसे बनाई जाए।

कर्मचारी सहायता योजना

कर्मचारी सहायता योजना या ईएपी कंपनी द्वारा प्रायोजित परामर्शदाता सेवा है। कई कंपनियों ने कर्मचारियों की व्यक्तिगत समस्याओं को दूर करने के लिए ये योजनाएँ शुरू की हैं, जिनसे उत्पादकता पर असर पड़ता है। परामर्शदाता कंपनी के कर्मचारी नहीं होते। वे तो बाहरी विशेषज्ञ होते हैं, जिन्हें ज़रूरत के आधार पर कार्य सौंपा जाता है। ईएपी का इस्तेमाल दो तरीक़ों से शुरू किया जा सकता है।

कई बार तो कर्मचारी ख़ुद पहल करके कंपनी के ईएपी से संपर्क करता है। कंपनी इसका प्रचार करके कर्मचारियों को कई तरह से सूचना प्रदान करती है। ईमेल, बुलेटिन और कंपनी के न्यूज़लेटर, मीटिंग्स और उनके घर पर पत्र भेजकर घोषणा के माध्यम से। अक्सर हॉटलाइन फ़ोन नंबर भी बताया जाता है।

मिसाल के तौर पर, गर्टी को यक़ीन था कि उसे मदद की ज़रूरत है। अपनी किशोरी पुत्री के साथ लगातार झिकझिक की वजह से वह तनावपूर्ण, क्रोधित और कुंठित हो गई थी। इस वजह से उसके कार्य की एकाग्रता पर विपरीत असर हो रहा था और यदा-कदा सहकर्मियों के साथ व्यवहार में वह अपना आपा खो देती थी।

उसने ईएपी योजना का लाभ लिया और "हॉटलाइन" पर फ़ोन कर दिया। एक स्क्रीनिंग काउंसलर ने गर्टी की समस्या सुनी और उसे एक पारिवारिक परामर्शदाता के पास भेज दिया। गर्टी ने अपना अपॉइंटमेंट ख़ुद अपने समय में लिया- ऑफ़िस के समय में नहीं। ईएपी ऑफ़िस के कार्य में कटौती करने का बहाना नहीं हैं। चूँकि पूरी प्रक्रिया गोपनीय थी, इसलिए गर्टी के परामर्श के बारे में कंपनी को कोई ख़बर

नहीं की गई। अधिकतर मामलों में परामर्श लेने वाले कर्मचारियों के नाम भी नहीं बताए जाते थे।

प्रक्रिया एक और तरीक़े से शुरू की जा सकती है। सुपरवाइज़र भी ईएपी से संपर्क करने की पहल कर सकता है। मान लें कि सुपरवाइज़र के किसी श्रेष्ठ कर्मचारी का कामकाजी प्रदर्शन हाल ही में कम हुआ हो। सुपरवाइज़र अक्सर इस कर्मचारी को अपनी डेस्क पर ख़ाली बैठे देखता है और वह कार्य से दूर अपने ख़्यालों में खोया रहता है। सुपरवाइज़र कर्मचारी से पूछता है कि क्या चल रहा है, लेकिन वह सवाल को नज़रअंदाज़ करते हुए कहता है, "मैं ठीक हूँ- बस थका हुआ हूँ।" कई चर्चाओं के बाद कर्मचारी आख़िरकार स्वीकार करता है कि कोई पारिवारिक समस्या है। इस बिंदु पर सुपरवाइज़र सुझाव दे सकता है कि कर्मचारी कंपनी के ईएपी से संपर्क करे।

हालाँकि सुपरवाइज़र ने पहल की थी और कर्मचारी ने उसकी बात मानी थी, लेकिन प्रगति की कोई रिपोर्ट नहीं दी जाती हैं। इसके बाद मामला गोपनीय रहता है। फ़ीडबैक उस कर्मचारी के कार्य में सुधार से मिलता है, जब परामर्श से समस्या सुलझती है।

कर्मचारी सहायता की योजनाएँ क़ायम करना महँगा होता है, लेकिन कई सालों से उनका इस्तेमाल कर रहे संगठन बताते हैं कि उनसे लाभ होता है। ईएपी ने कुशल और अनुभवी कर्मचारियों को बचा लिया, जो इसकी मदद के बिना कंपनी छोड़कर जा सकते थे।

झल्लाहट के दौरों पर नियंत्रण करना

टेरी एक अच्छा कर्मचारी है, लेकिन समय-समय पर वह अपना आपा खो बैठता है और सहकर्मियों पर चीख़ने-चिल्लाने लगता है। वह जल्द ही शांत हो जाता है, लेकिन उसके व्यवहार का असर पूरी टीम के कार्य पर पड़ता है और उसे सामान्य प्रदर्शन पर लौटने में थोड़ा वक़्त लगता है।

जहाँ लोग चीख़ते-चिल्लाते हों, ऐसे माहौल में कार्य करना आसान नहीं होता। इससे न केवल प्रत्यक्ष रूप से शामिल लोगों के कार्य में अवरोध उत्पन्न होता है, बल्कि कार्यक्षेत्र के सभी लोगों पर विपरीत

प्रभाव पड़ता है। वे कई घंटे बाद तक पूरी क्षमता से कार्य करने में असमर्थ हो सकते हैं। इस स्थिति को बर्दाश्त नहीं किया जा सकता। इन स्थितियों से निबटना आम तौर पर सुपरवाइज़र या टीम लीडर की ज़िम्मेदारी होती है, लेकिन कई बार कोई विश्वसनीय सहकर्मी हस्तक्षेप कर सकता है और अधिक औपचारिक कार्यवाही के बिना उस कर्मचारी को शांत कर सकता है।

जिस कर्मचारी को झल्लाहट के दौरे पड़ते हैं, उससे निबटने के लिए कुछ सुझाव निम्नलिखित हैं :

- जब वह व्यक्ति शांत हो जाए, तो सुपरवाइज़र या जहाँ उचित हो किसी वरिष्ठ कर्मचारी अथवा मानव संसाधन विभाग के प्रतिनिधि को उसके साथ दिल खोलकर बातचीत करनी चाहिए। यह संकेत करें कि यह समझ में आता है कि अपने ग़ुस्से पर क़ाबू करना किसी के लिए हमेशा आसान नहीं होता, लेकिन ऐसे दौरों को ऑफ़िस में बर्दाश्त नहीं किया जाएगा।
- यदि दोबारा दौरा पड़े, तो उस व्यक्ति को कमरे के बाहर भेज दिया जाना चाहिए, जब तक कि वह शांत न हो जाए। उस व्यक्ति को बता दें कि अगली बार ऐसा होने पर अनुशासनात्मक कार्यवाही की जाएगी।
- जिस कर्मचारी की आलोचना हो रही है, यदि वह रोने या झल्लाने लगे, तो बाहर चले जाएँ! दस मिनट तक इंतज़ार करें और फिर दोबारा कोशिश करें। उस कर्मचारी को आश्वस्त कर दें कि यह व्यक्तिगत आक्रमण नहीं है, बल्कि स्थिति को सुधारने का ज़रिया है। नोट : इस तरह की मीटिंग्स के लिए प्राइवेट ऑफ़िस अच्छी जगह नहीं है। किसी क्रोधित कर्मचारी को किसी ऑफ़िस में अकेले छोड़ना अच्छा विचार नहीं है। कई मौक़े ऐसे भी रहे हैं, जब क्रोधित कर्मचारी ने आवेश में ऑफिस की ईंट से ईंट बजा दी है। इसके बजाय कॉन्फ्रेंस रूम का इस्तेमाल करें। ज़ाहिर है, जो कर्मचारी शारीरिक रूप से अशांति फैलाते हैं, उन्हें इमारत से बाहर निकाल देना चाहिए और अनुशासनात्मक कार्यवाही करनी चाहिए।

- स्पष्ट रूप से बर्खास्त करना अंतिम विकल्प है। जिन लोगों को अक्सर झल्लाहट के दौरे पड़ते हैं, उन्हें नौकरी पर नहीं रखा जाना चाहिए। यह क़दम उठाते वक़्त सुपरवाइज़र्स को कंपनी की नीतियों का पालन करना चाहिए और जहाँ उचित हो, यूनियन कॉन्ट्रैक्ट्स का।

"पकड़ लिया" खेलना

क्या आपने कभी किसी ऐसे सहयोगी के साथ कार्य किया हो, जिसे जीवन में सबसे बड़ी ख़ुशी तब मिलती थी, जब वह दूसरे लोगों की कोई ग़लती पकड़ लेता था? जो लोग यह खेल खेलते हैं, वे अपनी श्रेष्ठता दिखाने की कोशिश कर रहे हैं। चूँकि उनके पास आम तौर पर कोई मौलिक विचार या रचनात्मक सुझाव नहीं होता है, इसलिए वे दूसरे लोगों की ग़लतियाँ पकड़ने में रोमांच का अनुभव करते हैं, चाहे वह व्यक्ति सहकर्मी हो या बॉस। वे सामने वाले को नीचा दिखाने और उसे असहज करने की कोशिश करते हैं। यदि आप वह व्यक्ति हैं, जिसे चुनौती दी जा रही है, तो इस व्यक्ति को यह खेल खेलने की संतुष्टि न दें। इसे मज़ाक़ की तरह लें ("क्या ग़लती है!") या मुस्कुराकर कहें, "असली समस्याएँ उत्पन्न होने से पहले चेताने के लिए धन्यवाद।" यदि ये "पकड़ने वाले" देखते हैं कि उनके खेल से आप उत्तेजित नहीं हुए हैं, तो वे रुक जाएँगे और किसी दूसरी जगह पर रोमांच की तलाश करेंगे।

नाख़ुश लोगों के साथ काम करना

इस बात की संभावना है कि आपके समूह में कम से कम एक नाख़ुश कर्मचारी होगा। हम भी ऐसे दौर से गुज़रते हैं, जब घर पर या ऑफ़िस में स्थितियाँ गड़बड़ा जाती हैं- और इसका असर हमारे कामकाज और स्टाफ़ के सदस्यों के साथ हमारे व्यवहार पर पड़ता है। सुपरवाइज़र्स को इस संभावना के प्रति सचेत रहना चाहिए और उस कर्मचारी के साथ बातचीत करने का समय निकालना चाहिए। अक्सर किसी समस्या के बारे में उस कर्मचारी को बातचीत का अवसर देने से तनाव कम हो

जाता है। भले ही समस्या न सुलझे, लेकिन इससे हवा साफ़ हो जाती है और इसके बाद वह कर्मचारी सामान्य ढंग से कामकाज करने में समर्थ हो जाता है।

बहरहाल, कुछ लोग किसी न किसी चीज़ के बारे में हमेशा दुखी रहेंगे। वे अक्सर कार्य के बँटवारे से संतुष्ट नहीं होते। भले ही आप उनके आग्रह मान लें और उनकी शिकायतें दूर कर दें, लेकिन इसके बावजूद वे ख़ुश नहीं होते। वे नकारात्मक होकर अपनी अप्रसन्नता प्रदर्शित करते हैं। मिसाल के तौर पर, यदि वैकेशन की अवधि में बदलाव के किसी के आग्रह को नकार दिया जाए, तो वह व्यक्ति नाराज़ हो सकता है और यह बात उसके नज़रिए में या तो सीधे या फिर सूक्ष्म रूप में देखी जा सकती है।

आप हर व्यक्ति को कभी ख़ुश नहीं कर सकते। जो लोग मानते हैं कि उनके साथ अन्यायपूर्ण बर्ताव किया गया है, उनके मनोबल को ऊपर उठाने में चतुराई और धैर्य की ज़रूरत होती है। मैनेजर्स अपने सामने आने वाली कई अप्रिय स्थितियों से बच सकते हैं, यदि निर्णय बताते वक़्त वे उसके पीछे के कारण भी स्पष्टता से बता दें। वैकेशन वाले उदाहरण में आप यह बता सकते हैं कि आपकी कंपनी वैकेशन शेड्यूल कई महीने पहले से बनाती है और दो अन्य कर्मचारी भी उसी वक़्त छुट्टियाँ ले रहे हैं। फिर यह बता दें कि आपके समूह के एक से अधिक सदस्य को एक साथ छुट्टी पर नहीं भेजा जा सकता। आप यह सुझाव भी दे सकते हैं कि नाख़ुश व्यक्ति स्टाफ़ के किसी अन्य सदस्य से अपने वैकेशन टाइम की अदला-बदली कर ले।

किसी नाख़ुश सहकर्मी से निबटना अधीनस्थ से निबटने से कहीं अधिक जटिल है, क्योंकि आपके पास उस स्थिति को सुधारने की कोई सच्ची शक्ति नहीं है, जो अप्रसन्नता का कारण है। समस्या को कम करने का एक तरीक़ा यह है कि आप ध्यान और परानुभूति से सुनें तथा स्थिति को स्वीकार करने में उस व्यक्ति की मदद करें। अक्सर दिल खोलकर बातचीत करने से सबसे ज़्यादा मदद मिलती है। यह ख़ास तौर पर तब सच होता है, जब बातचीत की पहल करने वाला व्यक्ति अच्छा मित्र या परानुभूति रखने वाला सहकर्मी हो।

इवा एस. इसी तरह की इंसान थीं। उन्हें उनका कार्यकारी समूह धाय माता के रूप में देखता था। उनके साथी कर्मचारी अपनी समस्याएँ लेकर उनके पास आते थे- चाहे वे व्यक्तिगत हों या कामकाज संबंधी। वे अच्छी श्रोता थीं और हालाँकि वे हमेशा उनकी समस्याएँ नहीं सुलझा पाती थीं, लेकिन वे उनके लिए एक मार्ग खोल देती थीं, जिससे वे अपनी चिंताओं को बाहर निकाल दिया करते थे। वे अक्सर समस्याओं पर ज़्यादा ग़ौर से विचार करने में उनकी मदद करती थीं।

कुछ लोगों को ध्यान या प्रार्थना से मार्गदर्शन मिलता है। एक प्रार्थना है, जिसने हज़ारों लोगों की बहुत मदद की है। यह डॉ. रीनहोल्ड नाइबर की शांति प्रार्थना है : "हे ईश्वर, मुझे उन चीज़ों को स्वीकार करने की शांति प्रदान करें, जिन्हें मैं नहीं बदल सकता, उन चीज़ों को बदलने का साहस दें, जिन्हें मैं बदल सकता हूँ और दोनों में फ़र्क़ जानने की बुद्धिमानी प्रदान करें।"

नकारात्मकता की तरह ही दुख भी आत्मसम्मान के अभाव से उत्पन्न होता है। आप दूसरों की मदद कर सकते हैं - चाहे वे अधीनस्थ हों या सहकर्मी - यदि आप उच्चतर आत्मसम्मान विकसित करने में उनकी मदद कर दें। इस पुस्तक के अध्याय 2 में आपको कई विचार बताए गए हैं कि आप आम तौर पर ऐसा कैसे कर सकते हैं।

मैनेजर के रूप में आप असफलताओं के बजाय सफलताओं पर ध्यान केंद्रित करके मदद कर सकते हैं। अधिकतर लोग ख़ुद से घृणा नहीं करते हैं, लेकिन हो सकता है कि आत्मसम्मान में अचानक भारी गिरावट आ जाए और उसे सँभालने की ज़रूरत हो। अगर वे उस गिरावट को नहीं सँभाल पाते हैं, तो अधिक गंभीर परिणाम मिल सकते हैं। अधिकतर लोगों को पेशेवर सलाह की ज़रूरत नहीं होती; यह कार्य वे ख़ुद कर सकते हैं।

असफलता से आत्मसम्मान नष्ट हो जाता है। हालाँकि हम सभी को अपने कामकाज और जीवन में असफलताएँ भी मिलती हैं और सफलताएँ भी।

जब आप असफलता पर ध्यान केंद्रित करते हैं, तो आत्मसम्मान का ह्रास होता है। इसके बजाय उन सफलताओं पर ध्यान केंद्रित करें,

जिन्हें आपने हासिल किया है। यहाँ कुछ सुझाव दिए जा रहे हैं :

- सफलता का लॉग रखें (देखें अध्याय 13)। नाख़ुश कर्मचारी से इसमें लिखवाएँ कि अपनी किस उपलब्धि पर उसे ख़ास तौर पर गर्व है- वे चीज़ें जिनके लिए उस कर्मचारी की प्रशंसा होती है। इनसे यह साबित होता है कि नाख़ुश कर्मचारी अतीत में सफल हुआ था और ये आश्वस्त करती हैं कि वह दोबारा सफल हो सकता है।
- कम आत्मसम्मान वाले कर्मचारियों की हर उपलब्धि के लिए सकारात्मक प्रोत्साहन दें। कार्य में वे जो प्रगति करते हैं, उसकी प्रशंसा करें। इतना ही महत्वपूर्ण यह है कि जब वे कोई अच्छा विचार सुझाएँ या टीम चर्चाओं व गतिविधियों में कोई सार्थक योगदान दें, तो सकारात्मक बनें। कम आत्मसम्मान वाले लोगों को लगातार याद दिलाए जाने की ज़रूरत होती है कि आप, यानी सुपरवाइज़र, उनका सम्मान करते हैं और आपको उन पर भरोसा है।
- उन्हें ऐसे कार्य सौंपें, जिन्हें पूरा करने की उनमें योग्यता व शक्ति हो। उनकी सफलता को सुनिश्चित करने के लिए अतिरिक्त प्रशिक्षण, कोचिंग तथा समर्थन प्रदान करें। सफलता का स्वाद आत्मसम्मान बढ़ाने का अचूक रास्ता है।
- उन्हें सलाह दें कि वे आत्मसम्मान बढ़ाने वाले कोर्स करें या दृढ़ता प्रशिक्षण कार्यक्रमों में हिस्सा लें। उन्हें प्रेरक टेप या पुस्तकें प्रदान करें।

ये सुझाव कर्मचारियों के अवचेतन मन में सकारात्मक सोच को बलवान करेंगे और पराजयवादी नज़रियों से उबरने में चमत्कार कर देंगे।

सार

- जब तक आप दूसरों के प्रति पूर्वाग्रह, दुर्भावना और तिरस्कार की भावनाएँ प्रेषित करेंगे, तब तक आपको यही वापस मिलेगा, क्योंकि आपका संसार आपके ही नज़रियों तथा

मनोदशाओं की गूँज है।

- हो सकता है कि आदतन शिकायत करने वाले लोग केवल ध्यान चाह रहे हों। उनकी कुछ शिकायतों को कम करने के लिए उन्हें नियमित रूप से अभिव्यक्ति का अवसर दें।
- परानुभूति रखें। यदि आप सुपरवाइज़र हैं, तो अपने स्टाफ़ को जान लेने दें कि उनके दिमाग़ में जो भी है, आप उसे सुनने के इच्छुक हैं। यदि आप सुपरवाइज़र के पद पर नहीं हैं, तब भी आप उनकी चिंताओं के प्रति अपना हृदय खोलकर सहकर्मियों की मदद कर सकते हैं।
- जब किसी कर्मचारी के सामने कोई गंभीर समस्या आती है, जिसमें मदद करना आपकी क्षमता से परे हो, तो उसे ऐसे इंसान का नाम बता दें, जो मदद कर सकता है। कंपनी कर्मचारी सहायता योजनाएँ ऐसी ही मदद का स्त्रोत हैं।
- मुश्किल लोगों से व्यवहार करते समय यह प्रलोभन होता है कि आप उनकी नकारात्मक ऊर्जा को नापसंदगी के रूप में उन्हें लौटा दें। लेकिन इसके लिए आपको पहले अपने भीतर उनकी नकारात्मकता को भरना होता है और ज़ाहिर है, इसके आपके जीवन पर बहुत से बुरे प्रभाव पड़ेंगे।
- नकारात्मक लोगों से व्यवहार करते समय उनके तर्कों को मान्य करें और उन्हें राज़ी करें कि वे अपनी सोची हुई समस्याओं से उबरने के लिए आपके साथ कार्य करें, ताकि प्रोजेक्ट आगे बढ़ सके। ऐसे कर्मचारी को अतिरिक्त समस्या नहीं, बल्कि समाधान का हिस्सा बनाएँ।

अध्याय सोलह

अपने समय का प्रबंधन करना

कोरे चैक पर हस्ताक्षर करना छोड़ दें, जैसे "कार्य करने के लिए पर्याप्त समय नहीं है," या "करने के लिए बहुत ज़्यादा कार्य है," आदि। ऐसे कथन आपके नुक़सान को बढ़ाते और कई गुना करते हैं।

मान लें, कोई व्यक्ति आपके पास आकर कहता है, "मैं आपको हर दिन 86,400 डॉलर दूँगा, लेकिन आपको इसे हर दिन ख़र्च करना पड़ेगा।" आपको हर दिन न इससे ज़्यादा मिलेगा, न कम। आप इसे बचा नहीं सकते, सँभालकर नहीं रख सकते। क्या यह बेहतरीन उपहार नहीं होगा? ईश्वर हममें से प्रत्येक को ऐसा ही उपहार देता है- जीवन के हर दिन 86,400 सेकंड। हमें हर दिन उन सेकंडों का इस्तेमाल करना होता है। हम उन्हें बचा नहीं सकते, रख नहीं सकते। हम उन सेकंडों को तुच्छ कार्यों में उड़ा सकते हैं या निठल्ले बैठकर अपने पास से उड़ने दे सकते हैं। या फिर हम उनका इस्तेमाल अपने दिमाग़ को विकसित करने, कार्य करने या खेलने में कर सकते हैं, अपने मित्रों तथा परिवार वालों के साथ रह सकते हैं, दूसरे लोगों की मदद कर सकते हैं। इस उपहार का अच्छा इस्तेमाल करें। यह ईश्वर का दिया उपहार है।

अपने समय को नियंत्रित करना

हममें से कई उस शक्ति से अनजान हैं, जिसके द्वारा हम अपने समय के उपयोग को नियंत्रित कर सकते हैं। हम उस ग़रीब औरत की तरह हैं, जो ज़िंदगी भर जंगली इलाक़ों में रही थी। वह एक प्रगतिशील छोटे

गाँव में आई, जहाँ उसे यह देखकर बड़ी हैरानी हुई कि उसके नए घर में बिजली से रोशनी हो रही थी। वह बिजली के बारे में कुछ नहीं जानती थी, उसने कभी बिजली का प्रकाश देखा ही नहीं था और घर में लगे आठ-कैंडल पॉवर के बिजली के छोटे बल्ब उसे चमत्कारिक लग रहे थे।

बाद में एक दिन एक आदमी आया, जो एक नए क़िस्म का बिजली का बल्ब बेच रहा था। उसने उस महिला से कहा कि वह उसके छोटे बल्बों की जगह पर साठ कैंडल शक्ति वाला बल्ब लगाने की अनुमति दे, ताकि वह देख सके कि यह क्या करेगा। वह महिला सहमत हो गई और जब बिजली चलाई गई, तो वह ठगी रह गई। उसे यह बात जादू से कम नहीं लग रही थी कि इतना छोटा बल्ब इतनी अद्‌भुत रोशनी दे सकता है, लगभग सूरज की रोशनी की तरह। उसने कभी सपने में भी नहीं देखा था कि प्रकाश की नई बाढ़ का स्त्रोत हमेशा से वहाँ पर था, कि बहुत अधिक बढ़ गई रोशनी उसी करेंट से आई थी, जो उसके छोटे आठ कैंडल शक्ति वाले बल्ब को रोशन कर रहा था।

हम इस बेचारी महिला के अज्ञान पर मुस्कुरा सकते हैं, लेकिन हममें से अधिकतर लोग अपनी ख़ुद की शक्ति के बारे में उस महिला से भी अधिक अज्ञानी हैं, जो बिजली के करेंट की शक्ति नहीं जानती थी। हम जीवन भर छोटे से आठ कैंडल पॉवर के बल्ब का इस्तेमाल करते रहते हैं और यक़ीन करते हैं कि हम उस सारी शक्ति का उपयोग कर रहे हैं, जो हमें मिल सकती है, जो हम अभिव्यक्त कर सकते हैं या जो क़िस्मत हमें दे सकती है। हम यक़ीन करते हैं कि हम आठ कैंडल पॉवर के बल्ब तक ही सीमित हैं। हम कभी सपना नहीं देखते हैं कि एक असीमित करेंट, एक ऐसा करेंट, जिसमें हम लगातार नहाते हैं, हमारे जीवन में प्रकाश की बाढ़ ला देगा, ऐसी रोशनी जो बहुत तेज़ और सुंदर है। इसके लिए तो हमें केवल ज़्यादा बड़ा बल्ब लगाना है, जो असीम आपूर्ति के करेंट के साथ ज़्यादा बड़ा संबंध जोड़ दे। हम आपूर्ति के जिस तार का इस्तेमाल कर रहे हैं, वह इतना छोटा है कि उस व्यापक करेंट का सिर्फ़ थोड़ा सा हिस्सा ही उसमें से प्रवाहित हो सकता है, केवल कुछ कैंडलपॉवर, जबकि हमारे दरवाज़े के पास से करोड़ों गुज़र जाते हैं। इस असीम करेंट की असीमित आपूर्ति हमारे लेने पर है, हमारे

व्यक्त करने पर है।

हमारा समय उस करेंट जैसा है। हममें से कई इसका इस्तेमाल आठ कैंडलपॉवर के बल्ब जैसा करके ही संतुष्ट हैं, जबकि हमारे भीतर अपने समय का कहीं अधिक प्रभावी इस्तेमाल करने की क्षमता है। जिस तरह बल्ब बदलने से हमें अधिक तेज़ रोशनी मिल सकती है, उसी तरह समय के प्रबंधन को बदलने से हम अपने जीवन में कहीं अधिक हासिल कर सकते हैं।

समय संबंधी लक्ष्य तय करें

अच्छे समय प्रबंधन का पहला क़दम लक्ष्य बनाना है- आवंटित समय में आप क्या हासिल करना चाहते हैं। दुर्भाग्य से, कई लोग लक्ष्य केंद्रित होने के बजाय कर्म केंद्रित होते हैं। वे अपेक्षित परिणामों के बजाय केवल तात्कालिक कार्य के संदर्भ में सोचते हैं। समयबद्ध लक्ष्य वह है, जो निर्धारित कार्य दिनचर्या के संदर्भ में लक्ष्यों - क्या हासिल किया जाना है - का महत्व बताता है।

एक बार जब ये लक्ष्य स्पष्टता से बन जाएँ, तो अपने समय का नियोजन इस प्रकार करें, ताकि आप सबसे महत्वपूर्ण मसलों को प्राथमिकता दे सकें, जिनसे लक्ष्य हासिल करने में मदद मिलेगी। जब भी इस बारे में दुविधा हो कि पहले क्या करना है, तो सोचें। जब तक कि आपातकालीन स्थिति में तुरंत कर्म की माँग न हो, हमेशा सर्वोच्च प्राथमिकता उसी गतिविधि को दें, जो आपके लक्ष्य पूरे करने की ओर ले जाती हो।

प्राथमिकताएँ तय करें और उनसे चिपके रहें

चार्ल्स श्वाब वे इंसान थे, जिन्हें एंड्रयू कारनेगी ने कारनेगी स्टील को सँभालने के लिए चुना था और जिन्हें नई बेथलेहम स्टील कंपनी का मुखिया भी बनाया गया था। वे एक कहानी बताते हैं कि उन्होंने समय का प्रबंधन करना कैसे सीखा।

उन्होंने आइवी ली से परामर्श लिया, जो अग्रणी प्रबंधन परामर्शदाता

थे। उनके बहुत से मशहूर ग्राहक थे, जैसे जे.पी. मॉर्गन, जॉन डी. रॉकफ़ेलर, ड्यूपॉन्ट्स और कई दिग्गज कॉरपोरेशन। श्वाब ने उन्हें बताया : "मैं इस वक़्त उतना अच्छा प्रबंधन नहीं कर रहा हूँ, जितना कि मैं जानता हूँ। हमें यहाँ पर अधिक जानने की नहीं, बल्कि अधिक करने की ज़रूरत है। यदि आप हमें कोई ऐसी चीज़ दे सकें, जिससे हम वे कार्य कर सकें, जो हम पहले से ही जानते हैं कि हमें करने चाहिए, तो मैं ख़ुशी-ख़ुशी सुनूँगा और मुँहमाँगी रक़म दूँगा।"

ली ने कहा, "अच्छी बात है। मैं आपको इसी वक़्त ऐसा तरीक़ा बता सकता हूँ, जो आपके कर्म और करने की दर कम से कम 50 प्रतिशत बढ़ा देगा।" ली ने श्वाब से कहा कि वे छह सबसे महत्वपूर्ण कार्य लिखें, जो उन्हें अगले दिन करने हैं। इसके बाद वे उन्हें महत्व के क्रम में जमा दें। फिर उन्होंने कहा, "जब आप कल सुबह आएँ, तो सबसे पहले नंबर एक कार्य शुरू कर दें और तब तक कोई दूसरा कार्य शुरू न करें, जब तक कि आप पहले कार्य को पूरा न कर लें। फिर ऐसा ही दूसरे नंबर के कार्य के साथ करें और फिर तीसरे नंबर का कार्य और इसी तरह कार्य ख़त्म होने के समय तक करें। यदि आप केवल दो या तीन कार्य ही कर पाएँ या केवल एक ही कर पाएँ, तब भी चिंता न करें। आप सबसे महत्वपूर्ण कार्यों में जुटे हैं। बाक़ी कार्य इंतज़ार कर सकते हैं। हर कामकाजी दिन के आख़िरी पाँच मिनट में अगले दिन के लिए इसी तरह की सूची तैयार करें। उन आइटम्स की सूची बनाएँ, जिन्हें आप पूरा नहीं कर पाए। इस दौरान नए आने वाले मामले भी जोड़ दें। एक बार फिर उन्हें प्राथमिकता के क्रम में जमा दें। आप पा सकते हैं कि कुछ नए आइटम्स पिछले दिन की सूची के आइटम्स से अधिक महत्वपूर्ण हैं, जिन्हें आपने पूरा नहीं किया है। बहरहाल, पिछले दिन के कार्य आपकी सूची में नीचे खिसक जाएँगे। यदि यह लगातार हो, तो इसका मतलब है कि ये मामले इतने महत्वपूर्ण नहीं हैं कि आप उन्हें करें। उन्हें या तो हटा देना चाहिए या किसी दूसरे व्यक्ति को सौंप देना चाहिए।

"यदि कुछ दिन बाद आप पाते हैं कि आप इस विधि द्वारा सारे कार्य पूरे नहीं कर सकते, तो यह जान लें कि आप किसी दूसरे तरीक़े से भी ऐसा नहीं कर सकते। किसी तरह का सिस्टम नहीं होगा, तो आप

शायद यह फ़ैसला भी नहीं करेंगे कि सबसे महत्वपूर्ण कार्य कौन से हैं। जब आप इस सिस्टम की सफलता पर विश्वास करने लगें, तो अपने स्टाफ़ के सदस्यों से भी इसी का इस्तेमाल करने को कहें। इसे जितने समय तक चाहें आज़माएँ और फिर मुझे उतनी रक़म का एक चैक भेज दें, जो भी आपको उपयुक्त लगे।"

यह इंटरव्यू पच्चीस मिनट तक चला। दो सप्ताह बाद श्वाब ने ली को 25,000 डॉलर का चैक भेज दिया- एक हज़ार डॉलर प्रति मिनट की दर से। श्वाब ने अक्सर लोगों को बताया है कि यह उनके द्वारा सीखा गया सबसे लाभकारी सबक़ था। क्या यह कारगर रहा? पाँच साल में श्वाब ने अपनी नई कंपनी बेथलेहम स्टील को विश्व की सबसे बड़ी स्वतंत्र उत्पादक बना लिया और सौ मिलियन डॉलर से अधिक की दौलत बनाई।

मास्टर लिस्ट बनाएँ और उस पर अमल करें

आइवी ली की सलाह पर अमल करें : प्राथमिकताएँ तय करें और उनसे चिपके रहें। यह प्रभावी समय प्रबंधन का अनिवार्य तत्व है। सूचियों का इस्तेमाल करें। एक मास्टर लिस्ट लिखकर शुरू करें, जिसमें हर वह कार्य लिख लें, जिसे आप करना चाहते हैं। जैसे-जैसे वे आपके दिमाग़ में आएँ, उन्हें सूची में जोड़ते जाएँ। इस वक़्त यह विचार नहीं करना है कि क्या महत्वपूर्ण है और क्या नहीं। काग़ज़ों का इस्तेमाल करने के बजाय एक नोटबुक रखें, जिसमें हर वह कार्य लिखें, जिसे आप करना चाहते हैं।

हर दिन मास्टर लिस्ट की समीक्षा करें। बड़े प्रोजेक्ट्स को छोटे टुकड़ों में बाँट लें, जिनका प्रबंधन किया जा सकता है। प्राथमिकताएँ तय कर लें। कौन से कार्य आज किए जाने चाहिए; कौन से टाले जा सकते हैं; कौन से किसी दूसरे को सौंपे जा सकते हैं। दैनिक सूची तैयार करें कि आप आज क्या करने की योजना बना रहे हैं और सप्ताह के बाक़ी दिनों के लिए संभावित सूचियाँ बनाएँ। अपने कैलेंडर पर वे आइटम्स लिख लें, जो बाद के समय के लिए टाले गए हैं।

अपने लक्ष्य पूरे करने के महत्व के संदर्भ में दैनिक सूचियों का मूल्यांकन करें। सूची के कार्यों की समीक्षा करने के लिए समय निर्धारित

करें, जिसमें विचार किया जाए कि मामला कितना अत्यावश्यक है, साथ ही यह भी कि आपके लक्ष्यों के महत्व के संदर्भ में यह कितना योगदान देगा।

इस नीति का पूरी तरह अमल करने पर आप अपने अवचेतन मन को कंडीशन कर देंगे कि यह आपकी दैनिक गतिविधियों को समयकेंद्रित तरीक़े से देखे।

अपनी ऊर्जा के स्तरों को जानें

हर व्यक्ति की ऊर्जा के स्तर दिन में अलग-अलग होते हैं। उच्च ऊर्जा की अपनी अवधियों का पता लगाएँ। कुछ लोग सुबह ज़्यादा अच्छी तरह कार्य करते हैं, तो कुछ शाम को। कुछ लोग लंच के बाद बेहतर कार्य करते हैं, तो कुछ लंच के बाद एक घंटे तक अलसाते रहते हैं। मुश्किल और जटिल कार्यों को ज़्यादा ऊर्जा वाले समय के लिए निर्धारित करें।

टाइम जर्नल रखें

क्या आप जानते हैं कि आपका समय कहाँ ख़र्च होता है? अधिकतर लोगों को इस बात का धुँधला सा ही एहसास होता है कि समय कहाँ जाता है। मैंने यह सवाल अनगिनत लोगों से पूछा है। कुछ ने इस बारे में ज़्यादा नहीं सोचा था, लेकिन उनमें अपने समय का कुशलता से इस्तेमाल करने की आंतरिक अद्‌भुत योग्यता थी। दूसरी ओर, कुछ ने यह रिकॉर्ड करने के लिए टाइम जर्नल रखे थे कि वे अपने कामकाजी घंटे कहाँ बिता रहे थे।

आप यह सवाल कर सकते हैं कि एक व्यस्त आदमी टाइम जर्नल रखने का समय कैसे निकाल सकता है? हाँ, यह बोझिल है और कई बार आप किसी गतिविधि में इतने संलग्न रहते हैं कि रुकना और किसी जर्नल में ब्योरे लिखना न तो व्यावहारिक होता है, न ही उचित। यथार्थवादी नीति यह है कि ऐसी स्थिति में आपको जर्नल में अपनी प्रगति की निगरानी का सर्वश्रेष्ठ प्रयास करना है, लेकिन अगर आप इसमें कोई हिस्सा दर्ज करना चूक गए हों, तो इसे बाद में जल्दी से जल्दी लिख लें।

टाइम जर्नल रखना कोई ऐसी चीज़ नहीं है, जिसे आपको हमेशा करने की ज़रूरत हो। यह हर सप्ताह कम से कम तीन-चार दिन किया जाना चाहिए। दो-तीन सप्ताह बाद ही आपको अच्छी तरह पता चल जाएगा कि आप अपना समय कैसे बिताते हैं। फिर आप शीट्स का अध्ययन करके यह विश्लेषण कर सकते हैं कि आपका अधिकांश समय कहाँ जा रहा है।

एक बार जब आप जान लेते हैं कि किन क्षेत्रों में आपका समय बर्बाद हो रहा है, तो आप उन्हें सुधारने के लिए क़दम उठा सकते हैं। कुछ आसानी से ठीक हो जाते हैं; बाक़ी अधिक जटिल होते हैं।

कौन से चोर आपका समय चुराते हैं

आपने पूरे दिन के कामकाज की योजना बनाई थी। आपने इसे अच्छी तरह शेड्यूल में रखा था। अब दिन ख़त्म हो चुका है और आपने जो हासिल करने की योजना बनाई थी, उसका सिर्फ़ एक छोटा सा हिस्सा ही पूरा हो पाया है। समय कहाँ गया?

सबसे अधिक संभव यह है कि आपने अपनी मास्टर लिस्ट के कार्य ख़त्म करने के पूरे इरादे से कार्य शुरू किया होगा, लेकिन जैसे ही आपने उन्हें शुरू किया, आप समय चुराने वाले एक या अधिक चोरों से टकरा गए। समय के ये डाकू दर्जनों हैं। अपने टाइम जर्नल की समीक्षा करें और आपको दिख जाएगा कि समय के सबसे आम डाकू कौन से हैं, जो आपको सताते हैं। तब आप यह भी तय कर सकेंगे कि आप उनके प्रभाव कम करने के लिए क्या कर सकते हैं।

अधीनस्थों के व्यवधान

शायद सबसे ज़्यादा बार आपके अधीनस्थ ही व्यवधान डालते हैं। उन्हें अपने कार्य में कुछ समस्याएँ आती हैं, इसलिए वे तत्काल आपका ध्यान चाहने लगते हैं। संभवतः कुछ कर्मचारी बाक़ी की तुलना में आपके कामकाज में ज़्यादा व्यवधान डालते हैं। वे ख़ुद समाधान सोचने के बजाय हर छोटी समस्या लेकर आपके पास चले आते हैं। ये कौन से कर्मचारी

हैं, यह पता लगाने का एक तरीक़ा इन व्यवधानों का रिकॉर्ड रखना है। उस कर्मचारी का नाम लिखें, समस्या या प्रश्न का प्रकार लिखें और यह भी दर्ज करें कि इससे निबटने में कितना समय लगा। इस रिकॉर्ड की समय-समय पर समीक्षा करने से आप देख पाएँगे कि कौन आपका समय ले रहा है और आपके पास कौन सी समस्याएँ ला रहा है।

लोग जो समस्याएँ आपके पास लाते हैं, वे कई बार महत्वपूर्ण होती हैं और आपकी सलाह, राय या आदेश वास्तव में ज़रूरी होते हैं, ताकि वे कार्य को जारी रख सकें। लेकिन प्रायः वे आपके पास ऐसे मसले ले आते हैं, जिनसे उन्हें ख़ुद ही निबट लेना चाहिए।

जनरल इलेक्ट्रिक के प्रतिभाशाली सीईओ जैक वेल्च ने बताया था कि अधीनस्थ उनके पास ऐसी समस्याएँ लाते थे, जिन्हें उन्हें ख़ुद अपने दम पर सुलझा लेना चाहिए था। वे उनसे यह पूछकर प्रतिक्रिया करते थे, "आपको क्या लगता है कि क्या किया जाना चाहिए?" समस्या को उनके पाले में फेंकने से वे उन्हें उसके बारे में अधिक सोचने के लिए विवश करते थे। कुछ समय बाद उनके स्टाफ़ के सदस्यों ने उनके पास आना छोड़ दिया, जब तक कि उनका व्यक्तिगत निर्णय अनिवार्य ही न हो। वेल्च की आदत डालें। अपने स्टाफ़ के सदस्यों को बता दें कि यदि वे आपके पास कोई समस्या लाते हैं, तो साथ में कम से कम एक सुझाव भी लाएँ कि उसे कैसे सुलझाया जा सकता है। इस तरह उन्हें इसके बारे में ज़्यादा ग़ौर से सोचना पड़ेगा और वे प्रायः आपके कार्य में बाधा डाले बिना ही मामले को सुलझा लेंगे। और यदि उन्हें आपसे बात करनी होगी, तो भी उसमें कम समय लगेगा।

एक फ़ॉरचून 500 कंपनी के सीईओ ने मुझे बताया कि वे समस्याओं और सवालों के रूप में आने वाले स्टाफ़ के सतत व्यवधानों से बहुत चिढ़ गए थे। उन्होंने उन्हें बता दिया कि जब तक स्थिति इतने तात्कालिक महत्व की न हो कि देर करने से भारी नुक़सान होगा, तब तक वे अपने सवाल पाँच बजे शाम तक रोककर रखें। उस वक़्त हर दिन वे अपने दरवाज़े इन मसलों से निबटने के लिए खोल देते थे। इसमें ज़्यादा समय नहीं लगा, जब उनके कर्मचारी शाम तक इंतज़ार करने के बजाय अपने दम पर समस्याएँ सुलझाने की कोशिश करने लगे।

टेलीफ़ोन

आप अपनी डेस्क पर कार्य में डूबे हुए हैं और तभी फ़ोन की घंटी बजने लगती है। एक सहकर्मी एक व्यावसायिक सवाल पूछ रहा है। लेकिन क्या वह सहकर्मी सीधे व्यावसायिक बात पर आता है? आम तौर पर नहीं। वह मौसम के बारे में बातचीत करेगा, अपने वीकएंड की गतिविधियाँ बताएगा, अपनी छुट्टियों की योजना बताएगा और इस सबके बाद ही व्यावसायिक चर्चा शुरू करेगा। अधिकांश व्यावसायिक कॉल्स में लगने वाला समय बहुत कम किया जा सकता है, यदि फ़ोन करने वाला केवल सामने के कार्य पर केंद्रित रहे। बहरहाल, सारी व्यक्तिगत बातचीत को ख़त्म करने के नकारात्मक प्रभाव भी पड़ सकते हैं। छुटपुट सामाजिक बातचीत से लोगों के संबंध सुचारु चलते हैं। इससे कार्य परिवेश अधिक सुखद बनता है, जिससे अधिक सहयोग और टीमवर्क उत्पन्न होता है।

बातचीत के सामाजिक पहलू को न्यूनतम रखें। यदि सामने वाला लंबी असंबद्ध बातचीत जारी रखता है, तो विनम्रता से कहें, "मैं उस पार्टी के बारे में ज़्यादा सुनना चाहता हूँ, लेकिन हाल-फ़िलहाल मेरे सामने काग़ज़ों का बड़ा सा ढेर है, जिसे मुझे तुरंत निबटाना है," और फिर बातचीत के व्यावसायिक पहलू पर लौट आएँ।

कॉल्स को संक्षिप्त रखें। फ़ोन उठाने से पहले ही कॉल की योजना बना लें। मुख्य बिंदुओं की सूची बना लें, जिन पर आप बात करना चाहते हों और जब आप उन तक पहुँचें, तो उन पर सही का निशान लगा लें। व्यस्त बिज़नेस एक्ज़ीक्यूटिव आम तौर पर बातचीत इस टिप्पणी से शुरू करता है कि उसके पास मीटिंग में जाने से पहले केवल पाँच या दस मिनट का समय है और वह सामने वाले पक्ष से आग्रह करता है कि वह कॉल को संक्षिप्त रखे। जहाँ उचित हो, वहाँ फ़ोन करने के बजाय ईमेल भेजें।

आगंतुक

यदि आप किसी व्यस्त ऑफ़िस में हैं, तो संभव है कि स्टाफ़ के दूसरे सदस्य आपसे बातचीत करने के लिए आ धमकें। अधिकांश मामलों में

ये व्यवसाय संबंधी मसले होते हैं, लेकिन अक्सर वे सिर्फ़ सामाजिक मुलाक़ातें होती हैं। ऐसी मुलाक़ातें अच्छी हैं, क्योंकि वे कामकाजी दिन की नीरसता को तोड़ती हैं और कई बार स्टाफ़ के दूसरे सदस्यों के साथ क़रीबी संबंध विकसित करने में मदद करती हैं, लेकिन उनसे समय बर्बाद हो सकता है।

सामाजिक मुलाक़ातों को न्यूनतम रखने की कोशिश करें। यदि कोई सहकर्मी सिर्फ़ गपशप करने के लिए आपके पास आने की आदत डाल लेता है, तो कूटनीति से उस मुलाक़ात को जल्द से जल्द ख़त्म कर लें।

यदि कोई अनामंत्रित व्यक्ति आपसे मिलने आता है, जैसे कोई सेल्स रिप्रज़ेंटेटिव, तो उससे अपने केबिन के बजाय लॉबी में मिलें। उसे अपने केबिन में तब तक आमंत्रित न करें, जब तक कि आपकी उस प्रॉडक्ट या सेवा में सच्ची रुचि न हो। लॉबी में मुलाक़ात चंद मिनटों में ही ख़त्म की जा सकती है। लेकिन एक बार केबिन के भीतर आ जाए, तो सेल्स रिप्रज़ेंटेटिव से छुटकारा पाने में अधिक लंबा समय लग सकता है। एक और सुझाव यह है कि जब आगंतुक आपके ऑफ़िस में आएँ, तो उससे खड़े-खड़े बातें करें। उसे बैठने के लिए तभी कहें, जब आप उसे रोकना चाहते हों।

अवरोधों को न्यूनतम करने का एक और तरीक़ा यह है कि आप हर सुबह एक घंटे का "प्राइवेसी टाइम" तय कर लें। अपने दरवाज़े पर "डू नॉट डिस्टर्ब" का साइन लगा दें। अपने वॉइस मेल को चालू कर दें और सारे फ़ोन कॉल्स रिकॉर्ड कर लें। अपने स्टाफ़ को बता दें कि यह घंटा निजी है और जब तक कि सचमुच आपातकालीन स्थिति न हो, आपके काम में विघ्न न डाला जाए। सुनिश्चित करें कि आपका बॉस यह बात जानता हो और इससे सहमत हो, ताकि वह आपके प्राइवेसी टाइम में दख़ल न दे। आप उस एक घंटे में कितना कुछ कर सकते हैं, यह देखकर आप हैरान रह जाएँगे।

कुछ समय ख़ुद के लिए सुरक्षित रखें

हम सभी का नौकरी के बाहर भी जीवन होता है। हमें परिवार के लिए, कामकाज से दीगर गतिविधियों के लिए और ख़ुद के लिए समय की

ज़रूरत होती है। अपनी नौकरी को अपने जीवन पर हावी न होने दें।

सांता मोनिका, कैलिफ़ोर्निया के जेफ़ वीनस्टीन ने काउंटर नामक सफल फ़ास्ट फ़ूड चेन बनाई, जिसमें ग्राहक अपने हैमबर्गर को अपनी इच्छानुसार बना सकते हैं। जब चेन का विस्तार हुआ, तो वे सप्ताह के सातों दिन चौबीसों घंटे काम करने लगे। उनके पास ख़ुद के लिए और परिवार के लिए ज़रा भी समय नहीं था। उन्होंने शेड्यूल और समय का बजट बनाने की कोशिश की। उन्होंने घर पर काम न लाने की कोशिश की। उन्होंने यह सब करने की कोशिश की, लेकिन कोई चीज़ काम नहीं आई, जब तक कि उन्होंने आख़िरकार इसका अंदाज़ा नहीं लगा लिया। उन्हें एहसास हो गया कि अगर वे बर्गर को अपनी इच्छानुसार बना सकते हैं, तो वे अपने समय को भी इच्छानुसार बना सकते हैं।

वे कहते हैं कि इसकी चाल है लचीला होना, जीवन के एक क्षेत्र से दूसरे क्षेत्र तक सुचारु रूप से बढ़ना। उनके शेड्यूल में यह शामिल है कि वे अपने लिए कोई चीज़ करके दिन शुरू करें। वे काम से पहले जिम जाते हैं। वे काम पर बाद में पहुँचते हैं, लेकिन उनका मूड बेहतर होता है, वे सहकर्मियों के साथ बेहतर व्यवहार करते हैं और उन्हें अधिक उत्पादक बनाते हैं। वे अधिक हासिल करते हैं और उनके पास अपने परिवार के साथ बिताने के लिए अधिक समय होता है।

ख़ुद के लिए ज़्यादा समय निकालने का एक तरीक़ा यह है कि आप जो काम करते हैं, उसका अधिकांश हिस्सा दूसरों को सौंप दें। अपने काम के बोझ का विश्लेषण करें। आप पाएँगे कि अक्सर आप वह काम कर रहे हैं, जिसे करने में आपके अधीनस्थ पूरी तरह सक्षम हैं। हालाँकि हो सकता है कि आपको वह काम सचमुच पसंद हो, लेकिन दूसरों को यह करने देना कहीं अधिक कार्यकुशल है। प्रभावी ढंग से दूसरों को काम कैसे सौंपा जाए, इस बारे में सुझावों के लिए अध्याय 11 की समीक्षा करें।

ना कहने से न घबराएँ

एक शिकायत बहुत बार सुनी जाती है। लोगों को महसूस होता है कि उन पर काम का ज़रूरत से ज़्यादा बोझ रहता है। "मैं सिर तक लदा

हुआ हूँ- और बॉस मुझे एक नया प्रोजेक्ट दे देते हैं। मैं क्या कर सकता हूँ?" आपको हर काम स्वीकार करने की ज़रूरत नहीं है। हो सकता है कि बॉस को जानकारी न हो कि आप कितनी सारी चीज़ों पर काम कर रहे हैं। बोलें। विचलित न हों या अपना आपा न खोएँ। बस शांत अंदाज़ में स्पष्ट कर दें कि आप किस पर काम कर रहे हैं और अपने बॉस से कहें कि वे कार्यों की प्राथमिकताएँ तय करने में आपकी मदद करें। बॉस सुझाव दे सकता है कि आप कम महत्त्वपूर्ण मुद्‌दों पर काम करना छोड़ दें या फिर वह नया काम किसी दूसरे को देने का चुनाव कर सकता है।

यह केवल आपका बॉस ही नहीं है, जो अति व्यस्तता के बावजूद आपसे अतिरिक्त काम करने को कह सकता है। कोई सहकर्मी आपसे मदद माँग सकता है। आपसे किसी सामुदायिक संगठन द्वारा कमेटी में सेवा करने के लिए कहा जा सकता है, जिसके आप सदस्य हैं। ऐसे आग्रहों को स्वीकार या अस्वीकार करने से पहले ग़ौर से सोचें कि उसमें कितना समय लगेगा। यदि आप ऊँची प्राथमिकता के मसलों में सचमुच अति व्यस्त हों, तो विनम्रता से इंकार कर दें।

धैर्य रखें

समय के प्रबंधन का मतलब यह नहीं है कि चीज़ें हड़बड़ी में की जानी चाहिए। कई वास्तविक उपलब्धियाँ लंबे और धैर्यवान प्रयासों का परिणाम होती हैं। बहुत सारे लोगों में धैर्य की कमी होती है। हर चीज़ तत्काल हासिल नहीं की जा सकती। "इंतज़ार नहीं कर सकते" इस सदी का गुण है और यह हर चीज़ पर लिखा हुआ है; वाणिज्य पर, स्कूलों पर, समाज पर, चर्चों पर।

सार

- प्राथमिकता के क्रम में एक मास्टर लिस्ट बनाएँ और उससे चिपके रहें।
- हर दिन एक घंटे का निजी समय निर्धारित करें- बाधाओं और

व्यवधानों से मुक्त समय। इस समय का उपयोग अपने शेड्यूल की समीक्षा करने और इसे वर्तमान प्राथमिकताओं के अनुरूप बनाने के लिए करें।

- अपने दिन की योजना इस तरह बनाएँ, ताकि आप मुश्किल कार्यों के लिए अपने सबसे ऊर्जावान घंटों का इस्तेमाल करें और कम महत्वपूर्ण मुद्दों के लिए वे घंटे तय करें, जब आप पीक लेवल पर नहीं होते हैं।
- सौंपें। कम महत्व के कार्य दूसरों को सौंपकर आप अपना समय ख़ाली कर सकते हैं और ज़्यादा ऊँचे स्तर के मसलों से निबट सकते हैं।
- ना कहना सीखें। अपने समय की सीमाएँ जानें और यह भी जानें कि कूटनीति से ना कैसे कहना है, ताकि आप अपने लक्ष्यों तक पहुँच सकें।

अध्याय 17

अपने विचारों को बेचना

यह कथन बार-बार दोहराकर अपनी बिक्री बढ़ाएँ, "मेरी बिक्री हर दिन बेहतर हो रही है। मैं हर दिन प्रगति कर रहा हूँ, आगे बढ़ रहा हूँ और अधिक दौलतमंद बनता जा रहा हूँ।"

अपने कामकाज और जीवन के दूसरे पहलुओं में आपको अक्सर लोगों को राज़ी करना पड़ेगा कि वे आपके विचारों को स्वीकार कर लें। सफल होने के लिए आपको सेल्सपर्सन की तरह सोचना चाहिए। सफल सेल्सपीपुल जिन तकनीकों का इस्तेमाल करते हैं, उनका अध्ययन करके और उन पर अमल करके आप राज़ी करने की अपनी क्षमता को बेहतर बना सकते हैं।

बिक्री में कई तत्व होते हैं, लेकिन उनमें से कोई भी राज़ी करने से अधिक अनिवार्य नहीं है। सेल्सपीपुल अक्सर पाते हैं कि संभावित ग्राहक का दिमाग़ उनके दिमाग़ के बिलकुल विपरीत होता है। ग्राहक को सामान नहीं चाहिए होता है या कम से कम उसे ऐसा लगता है कि उसे यह नहीं चाहिए, और वह इसे न ख़रीदने का संकल्प ले लेता है। वह राज़ी करने की सारी संभावनाओं के ख़िलाफ़ ख़ुद को तैयार कर लेता है। उसने जो न करने का निर्णय लिया है, उसे करने के सारे प्रभावों को निष्फल करने के लिए कमर कस लेता है।

बहरहाल, कुछ समय बाद ही वह ख़ुशी-ख़ुशी सामान ख़रीद लेता है, उसके लिए भुगतान कर देता है और उसे यह यक़ीन होता है कि उसे सचमुच वह चाहिए था। राज़ी करने की कला से उसका पूरा

नज़रिया बदल जाता है। और यह कार्य तार्किक क़दमों द्वारा किया जाता है, जिनमें से प्रत्येक को क्रम से उठाना चाहिए, वरना असफलता हाथ लगेगी।

आप राज़ी करने वाले इंसान बनना सीख सकते हैं

जिस तरह कुछ स्त्री-पुरुष संगीत व कला की नैसर्गिक प्रतिभाओं के साथ पैदा होते हैं, उसी तरह कुछ ख़ास स्त्री-पुरुषों में ऐसे नैसर्गिक गुण ज़्यादा होते हैं, जिनकी बदौलत वे दूसरों को अपनी सोच का कायल बनाने में समर्थ होते हैं।

हालाँकि यह सच है कि इस मामले में कुछ लोगों में दूसरों के मुक़ाबले अधिक नैसर्गिक क्षमता होती है, लेकिन यह भी सच है कि अधिकांश लोग प्रशिक्षण द्वारा वे योग्यताएँ हासिल कर सकते हैं, जिनकी ज़रूरत राज़ी करने के लिए होती है। इसके अलावा, भले ही किसी अप्रशिक्षित व्यक्ति के कई क्षेत्रों में नैसर्गिक गुण हों, जैसे खेलकूद, भाषण की कला या वाणिज्यिक कामकाज, लोगों को प्रशिक्षण देकर उस व्यक्ति की बराबरी पर लाया जा सकता है।

कभी भी किसी खोई बिक्री या ख़राब व्यावसायिक निर्णय के बारे में यह न कहें कि यह "बदक़िस्मती" थी। यह अक्सर बेचने या प्रबंधन के विज्ञान का अज्ञान था। व्यवसाय विज्ञान जैसा है और लगभग हर ईमानदार, संजीदा, संकल्पवान व्यक्ति इसमें विशेषज्ञ बन सकता है, बशर्ते वह ख़ुद को इसके प्रति समर्पित करने का इच्छुक हो।

आइए उस एक कार्य की ओर देखें, जहाँ राज़ी करना एक प्रमुख तत्व है- बेचना। भले ही आप कोई प्रॉडक्ट या सेवा न बेच रहे हों, लेकिन इसके बावजूद आप दूसरों को अपने विचार बेच रहे हैं, इसलिए आपको ख़ुद को सेल्सपर्सन मानना होगा।

क्या आपमें राज़ी करने की क़ाबिलियत है, यह पता लगाने के लिए आपको अपनी प्रतिभा का विश्लेषण करना चाहिए। बहरहाल, इस मामले में यह ख़्याल रखना चाहिए कि मानव स्वभाव, ख़ास तौर पर युवावस्था में, लचीला होता है और हमें दूसरे लोग नए साँचे में ढाल

सकते हैं, या हम भी ख़ुद को ढाल सकते हैं।

भले ही आपमें बेचने का उल्लेखनीय गुण न हो, लेकिन इसे हासिल किया जा सकता है। बिक्री के उचित प्रशिक्षण, जिसका मतलब है सही क़िस्म का अध्ययन करना, अवलोकन करना, सुनना और अभ्यास करना, द्वारा आप अपनी योग्यता विकसित कर सकते हैं और अच्छे सेल्सपर्सन बन सकते हैं।

सामने वाले का ध्यान हासिल करें

दूसरा व्यक्ति आपका प्रॉडक्ट या सेवा ख़रीदे या आपके विचारों को स्वीकार करे, इसके लिए उसे अगर राज़ी करना है, तो पहले तो आपको उसका पूरा ध्यान हासिल करना होता है। वरना आप चाहे कुछ कह लें, वह आपकी बात सुनेगा ही नहीं। यह अक्सर एक मुश्किल मामला होता है- किसी ऐसे व्यक्ति का ध्यान खींचना, जो कम से कम आपके द्वारा कही जाने वाली बात में रुचि नहीं लेता है और आपके ख़िलाफ़ कमर कस चुका होता है। लेकिन उस व्यक्ति का ध्यान हासिल करना बेहद ज़रूरी है, क्योंकि तभी आप उसे वह करने के लिए राज़ी कर सकते हैं, जो आप उससे कराना चाहते हैं।

जब आप किसी साथी कर्मचारी से निबट रहे हों, तो आप उसका ध्यान किसी ऐसी चीज़ के बारे में टिप्पणी करके हासिल कर सकते हैं, जिसमें उसकी रुचि हो। उस व्यक्ति का ध्यान आकर्षित करने के लिए छोटे या बाहरी मसलों के बारे में बोलना ज़रूरी नहीं है। स्थिति के बारे में एक सीधा प्रश्न या टिप्पणी एक अच्छा पहला क़दम है।

मिसाल के तौर पर, यदि आप किसी सहकर्मी से यह चाहते हों कि वह एक नए उपकरण का मूल्यांकन करने वाली कमेटी में सेवा दे, तो वर्तमान उपकरण के बार-बार ख़राब होने पर की गई टिप्पणी से उसका ध्यान निश्चित रूप से आकर्षित हो जाएगा।

कई बार आपको उन लोगों का ध्यान पाने के लिए नाटकीय क़दम उठाने पड़ते हैं, जो आपके द्वारा बेचे जाने वाले विचार को स्वीकार करने के अनिच्छुक होते हैं। 1990 के दशक की शुरुआत में कॉन्टिनेंटल

एयरलाइंस ग्राहक सेवा के मामले में दस सबसे बड़ी एयरलाइंस में आख़िरी थी। अफ़सरशाही हर चीज़ का गला घोंट रही थी, यह तय करने से लेकर कि बोर्डिंग पास पर किस रंग की पेंसिल का इस्तेमाल किया जाना चाहिए और यह भी कि किसी फ़ॉर्म को कैसे मोड़ना चाहिए। नियम पुस्तिका में निर्धारित नियमों का पालन करना - वहाँ पर सचमुच ऐसी पुस्तिका थी - रचनात्मक निर्णय लेने से अधिक महत्त्वपूर्ण माना जाता था। बर्बाद करने के लिए कोई समय नहीं था। नियम पुस्तिका को हमेशा-हमेशा के लिए हटाया जा रहा है, यह विचार पहुँचाने के लिए सीईओ गॉर्डन बेथ्यून ने कर्मचारियों को पार्किंग लॉट में एकत्रित किया। उन्होंने नियम पुस्तिका को पचास गैलन के ड्रम में डाला, उस पर पेट्रोल छिड़का और आग लगा दी। यह ख़बर जंगल की आग की तरह फैली और कॉन्टिनेंटल कर्मचारी मनोबल तथा सफलता को दोबारा बनाने की राह पर चल पड़े।

इतने नाटकीय तरीक़े से ध्यान खींचना ज़रूरी नहीं है। कई बार तो एक अहम सवाल पूछने से ही काम बन जाता है। वह सवाल इस तरह पूछें, ताकि सामने वाला यह समझे कि आपके पास किसी समस्या का समाधान हो सकता है। इससे वह आप पर निश्चित रूप से ध्यान देगा। जब डार्लीन डी. अपने बॉस को विभाग में लचीले घंटों की योजना शुरू करने के लिए राज़ी करना चाहती थीं, तो वे यह सवाल लेकर अपने बॉस के पास गईं, "डेव, मैं जानती हूँ कि आप कंपनी की घटती उत्पादकता को लेकर चिंतित हैं। इसका एक कारण यह है कि हमें अच्छे लिपिकीय कर्मचारी नियुक्त करने में मुश्किल आ रही है। यदि अधिक योग्य लोगों को आकर्षित करने का कोई तरीक़ा हो, तो आप उसके बारे में जानना चाहेंगे, है ना?" डेव जो एकमात्र प्रतिक्रिया कर सकता था, वह थी "हाँ।" अब डेव डार्लीन की बात पर पूरा ध्यान दे रहा था और उसने अपने सुझावों के समर्थन में तर्क दिए, जिससे डेव सहमत हो गया।

ध्यान हासिल करने का एक और तरीक़ा रचनात्मक बनना है। एक ट्रैवल आउटफ़िटिंग बिज़नेस ट्रैवलस्मिथ में महिलाओं की पोशाक की मुखिया नैटेली कार्सन ने अपने बॉस का ध्यान यह कहकर आकर्षित किया, "किसी भी महिला से पूछ लें कि वह वॉर्डरोब में सबसे ज़रूरी एक पोशाक कौन सी मानती है। अधिकांश मामलों में वह कहेगी, 'एक छोटी

काली ड्रेस'।" ट्रैवलस्मिथ के को-सीईओ स्कॉट स्क्लार यह नहीं सोचते थे कि ड्रेसेस उनके कैटेलॉग में आनी चाहिए। मिस कार्लसन इसके विपरीत सोचती थीं। कार्लसन ने पेरिस में लंबे वीकएंड बिताए थे - उनके पति वहाँ कार्य करते थे - और वे जानती थीं कि वे सही हैं। इसलिए वे आदर्श काली सिलवट-रहित पोशाक की तलाश में गईं, जो उन्हें डिनर पार्टियों में स्टाइलिश महिलाओं के बीच आरामदेह महसूस कराए। जब उन्हें ऐसी पोशाक नहीं मिली, तो उन्होंने अपनी ख़ुद की आदर्श छोटी काली ट्रैवल ड्रेस डिज़ाइन की और बनाई। इस तरह उन्होंने प्रदर्शित कर दिया कि इससे समस्या सुलझ जाती थी। स्क्लार ने बात सुनी और वे राज़ी हो गए। परिणाम : उसके बाद से छोटी काली सिलवट-रहित ट्रैवल ड्रेस कैटेलॉग में नंबर वन प्रॉडक्ट है। इसकी बदौलत नैटेली कार्लसन को मर्केन्डाइज़िंग के वाइस प्रेसिडेंट पद पर तरक़्क़ी भी मिल गई।

इच्छा जाग्रत करें

एक बार जब आप ध्यान हासिल कर लें, तो अगला क़दम है अपने प्रस्ताव में उस व्यक्ति की पूरी रुचि जाग्रत करना। आपको यह इच्छा जगानी चाहिए कि आप जो प्रस्ताव रख रहे हैं, वह उसके विचार को आत्मसात कर ले। एक बार जब यह हासिल हो जाता है, तो स्वीकृति लगभग तय है। इसे करने के लिए आपको भावनाओं से निवेदन करना चाहिए- दिल से, न कि दिमाग़ से।

आप किसी व्यक्ति की इच्छा कभी जाग्रत नहीं कर सकते, अगर आप इस बारे में बात करें कि आप क्या चाहते हैं। सबसे पहले तो आपको टटोलना चाहिए कि सामने वाला सचमुच क्या चाहता है। उस व्यक्ति के लिए क्या महत्वपूर्ण है? कौन सी चीज़ उसके स्विच को चालू करती है? यह करने के लिए आपको सचमुच सुनना चाहिए कि सामने वाला आपके सवालों का क्या जवाब देता है। ग़ौर से सुनें। छोटी-छोटी बातों पर ध्यान देने के लिए तैयार रहें, ताकि आपको उस व्यक्ति की सच्ची दिलचस्पी का पता चल सके। फिर अगर आप उस व्यक्ति की इच्छाओं के साँचे में अपनी टिप्पणियों को ढाल दें, तो आप मैच जीतने

की राह पर हैं।

मैं हाल में कुछ मित्रों से एक युवा सेल्समैन की तीव्र प्रगति पर बातचीत कर रहा था, जिसे देखकर उसका हर परिचित हैरान था। एक मित्र के हिसाब से पूरा रहस्य यह था कि वह लोगों की मानसिकता बदलने और राज़ी करने की अद्‌भुत शक्ति रखता था, जिसकी बदौलत संभावित ग्राहक स्थिति को उसके दृष्टिकोण से देख सकता था। उसने कहा कि वह पहले कभी किसी ऐसे व्यक्ति से नहीं मिला, जिसे दूसरे व्यक्ति की मानसिकता को अपनी मानसिकता में बदलने की इतनी उल्लेखनीय सफलता मिली हो। उसने बाद में जोड़ा, "और यह बेचने का सार है, निचोड़ है- सामने वाले को चीज़ें उस तरह दिखाने की शक्ति, जैसी हम उन्हें देखते हैं।"

उसने यह कैसे किया? उसने यह खोजा और पाया कि उसके संभावित ग्राहक के दिल में क्या था। वह कौन सी एक चीज़ थी, जो संभावित ग्राहक की सोच को सचमुच प्रभावित करेगी? ग़ौर से सुनकर, चेहरे के हाव-भाव और बॉडी लैंग्वेज का अवलोकन करके, उसने प्रमुख तत्व को लक्ष्य बनाया। उसने मुझे बताया, "अक्सर यह व्यावहारिक तत्व के बजाय भावनात्मक तत्व रहता था।"

सबसे अच्छे और सबसे सफल शिक्षक हमेशा सबसे ज्ञानी नहीं होते। प्रायः ऐसे शिक्षक तो वे होते हैं, जो अपने शिष्यों के हृदय में स्थान बनाते हैं, जिनमें दयालुता, व्यक्तिगत रुचि और सहानुभूति होती है। ये विद्वत्ता के अलावा वे गुण हैं, जिनसे सर्वश्रेष्ठ टीचर्स बनते हैं। यही गुण राज़ी करने वाले सबसे बुनियादी गुण हैं।

हालाँकि शिक्षा और बुद्धि अनिवार्य है, लेकिन चतुराई की उतनी ज़रूरत नहीं है, जितनी कि गर्मजोशी भरे मानव हृदय के गुणों की, जिनसे व्यक्ति लोकप्रिय और सफल बनता है।

संजीदा बनें

कुछ लोगों में एक प्रकार की सम्मोहक शक्ति होती है, जिसकी बदौलत वे दूसरों को राज़ी कर लेते हैं और शुरुआत में तो अपना मनचाहा कार्य

करा लेते हैं, लेकिन वे ईमानदारी की बुनियाद पर खड़े नहीं होते, इसलिए लंबे समय में उनके कारोबार को काफ़ी नुक़सान होता है। इसका एक उदाहरण चुंबकीय, मंत्रमुग्ध करने वाला सेल्स रिप्रज़ेंटेटिव है, जो अक्सर बाक़ी सेल्स रिप्रज़ेंटेटिव्ज़ के मुक़ाबले ज़्यादा बड़े ऑर्डर ले आता है, लेकिन अंत में वह ग्राहकों को खो देगा और कंपनी की प्रतिष्ठा को नुक़सान पहुँचाएगा। इससे अच्छा सेल्स रिप्रज़ेंटेटिव वह है, जो शुरुआत में तो उतना ज़्यादा नहीं बेचता है, लेकिन वह अधिक मित्र बना लेगा और ग्राहकों को क़ायम रखेगा, क्योंकि वह उनके हितों की परवाह करता है और उन्हें केवल वही बेचने की कोशिश करता है, जिसे ख़रीदने में उनका फ़ायदा हो। उनकी आवश्यकताओं का अध्ययन करके और उनका आत्मविश्वास तथा सद्भावना जीतकर यह सेल्स रिप्रज़ेंटेटिव एक दीर्घकालीन लाभदायक संबंध स्थापित करता है। दूसरों को अपनी मानसिकता का बनाने की क़ाबिलियत एक ज़बर्दस्त शक्ति है और इसके साथ ही हमारे कंधों पर एक भारी ज़िम्मेदारी भी आ जाती है। यदि इसका इस्तेमाल सदाशयता और ईमानदारी से न किया जाए, तो यह एक बूमरैंग साबित होगी और इसका इस्तेमाल करने वाले व्यक्ति को ही सबसे ज़्यादा नुक़सान पहुँचाएगी। ऐसे लोग जल्द ही "धोखेबाज़" के रूप में कुख्यात हो जाएँगे और उनसे लोग दूर छिटकने लगेंगे।

आज अधिकतर लोग सीधे-सीधे, साफ़-सुथरे, ईमानदार तथ्य चाहते हैं। लेकिन राज़ी करने की शक्तियों वाले लोग उन तथ्यों को ऐसे तरीक़े से पेश कर सकते हैं, जिससे संभावित ग्राहक यह महसूस करे कि वह उनका मित्र है और पूरी तरह से संभावित ग्राहक के हित में कार्य कर रहा है। कोई भी इस बात को पसंद नहीं करता कि उसका "प्रबंधन" किया जाए और चाहे सामने वाला चापलूसी को कितना भी पसंद करता हो, अगर आप इसकी स्पष्ट कोशिश करते हैं, तो आपके उद्देश्य संदिग्ध नज़र आएँगे।

बहरहाल, बहुत कूटनीति और ईमानदारी वाली प्रशंसा आपके उद्देश्य में बहुत मदद करेगी। याद रखें कि जिस व्यक्ति से आप संपर्क कर रहे हैं, वह किसी भी तरह के धोखे के ख़िलाफ़ हमेशा सावधान रहेगा और किसी भी तरह के झूठ के प्रमाण की तलाश कर रहा होगा। वह नहीं चाहता कि उसे धोखा देकर या बहला-फुसलाकर राज़ी किया

जाए। सबसे बढ़कर याद रखें कि किसी भी क्षेत्र में ईमानदारी का कोई विकल्प नहीं होता।

सामने वाले के हितों के बारे में सोचें

ऐसी कोई चीज़ नहीं है, जो हमारे जीवन में पूर्ण पारदर्शिता, सादगी, ईमानदारी और दयालुता की जगह ले सके। स्वर्णिम नियम व्यवहार करने का वह एकमात्र नियम है, जो किसी भी व्यवसाय में सच्ची सफलता दिलाता है।

जब आपको शंका हो कि आपके कार्यों से सामने वाले पर कैसा असर होगा, तो बस ख़ुद से यह सवाल पूछ लें : "यदि कोई दूसरा मेरे साथ यह करे, तो क्या मुझे पसंद आएगा?"

नैथन स्ट्रॉस मैसीज़ डिपार्टमेंट स्टोर के शुरुआती सह-स्वामी और प्रख्यात परोपकारी थे। एक बार उनसे पूछा गया कि उनके उल्लेखनीय करियर की सफलता में सबसे अधिक योगदान किस चीज़ ने दिया। उनका जवाब था, "मैंने हमेशा सौदे के दूसरे छोर वाले व्यक्ति की परवाह की।" उन्होंने कहा कि यदि उन्हें कोई बुरा सौदा मिलता था, तो वे इसे झेल सकते थे, भले ही भारी नुक़सान हो रहा हो, लेकिन वे सामने वाले को बुरा सौदा देना नहीं झेल सकते थे। जो दूसरे पक्ष शामिल थे, उनके दृष्टिकोण से सौदे को हमेशा देखकर स्ट्रॉस ने उस बात पर ध्यान केंद्रित किया, जिसे दूसरे पक्ष उनका सर्वश्रेष्ठ हित मानते थे।

सामने वाले को तौलें

राज़ी करने वाला इंसान बनने की दिशा में एक महत्वपूर्ण क़दम है तीक्ष्णता की शक्ति, चरित्र को पढ़ने या भाँपने की योग्यता। लोगों का अध्ययन करें। उन उद्देश्यों का अध्ययन करें, जिनसे वे कार्य करने के लिए प्रेरित होते हैं।

मानव स्वभाव को पढ़ने की विशेषज्ञता राज़ी करने में उतनी ही मूल्यवान साधन है, जितनी कि किसी वकील के लिए बहस में विशेषज्ञता या किसी डॉक्टर के लिए निदान की योग्यता। जो लोग

मानव स्वभाव को पढ़ सकते हैं, जो दूसरों को जल्दी ही "तौल" सकते हैं और चरित्र का सटीक अनुमान लगा सकते हैं, चाहे उनका पेशा या व्यवसाय जो भी हो, वे दूसरों से बहुत लाभप्रद स्थिति में रहते हैं।

दूसरों के स्वभाव में गहराई तक देखने की योग्यता हासिल करना संभव है। जब हम बहुत से लोगों से संपर्क करते हैं, तो हमारे पास इसका अध्ययन करने का बेहतरीन अवसर होता है। अलग-अलग मिलने वाले लोगों को नापने, तौलने, आकलन करने की आदत बनाना अपने आप में शिक्षाप्रद है, क्योंकि इस तरह हम अवलोकन की अपनी शक्तियों को बेहतर बना रहे हैं, अपनी अनुभूति की योग्यता को पैना कर रहे हैं, अपनी निर्णय शक्ति को सुधार रहे हैं।

सफल स्त्री-पुरुष अपने करियर में प्रगति का श्रेय दूसरों की मानसिकता और प्रेरणा की इसी समझ को देते हैं। इसी की बदौलत वे अपने बॉस, अधीनस्थों, सहकर्मियों, ग्राहकों, विक्रेताओं और जनता से अधिक प्रभावी ढंग से निबटने में समर्थ बने।

दो व्यक्तियों की मानसिकता बिलकुल समान नहीं होती और आपको उनमें से प्रत्येक तक न्यूनतम प्रतिरोध के मार्ग से पहुँचना चाहिए। सामने वाले व्यक्ति के हितों को जानें। यदि कोई व्यक्ति संगीत का दीवाना है या उसे गोल्फ़ का जुनून है या वह कला का संग्राहक है, तो इससे आपको उस तक पहुँचने की सही नीति के बारे में संकेत मिल जाता है।

शीर्ष सेल्सपीपुल संभावित ग्राहकों की रुचियों, शौकों और ख़ास चिंताओं को सावधानी से तलाशने की आदत डाल लेते हैं, जैसे संभावित ग्राहक किन खेल टीमों को पसंद करता है, उसके बच्चों की क्या उम्र है और इसी तरह के विवरण। फिर वह इन बातों को अपनी सेल्स प्रस्तुतियों में शामिल कर लेता है। यह तब भी उतना ही कारगर होता है, जब आप अपने संगठन के उन लोगों के संपर्क में आते हैं, जिनके साथ अच्छे संबंध विकसित करने से आपको करियर की सीढ़ी पर ऊपर चढ़ने में मदद मिलेगी।

अपने निर्णय में बहुत जल्दबाज़ी न करें या लोगों को तौलते समय जल्दी ही अपना मन न बना लें। अपने निर्णय को सुरक्षित रखें, जब

तक कि आप उस व्यक्ति के चेहरे, हुलिए और अंदाज़ में लिखे चरित्र के हर्फ़ अच्छी तरह न पढ़ लें, क्योंकि ये सभी महत्वपूर्ण हैं और प्रत्येक का निश्चित अर्थ होता है। दूसरे शब्दों में, किसी व्यक्ति के चरित्र के लेबल्स पढ़ लें, सारे प्रमाण जुटा लें, बजाय इसके कि आप पहली त्वरित छाप पर काम करने लगें, क्योंकि आपके निर्णय की सटीकता पर बहुत कुछ निर्भर करता है। अध्याय 14 में बॉडी लैंग्वेज के विवरण को दोबारा पढ़ लें।

चेहरा एक बुलेटिन बोर्ड है। यह अंदर हो रही हलचलों का प्रोग्राम है और इसे फटाफट तथा सटीकता से पढ़ना सीखना महत्वपूर्ण है। चेहरे के हाव-भाव, नज़रिया, अंदाज़, भाषा, आँखों की चमक चरित्र की शब्दावली के अक्षर हैं, जो किसी इंसान के व्यक्तित्व को उजागर करते हैं।

स्वाभाविकता, सहजता और निश्छलता व्यक्ति के निश्चित गुणों के सूचक हैं और यदि वह व्यक्ति नाटक कर रहा है या ढोंग कर रहा है, तो आप उस नाटक के नक़ाब को हटा सकते हैं।

उनके जीवन के बारे में जानें

परिचितों को राज़ी करना किसी अजनबी के मुक़ाबले अधिक आसान होता है। राज़ी करने की एक कुंजी यह बताना है कि आप अपनी मनचाही जो चीज़ कराना चाहते हैं, वह उस व्यक्ति के लिए कैसे मूल्यवान होगी। अजनबियों के साथ - जैसे सेल्स प्रॉस्पेक्ट्स के साथ - यह पता लगाना हमेशा आसान नहीं होता कि उनके लिए क्या महत्वपूर्ण है। लेकिन जिन लोगों के साथ आप कार्य करते हैं या जिन्हें अच्छी तरह जानते हैं, उनकी भावनाएँ, इच्छाएँ और नज़रिए आपको पहले से ही मालूम होने चाहिए।

यह बात दिमाग़ में रखें कि लोग अलग-अलग होते हैं और जिस बात से एक व्यक्ति राज़ी होता है, हो सकता है कि उसका दूसरे पर कोई प्रभाव ही न पड़े। अपने कर्मचारियों, सहकर्मियों, अपने विभाग तथा कंपनी के बाहर के लोगों को जानें, जिनसे आपका प्रायः संपर्क होता है। आप जिस भी व्यक्ति के साथ कार्य करते हैं, उसकी ऑफ़िस से बाहर भी ज़िंदगी होती है, जो आम तौर पर उसके लिए ऑफ़िस से

कहीं अधिक महत्वपूर्ण होती है। नौकरी के बाहर आपके सहकर्मियों की जिन चीज़ों में सच्ची परवाह है, उनके बारे में उनसे बात करके आप उन्हें यह बता देते हैं कि आप उनमें केवल कर्मचारियों के रूप में ही नहीं, बल्कि इंसान के रूप में भी रुचि लेते हैं।

उनके साथ बातचीत करना केवल शुरुआत है। निजी जीवन की खुदाई करना आवश्यक नहीं है, लेकिन उनकी बातें सुनकर – उनके साथ परानुभूति रखकर, उनकी प्रतिक्रियाएँ देखकर – आप इस बारे में बहुत कुछ पता लगा सकते हैं कि वे कैसा महसूस करते हैं, वे सचमुच कैसे हैं और कौन सी चीज़ उन्हें प्रेरित करती है।

कूटनीति और चतुराई से लोग ज़्यादा राज़ी होते हैं

चतुराई जीवन में सफलता की सबसे बड़े सहायकों में से एक है। कई शीर्ष बिज़नेस एक्ज़ीक्यूटिव्ज़ बताते हैं कि उनकी सफलता की रेसिपी में चतुराई सबसे ऊपर आती है, बाक़ी तीन चीज़ें हैं व्यक्तित्व, उत्साह और व्यवसाय का ज्ञान।

चतुराई आपको समर्थ बनाती है कि आप संतरियों, दरवाज़ों और छड़ों को पार करते हुए एकांत कक्ष में प्रवेश कर जाएँ, जहाँ चतुराई से रहित व्यक्ति कभी दाख़िल नहीं हो पाता। चतुराई की वहाँ सुनवाई होती है, जहाँ प्रतिभा की भी नहीं हो सकती। इसे तब भी दाख़िल किया जाता है, जब गुणों को नकार दिया जाता है। इसे तब भी सुना जाता है, जब चतुराईरहित योग्यता की सुनवाई नहीं हो सकती।

अलेक्स एक प्रतिभाशाली इंजीनियर था। कंप्यूटर साइंस में उसकी विशेषज्ञता अद्वितीय थी। हालाँकि प्रबंधन के सामने उसकी प्रस्तुतियाँ तकनीकी दृष्टि से बेदाग़ थीं, लेकिन घमंड की वजह से वह श्रोताओं को अपना दुश्मन बना लेता था। जैसी एक मैनेजर ने टिप्पणी की, "जब वह मेरे सवालों का जवाब देता है, तो वह सवाल पूछने के लिए मुझे मूर्ख महसूस कराता है।" जब चतुराई की कमी के लिए उसकी आलोचना की गई, तो उसने प्रतिक्रिया की, "बहुत बुरी बात है। उनकी बुद्धि इतनी मोटी है कि वे मेरी बात समझ ही नहीं पाते।"

कई बार तरक़्क़ी के अवसर उसके अगल-बग़ल से गुज़र गए और उसके अधीनस्थों को तरक़्क़ी मिल गई, लेकिन उसे नहीं मिली। अलेक्स को अंततः एक एक्ज़ीक्यूटिव कोच से मिलने की सलाह दी गई। अलेक्स को अपनी इस प्रवृत्ति से उबरने में कई सप्ताह लग गए कि वह अपने विचार दूसरों के गले के नीचे न उतारे, बल्कि उन्हें सही तरीक़े से परोसे। व्यायाम और ध्यान के माध्यम से उसने अपने अवचेतन मन को यह स्वीकार करने का प्रशिक्षण दिया कि सिर्फ़ उसका श्रेष्ठ ज्ञान ही उसे करियर में मनचाही तरक़्क़ी नहीं दिला सकता। परिणाम यह हुआ कि वह दूसरे लोगों के कमज़ोर बिंदुओं को स्वीकार करने लगा और उनकी सीमाओं की खिल्ली उड़ाने के बजाय उनकी शक्तियों की तलाश करने लगा। समय के साथ लोक-व्यवहार और आपसी संबंधों में अलेक्स ने अपनी नीति बदल ली और कहीं अधिक चतुराई तथा सामने वाले की भावनाओं की अधिक परवाह करते हुए प्रस्तुतियाँ बनाईं, जिसका परिणाम यह हुआ कि उसने अपने करियर के लक्ष्य हासिल कर लिए।

आपत्तियों से उबरना और सेल क्लोज़ करना

जब आप दूसरों के सामने अपने विचार पेश करते हैं, तो संभवतः वे आपकी अवधारणाओं के कुछ पहलुओं पर आपत्ति करेंगे। इसे समस्या नहीं, चुनौती के रूप में देखें। सेल्सपीपुल आपत्तियों को पसंद करते हैं। इससे उन्हें यह तय करने में मदद मिलती है कि संभावित ग्राहक दरअसल क्या चाहता है। इससे वे उनका सामना करने में समर्थ होते हैं और बिक्री करने की उनकी संभावनाएँ बढ़ जाती हैं। अच्छे सेल्सपीपुल पहले से ही अनुमान लगा लेते हैं कि किन आपत्तियों के पेश किए जाने की संभावना है और वे उनका उचित जवाब देने के लिए तैयार रहते हैं। आपको भी यही करना चाहिए।

यदि आप दूसरों को राज़ी करना चाहते हैं कि वे किसी अवधारणा को स्वीकार कर लें, तो उन सभी नकारात्मक पहलुओं का अध्ययन करें, जो सामने वाले उठा सकते हैं और उनका खंडन करने के लिए तैयार रहें, या यदि वे वैध हों, तो दिखाएँ कि आपकी अवधारणा के लाभ किस प्रकार हानियों से बहुत अधिक हैं। अपनी बात के समर्थन में तथ्य और

आँकड़े तैयार करें- लेकिन साथ ही अमूर्त पहलुओं और दूसरों की भावनाओं के प्रति आग्रह करने के बारे में भी सोचें। क्लोज़ - अंतिम स्वीकृति - किसी सेल्स रिप्रज़ेंटेटिव के लिए बिक्री का चरमोत्कर्ष होती है। इसी तरह आप जिस चीज़ के लिए दूसरों को राज़ी करना चाहते थे, उस पर उसका राज़ी होना वह परिणाम है, जिसका आप लक्ष्य बनाते हैं।

एक बार जब आप सारी आपत्तियों से निबट लें, तो आप क्लोज़ करने के लिए तैयार हो जाते हैं। यह आख़िरी क़दम उठाने से पहले ख़ुद को एक संक्षिप्त प्रेरक भाषण दें : "मैं जानता हूँ कि यह एक दमदार विचार है और संगठन के लिए बहुत मूल्यवान रहेगा। अपने बॉस से इसे स्वीकार कराने के लिए मैं सब कुछ करने को तैयार हूँ।" इससे आपका अवचेतन मन सक्रिय हो जाएगा और आपके सफल होने के आत्मविश्वास को बढ़ा देगा। फिर अपनी क्लोज़िंग स्टेप के साथ आगे बढ़ जाएँ।

किसी दूसरे व्यक्ति को विचार बेचने की एक बहुत प्रभावी नीति सामने वाले व्यक्ति से अवधारणा के आकलन में सहभागिता करने को कहना है। एक काग़ज़ पर दो कॉलम बनाएँ। एक पर शीर्षक लिखें "नकारात्मक बातें" और दूसरे पर लिखें "सकारात्मक बातें।" इसके बाद जो प्रमुख आपत्तियाँ उठाई गई हैं, उन्हें "नकारात्मक" कॉलम में लिख लें और उनके विपरीत में दिए गए तर्क "सकारात्मक" कॉलम में लिख लें। "सकारात्मक" कॉलम में वे सभी अतिरिक्त लाभ भी लिख दें, जिन पर बातचीत हो चुकी है। यदि आपने अपना होमवर्क अच्छी तरह किया है, तो आपके पास नकारात्मक की तुलना में बहुत ज़्यादा सकारात्मक बातें होंगी। फिर कहें, "आइए कुछ कारणों पर नज़र डालते हैं, जिनकी वजह से आप यह स्वीकार करने में झिझक रहे होंगे। हम तौलते हैं कि आगे बढ़ने वाले तर्क अधिक वज़नदार हैं या न बढ़ने वाले तर्क। आपकी राय में कौन सा पलड़ा अधिक भारी है।" जवाब सकारात्मक पक्ष में ही होगा।

एक बार जब आप यह सहमति पा लें कि आपकी अवधारणा व्यावहारिक है, तो कहें, "चूँकि अब आप सहमत हैं कि यह एक अच्छा विचार है, इसलिए मैं चाहूँगा कि इस पर अमल करने के अगले क़दम

पर बातचीत कर ली जाए।”

यदि अमल करने से पहले अवधारणा आपके बॉस के बॉस या किसी दूसरे एक्ज़ीक्यूटिव्ज़ को बेची जानी है, तो सुझाव दें कि आप उस प्रस्तुति में मदद करने के लिए ख़ुशी-ख़ुशी तैयार हैं।

सावधानी से तैयारी करके और सफल सेल्सपीपुल द्वारा प्रयुक्त नीतियों पर अमल करके आप दूसरों के सामने अपने विचार अच्छी तरह पेश कर सकते हैं और बेच सकते हैं। तब आपको यह देखने की महान संतुष्टि मिलेगी कि आपकी अवधारणाओं को स्वीकार किया जाता है और उन पर अमल किया जाता है।

सार

- अपने कामकाज और जीवन के दूसरे पहलुओं में आपको अक्सर लोगों को इस बात के लिए राज़ी करना पड़ेगा कि वे आपके विचारों को स्वीकार कर लें। सफल होने के लिए आपको सेल्सपर्सन की तरह सोचना पड़ेगा।
- दूसरा व्यक्ति आपका प्रॉडक्ट या सेवा ख़रीदे या आपके विचारों को स्वीकार करे, इसके लिए उसे अगर राज़ी करना है, तो पहले तो आपको उसका पूरा ध्यान हासिल करना चाहिए। वरना आप चाहे कुछ कह लें, वह आपकी बात सुनेगा ही नहीं।
- अगला क़दम है अपने प्रस्ताव में उस व्यक्ति की पूरी रुचि जाग्रत करना। आपको यह इच्छा जगानी चाहिए कि आप जो प्रस्ताव रख रहे हैं, वह उसके विचार को आत्मसात कर ले। एक बार जब यह हासिल हो जाता है, तो स्वीकृति लगभग तय है। इसे करने के लिए आपको भावनाओं से आग्रह करना चाहिए- दिल से, न कि दिमाग़ से।
- आप चाहे कितने ही बुद्धिमान या सक्षम क्यों न हों, करियर में आपकी तरक़्क़ी दूसरे लोगों के साथ अच्छे संबंध बनाने पर निर्भर करती है- आपके बॉस, सहकर्मी, अधीनस्थ, ग्राहक

और संपर्क में आने वाले अन्य लोग।

- यह बात दिमाग़ में रखें कि लोग अलग-अलग होते हैं और जिस बात से एक व्यक्ति राज़ी होता है, हो सकता है कि उसका दूसरे पर कोई प्रभाव ही न पड़े। अपने कर्मचारियों, सहकर्मियों, अपने विभाग तथा कंपनी के बाहर के लोगों को जानें, जिनके साथ आप प्रायः संपर्क में आते हैं।
- यदि आप दूसरों को राज़ी करना चाहते हैं कि वे किसी अवधारणा को स्वीकार कर लें, तो उन सभी नकारात्मक पहलुओं का अध्ययन करें, जो सामने वाले उठा सकते हैं। फिर उनका खंडन करने के लिए तैयार रहें, या यदि वे वैध हों, तो दिखाएँ कि आपकी अवधारणा के लाभ किस प्रकार हानियों से बहुत अधिक हैं।
- आखिरी क़दम उठाने से पहले ख़ुद को एक संक्षिप्त प्रेरक चर्चा दें। इससे आपका अवचेतन मन सक्रिय हो जाएगा और आपके सफल होने के आत्मविश्वास को बढ़ा देगा।

अध्याय अठारह

अपने करियर को आगे बढ़ाना

ऊपर चढ़ने का एकमात्र तरीक़ा अपनी निगाह तारे पर टिकाए रखना है। आप जो भी बनना चाहते हों, उसका सपना देखें। उसे अपने दिमाग़ में लगातार रखें और पूरी शक्ति से उसकी ख़ातिर काम करें। महत्वपूर्ण बात यह है कि हमेशा आपके काम के पीछे एक प्रेरक उद्देश्य हो, आगे एक प्रेरक लक्ष्य हो, कोई बड़ी, कोई महान चीज़ जिसकी राह देखी जा सके, कोई ऐसी चीज़ जो आपकी महत्वाकांक्षा को प्रेरित करे, जो आपकी उच्चाभिलाषा को संतुष्ट करे।

आप आज जितने बड़े हैं, क्या आप उससे ज़्यादा बड़े बनना चाहते हैं? अधिक महान, अधिक उदात्त? तो फिर आपको डर, शिकायत, द्वेष और आत्म-निंदा का त्याग कर देना चाहिए। आपको अगर कुछ पाना है, तो बदले में आपको देना होगा। सृजनात्मक सोच का अभ्यास करने की ख़ातिर आपको नकारात्मक सोच को छोड़ना होगा। उस इंसान से प्रेम करना होगा, जो आप बनना चाहते हैं। उस इंसान को छोड़ना होगा, जो आप इस वक़्त हैं। नए का अनुभव करने के लिए आपको पुराने को पीछे छोड़ने का इच्छुक रहना होगा।

आप संगीत से प्रेम कर सकते हैं, आप कला से प्रेम कर सकते हैं, आप क़ानून से प्रेम कर सकते हैं। आप बैठकर स्वास्थ्य, ख़ुशी, मानसिक शांति, समृद्धि, सुरक्षा, सही कार्य, सद्भाव, प्रेरणा और मार्गदर्शन पर मनन कर सकते हैं। आप एक ऐसे करियर पर विचार कर सकते हैं, जो न केवल आपको आर्थिक पुरस्कार दे, बल्कि कोई ऐसी चीज़ करने की ख़ुशी और संतुष्टि भी प्रदान करे, जिससे आप प्यार करते हैं और जो सार्थक है। आप इन चीज़ों पर मनन कर सकते हैं,

उन्हें अपना ध्यान, निष्ठा, वफ़ादारी दे सकते हैं। आप सम्मोहित व आकर्षित हो सकते हैं, लीन हो सकते हैं और डूब सकते हैं। इसके बाद आपके अवचेतन का नियम प्रतिक्रिया करेगा। जैसा आप अपने दिल या अवचेतन में सोचते हैं, वैसे ही आप होते हैं। वैसे ही आप कार्य करेंगे और वैसे ही आप बनेंगे।

वह नहीं, जिसे आप अपने दिमाग़ में सोचते हैं। बल्कि वह जिसे आप अपने दिल में सोचते हैं। क्योंकि इन विचारों को भावनामय करना होता है और सच के रूप में महसूस करना होता है। जिस भी विचार पर आप केंद्रित रहते हैं, वह एक निश्चित भावनात्मक प्रतिक्रिया उत्पन्न करता है। जब आप यह जारी रखते हैं, तो वह आपके अवचेतन मन में धँस जाता है और उसे सराबोर कर देता है। यही नहीं, वह बाध्यकारी भी बन जाता है। इसलिए आप जिस पर मनन करते हैं, वही बनने, करने और अभिव्यक्त करने के लिए प्रेरित होते हैं।

यदि आपकी महत्वाकांक्षा ज़्यादा प्रबल नहीं है, अगर यह कभी-कभार ही प्रकट होती है, अगर इसमें नीचे जाने की प्रवृत्ति है, ख़ास तौर पर हताशा में, तो आपको इसे बढ़ाना चाहिए और हर संभव तरीक़े से इसे मज़बूत बनाना चाहिए। मिसाल के तौर पर, यदि आप किसी बिज़नेस फ़र्म में हैं, तो बड़े बिज़नेस एक्ज़ीक्यूटिव बनने का इरादा करें; नियोक्ता की फ़र्म में पार्टनर बनने के लिए ख़ुद को तैयार करें। यह बहुत उचित महत्वाकांक्षा है, क्योंकि सीढ़ी के सबसे निचले पायदान से शुरू करने वाले कई लोग इसे हासिल कर चुके हैं। फिर जिस कंपनी में आज आप एक क्लर्क हैं, उसके दरवाज़े पर अपना नाम लिखा देखने का विचार आपको ऐसा ज़बर्दस्त लक्ष्य देगा कि उसकी ख़ातिर आपको कार्य करने की ज़रूरत महसूस होनी चाहिए। यह उतना महत्वपूर्ण नहीं है कि आपका नाम कभी उस ख़ास दरवाज़े पर नज़र आता है या नहीं, क्योंकि आपको किसी उतनी ही अच्छी या बेहतर चीज़ के लिए प्रशिक्षण मिलेगा, तैयारी मिलेगी। चाहे जो भी हो, साझेदारी के लिए महत्वाकांक्षा और तैयारी से आपका सर्वश्रेष्ठ संभव विकास होगा।

लैरी डब्ल्यू. एक ऐसे इंसान हैं, जो कारोबारी जगत में अपने लिए बड़ा नाम और स्थान जीत चुके हैं। उन्होंने बचपन से ही अपनी

महत्वाकांक्षा के लिए एक गति तय कर ली थी। वे हर दिन ख़ुद से दिल खोलकर बातचीत करते हैं, जैसा वे कहते हैं, लगातार "जैक" लगाकर ख़ुद को अपने उच्चतम स्तर तक ऊपर चढ़ाते रहते हैं।

लैरी को यक़ीन है कि उनकी अधिकतर उपलब्धियाँ उसी आदत की बदौलत मिली हैं, जो उन्होंने बचपन में ही डाल ली थीं कि वे निर्ममता से अपने पीछे पड़े रहें, ख़ुद को सबसे बड़ी संभव चीज़ करने के लिए लगातार प्रेरित करते रहें। वे कहते हैं कि यदि वे अपनी महत्वाकांक्षा के लगातार पीछे नहीं पड़ते, अगर वे निरंतर उसे नहीं कुरेदते और अपने लिए गति तय नहीं करते, तो कुछ महीनों में ही उनके मानदंड नीचे गिर जाते, उनकी ऊर्जा घट होती, उनके आदर्श डगमगा जाते और उनका पूरा जीवन कमज़ोर हो जाता।

सफलता के तीन क़दम

सफलता का पहला अत्यावश्यक क़दम यह पता लगाना है कि वह कौन सी चीज़ है, जिससे आप प्रेम करते हैं। फिर उसे कर दें। जब तक कि आप अपने कार्य से प्रेम न करते हों, आप ख़ुद को उसमें सफल नहीं मान सकते, भले ही बाक़ी दुनिया आपको बेहद सफल कह रही हो। जब आप अपने कार्य से गहरा प्रेम करते हैं, तो आपके अंदर उसे करने की गहरी इच्छा होती है। यदि आप मनोविश्लेषक बनने के प्रति आकर्षित होते हैं, तो डिप्लोमा लेना और उसे दीवार पर टँगा देखना ही काफ़ी नहीं होता है। आप उस क्षेत्र में अपना ज्ञान बढ़ाना चाहेंगे, सम्मेलनों में हिस्सा लेना चाहेंगे, मन और इसकी कार्यविधियों का अध्ययन करते रहना चाहेंगे। आप दूसरे क्लीनिक्स देखने जाएँगे और नवीनतम वैज्ञानिक जर्नल्स पढ़ेंगे। दूसरे शब्दों में, आप मानव कष्ट को कम करने की सबसे उन्नत विधियों की जानकारी रखना चाहेंगे, क्योंकि आप अपने मरीज़ों के हितों को सबसे पहले रखते हैं।

लेकिन क्या हो, अगर ये शब्द पढ़ते वक़्त आप मन में सोच रहे हों, "मैं पहला क़दम नहीं उठा सकता, क्योंकि मैं नहीं जानता कि मैं क्या करना चाहता हूँ। संसार में मैं प्रयास का वह क्षेत्र कैसे खोज सकता हूँ, जिससे मैं प्रेम करता हूँ?" यदि आपकी स्थिति ऐसी है, तो इस तरह

मार्गदर्शन के लिए प्रार्थना करें :

"मेरे अवचेतन मन की असीमित प्रज्ञा मेरे सामने जीवन में मेरा सच्चा स्थान उजागर करती है।"

इस वाक्य को शांति से, सकारात्मक तरीक़े से और प्रेमपूर्ण अंदाज़ में अपने अधिक गहरे मन के सामने दोहराएँ। जब आप आस्था और विश्वास के साथ जुटे रहते हैं, तो जवाब आपके सामने आ जाएगा। आम तौर पर यह किसी भावना, किसी आभास या किसी निश्चित दिशा में प्रवृत्ति के रूप में प्रकट होगा। यह आपके सामने स्पष्ट रूप से, शांति में और आंतरिक मौन जागरूकता में आएगा।

सफलता का दूसरा क़दम है कार्य की किसी विशेष शाखा में विशेषज्ञता रखना और उसमें उत्कृष्ट बनने का प्रयास करना। मान लेते हैं कि आप केमिस्ट्री का पेशा चुनते हैं। आपको इस क्षेत्र की कई शाखाओं में से किसी एक पर ध्यान केंद्रित करना चाहिए। आपको अपनी चुनी हुई विशेषज्ञता पर पूरा ध्यान और समय केंद्रित करना चाहिए। आपका उत्साह ही वह सब जानने के लिए आपको प्रेरित करेगा, जो उस क्षेत्र में उपलब्ध है। आप इस कार्य में गहरी रुचि लेने लगेंगे और इसका इस्तेमाल करके संसार की सेवा करना चाहेंगे।

तीसरा क़दम सबसे महत्वपूर्ण है। आपको यह सुनिश्चित करना चाहिए कि आप जो कार्य करना चाहते हैं, वह केवल आपकी अपनी सफलता में ही योगदान न देता हो। आपकी इच्छा स्वार्थपूर्ण नहीं होनी चाहिए। इससे मानव जाति को लाभ होना चाहिए। सर्किट पूरा होना चाहिए। दूसरे शब्दों में, आपका विचार संसार की सेवा करने या लाभ पहुँचाने के उद्‌देश्य से बाहर निकलना चाहिए। फिर यह आपके पास आएगा– गौरवशाली और नियामतों से भरा हुआ। यदि आप सिर्फ़ अपने लाभ के लिए कार्य करते हैं, तो इस अनिवार्य सर्किट को पूरा नहीं कर पाएँगे। आप सफल नज़र आ सकते हैं, लेकिन आपने जीवन में जो शॉर्ट-सर्किट किया है, वह समय के साथ किसी सीमा या रोग में प्रकट हो सकता है।

सफलता के तीन क़दमों पर विचार करते समय आपको अपने अवचेतन मन की सृजनात्मक शक्तियों को कभी नहीं भूलना चाहिए।

यह सफलता की किसी योजना में सारे क़दमों के पीछे की ऊर्जा है। आपका विचार रचनात्मक है। भावना के साथ जुड़ा विचार व्यक्तिपरक आस्था या विश्वास बन जाता है।

आगे निकलने के लिए अवचेतन मन का इस्तेमाल करना

महान जर्मन कवि जोहानन वोल्फ़गैंग वॉन गेटे के सामने जब भी मुश्किलें और विपत्तियाँ आती थीं, तो वे अपनी कल्पना का समझदारी से इस्तेमाल करते थे। गेटे के जीवनीलेखकों के अनुसार वे शांति से कई घंटों तक काल्पनिक बातचीत करने के आदी थे। वे कल्पना करते थे कि उनका कोई मित्र उनके सामने बैठा है। वे कल्पना करते थे कि उनका मित्र उनके सवालों के सही या उचित जवाब दे रहा है और साथ ही सामान्य मुद्रा तथा लहज़े का इस्तेमाल कर रहा है। वे पूरे काल्पनिक दृश्य को यथासंभव अधिकतम वास्तविक और स्पष्ट बना लेते थे।

जब एक युवा वित्तीय सलाहकार जेरी पी. ने इस बारे में पढ़ा, तो उसने गेटे की तकनीक लागू करने का संकल्प किया। वह एक मल्टीमिलियनेअर निवेशक से काल्पनिक बातचीत करने लगी, जिसे वह जानती थी। उस निवेशक ने पहले अच्छे निवेश चुनने में बुद्धिमत्तापूर्ण तथा दमदार विवेक के लिए उसे बधाई दी थी। जेरी ने काल्पनिक बातचीत को तब तक नाटकीय रूप दिया, जब तक कि उसने मनोवैज्ञानिक रूप से इसे अपने अवचेतन मन में विश्वास के रूप में नहीं बिठा लिया।

जेरी की आंतरिक चर्चा और नियंत्रित कल्पना निश्चित रूप से उसके लक्ष्यों के अनुरूप थी। उसके लक्ष्य स्पष्ट थे : अपने ग्राहकों के लिए अच्छे निवेश चुनना, उनके लिए पैसे बनाना और अपनी समझदारी भरी सलाह से उन्हें आर्थिक रूप से समृद्ध होते देखना। जेरी अब भी अपने व्यवसाय में अपने अवचेतन मन का उपयोग कर रही है और वह अपने क्षेत्र में बहुत सफल हो चुकी है।

अच्छे निर्णय लेना

संभवतः सफल लोगों का सबसे महत्वपूर्ण गुण जल्दी से और सटीकता से निर्णय लेने की योग्यता और उन पर अमल करने की क्षमता है। इस तरह वे यह सुनिश्चित कर लेते हैं कि निर्णय की वजह से समस्याओं के संतोषजनक समाधान उत्पन्न हों।

लोगों की बात सुनते-सुनते मुझे कई साल हो चुके हैं। वे मुझसे असफलता से उबरने में मदद करने का आग्रह करते हैं। मैंने पाया है कि उन सभी में एक साझा गुण यह होता है कि निर्णय लेने के प्रति उनकी नीति ढुलमुल होती है। जब किसी समस्या को सुलझाने की बात आती है, तो वे टालमटोल करते हैं और अति सावधान रहते हैं। यही नहीं, एक बार जब निर्णय ले लिया जाता है, तो वे उस पर अमल भी नहीं करते हैं।

ईश्वर ने इंसान को स्वतंत्र चयन की शक्ति का बहुत बड़ा उपहार दिया है- समस्याओं का विश्लेषण करने, उनके समाधान के निर्णय लेने और उन पर अमल करने की शक्ति।

टॉमी एफ़. को करियर संबंधी एक बड़ा निर्णय लेना था। उसे यह निर्णय लेना था कि वह नया कार्य खोजे या न खोजे। हालाँकि वह अपनी वर्तमान नौकरी से प्रेम करता था, लेकिन उसे पर्याप्त पैसे नहीं मिल रहे थे और चूँकि कारोबार अच्छा नहीं चल रहा था, इसलिए तनख़्वाह बढ़ने की संभावना बहुत कम थी। एक प्रतिस्पर्धी कंपनी ने उसके सामने एक ऐसी नौकरी का प्रस्ताव रखा, जहाँ उसे वर्तमान से थोड़ी ज़्यादा तनख़्वाह मिलने वाली थी और तरक़्क़ी की संभावना भी बेहतर नज़र आ रही थी। प्रतिस्पर्धी कंपनी तुरंत जवाब चाहती थी, लेकिन टॉमी ने कहा कि वह अगले शुक्रवार तक निर्णय बताएगा। प्रस्ताव अच्छा था और उसे अतिरिक्त पैसों की ज़रूरत थी। बहरहाल, वह चिंतित था कि प्रतिस्पर्धी के यहाँ जाना उसके वर्तमान नियोक्ता के साथ न्यायपूर्ण नहीं था, जिसने उसे प्रशिक्षित किया था और उसके कामकाज के लिए आवश्यक योग्यताएँ सिखाई थीं। उसने इसे लेकर प्रार्थना की और फिर इस मामले को अपने दिमाग़ से निकाल दिया, क्योंकि वह जानता था कि उसका अवचेतन मन उसके लिए सही निर्णय ले लेगा।

और यही हुआ। बुधवार को उसके बॉस ने उसे बुलाया। उन्होंने बताया कि उन्होंने अभी-अभी एक काफ़ी बड़ा अनुबंध किया है और वे उसे मैनेजर का पद तथा अच्छी वेतनवृद्धि देकर इसका प्रभारी बना रहे हैं।

टॉमी को यक़ीन था कि यह ईश्वर की इच्छा थी कि वह उसी कंपनी में बना रहे और उसके अवचेतन मन ने उसे प्रमोशन दिलाने के लिए तुरंत दूसरे प्रस्ताव को स्वीकार करने से रोक दिया।

अपने प्रति न्यायपूर्ण रहें

लीज़ा एफ़. को यक़ीन था कि वह तरक़्क़ी और प्रमोशन के लिए तैयार है, लेकिन वह अपनी सुपरवाइज़र से चिढ़ती थी। उसे महसूस होता था कि वह महिला उसकी तरक़्क़ी में बाधक थी। उसने एक अधिक उम्र वाली और समझदार सहेली से इस पर बातचीत की। सहेली ने समझाया कि वह अपने प्रति न्याय नहीं कर रही थी, वह उस महिला को एक ऊँची चौकी पर बैठा रही थी और उसे अपने भीतर के असीमित से अधिक बड़ा मान रही थी। यह नज़रिया समझदारीपूर्ण नहीं था। यह मानते हुए कि सुपरवाइज़र असीमित से अधिक बड़ा है, वह असीमित की शक्ति से इंकार कर रही थी, जो सर्वशक्तिमान है।

लीज़ा ने सही दिशा में जाते हुए यह संकल्प लिया, "असीम की शक्ति के ज़रिए तरक़्क़ी मेरी है; प्रमोशन मेरा है; उपलब्धि मेरी है।" समय के साथ उसने अपने अवचेतन मन में इस धारणा को ख़ारिज कर दिया कि उसकी सुपरवाइज़र तरक़्क़ी में बाधक है और उसने उसे दोष देना छोड़ दिया। इसके बजाय उसने अपनी शक्ति ख़ुद के कार्य और नज़रिए को बेहतर बनाने में लगाई। परिणाम यह हुआ कि अंततः उसे उसका मनचाहा प्रमोशन मिल गया।

आप जो महसूस करते हैं, उसे आकर्षित करते हैं और आप जिसकी कल्पना करते हैं, वही बन जाते हैं।

आप अपनी कल्पना एक बम के रूप में कर सकते हैं; आप अपनी कल्पना मज़दूर के रूप में कर सकते हैं, जो ट्रेनों में बिना टिकट एक

जगह से दूसरी जगह जाता है। इस कल्पना को क़ायम रखेंगे, तो आप एक मज़दूर बन जाएँगे। लेकिन आप यह कल्पना भी कर सकते हैं कि आप ज़बर्दस्त रूप से सफल हैं, कि आप एक महान अभिनेता हैं; आप अपनी कल्पना श्रोतासमूह के सामने कर सकते हैं, जिसे आप अपनी इच्छानुसार हँसा या रुला सकते हैं, अपने भीतर की शक्तियों का इस्तेमाल करके शेक्सपियर की सुंदरता को सामने ला सकते हैं और अपने श्रोताओं के जीवन को समृद्ध बना सकते हैं।

कुछ लोग कहते हैं कि वे आगे नहीं बढ़ सकते, तरक़्क़ी नहीं पा सकते, क्योंकि वे एक ऐसी जगह कार्य कर रहे हैं, जहाँ तरक़्क़ी का कोई अवसर नहीं है या तनख़्वाह निश्चित मानदंडों के हिसाब से तय होती है। ज़रूरी नहीं है कि यह सच ही हो। आप आगे बढ़ने और तरक़्क़ी करने के लिए मस्तिष्क के नियमों का इस्तेमाल कर सकते हैं। रहस्य है उस चीज़ से प्रेम करना, जो आप इस वक़्त कर रहे हैं; जहाँ भी आप हैं, वहाँ रहते हुए अपना सर्वश्रेष्ठ करना। सद्भावनापूर्ण, दयालु, मित्रतापूर्ण और शुभेच्छा से भरे रहें। बड़ा सोचें, दौलत के बारे में सोचें। इससे आपका वर्तमान कार्य आपकी विजय की सीढ़ी बन जाएगा। अपने सच्चे मूल्य के बारे में सजग रहें और मन ही मन दौलत पर दावा करें - ख़ुद के लिए भी और दिन में मिलने वाले हर व्यक्ति के लिए भी, चाहे वह आपका बॉस हो, सहयोगी हो, फ़ोरमैन हो, ग्राहक हो या मित्र हो - अपने आस-पास के सभी लोगों के लिए। आप अमीरी और तरक़्क़ी के अपने विकिरण को महसूस करेंगे और यह बहुत जल्द ही आपके लिए अवसर का नया द्वार खोल देगा।

लोग लगातार पूछ रहे हैं, "मैं जीवन में आगे कैसे बढ़ सकता हूँ, अपनी परिस्थितियों को कैसे सुधार सकता हूँ, वेतनवृद्धि कैसे पा सकता हूँ, नई कार और नया घर कैसे ख़रीद सकता हूँ और ज़रूरत की सारी चीज़ें कैसे पा सकता हूँ, ताकि मैं इच्छा होते ही उसे पूरा कर पाऊँ?"

इन सारे सवालों का जवाब है मस्तिष्क के नियमों - कारण और परिणाम का नियम, वृद्धि का नियम, और आकर्षण का नियम - का इस्तेमाल करना सीखें। आपके मस्तिष्क के ये नियम उतनी ही सटीकता और निश्चितता से कार्य करते हैं, जिस तरह फ़िज़िक्स, केमिस्ट्री और

गणित के नियम करते हैं- और उतने ही पक्के होते हैं, जितना कि गुरुत्वाकर्षण का नियम।

दिखते रहें

अपनी तरक़्क़ी सुनिश्चित करने के लिए आप केवल अपने तात्कालिक बॉस पर ही निर्भर नहीं रह सकते। जॉश के. एक अच्छा कर्मचारी था। उसके बॉस केन उसके काम के लिए उसे बधाई देते थे। वे अक्सर कहा करते थे कि जब वे रिटायर होंगे, तो उस पद के लिए जॉश को तरक़्क़ी देने की सिफ़ारिश करेंगे। दुर्भाग्य से केन की अचानक मृत्यु हो गई- और कंपनी ने एक बाहरी व्यक्ति को विभाग प्रमुख बना दिया। जॉश के नाम पर विचार तक नहीं किया गया। क्यों? कंपनी के ऊँचे स्तरों पर कोई भी जॉश को जानता तक नहीं था। वह अदृश्य था। कई संगठनों में कई बहुत सक्षम लोग होते हैं, जो जॉश की तरह कभी तरक़्क़ी नहीं कर पाएँगे, क्योंकि कोई भी नहीं जानता कि वे कौन हैं। करियर में ऊपर उठने के लिए आपको न सिर्फ़ अपने बॉस को, बल्कि दूसरे मैनेजरों को भी नज़र आना चाहिए।

नज़रों में आने के पाँच तरीक़े

आप कितने सक्षम, प्रतिभाशाली, रचनात्मक और सक्षम हैं, दूसरे लोगों को यह जताने के लिए किसी जनसंपर्क परामर्शदाता को रखना ज़रूरी नहीं है। यहाँ पाँच आसान क़दम बताए जा रहे हैं, जिन्हें उठाकर आप यह सुनिश्चित कर सकते हैं कि आपके संगठन के दूसरे लोग आपको जान जाएँ :

1. *बोलें।* जिन मीटिंग्स में आप जाते हैं, उनमें सचमुच शामिल हों। वहाँ बस बैठे न रहें। अपने विचार व्यक्त करने और सुझाव देने से न घबराएँ। चेतावनी : एजेंडा की समीक्षा करके मीटिंग की पूरी तैयारी करें और जो सुझाव आप देने वाले हैं, उनके बारे में तथ्यों तथा उसके परिणामों के बारे में पक्का कर लें।

2. *दूसरों के क्षेत्रों में जानकारी प्रदान करके उनकी मदद करें।* वैलेरी पी. ने ट्रेड जर्नल्स से लेख काटकर अपनी पहचान के सहकर्मियों या मैनेजर्स को भेजने की आदत डाली, जिनकी उस विषय में रुचि थी। उसकी छवि ऐसे व्यक्ति की बन गई, जो दूसरे लोगों की रुचियों के प्रति जागरूक थी और यह एक महत्वपूर्ण वजह थी, जिससे बाद में कंपनी में उसकी तरक़्क़ी हुई।

3. *स्वयंसेवक बनें।* स्वेच्छा से ऐसे कार्य लें, जिनसे दूसरे लोग बचना चाहते हों। बिल एम. ने युनाइटेड वे कंपनी की सालाना चंदा उगाहने की योजना की अध्यक्षता की स्वैच्छिक पहल की। इस कार्य के दौरान उसने संगठन के हर विभाग की यात्रा की और उसका परिचय अधिकांश विभागों के मैनेजरों से हो गया। कुछ महीनों बाद एक मैनेजर अपने कार्य को फैला रहा था। उसने अपनी नई टीम में बिल को शामिल करते हुए उसके सामने एक चुनौतीपूर्ण और आर्थिक दृष्टि से आकर्षक कार्य का प्रस्ताव रखा।

4. *प्रोफ़ेशनल संगठनों में सक्रिय बनें।* डार्लीन ए. एक शीर्ष स्तरीय कंज़्यूमर प्रॉडक्ट्स फ़र्म के मार्केटिंग विभाग में कार्य करती थी। उसके विभाग में कई अन्य युवा मार्केटिंग विशेषज्ञ थे- जो सभी तरक़्क़ी के लिए प्रतिस्पर्धा कर रहे थे। उसके प्रतिस्पर्धी प्रतिभाशाली और रचनात्मक थे तथा डार्लीन की तरह ही सबसे अच्छे स्कूलों से आए थे। डार्लीन को अलग हटकर दिखने के लिए कुछ करना था।

अमेरिकन मार्केटिंग एसोसिएशन की स्थानीय चैप्टर की सदस्य होने के नाते वह प्रोग्राम कमिटी में सेवा करने के लिए तैयार हो गई। उसका पहला कार्य अप्रैल की मीटिंग के लिए एक वक्ता खोजना था। उसका चुनाव- उसकी कंपनी में मार्केटिंग के वाइस प्रेसिडेंट। हालाँकि डार्लीन ने पहले कभी इस एक्ज़ीक्यूटिव से बात नहीं की थी। उसे पक्का यक़ीन था कि वे तो यह जानते भी नहीं होंगे कि वह कौन थी, लेकिन इसके बावजूद उसने उन्हें आमंत्रित कर लिया। वे न सिर्फ़

इसके लिए तैयार हो गए, बल्कि यह भी बोले कि इस तरह का आमंत्रण मिलना काफ़ी गौरव की बात थी। मीटिंग से पहले भाषण के सिलसिले में बातचीत करने के लिए वे डार्लीन से दो बार मिले। मीटिंग में डार्लीन मंच पर उनके बग़ल में बैठी और उसने उनका परिचय दिया। उसके बाद डार्लीन वाइस प्रेसिडेंट को नज़र आने लगी और अपने प्रतिस्पर्धियों से अधिक तेज़ी से आगे बढ़ने लगी।

5. *लेख लिखें।* अधिकतर ट्रेड पब्लिकेशन्स संबंधित कर्मचारियों के लेखों का स्वागत करते हैं, जो अपने कार्य के विभिन्न पहलुओं पर प्रकाश डालते हैं। छपे लेख से लेखक सबको नज़र आ जाता है– न केवल उसके अपने संगठन में, बल्कि क्षेत्र की दूसरी कंपनियों में भी। चूँकि आपके करियर में तरक़्क़ी के लिए अक्सर नौकरी बदलना ज़रूरी होता है, इसलिए इससे न सिर्फ़ आपकी योग्यता में वृद्धि होती है, बल्कि दूसरी कंपनियों के मैनेजर्स और एक्ज़ीक्यूटिव रिक्रूटर्स का ध्यान भी आपकी ओर जाता है। चेतावनी : अपनी वर्तमान नौकरी के किसी पहलू पर लेख लिखने से पहले अपनी कंपनी के उचित अधिकारी से हमेशा अनुमति ले लें, ताकि गोपनीय जानकारी या क़ानूनी जटिलताओं को उजागर करने के आरोप से बचा जा सके।

दिशा बदलें

ऐसे समय होते हैं, जब आप नौकरी में अटक जाते हैं और आगे निकलने के लिए कोई नया पद खोजना ज़रूरी हो जाता है, चाहे यह आपकी वर्तमान कंपनी में हो या इसके बाहर। हो सकता है कि आपको आगे बढ़ने के लिए पहले कुछ क़दम पीछे उठाने पड़ें।

कुछ बिज़नेस लीडर्स को दिशा बदलने के लिए विवश नहीं करना पड़ता है। वे सहज बोध से समय-समय पर ऐसा करने का महत्व जानते हैं। एलन कुलमैन ड्यूपॉन्ट की शीर्ष एक्ज़ीक्यूटिव हैं। उन्होंने ड्यूपॉन्ट के नए सेफ़्टी प्रॉडक्ट्स डिवीज़न को शुरू करने के लिए कंपनी के एक

डिवीज़न में एक बड़े, शक्तिशाली पद को छोड़ दिया। यह नीचे की ओर जाने वाला एक बड़ा क़दम लग सकता है, क्योंकि उन्होंने एक शीर्ष पद छोड़ा था और एक नए डिवीज़न की प्रभारी बनी थी, जिसमें कोई पूँजी नहीं थी और सिर्फ़ तीस कर्मचारी थे। ड्यूपॉन्ट के उनके आधे सहकर्मियों का विचार था कि उन्होंने ग़लत क़दम उठा लिया था, जिससे उनकी पदावनति हुई थी और बाक़ी आधे सोच रहे थे कि वे "बस पागल" हैं। लेकिन इन सभी शंकाओं और नकारात्मकता के बावजूद वे जानती थीं कि वे सही थीं, ख़ास तौर पर तब जब यह शुरुआती डिवीज़न 5.5 अरब डॉलर के व्यवसाय में विकसित हो गया। कुलमैन मुश्किल निर्णय लेते समय प्रतिरोध का सामना करने वाले लोगों को सलाह देती हैं, "नवाचार करना जारी रखो।"

करियर की शुरुआत में लिज़ स्मिथ, जो बाद में एवन प्रॉडक्ट्स की प्रेसिडेंट बनीं, क्राफ़्ट फ़ूड के दिग्गज जेल-ओ ब्रांड को चला रही थीं। लेकिन इसके बजाय उन्होंने एक छोटे अमेरिकी आयात व्यवसाय में अपना तबादला करा लिया, जो एक नए यूरोपीय अधिग्रहण से संबंधित था। वे कहती हैं कि हर कोई उन्हें सिरफिरी कह रहा था, लेकिन वे जानती थीं कि उन्हें सेल्स और वैश्विक डिस्ट्रिब्यूशन में अनुभव चाहिए था। अप्रत्याशित निर्णय लेकर और आलोचना को नज़रअंदाज़ करने से उन्हें उनकी मनचाही चीज़ मिल गई।

सफलता का अर्थ है सभी क्षेत्रों में और हर दिशा में अपनी क्षमताओं व योग्यताओं को बढ़ाना, ताकि हम अपनी आंतरिक शक्तियों को मुक्त कर सकें। प्रमोशन, पैसा और बनाए गए संपर्क आपकी मानसिक अवस्थाओं के चित्र हैं, उनके द्वारा साकार भौतिक रूप हैं।

जीवन वृद्धि के नियम पर चलता है। चेतन और अवचेतन मन के नियमों का अध्ययन करके अपनी दौलत, शक्ति, बुद्धिमानी, ज्ञान और आस्था में वृद्धि करें। यह उद्घोष करें, "मेरी अच्छाई अब मेरी ओर प्रवाहित हो रही है, निरंतर, अथक, सुखद तरीक़े से और प्रचुरता में।" और इसके बाद ईश्वर की दौलत आपके ग्रहणशील, खुले दिमाग़ में प्रवाहित होने लगेगी।

सार

- सफलता का पहला अत्यावश्यक क़दम यह पता लगाना है कि वह कौन सी चीज़ है, जिससे आप प्रेम करते हैं। फिर उसे करना शुरू कर दें। जब तक कि आप अपने कार्य से प्रेम न करते हों, उसमें संभवतः ख़ुद को सफल नहीं मान सकते, भले ही बाक़ी दुनिया आपको बेहद सफल कह रही हो।
- जो लोग निर्णय लेने से घबराते हैं या विकल्प चुनने से डरते हैं, वे दरअसल अपने ख़ुद के देवत्व को पहचानने से इंकार कर रहे हैं।
- कभी भी सीखना न छोड़ें। अपने क्षेत्र में हो रहे नवीनतम विकास की जानकारी रखना करियर में दीर्घकालीन सफलता सुनिश्चित करने का तरीक़ा है।
- आस्था और विश्वास के साथ ख़ुद के लिए "सफलता" शब्द दोहराना इसी समय शुरू कर दें। आपका अवचेतन मन इसे सच मान लेगा और आप सफल होने के लिए अवचेतन बाध्यकारी शक्ति के अधीन होंगे।
- आप जहाँ भी हैं, वहाँ जो सबसे अच्छा कर सकते हों, कर दें। सद्भावनापूर्ण, दयालु, मित्रतापूर्ण और शुभेच्छा से भरपूर रहें। अपने सच्चे मूल्य के बारे में सजग रहें और अपने मन में दौलत पर दावा करें, ख़ुद के लिए भी और मिलने वाले हर व्यक्ति के लिए भी, चाहे वह आपका बॉस हो, सहयोगी हो, फ़ोरमैन हो, ग्राहक हो या मित्र हो- अपने आस-पास के सभी लोगों के लिए। आप अमीरी व तरक़्क़ी के विकिरण को महसूस करेंगे और यह बहुत जल्द ही आपके लिए अवसर का एक नया द्वार खोल देगा।
- नज़रों में आएँ। यह सुनिश्चित करें कि आपके संगठन में निर्णय लेने वाले अधिकारी आपकी क्षमताओं और उपलब्धता को जानते हों। नज़रों में आने के लिए ऊपर बताए गए पाँच क़दमों की समीक्षा करें।

लेखक के बारे में

जोसेफ़ मर्फ़ी का जन्म 20 मई, 1898 को आयरलैंड में काउंटी ऑफ़ कॉर्क के एक छोटे क़स्बे में हुआ था। वे नेशनल स्कूल में दाख़िल हुए, जहाँ उनका प्रदर्शन उत्कृष्ट रहा। उन्हें पादरी बनने का अध्ययन करने के लिए प्रोत्साहित किया गया और जेसुइट सेमिनेरियन के रूप में स्वीकार किया गया।

बहरहाल, किशोरावस्था के अंत में वे जेसुइट्स की कैथोलिक धर्मपरायणता पर सवाल उठाने लगे और पादरियों की शिक्षण संस्था से निकल गए। चूँकि उनका लक्ष्य नए विचार खोजना और नए अनुभव हासिल करना था, जो कैथोलिक-बहुल आयरलैंड में संभव नहीं था, इसलिए अपने परिवार को छोड़कर वे अमेरिका चले गए।

वे जब एलिस आइलैंड इमिग्रेशन सेंटर आए, तब उनकी जेब में केवल पाँच डॉलर थे। उनका पहला लक्ष्य था रहने का ठिकाना खोजना। वे भाग्यशाली थे, जो उन्हें एक रूमिंग हाउस मिल गया, जहाँ वे स्थानीय ड्रगस्टोर में कार्य करने वाले एक फ़ार्मासिस्ट के साथ एक कमरे में रहने लगे।

उनका अँग्रेज़ी का ज्ञान बहुत कम था, क्योंकि उनके घर और स्कूल में गैलिक भाषा बोली जाती थी। अधिकतर आइरिश अप्रवासियों की तरह मर्फ़ी ने भी दैनिक मज़दूर के रूप में कार्य शुरू कर दिया। वे इतना भर कमा पाते थे कि भोजन और मकान का ख़र्च निकल पाए।

वे अपने रूम पार्टनर के अच्छे मित्र बन गए। जब उस ड्रगस्टोर में एक पद ख़ाली हुआ, जहाँ उनका मित्र कार्य करता था, तो मर्फ़ी को फ़ार्मासिस्ट के सहयोगी के रूप में नौकरी मिल गई। उन्होंने फ़ार्मेसी का अध्ययन करने के लिए स्कूल में दाख़िला ले लिया और फ़ार्मासिस्ट की डिग्री हासिल कर ली। अंततः उन्होंने उस ड्रगस्टोर को ख़रीद लिया और कई वर्षों तक सफल व्यवसाय चलाया।

जब अमेरिका द्वितीय विश्वयुद्ध में शामिल हुआ, तो मर्फ़ी अमेरिका सेना में भर्ती हो गए और उन्हें एक मेडिकल यूनिट में फ़ार्मासिस्ट का कार्य सौंपा गया। सेना में रहते वक़्त उन्होंने धर्म में अपनी रुचि को दोबारा तरोताज़ा किया और विभिन्न धर्मों का व्यापक अध्ययन करने लगे। सेना से लौटने के बाद उन्होंने निर्णय लिया कि वे फ़ार्मेसी के करियर में दोबारा नहीं लौटेंगे। उन्होंने काफ़ी यात्राएँ कीं और अमेरिका तथा अन्य देशों के कई विश्वविद्यालयों में कोर्स किए।

अध्ययन के दौरान वे विभिन्न एशियाई धर्मों पर मंत्रमुग्ध हो गए और उनके बारे में गहराई से जानने के लिए उन्होंने भारत की यात्रा भी की। उन्होंने प्राचीन युग से लेकर वर्तमान तक के सभी महान दार्शनिकों का अध्ययन किया।

एक व्यक्ति ने मर्फ़ी को सबसे ज़्यादा प्रभावित किया। वे थे डॉ. टॉमस ट्रोवर्ड, जो एक जज, दार्शनिक, डॉक्टर और प्रोफ़ेसर थे। जज ट्रोवर्ड जोसेफ़ मर्फ़ी के मार्गदर्शक बन गए। उनसे मर्फ़ी ने न केवल दर्शन, धर्मशास्त्र और क़ानून सीखा, बल्कि रहस्यवाद और ख़ासकर मैसॉनिक ऑर्डर का ज्ञान भी हासिल किया। मर्फ़ी मैसॉनिक ऑर्डर के सक्रिय सदस्य बन गए और कई वर्ष बाद स्कॉटिश राइट में 32वीं डिग्री तक पहुँच गए।

अमेरिका लौटने पर उन्होंने पादरी बनने का निर्णय लिया। चूँकि ईसाइयत की उनकी अवधारणा पारंपरिक नहीं थी और वास्तव में अधिकतर ईसाई संप्रदायों के विपरीत जाती थी, इसलिए उन्होंने लॉस एंजेलिस में अपना ख़ुद का चर्च स्थापित किया। उन्होंने शुरुआत में तो छोटे से समूह को आकर्षित किया, लेकिन इसमें अधिक समय नहीं लगा, जब आशावाद का उनका संदेश कई स्त्री-पुरुषों को उनके चर्च तक खींच लाया।

डॉ. मर्फ़ी न्यू थॉट मूवमेंट के प्रवर्तक थे, जिसने रहस्यवादी, आध्यात्मिक और व्यावहारिक नीति के मिश्रण की सिफ़ारिश की, जिसके आधार पर हम सोचें और जिएँ, जिसके आधार पर हम अपनी मनचाही चीज़ हासिल करने का रहस्य उजागर करें। हम ये सभी चीज़ें कर सकते हैं, क्योंकि हमें नियम मिल गया है और हम नियम को समझ

चुके हैं, जिसे ईश्वर ने अतीत में पहेलियों में लिखा था।

बाद के वर्षों में कई अन्य चर्चों के साथ मिलकर डॉ. मर्फ़ी ने डिवाइन साइंस फ़ेडरेशन की स्थापना की, जो सभी डिवाइन साइंस चर्चेस के लिए छतरी के रूप में काम करता है।

मर्फ़ी का स्थानीय चर्च ऑफ़ डिवाइन साइंस इतना फैल गया कि उन्हें एक पुराने सिनेमा हॉल विलशायर एबेल थिएटर को किराए पर लेना पड़ा। उनके प्रवचन सुनने इतने लोग आते थे कि वहाँ जगह ही नहीं मिल पाती थी। उनका संदेश सुनने के इच्छुक असंख्य लोगों तक पहुँचने के लिए डॉ. मर्फ़ी ने एक साप्ताहिक रेडियो टॉक शो शुरू किया, जो अंततः दस लाख से अधिक श्रोताओं तक पहुँचा।

उन्होंने अपने भाषण और रेडियो प्रोग्राम्स टेप किए। जब कैसेट्स की बिक्री में उन्हें शुरुआती सफलता मिली, तो अपनी पहुँच बढ़ाने के लिए उन्होंने एक नया कार्य किया। टेप में प्रवचन थे, जो बाइबल का अर्थ समझाते थे और श्रोताओं के लिए ध्यान व प्रार्थनाएँ उपलब्ध कराते थे। वे अपनी प्रेरक सामग्री के पैंफ़लेट और छोटी पुस्तकें प्रकाशित करने लगे।

पुस्तकों, टेप्स और रेडियो प्रसारणों के फलस्वरूप डॉ. मर्फ़ी की प्रतिष्ठा दिन दूनी रात चौगुनी बढ़ी और उन्हें अमेरिका, यूरोप तथा एशिया में भाषण देने के लिए आमंत्रित किया जाने लगा। धार्मिक मसलों के अलावा वे जीवन के ऐतिहासिक मूल्यों, संपूर्ण जीवन जीने की कला और पाश्चात्य व एशियाई महान दार्शनिकों के संदेशों पर भी बोलते थे। अपने सभी भाषणों में उन्होंने अवचेतन मन की शक्ति को समझने के महत्व पर ज़ोर दिया। उन्होंने एक ईश्वर "मैं हूँ" में विश्वास पर आधारित जीवन-सिद्धांतों पर ज़ोर दिया।

उन्होंने तीस से अधिक पुस्तकें लिखी हैं। उनकी सबसे लोकप्रिय पुस्तक *द पॉवर ऑफ़ युअर सबकॉन्शस माइंड* पहली बार 1963 में प्रकाशित हुई और तुरंत बेस्टसेलर बन गई। इसकी करोड़ों प्रतियाँ बिक चुकी हैं और कई भाषाओं में पूरे संसार में अब भी बिक रही हैं।

दिसंबर 1981 में डॉ. मर्फ़ी का देहांत हुआ। उनकी पत्नी डॉ. जीन मर्फ़ी ने अपनी मृत्यु तक उनके चर्च को सँभाला।

संपादक के बारे में

यह पुस्तक डॉ. आर्थर आर. पेल ने संगृहीत और संपादित की है। डॉ. पेल प्रबंधन, मानव संबंधों और स्व-सुधार पर पचास से अधिक पुस्तकें और सैकड़ों लेख लिख चुके हैं। ख़ुद के लेखन के अतिरिक्त डॉ. पेल ने मानवीय क्षमताओं पर लिखी कई अमर पुस्तकों का संपादन किया है, जिनमें डेल कारनेगी की *हाऊ टु विन फ़्रेंड्स एंड इंफ़्लुएंस पीपुल*, नेपोलियन हिल की *थिंक एंड ग्रो रिच*, जोसेफ़ मर्फ़ी की *द पॉवर ऑफ़ युअर सबकॉन्शस माइंड*, जेम्स एलन की *एज़ अ मैन थिंकेथ*, योरिटोमो-ताशी की *कॉमन सेंस* और ओरिसन स्वेट मार्डेन, जूलिया सेटन तथा वैलेस डी. वैटल्स की पुस्तकें शामिल हैं।